GENEVA LEE

HIS ROYAL PASSION

Autorin

Geneva Lee ist eine hoffnungslose Romantikerin und liebt Geschichten mit starken, gefährlichen Helden. Mit der »Royal«-Saga, der Liebesgeschichte zwischen dem englischen Kronprinzen Alexander und der bürgerlichen Clara, traf sie mitten ins Herz der Leser*innen und eroberte die internationalen Bestsellerlisten im Sturm. Geneva Lee lebt zusammen mit ihrer Familie im Mittleren Westen der USA.

Die gesamte »Royal«-Saga von Geneva Lee

Clara und Alexander (Band 1–3):
Royal Passion · Royal Desire · Royal Love

Belle und Smith (Band 4–6):
Royal Dream · Royal Kiss · Royal Forever

Clara und Alexander – Die große Liebesgeschichte geht weiter (Band 7–10):
Royal Destiny · Royal Games · Royal Lies · Royal Secrets

Belle und Smith – Ihre Liebe wird auf den Prüfstand gestellt (Band 11 & 12):
Royal Danger · Royal Flames

GENEVA LEE

HIS ROYAL Passion

Roman

Band 13

Deutsch von Charlotte Seydel

blanvalet

Die Originalausgabe erschien 2021 unter dem Titel »X: Command Me Through Alexander's Eyes« bei Ivy Estate, New York.

FSC
www.fsc.org
MIX
Papier | Fördert gute Waldnutzung
FSC® C083411

Klimaneutral*
Druckprodukt
ClimatePartner.com/14044-1912-1001

Penguin Random House Verlagsgruppe FSC® N001967

1. Auflage 2023

Redaktion: Susann Rehlein
Umschlaggestaltung und -motiv: © Johannes Wiebel | punchdesign,
unter Verwendung von Motiven von LANTERIA/Shutterstock.com
und stock.adobe.com (vitaly tiagunov, Evgeniy Gostuhin)
JS · Herstellung: sam/er
Satz: Uhl + Massopust, Aalen
Druck und Bindung: CPI books GmbH, Leck
Printed in the EU
ISBN: 978-3-7341-1150-1
www.blanvalet.de

*In Gedenken an Norman Lee, der meine Kindheit
mit Kunst und Kreativität, mit Geschichten von fernen Orten
und mit Büchern bereichert hat.
Du hast mir nicht nur meinen Namen gegeben,
du hast mir die Welt geschenkt.*

Über diesen Roman:

Ein einziger Kuss verändert alles …

Das hätte nie passieren dürfen. Als Clara Bishop in mein Leben stolperte, beging ich einen Fehler. Einen, der mich für immer verändern und sie alles kosten würde.
Ich habe sie geküsst.
Ich habe nicht damit gerechnet, dass es irgendwelche Folgen haben würde, aber die Amerikanerin geht mir nicht mehr aus dem Kopf. Ich will sie in meinem Bett haben.
Die Presse will sie bei lebendigem Leib verschlingen.
Und meine Familie? Die wird sie zerstören.
Wenn ich es nicht zuerst tue …

Erleben Sie den Beginn der legendären royalen Lovestory aus Alexanders Sicht, und verlieben Sie sich noch einmal aufs Neue …

I

Der Club ist Absolventen von Oxford und Cambridge vorbehalten, also dürfte ich eigentlich nicht hier sein. Meine Ausbildung war brutal und militärisch. Trotzdem finde ich mich auf einer weiteren oberflächlichen Party wieder und tue so, als hätte ich mit diesen Leuten noch etwas gemein. Es ist immer wieder erstaunlich, wie sich einem Türen öffnen, wenn man über Geld oder Titel verfügt. Ich verfüge über beides.

Titel habe ich gleich mehrere.

Allein mein Name öffnet jede Tür in diesem Land.

Ich scheiße auf das alles, und hier, inmitten der vielen Speichellecker, die sich damit brüsten, meine Freunde zu sein, möchte ich nur weg.

»Versteckst du dich?«, fragt Jonathan und tritt neben mir auf die Terrasse. Er holt eine Schachtel Nelkenzigaretten heraus und bietet mir eine an.

Ich schüttele den Kopf. »Nein.«

»Die Party findet da drin statt. Ich weiß, du bist ein bisschen eingerostet und hast das alles nicht mehr so richtig drauf.« Er klappt ein Feuerzeug auf und zündet sich eine an.

Jonathan Thompsons Anwesenheit ist so unangenehm wie der Geruch, der jetzt zu mir herüberweht. Ich mache ihn darauf aufmerksam, dass ich kein verwöhntes Söhnchen von der Uni bin, das unbedingt Kontakte knüpfen will. »Warum machst du eigentlich jetzt erst deinen Abschluss?«, frage ich. »Du bist zu alt.«

Vor dem Unfall war Jonathan der Freund meiner Schwester gewesen. Er ist jünger als ich, aber alt genug, dass die Studienzeit bereits hinter ihm liegen sollte.

»Nach dem Unfall habe ich zwei Jahre Pause gemacht«, sagt er leichthin und nimmt einen Zug von seiner Zigarette.

»Wie schön, dass du dir das erlauben konntest, anderen war das nicht vergönnt«, erwidere ich. Ohne nachzudenken, greife ich nach seinen Zigaretten und nehme mir eine aus der Schachtel. Ich muss etwas Zerstörerisches tun, das nichts mit Jonathans Gesicht zu tun hat.

Es widerstrebt mir zutiefst, wie locker er mit dem Unfall umgeht, der meine Schwester aus dem Leben gerissen hat. Aber er war in jener Nacht nicht mit im Wagen gewesen, er war im Club geblieben. Er ist nur einer von vielen, die um sie trauern. Er ist nicht für das verantwortlich, was ihr passiert ist.

Im Gegensatz zu mir.

»Ich denke jeden Tag an sie«, sagt Jonathan.

Ich mustere ihn und sehe, was andere nicht sehen: Die Arroganz und der Charme sind eine Maske. Gut möglich, dass er tatsächlich an Sarah denkt und am Boden zerstört ist wegen dem, was passiert ist. Es interessiert mich nicht.

Er interessiert mich nicht. Er ist es nicht wert.

»Sehen wir uns später noch im Brimstone?«, fragt er.

Ich nicke. Ein warmes Plätzchen für meinen Schwanz zu finden, ist ein netter Zeitvertreib, und ich bin in diesem

Club zu einer festen Größe geworden. Der Lärm, die dicht gedrängten Körper – es ist so nah an der Hölle, wie das in London eben möglich ist, und genau da gehöre ich hin.

»Lade ja nicht Pepper ein«, sage ich. Die Blondine folgt mir wie ein Schatten, seit ich zurück nach Hause gekommen bin, und ist genauso schwer loszuwerden.

»Keine Sorge.« Er zuckt mit den Schultern, als wüsste er, dass sie eh da sein wird, und gibt mir Feuer. Ich hatte vergessen, dass ich mir eine Zigarette genommen hatte. »Ich gehe besser zurück«, sagt er.

Ich drehe mich um, sehe ihm hinterher und frage mich, ob das den Rest meines Lebens so weitergehen wird. Von einer Bar in die nächste, von einem Club in den nächsten, und überall warten Fotografen und Schleimer auf mich – ich habe es nicht anders verdient. Man mag mich damals aus London fortgeschickt haben, aber entkommen bin ich nie wirklich.

Vor sieben Jahren beging ich einen Fehler, die letzten sechs Jahre habe ich dafür bezahlt, und jetzt tun alle so, als müssten wir endlich mal zu unserem früheren Leben zurückkehren.

Ich muss mich irgendwie ablenken.

Und obwohl mein Vater sich nicht für mich interessiert, geschweige denn dafür, wo ich nachts hingehe, weiß ich doch, dass es einen Ort gibt, an dem er mich nicht wissen will.

Und das ist zufällig der einzige Club, der mich überhaupt interessiert.

Man wird mir dort Zutritt gewähren. Aber als man mich dort das letzte Mal hinausgeschleppt hat, klebte Blut an meinen Händen, und mit diesem Kapitel habe ich abgeschlossen.

Ich weiß nicht, wie lange ich es schaffe, die Dunkelheit zu

ignorieren, die nach mir ruft. Es müsste schon ein Wunder geschehen, um mich auf Dauer von dort fernzuhalten.

Als ich gerade wieder hineingegangen bin, stürzt eine Frau in den Saal und sieht sich hektisch um, als wäre sie auf der Flucht. Als ihr niemand folgt, lässt sie sich gegen die Wand sinken und zupft unbehaglich an ihrem schwarzen Kleid herum. Es ist etwas zu eng, genau wie es bei einer Frau wie dieser sein sollte. Der Stoff spannt sich über ihren Brüsten, und sofort möchte ich sie befreien und in meinen Mund nehmen.

Fast höre ich die Frau schon stöhnen.

Als sie mich schließlich bemerkt, erschrickt sie. Ihre Hand fliegt zu diesen perfekten Brüsten, und sie keucht – das wundervollste kleine Geräusch der Welt. Dabei habe ich sie nicht einmal berührt. Noch nicht. Ich möchte, dass sie das noch mal macht, möchte herausfinden, welche anderen Laute ich ihr entlocken kann.

Die Stille zwischen uns dehnt sich aus, während sie mich durchdringend ansieht, zweifellos um herauszufinden, wen sie da entdeckt hat. Dann zieht sie die Augenbrauen zusammen.

»Ich glaube, Rauchen ist hier verboten«, sagt sie überheblich und tut so, als hätte sie die Situation unter Kontrolle. Sie scheint der Typ zu sein, der gern auf Nummer sicher geht. Ihr Körper, der sich immer wieder verräterisch zu mir herüberneigt, scheint das anders zu sehen. Ich widerstehe dem Drang, sie mit dem Finger zu mir heranzuwinken.

Ich muss nicht ausprobieren, ob sie kommen würde. Ich weiß es.

»Ich bitte vielmals um Entschuldigung.« Ich versuche,

mir ein Grinsen zu verkneifen, und scheitere. Es gibt so viele Dinge, die hier nicht erwünscht sind, und ich erwäge, sie alle mit ihr zu tun. »Willst du mich wegen ungebührlichen Benehmens melden?«

Sie tritt näher und blinzelt dann verwirrt, als wüsste sie nicht, wie das passieren konnte. »Ich will bloß nicht, dass du Ärger kriegst.«

»Nein, das wollen wir definitiv nicht.« Unartige Gedanken durchströmen mich und zaubern ein Grinsen auf mein Gesicht. Ich will sie in Schwierigkeiten bringen.

Sie errötet, als wüsste sie, was ich denke – oder vielleicht denkt sie dasselbe. Nur dass dieses Mädchen nicht weiß, was es denken soll. Das merke ich daran, wie sie mich immer wieder ansieht. Sie möchte, dass ich mit ihr ins Bett gehe. So viel ist mir bereits klar. Aber ich bin nicht an gewöhnlichem Sex interessiert. Ich will sie in Besitz nehmen. Ich will Dinge mit ihr anstellen, die ihre weiche weiße Haut erröten lassen.

Sie beißt sich auf die Unterlippe, und ich erahne, wie ihr Gesicht aussieht, wenn sie meinen Schwanz reitet. Ich ziehe eine Augenbraue hoch – einladend und fragend zugleich.

Weiß sie, worum ihr Körper da gerade bittet?

»Rauchen ist übrigens gesundheitsschädlich«, sagt sie schnell.

Ich bin zu ihr durchgedrungen. Das ist gut. Das macht die Sache noch interessanter.

»Da bist du nicht die Erste, die mir das sagt, Süße.« Ohne hinzuschauen, schnippe ich die Zigarette in den Mülleimer. Ich möchte ihr sagen, dass ich nicht rauche, ich möchte sie fast so sehr beruhigen, wie ich sie berühren möchte. Eigentlich gibt es keinen Grund, warum mir wichtig sein sollte, was sie von mir denkt. Warum ist es mir dann wichtig?

»Sind wir uns schon mal irgendwo begegnet?«

Mit der Frage habe ich zuallerletzt gerechnet, und dann wird mir klar, warum sie mir aufgefallen ist. Diese Frau hat es nicht auf mich abgesehen. Sie ist nicht hier, um sich einen Prinzen zu angeln, denn sie hat keine Ahnung, wer ich bin.

»Das hätte ich sicher nicht vergessen. Ich gehe eher davon aus, dass mein Ruf mir vorausgeeilt ist«, sage ich und verlasse mich auf meinen Charme, doch es berührt mich, wie echt dieser Moment ist. Sie fühlt sich zu mir hingezogen. Aus welchem Grund auch immer, mit meiner Familie und meinem Titel hat es jedenfalls nichts zu tun.

Und das ist bei niemandem sonst so. Selbst ich sehe hauptsächlich meinen Titel, wenn ich morgens in den Spiegel blicke.

»Aha, ein Frauenheld also?«, fragt sie und wirkt weder überrascht noch interessiert.

»So etwas in der Art«, erwidere ich und frage mich, was sie von mir will. »Wie kommt eine Amerikanerin in diesen versnobten, öden Schuppen?«

Ihr Lächeln wirkt gezwungen, offenbar habe ich einen Nerv getroffen. »Ich bin zwar in den Staaten aufgewachsen, aber trotzdem britische Staatsbürgerin. Meine Mom ist Amerikanerin und hat meinen Dad beim Studium in Berkeley kennengelernt.«

Weiß sie deshalb nicht, wer du bist?

»Und noch dazu ein California Girl. Wie jemand den Strand gegen das verregnete London eintauschen kann, ist mir ein Rätsel.«

»Ich mag Nebel.« Ihre Stimme ist sanft, bei ihrem Klang neige ich instinktiv den Kopf, damit mir kein Wort entgeht.

Ich möchte sie fragen, ob sie auch die Dunkelheit mag. Aber ich kenne die Antwort bereits. Diese Frau ist pures Licht, sie passt nicht in meine Welt.

Sie streckt ihre Hand aus, und ich starre sie einen Moment lang an. »Ich bin übrigens Clara.«

»Freut mich, dich kennenzulernen, Clara.« Ich nehme ihre Hand und führe sie an meine Lippen, ich will sie schmecken – nur einmal. Aber in dem Moment, in dem mein Mund ihre Haut berührt, spüre ich es. Es ist wie ein elektrischer Schlag, der in meine Lenden fährt und von dort nach oben in mein Herz.

Aber das befriedigt mich nicht. Mein Blick bleibt an ihren Lippen hängen, und ich frage mich, ob die mich wohl befriedigen würden, als eine mir bekannte, aber keineswegs angenehme Blondine um die Ecke biegt.

Clara zieht ihre Hand zurück, und ohne nachzudenken, ergreife ich ihren Arm und ziehe sie an mich. Es gefällt mir, wie ihr Körper sich an meinen schmiegt, als ich mein Gesicht zu ihrem neige. Ich muss sie küssen. Mein ganzes Sein drängt darauf, dass diese Frau in meine Arme kommt, und ich fasse besitzergreifend um ihre Taille. Sie zögert einen Moment, ehe sie nachgibt und willig die Lippen öffnet. Ich schiebe die Zunge zwischen ihre Zähne, und sie gibt allen Widerstand auf. Es ist kein Tanz, kein Spiel – das hier ist echt.

Ihre Beine geben nach, und ich fange sie auf und halte sie an meinen Körper.

Dort gehört sie hin. Genauso wie meine Hand auf ihren Rücken gehört. Das Gefühl, das sie fast in die Knie gezwungen hat, glaubte ich schon lange verloren. Es ist eine seltsame Mischung aus Hoffnung und Sehnsucht, fast so etwas wie Zuversicht.

Als ich sie freigebe, wankt sie, und ich fange sie erneut auf.

Das Gefühl pulsiert weiterhin in mir. Es kribbelt auf meiner Haut und fließt heiß durch meine Adern. Ich möchte sie wieder küssen. Am liebsten würde ich mich mit ihr davonstehlen.

Ich will es so sehr, dass ich es gerade deshalb nicht tue.

Sie sucht meinen Blick, und in ihren Augen lese ich eine Frage, die ich nicht beantworten kann. »Wieso?«

»Meine Motive sind nicht gerade edelmütig«, sage ich, nehme meine Hand von ihrem Rücken und möchte sie am liebsten sofort wieder berühren. »Diese Frau war ein schrecklicher Fehler.«

»Du hast mich geküsst, um nicht mit deiner Ex-Freundin reden zu müssen?«

»Als Ex-Freundin würde ich sie nicht bezeichnen, trotzdem bitte ich vielmals um Entschuldigung.« *Bleib höflich*, befehle ich mir. Peppers Auftauchen war ein Vorwand, um zu tun, was ich ohnehin tun wollte.

Ich habe gern die Kontrolle. Das erwarte ich genauso von mir wie von anderen, doch gerade ist sie mir vollkommen entglitten.

Sie mustert mich aus ihren großen Augen, die einen hellen Grauton haben – die Farbe von schwerem Morgennebel. Ich glaube, ich könnte mich in ihren Augen verlieren und glücklich sein. Ich mache schon einen Schritt auf sie zu, überlege es mir dann anders und gehe wieder in Richtung der Terrasse.

»Glückwunsch zum Abschluss.«

»Hast du auch gerade deinen Abschluss gemacht?«, fragt sie leise.

Sie hat wirklich keine Ahnung, wer ich bin, und ich kann mir ein Lachen nicht verkneifen. Diese rätselhafte, anziehende Frau will wissen, wer ich bin. »Ich habe einen etwas anderen Berufsweg eingeschlagen. Was wird das hier? *Wer bin ich?* Willst du mir zwanzig Fragen stellen?«

»Verrätst du mir, wer du bist?«, fragt Clara.

Ich zwinkere und spiele die Rolle, die mir zugedacht wurde. »Tja, Süße, das musst du wohl selbst herausfinden.«

»Du hast also einen anderen beruflichen Weg eingeschlagen, ja? Aber du bist hier«, sie macht eine ausladende Geste, »in einem feudalen Club. Also bist du entweder ein gut angezogener Kellner oder jemand, der Geld hat?« Ihre Augen verengen sich. Ich habe sie verärgert, und ich habe Lust, das gleich noch mal zu tun. Ich will sehen, wie sie darauf reagiert.

»Das war keine Frage, die sich mit Ja oder Nein beantworten lässt.«

»Wenn du nicht spielen willst …« Sie dreht sich zu der Party um, die sie verlassen hat, und ich will nicht, dass sie zu diesen Leuten zurückgeht.

»Ich will nur nach den Regeln spielen. Es sei denn, es ist dir lieber, wenn ich die Fragen stelle«, schlage ich vor.

Sie schluckt, und ich stelle mir vor, wie sensibel ihr Körper sein muss. Wenn sie so schon auf ein Gespräch reagiert …

Fuck.

»Na gut. Hat deine Familie Geld?«, fragt sie.

»Könnte man so sagen, ja.« Sie spielt.

»Ja oder nein.«

»Ja«, sage ich, beuge mich vor und nehme eine Locke von

ihrem Haar. Es ist so weich wie ihre Lippen, und das lässt meinen Schwanz daran denken, wie zart andere Stellen von ihr sein müssen. »Bin ich wieder dran?«

»Ich habe noch nicht alle zwanzig Fragen durch«, flüstert sie.

»Dann verpulvere sie nicht alle auf einmal.« Ich streiche ihr die Haarsträhne hinters Ohr. »Man sollte immer ein Ass in der Hinterhand behalten.«

»Du weißt bereits, wer ich bin.«

»Aber es gibt noch eine Menge Dinge, die ich gern über dich erfahren würde.« Ich widerstehe dem Drang, flüchtig ihren Hals zu küssen. Stattdessen streichen meine Worte über ihre Haut, und ich sehe, wie sie zittert. »Und ich kann es kaum erwarten, dein Ja zu hören.«

»Und wenn die Antwort Nein lautet?«

»Das wird sie nicht, glaub mir.« Ich kann mir nicht verkneifen, noch einmal von ihr zu kosten, und hauche einen Kuss auf ihren Kiefer.

Sie schiebt ihr Kleid zurecht, aber das verdeckt weder die festen Nippel, die sich durch den Stoff abzeichnen, noch die Röte auf ihren Wangen.

»Letzte Frage«, sage ich. »Dann werden wir sehen, wie gut du im Raten bist.«

Sie zögert eine gefühlte Ewigkeit lang, und ich frage mich, ob sie es herausfinden wird.

»Wer bist du?«, fragt sie.

Ich schüttle den Kopf und sage lautlos Ja oder Nein, aber mein Herz schlägt mir bis zum Hals. Irgendwie war das genau die richtige Frage. Ich bin mir nicht sicher, ob ich die Antwort darauf kenne.

»Ich sollte zurückgehen«, sagt sie.

Ich lasse meinen Blick über ihren Leib gleiten und frage mich kurz, ob ich der Mann sein könnte, den sie in mir sieht. »Ich hoffe, ich sehe dich irgendwann wieder, Clara.«

Ich warte nicht, bis sie geht, sondern drehe mich zur Terrasse und frage mich, was zum Teufel gerade passiert ist. Am liebsten würde ich sie fragen. Ich will wissen, was sie empfunden hat. Doch als ich mich wieder umdrehe, ist sie verschwunden. Ihr Duft, Vanille und Rose, hängt in der Luft, genauso wenig greifbar wie ihre letzte Frage, aber es ist ihr Kuss, der bleibt.

Und ich will mehr.

2

Schlammverschmiert und blutig schleppe ich mich voran. In der Ferne rauchen die Überreste eines Helikopters. Ich muss meine Freunde erreichen, der Gedanke treibt mich vorwärts. Doch dann sehe ich sie im Schlamm liegen. Als ich mich zu ihr durchkämpfe, werde ich von grellem Licht geblendet.

Scheinwerfer.

Ich stehe auf einer Straße in London. Als ich einen brennenden Schmerz an meiner Seite spüre, schaue ich nach unten und stelle fest, dass eine Rippe herausragt und mein Fleisch in Fetzen hängt. Mein Blick fällt wieder auf sie, auf ihren verdrehten Körper auf dem Asphalt, und mir kommt die Galle hoch. Doch als ich zu ihr hinke, niederknie, ihren Körper in meine Arme nehme und versuche, einen Puls zu finden, fühle ich nichts. Jemand schreit, aber ich kann sie nur anstarren. Das ist nicht meine Schwester. Es ist jemand anderes.

Sie ist es.

Eine Hand packt mich an der Schulter, und ich schnelle hoch, hole Schwung, um mich zu wehren. Nur knapp verfehlt meine Faust ein Gesicht, das besorgt auf mich herabblickt, und streift eine Brille.

»Alex, beruhige dich.« Edward springt zurück, bevor ich zu einem weiteren Schlag ausholen kann.

Ich blinzele und nehme verschwommen Damast-Tapeten an den Wänden wahr, die die Bilder von Schlachtfeldern und blutigem Asphalt ersetzen. Ich lasse mich in den Sessel zurücksinken, streiche mir mit der Hand durchs Haar und schaue auf die Uhr. Sechs Uhr morgens. Na, toll.

»Alles okay?«, fragt Edward vorsichtig. Seit ich wieder in London bin, bewegt er sich in meiner Nähe wie auf rohen Eiern. Ich kann es ihm nicht verdenken. Wir sind praktisch Fremde. Als ich wegging, war er noch ein Kind. Jetzt ist er erwachsen und hat seine eigenen Probleme.

»Alles okay«, belle ich, meine Kehle ist trocken.

»Du hast …«, er zögert, als ob er abwäge, was er sagen soll.

»Geschrien«, vervollständige ich den Satz für ihn. In meinen ersten Monaten in Afghanistan wurde ich wegen meiner Albträume von meinen Kameraden gehänselt. Danach hatten sie selbst genug Schreckliches gesehen, sodass ich nicht mehr der Einzige war, der in der Nacht schrie. Keiner verspottete mich mehr. Andererseits redete auch niemand mehr überhaupt darüber. »Alles gut. Hab nur schlecht geträumt.«

»Schläfst du immer noch hier draußen?« Mein Bruder nimmt mir gegenüber Platz. Er ist noch im gestreiften Seidenpyjama, sein Haar ist vom Schlaf zerzaust, aber er wirkt nicht müde.

»Das Bett ist zu bequem.« Ein Bett ist für jemanden, der weich und herzlich ist. Jemanden wie sie: die Frau, die ich geküsst habe. Clara. Ich denke an ihre Lippen. Dann kehrt der Traum zurück, und ich erinnere mich, dass sie es war, die darin auf der Straße lag.

Aber warum?

»Zu bequem?« Edward reißt mich aus meinen Gedanken. Er hebt eine Augenbraue, aber er drängt mich nicht, darüber zu reden. Er denkt sich seinen Teil und ahnt, dass es mit dem zu tun hat, was ich erlebt habe. Es ist Tradition im Königshaus, niemanden zu bedrängen. Wenn etwas ungesagt bleiben kann – wenn eine unangenehme Wahrheit verdrängt werden kann –, tut man das wohlweislich. Hinter diesen Mauern bleibt eine Menge ungesagt, und ich bin nicht der Einzige, der schweigt.

»Warum bist du überhaupt hier?«, frage ich ihn.

»Du hast geschrien«, erinnert er mich. Sein Schlafzimmer befindet sich am Ende des Korridors.

»Nicht hier.« Ich deute auf das Wohnzimmer, das zu meinem inoffiziellen Schlafzimmer geworden ist. »Warum bist du in Buckingham?«

»Der gute alte Dad wollte, dass ich eine Weile hierbleibe, bevor ich mich woanders niederlasse.« Er klingt, als sei das eine schwere Bürde. »Als ich in St. Andrews fertig war, bestand er darauf, dass ich direkt nach Hause komme und in meine Aufgaben eingewiesen werde.«

»Die da wären?«, frage ich. Mir geht mein Vater derzeit strikt aus dem Weg. In den wenigen Monaten, die ich zu Hause bin, haben wir kaum mehr als fünfmal miteinander gesprochen. Über meine Pflichten hat er nichts gesagt, nur dass ich immer mal wieder zu irgendwelchen Terminen erscheinen muss. Er fragt mich nicht nach den Träumen oder warum ich nachts in einem Sessel schlafe. Und das ist mir ganz recht, denn ich hasse diesen Mann, und ich hasse es, sein Erbe zu sein.

»Mich benehmen. Lächeln.« Edward zwingt ein Lächeln auf sein Gesicht, als wollte er mir eine Kostprobe geben.

»Dich verstellen«, füge ich für ihn hinzu.

»Mich verstellen?«, wiederholt er und gibt den Ahnungslosen, eine Rolle, die er gut einstudiert hat.

Offensichtlich will er mir nicht sagen, was los ist. Während seines letzten Semesters hat er ein paar Wochenenden zu Hause verbracht, und wir sind mit ein paar *Freunden* aufs Land gefahren. Ich habe genug Zeit mit meinem kleinen Bruder verbracht, um sein Geheimnis zu kennen.

»Ich weiß es«, sage ich bedeutungsvoll.

»Ich bin mir nicht sicher …«, hebt er an.

»Hör zu, ich verstehe das. Wenn du es mir nicht sagen willst. Du … du kennst mich ja kaum, aber ich sehe dich mit ihm.« Edward soll nicht denken, er müsse vor mir verbergen, wer er ist, so wie bei unserem Vater.

»Wovon redest du?« Er spielt immer noch den Dummen.

»David.« Von mir aus kann er unangenehme Themen meiden, wie es in der Familie üblich ist, aber ich kann das nicht. Wenn wir es zulassen, werden uns die Geheimnisse lebendig begraben.

»Das weiß niemand«, sagt er leise. Er lässt sich in seinen Sessel sinken, senkt den Kopf.

»Ich nehme an, David schon.«

»Er ist sich dessen durchaus bewusst«, entgegnet Edward trocken.

»Und verheimlicht er auch, dass er vom anderen Ufer ist?«

Edwards Augen funkeln, und ich merke, dass ich einen Fehler gemacht habe. »Sorry. Darf man das nicht sagen?«

»Vermutlich schon. Ich denke nicht über die Bezeichnung für uns nach«, gibt er zu, »und ja, ich glaube, er tut es, aber halbherzig.«

»Was zum Teufel soll das bedeuten?«

»Ich denke, er würde offen damit umgehen, wenn …«

»Wenn du es tun würdest.« Einen Royal zu lieben, ist ein zweischneidiges Schwert. Als Kind hatte ich einen flüchtigen Eindruck davon bekommen. Meine Mutter, die Frau, die ich kannte und liebte, verwandelte sich in eine andere, wenn eine Kamera auftauchte. Sie verstummte, nahm seinen Arm und wurde zu einer anderen Frau – seiner Frau. Seiner Königin.

Aber sie war nie gleichberechtigt.

Es ist noch nicht vorbei. Edward weiß das. Und ich weiß es auch.

Warum zum Teufel sollte er jemanden in dieses Leben hineinziehen – wenn auch nur heimlich?

»Liebst du ihn?«, frage ich und überlege, wie weit er es hat kommen lassen.

»Ja«, murmelt er.

»Shit.«

»Ich schätze, deinen Segen habe ich.« Er klingt matt, aber ein wenig hoffnungsvoll.

»Liebe macht die Dinge kompliziert.« Besonders für uns.

»Ich denke, schwul zu sein ist schon kompliziert genug«, erwidert Edward. »Da macht die Liebe auch keinen großen Unterschied mehr.«

»Weiß er es? Vater?«

Edward lacht freudlos. »Natürlich. Warum, denkst du, lebe ich wohl derzeit unter seinem Dach? Ich frage mich, wo er *mich* hinschicken wird, damit ich wieder ›in Ordnung‹ komme.«

»Hab keine Angst vor ihm.«

»Hab ich nicht. Ich bin nur … nicht jeder kann einfach so weggehen.«

Ich beiße die Zähne zusammen und verkneife mir eine wütende Erwiderung. Er weiß nicht, warum ich weggeschickt wurde. Er hat keine Ahnung, wie real diese Gefahr ist, und wenn ich es ihm sage, wird er nie den Mut haben, sich selbst gegenüber ehrlich zu sein. Stattdessen halte ich mich an die Fakten. »Krieg ist kein Urlaub.«

»Tut mir leid. Das war schrecklich von mir, das hätte ich nicht sagen sollen.«

Ich winke ab. »Ich glaube, die letzten sieben Jahre waren für uns beide nicht so prickelnd. Wobei du immerhin die Uni abgeschlossen hast. Du bist viel toller als ich«, erinnere ich ihn.

»Komm schon. Du bist ein Kriegsheld«, sagt er. »Die Party heute Abend ist für uns beide.«

Ist sie nicht, aber ich korrigiere ihn nicht. Ich werde wie ein prämierter Hengst auf seiner Abschlussfeier vorgeführt, nicht als Ehrengast. Mein Vater will mich nur als Deckhengst einsetzen, sobald ich eine passende Frau – die zweifelsohne er für mich aussuchen wird – gefunden und geheiratet habe. Der Anstand muss gewahrt bleiben. Dann wird er mich überleben und den Thron an mein Kind übergeben.

Stur genug ist er, und er ist zu dumm, um zu merken, dass ich die Krone gar nicht haben will. Ich werde nicht heiraten. Ich werde die Blutlinie nicht weiterführen.

»Du hast eine andere Art der Ausbildung genossen«, sagt Edward freundlich und missversteht mein Schweigen.

»Ja, ich habe wohl einen Abschluss in Leid und Blut. Ich habe gelernt, wie ein Schlachtfeld funktioniert. Furcht treibt uns an. Sie lässt Männer nach Macht streben und bringt Menschen dazu, schreckliche Dinge zu tun. Sie beherrscht uns alle.«

»Das hat man uns in St. Andrews nicht beigebracht.«

»Keine Sorge, ich werde es heute Abend in meinem Toast nicht erwähnen«, verspreche ich ihm.

»Ich weiß nicht«, sagt er nachdenklich. »Ich hätte nichts dagegen, sein Gesicht zu sehen, wenn du das sagst.«

Ich kann mir ein Schmunzeln nicht verkneifen. »Na gut. Dann mache ich das. Betrachte es als Abschlussgeschenk.«

»Wessen Abschlussfeier ist das?« Mein Vater stürmt in den Frühstücksraum, lässt einen Stapel Zeitschriften fallen und stößt dabei fast die Teekanne um.

»Edwards, dachte ich.« Ich mache mir nicht die Mühe, auf den Titel des Klatschblatts zu schauen, mit dem er wedelt. Schließlich will er, dass ich das tue, was mir Grund genug ist, es nicht zu tun.

»Wir sind hier nicht in einem eurer Disco-Clubs«, brüllt er.

»Disco-Club? Du drückst dich etwas kryptisch aus.«

Seine Augen verengen sich, und es ist, als würde ich in meine eigenen sehen. Die blauen Augen sind das Einzige, was wir gemeinsam haben. Obwohl meine leuchtender geworden sind und seine wässrig, welch eine Ironie, habe ich doch den Mann noch nie weinen sehen.

»Ich habe über deine nächtlichen Eskapaden hinweggesehen. Jeder versteht, dass du Nachholbedarf hast. Da ist nichts dabei«, sagt er in scharfem Ton. »Aber jetzt reden wir vom verdammten Oxford und Cambridge Club. Wer ist diese Frau?«

Nun wandert mein Blick doch zu der Zeitung, und unser Geplänkel interessiert mich nicht mehr. Es sind zwei Bilder. Das erste zeigt sie, wie sie aus einer Wohnung kommt und nicht im Entferntesten ahnt, dass sie fotografiert wird. Sie trägt Shorts und Turnschuhe und ist schöner, als ich sie in Erinnerung habe – schöner als in meinen Träumen, in denen sie herumgeistert. Die andere Aufnahme lässt meine Eier schmerzen. Jemand hat ein Foto von unserem Kuss gemacht. Ich kann mir gut denken, wer das war, und werde dafür sorgen, dass Pepper dafür bezahlt. Fürs Erste verliere ich mich in der Erinnerung, die in diesem Klatschblatt durch den Schmutz gezogen wird. Wie sich ihr Körper an meinen presste. Wie sich ihre Lippen trotz ihrer Überraschung so willig öffneten. Sie gab sich dem Kuss so natürlich hin, dass ich sie fast hochgehoben und wie eine Trophäe davongetragen hätte.

Warum habe ich das nicht getan?

»Wer ist sie?«, grollt er.

»Clara Bishop.« Ich habe versucht, nicht an diesen Namen zu denken. Dass ich weiß, wie sie heißt, macht es schwieriger, mich von ihr fernzuhalten. Ich habe überlegt, ob ich sie aufsuchen soll, aber irgendetwas an ihr ist gefährlich. Das spüre ich.

»Ich weiß, wie sie heißt«, bellt er, reißt mich aus meinen Gedanken und lenkt meine Aufmerksamkeit auf unsere Auseinandersetzung zurück. »Jeder weiß, wie sie heißt. Ich will wissen, was sie für dich ist!«

»Wie bitte?« Ich verstehe seine Frage nicht. Denn mein Vater, der weder scharfsinnig noch einfühlsam ist, kann meine Gedanken nicht lesen. Er weiß nicht, dass ich mich frage, warum sogar dieses unscharfe Bild so eine Wirkung auf mich hat.

»Ist es ihre Abschlussfeier? Ist sie deine Geliebte? Wie habt ihr euch kennengelernt?« Er bombardiert mich mit derart vielen Fragen, dass ich das Gefühl habe, auf einer Pressekonferenz zu sein.

»Sie ist eine Frau, die ich kennengelernt habe.« Ich versuche, lässig zu klingen, auch wenn ich mich kein bisschen so fühle. Clara ist nicht nur irgendeine Frau, die ich kennengelernt habe. Sie ist ein Mysterium. Sie ist der Star in meinen Albträumen und geistert durch meine Tagträume. Dabei kenne ich sie überhaupt nicht, und das sage ich ihm auch.

»Du kannst nicht in exklusiven Clubs herumlaufen und irgendwelche Frauen küssen, insbesondere keine Amerikanerinnen. Die Presse nimmt an, dass du in sie verliebt bist.«

»Verliebt?«, wiederhole ich. »Da müssen sie aber noch eine Menge über mich lernen. Es war Jonathans Abschlussfeier – du hast mich gezwungen, hinzugehen.«

Das überhört er. »Was denkst du, was du damit für eine Botschaft sendest? Die Leute spekulieren, ob das mit euch etwas Ernstes ist.«

»Ist es nicht«, erwidere ich kategorisch. Ich hatte mich gezwungen, sie in Ruhe zu lassen und keinen Kontakt zu ihr aufzunehmen. Das ist schwieriger, wenn mein Vater sie in die Sache hineinzieht.

»Die Presse belagert ihre Wohnung. Ich hoffe, du hast offen mit ihr gesprochen und dass sie keine geltungssüchtige ...« Er bricht ab und starrt mich an, als ich mein Frühstück stehen lasse und mich in Richtung der Räume begebe, die ich hauptsächlich als Kleiderschrank benutze. »Wohin gehst du?«

»Ich lasse nicht zu, dass man sie belästigt. Die haben kein Recht, in ihre Privatsphäre einzudringen.«

»Und was hast du vor?«, fragt er. »Willst du denen das etwa sagen? Du warst zu lange weg. Ich habe keine Zeit, dir jetzt deine Rolle zu erklären, aber erlaube, dass ich deinem Gedächtnis kurz auf die Sprünge helfe. Der Presse ist die Wahrheit egal. Die interessiert nur, womit sich die Auflage steigern lässt. Wenn du die Aufmerksamkeit auf die Frau lenkst, machst du es nur noch schlimmer.«

»Ich sollte mich bei ihr entschuldigen«, hebe ich an.

»Papperlapapp. Deinen Schwanz in der Hose lassen hättest du sollen. In ein paar Stunden beginnt die Geburtstagsfeier. Du gehst nirgendwohin«, informiert er mich. »Und du siehst sie nicht wieder, damit das klar ist. Sie ist in jeder Hinsicht eine unpassende Partie.«

»Nicht das schon wieder«, murmle ich.

»Es ist nicht egal, mit wem du gesehen wirst. Eine Amerikanerin, wirklich? Du triffst sie nicht wieder«, sagt er mit der Haltung von jemandem, der es nicht gewohnt ist, dass man ihm widerspricht.

Weshalb ich es automatisch tue.

»Nein.« Ich gehe an ihm vorbei in Richtung meines Zimmers, in dem mein Smoking auf mich wartet. »Vielleicht verliebe ich mich ja gerade in sie.«

Das wird nicht passieren, aber wenn ich seinen Gesichtsausdruck sehe, könnte ich es mir fast noch mal überlegen.

Bei Gartenpartys vermisse ich den Krieg, dort trug man keine lächerlichen Hüte oder teilte beim Small Talk Spitzen gegen sein Gegenüber aus. In Edwards Freundeskreis geht es weniger höflich zu als in einer Militärkantine, und die Umgangsformen hier sind deutlich unangenehmer.

Doch mein Bruder spielt seine Rolle gekonnt: Er gibt sich charmant und lässig, flirtet mit einer Rothaarigen und ignoriert geflissentlich seinen Freund, der allein an einem Tisch sitzt.

Wenn das meine Zukunft ist – Teepartys und Lügen – wünschte ich, ich wäre nie zurückgekommen. Zumindest wäre alles einfacher, wenn ich nie weg gewesen wäre. Dann stünde ich diesem Leben jetzt nicht angewidert gegenüber, ich wäre daran gewöhnt, es wäre normal. Aber nach allem, was ich erlebt habe, passe ich nicht mehr hierher.

Ich will nicht hierherpassen.

Gerade will ich mich dezent zurückziehen, als Pepper Lockwood mich in die Finger kriegt. Klugerweise hat sie ihre Mutter mitgebracht. So kann ich ihr keine Vorwürfe wegen ihrer Aktion gegen Clara machen. Soweit ich das beurteilen kann, ist es mit ihrer Intelligenz dennoch nicht weit her, denn es war richtig, richtig dumm von ihr, mich zu verärgern. Ich weiß, dass sie das Foto von uns gemacht und es verkauft hat. Was ich nicht verstehe, ist, warum.

In ihren blaugeblümten Kleidern fügen die Lockwoods sich gut in die Szenerie ein. Es ist amüsant, Pepper so zu sehen – sie ist dezent geschminkt und gibt sich zurückhaltend. In den Clubs macht sie auf verführerische Sirene und wartet, dass jemand ihren Reizen erliegt, was mir übrigens nie passieren könnte. Doch hier hat sie andere Ziele. So wie es aussieht, sind beide Lockwood-Frauen auf der Jagd nach Ehemännern.

»Alexander«, Mrs. Lockwoods Stimme klingt zuckersüß, als sie meinen Arm fasst. »Ich kann nicht glauben, wie sehr du dich verändert hast. Du bist jetzt ein Mann.«

Was für ein Glück, dass sie da ist, um mir das zu sagen.

»Aber Sie sind nicht einen Tag gealtert«, erwidere ich, und das ist keine Floskel. Dank der modernen plastischen Chirurgie ist es wahr. »Ihr könntet als Schwestern durchgehen.«

Pepper scheint diese Bemerkung weniger schmeichelhaft zu finden, was umso erfreulicher ist, weil es stimmt.

»Immer noch ein Schwerenöter.« Mrs. Lockwood zeigt ihre strahlend weißen Zähne. »Es sei denn, an den Gerüchten ist was dran …«

»An den meisten Gerüchten über mich ist was dran.« Es ist einfacher, wenn ich so bin, wie sie mich haben wollen. An etwas anderem ist niemand interessiert.

»Aber du triffst dich doch wohl nicht mit einer Amerikanerin!« Sie schlägt sich eine Hand auf die Brust, als ob ihr diese Vorstellung tatsächlich Schmerzen bereiten würde.

Ich wünschte, ich könnte diese Amerikanerin jetzt treffen, aber da Pepper mich in diesen Schlamassel gebracht hat, bin ich lieber vorsichtig in ihrer Gegenwart. Was immer ich sage, könnte leicht morgen als Schlagzeile erscheinen.

»Nein«, schnaube ich. »Natürlich nicht. Da hat mir jemand einen Streich gespielt.«

»Nun, das ist aber ein schlechter Scherz und kein bisschen lustig«, sagt sie ernst.

Ich richte meinen Blick auf Pepper. »Nein, ganz und gar nicht.«

»Du musst eben aufpassen, wen du küsst«, sagt Pepper unschuldig.

»Ich glaube, ich muss mich eher vor meinen Freunden in Acht nehmen«, sage ich. Ich zwinge mich zu einem Lächeln für Mrs. Lockwood und deute mit dem Kopf nach rechts. »Bitte entschuldigen Sie mich. Ich muss zu meinem Bruder.«

Ich möchte einen Moment allein sein, aber das ist mir nicht vergönnt. Irgendein Pressesekretär oder Attaché zerrt mich in Richtung des Zeltes, in dem mein Vater und mein Bruder warten. Edward lächelt angespannt. Als ich einen Blick zum Tisch hinüberwerfe, sehe ich, dass David nicht lächelt.

Mein Vater macht sich nicht die Mühe, so zu tun, als sei er froh, dass wir hier sind. Das hält ihn aber nicht davon ab, eine Champagnerflöte zu erheben.

»Danke, dass Sie heute gekommen sind, um meine Söhne zu feiern. Kein Vater könnte stolzer sein.« Seine Stimme dröhnt über die Menge, die in andächtiges Schweigen verfällt.

Mir entgeht nicht, was er mit seiner Aussage eigentlich meint – nämlich das genaue Gegenteil. Nach der Art und Weise zu urteilen, wie Edward das Gesicht verzieht, ist es ihm ebenfalls aufgefallen, aber wir überspielen es beide.

»Edward hat die langjährige Beziehung zu meiner Universität fortgesetzt und sein Studium ein Jahr früher abgeschlossen«, fährt Vater fort.

»Streber«, flüstere ich Edward zu.

»Schwachkopf«, gibt er leise zurück.

Mein Vater runzelt die Stirn, fährt aber zügig fort. »Und Alexander hat seinem Land und der Welt im Kampf gegen den Terrorismus gedient. Zwei sehr unterschiedliche Ausbildungen sind das, die meine Söhne da absolvieren, aber gleichwohl beide wichtig. Ich bin mir sicher, meine Söhne verstehen, wie wichtig die Rolle ist, die sie jetzt in der Welt spielen. Ich darf Sie darum bitten, mit mir das Glas auf sie zu erheben.«

Mein Glas ist so schwer wie das Joch, das er mit seiner heuchlerischen Rede auf meine Schultern gelegt hat. Ich trinke nicht. Stattdessen warte ich, bis ich dran bin.

»Ich habe Edward vorhin gewarnt, dass ich heute ein paar Worte sagen würde«, beginne ich, als sich die Menge erneut beruhigt. »Er ist zu Recht besorgt, denn zwar habe ich die letzten sieben Jahre seines Lebens verpasst, aber ich könnte einige peinliche Momente von früher zur Sprache bringen. Daran denke ich jedoch nicht, wenn ich meinen Bruder ansehe. In erster Linie bin ich überrascht – überrascht, einen Mann zu sehen, wo ich einen Jungen zurückließ. Einen Absolventen, wo ich einen Studenten zurückließ. Das Einzige, was sich nicht geändert hat, ist, dass er immer noch mein Bruder ist, und das ist auch gut so, denn das ist das Wichtigste. Ohne die Familie sind wir nichts. Bitte erheben Sie das Glas auf meinen Bruder, der in jeder Hinsicht besser ist als ich – mit einer Ausnahme: Ich habe die besseren Augen.«

Edwards Lächeln erhellt sein Gesicht. Er schiebt seine Brille nach oben, als wollte er die letzte Aussage unterstreichen. Anstatt etwas zu trinken, dreht er sich um und umarmt mich. Es ist ein seltsames Gefühl. In unserer Familie umarmen wir uns normalerweise nicht. Aber ich merke, dass ich es nicht so unangenehm finde, wie ich dachte.

»Danke«, flüstert er.

»Ich konnte doch Vater nicht das letzte Wort überlassen«, flüstere ich zurück und ernte dafür ein Lachen.

Um uns versammelt sich eine Gruppe von Menschen, die uns alles Gute wünschen wollen. Als es mir endlich gelingt, mich davonzuschleichen, gerate ich in die Fänge meines Vaters.

»Ich möchte dir jemanden vorstellen. Ihre Tochter …«

»Nicht jetzt«, unterbreche ich ihn. »Für heute ist es genug, mehr ertrage ich nicht.«

»Nach dieser Rede dachte ich, es gäbe Hoffnung. Du hast die Situation gut gemeistert, aber offensichtlich hast du nichts dazugelernt«, sagt er verächtlich.

»Ich dachte, ich hätte gelernt, mich aufzuopfern«, sage ich. »Sieben Jahre meines Lebens zu opfern, war noch nicht genug? Dann schick mich doch einfach zurück.«

»Du begreifst es einfach nicht«, zischt er. »Du bist nicht zur Armee gegangen, um dich für König und Vaterland aufzuopfern.«

»Und warum dann?«, schieße ich zurück.

»Zur Strafe«, sagt er kalt.

Ich frage ihn nicht, wofür. Die Liste ist zu lang. Ich drehe mich um und gehe, ich habe keine Lust, mir weitere Vorwürfe anzuhören oder einer weiteren albernen Mutter zu schmeicheln. Als ich die Hecke erreiche, löse ich meine Fliege und knöpfe den Kragen auf. Aber ich bekomme immer noch keine Luft.

Ich muss hier weg – weg von diesen verlogenen Menschen, die bereitwillig die ihnen zugewiesenen Rollen spielen. Ich brauche jemanden, der echt ist – und schon wandern meine Gedanken wieder zu ihr. Clara ist echt. Ich habe sie gefühlt.

Ich will mich jedoch von ihr fernhalten, und sei es nur, weil ich sie nicht in den Kampf zwischen meinem Vater und mir hineinziehen will. Denn wenn er herausfindet, dass ich sie getroffen habe, wird er keine Ruhe geben.

Aber ich gehöre niemandem. Keinem Land. Noch nicht. Noch bin ich nur mir selbst verpflichtet, und irgendwo in London habe ich Clara Bishop zurückgelassen, damit sie sich in ihrer Wohnung vor der Pressemeute versteckt, während ich auf einer Gartenparty Champagner schlürfe.

Ich kann mir einiges vorstellen, um das wiedergutzumachen, und sie wird jede Minute davon genießen.

»Verdammt.« Es ist, als ob ich keine andere Wahl hätte. Ich ziehe mein Handy heraus, rufe Norris an und erteile ihm einen Befehl. »Finde sie.«

»Bist du sicher?« Er fragt nicht, wen ich meine. Das muss er nicht. Er hat die Zeitungen gelesen und mit diesem Anruf gerechnet.

»Ja«, sage ich, ausnahmsweise ganz und gar aufrichtig. »Finde sie. Ich muss sie sehen.«

Noch nie war ich mir einer Sache so sicher.

3

Plötzlich dringt die Musik des Clubs herein, und ich weiß, dass die Tür zu meinem Separee geöffnet wurde und sie endlich da ist. Wann hatte ich Norris losgeschickt, um sie abzuholen? Vor einer Stunde? Vor einem ganzen Leben? Ich weiß nur, dass es mir vorkommt, als sei eine Ewigkeit vergangen, und jetzt ist sie da. Ich wende mich von den orgiastisch Tanzenden unter mir ab und sehe Clara hinter mir stehen. Ein Lächeln schleicht sich auf mein Gesicht, als ich ihre Jeans und ihr T-Shirt betrachte. Ich habe sie überrumpelt. Sie ist keine Frau, die sich für Bars und Clubs interessiert. Sie war zu Hause, aber was hat sie dort gemacht? Das möchte ich sie fragen. Ich will alles über sie wissen. Alles, was ich jetzt weiß, ist, dass sie genauso hübsch aussieht wie in dem engen schwarzen Kleid. Sie hat sich nicht umgezogen, um mich zu beeindrucken, und aus irgendeinem Grund wird mir bei diesem Gedanken warm ums Herz. Bevor ich verarbeiten kann, was das bedeutet, verengen sich ihre Augen, und sie reckt das Kinn vor. Sie hat mein Grinsen missverstanden und nimmt an, dass ich mich über ihr Aussehen lustig mache.

Was sie nicht weiß, ist, dass mich ihr Ärger nur noch heißer auf sie macht.

Wie eine Königin stolziert sie auf mich zu, stolpert dann

jedoch über die Teppichkante. Ich strecke die Arme aus, um sie aufzufangen, aber sie fängt sich, bevor ich dazu komme.

»Alles in Ordnung«, sagt sie und tritt zur Seite, als ob es so einfach wäre, mich loszuwerden. »Soll ich jetzt einen Hofknicks machen oder so was?«

»Bitte nicht.« Ich kann mir ein Grinsen nicht verkneifen. Sie sieht so trotzig aus, dass meine Handfläche bei der Vorstellung juckt, sie übers Knie zu legen. Ich hoffe fast, dass ich sie nicht zähmen kann. Fast.

»Ich möchte Sie keinesfalls beleidigen, Eure Königliche Hoheit.« Sie fügt den Titel wie einen Dolchstoß an, aber er trifft mich nicht.

Ich möchte, dass dieser Moment anhält. Das hier ist das Vorspiel. Ich weiß, dass sie die Spannung, die sich zwischen uns aufbaut, ebenfalls spürt. Es gibt nur ein Ventil dafür. Ich werde sie in Besitz nehmen, und ich werde es genießen. »Darf ich dir etwas zu trinken bringen?«

»Gern.« Sie stutzt, als wäre sie von ihrer eigenen Antwort überrascht.

»Was ist deine Droge, Clara?«, frage ich sie langsam. Ich möchte ihr sagen, dass sie mir gehört. Dass das Einzige, was ich in diesem Raum schmecken möchte, sie ist. Ich will sie auf meinen Lippen und auf meiner Zunge schmecken. Kein Gift ist süßer als eine schöne Frau.

»Ich komme gerade von der Uni und bin nicht allzu wählerisch«, sagt sie leicht angespannt.

»An Billigwein gewöhnt?«, frage ich und schenke ihr ein Lächeln. »Leider ist man im Brimstone eher …«

»… auf edlen Stoff spezialisiert?«, sagt sie und lacht.

»Genau.«

»Dann nehme ich, was Sie mir geben.«

Ich atme tief ein und hoffe, dass sie das Gesagte auch meint. Seit Tagen habe ich mir genau vorgestellt, was ich ihr gern geben würde. Wie sie vor mir kniet, aus diesen großen Augen zu mir hochsieht, den Mund um meinen Schwanz geschlossen. Ich habe mich gefragt, welchen Rotton diese hübsche Haut unter meiner Hand annehmen wird. Ich habe ihr so viel zu geben, aber ich werde mit einem Drink beginnen.

Fasziniert von der Szenerie blickt Clara auf den Club hinunter. Das Brimstone mit seiner Höllenanmutung ist wirklich beeindruckend. Der Besitzer ist ein alter Freund, wenn man einen Mann wie ihn als Freund bezeichnen kann. Er scheint nichts dagegen zu haben, dass ich das Separee hier oben benutze. An einem anderen Abend hätte ich mir vielleicht unten eine Frau gesucht und sie nach oben eingeladen, aber keine hier kann Clara das Wasser reichen.

»Können die Leute uns sehen?«, fragt sie, als ich ihr einen Scotch reiche.

Ich schüttele den Kopf. »Es ist eine dieser Scheiben wie in den Verhörräumen der Polizei. Von außen sieht sie wie ein Spiegel aus.«

Sie nimmt einen großen Schluck, und meine Aufmerksamkeit gleitet zu ihren Lippen. Ich beobachte, wie sie schluckt. Ihr langer Hals ist elegant, und sie hat eine ungekünstelte Lockerheit an sich. Clara Bishop ist der Inbegriff eines braven Mädchens. Das weiß ich jetzt schon. Es macht mir Lust, mit ihr zu spielen. Ich möchte sie befreien und sehen, wie sie ist, wenn sie sich ganz hingibt.

»Sie sind öfter hier«, sagt sie.

»Mir wurde schon häufiger geraten, zur Hölle zu fahren«, sage ich knapp. »Und ich habe den Rat angenommen.«

»Aaaah«, macht sie, und ein nervöses Kichern entweicht ihr. »Brimstone, Schwefel, wie passend.«

»Mein natürlicher Lebensraum.«

»Das bezweifle ich.« Ihre Worte beruhigen mich, und sie streckt die Hände aus, als wollte sie mich berühren. Das Verlangen, das diese Bewegung ausdrückt, ist etwas anderes als die Energie, die zwischen uns knistert. Ich weiß nicht, wie ich es beschreiben soll. Es ist etwas, das ich noch nie zuvor gespürt habe, aber es strahlt von ihr aus wie das Sonnenlicht an einem warmen Tag.

»Ich muss mich bei dir entschuldigen«, sage ich, stelle mich neben sie und streife mit meiner Schulter die ihre. Sie reagiert, wie ich es mir erhofft habe. Sie öffnet die Lippen, und unter ihrem T-Shirt richten sich ihre Nippel auf und zeichnen sich unter dem dünnen Baumwollstoff ab. Ihr Körper ist von meinem ebenso angezogen wie meiner von ihrem.

»Das müssen Sie nicht«, sagt sie und fügt hinzu: »Eure Hoheit.«

Ich muss unwillkürlich über ihr stures Festhalten an der Etikette lachen. Sie muss nicht mehr so tun, als stünde ich über ihr. Obwohl ich zunehmend daran interessiert bin, sie unter mir zu haben. »Alexander und du, bitte. Norris hat mir erzählt, dass zwei Dutzend Reporter vor deiner Wohnung kampieren.«

»Alexander«, spricht sie zögernd meinen Namen aus wie eine neue Vokabel, die sie noch üben muss. »Ach, wenn sie erst mal gemerkt haben, wie langweilig ich in Wahrheit bin, werden sie sich schon verziehen.«

»Aber bis dahin machen sie dir das Leben zur Hölle.« Ich muss mich ermahnen, dass ich nicht gut für sie bin. Ich weiß nur zu gut, wie unerbittlich die Presse sein kann, wenn sie einer Story auf der Spur ist. Das werde ich ihr nicht antun. Aber ein paar Stunden hier in diesem Raum mit ihr muss ich einfach haben.

»Bist du deshalb in den Irak gegangen?« Sie macht große Augen, als wäre ihr die Frage so herausgerutscht.

Ich würde ihr gern sagen, dass es der Irak und Afghanistan waren und warum ich dort war. Ich möchte ihr von der Gewalt, dem Schmerz und dem Hass erzählen, den ich erlebt habe. Aber ich tue es nicht.

»Aha, wir sind also zurück bei unserem Spielchen?«, scherze ich stattdessen. »Ich fürchte, ich selbst habe dir geraten, dir ein paar Fragen aufzuheben.« Ihre Augen funkeln. Das gefällt mir. Es gefällt mir ein bisschen zu sehr. »Ja«, füge ich an. Das ist einfacher als die Wahrheit. »Ja, genau.«

»Tut mir leid, das geht mich natürlich nichts an. Es ist nur …«

»Nur was?«, hake ich nach.

»Ich wünschte, du wärst nicht dort im Krieg gewesen«, murmelt sie, und eine Kette, die mein Herz einschnürt, löst sich bei ihren Worten.

Ich kann sie nicht ansehen und weiß nicht, was ich sagen soll. Diese Frau, die mich nicht kennt – diese Frau, die ich nicht kenne –, weckt auch in mir den Wunsch, ich wäre nie im Krieg gewesen. Ihre Worte deuten an, dass ich ein ganzes Leben verloren habe. Eines, das ich hätte haben können, wenn ich nicht weggeschickt worden wäre. Ich wäre auf die Universität gegangen. Oxford vielleicht? Ich hätte sie in einer

Vorlesung kennenlernen können. Ich hätte sie in ein richtiges Bett mitgenommen, sie besinnungslos gevögelt und dann vielleicht mit ihr gefrühstückt. Oder auch mehr.

Es ist das Leben, das ich nicht hatte. Das Leben, das ich nie haben werde.

»Ich komme schon klar, aber es ist nett, dass du dir darüber Gedanken machst«, sagt sie, als ich schweige. Sie dreht sich um und stellt ihr Glas ab, will gehen.

»Clara«, sage ich, bevor sie aus diesem Raum und aus meinem Leben verschwinden kann.

»Ja.« Sie schluckt, und da ist wieder dieses Funkeln in ihren Augen.

»So ungern ich es auch zugebe, aber diese Aasgeier haben mir diesmal einen Gefallen getan«, sage ich. »Ich habe versucht, bei der Party deinen Namen in Erfahrung zu bringen, aber keiner konnte mir weiterhelfen. Ich habe oft an dich gedacht.«

Sie starrt mich an, ihr Atem stockt, und ich kann mich gerade noch beherrschen, sie nicht augenblicklich an mich zu ziehen und zu küssen.

»Seit dem letzten Wochenende?« Sie ist überrascht, und ich verstehe nicht, warum. Spürt sie nicht, wie sehr ich sie will? Hat sie nicht auch gespürt, wie elektrisierend dieser Kuss war? Ich habe ihn noch lange nach dem Ende der Party gespürt, wie ein Leuchtfeuer, das mich zu ihr zurückrief.

»Ist das so schwer zu glauben?« Ich trete näher, bis ich die Wärme ihrer Haut spüre. Sie riecht nach Rosenblättern und Versprechen, die ich nicht halten kann.

Ich umkreise sie und versuche herauszufinden, wie weit ich gehen kann. Vielleicht können wir uns wiedersehen, wenn wir vorsichtig sind. Vielleicht muss sich diese Beziehung nicht darauf beschränken, dass ich sie hier überrede, ihr Höschen auszuziehen, um sie an der Wand zu nehmen. Bei der Vorstellung, wie sie stöhnt, muss ich lächeln. Ich bleibe hinter ihr stehen und beuge mich so weit vor, dass meine Lippen ihr Ohrläppchen berühren. »Wenn du wüsstest, was gut für dich ist, würdest du weglaufen.«

»Bin ich in Gefahr?« Ich höre, wie viel Anstrengung es sie kostet, diese Frage zu stellen.

»Menschen in meinem Umfeld werden häufig verletzt«, flüstere ich. Ich kann die Sommersprossen auf ihren Schultern und in ihrem Nacken sehen.

»Wirst du mich verletzen?«

Ich habe das seltsame Gefühl, dass sie will, dass ich Ja sage. Die dunkleren Fantasien, die ich mir erlaubt habe, laufen wie eine Diashow vor meinem inneren Auge ab. Reitpeitschen und Seile. Metall und cremeweiße Haut. Gefesselte, schlanke Handgelenke.

»Du hast die Klatschblätter gelesen«, zwinge ich mich zu sagen. »Glaub nicht alles, was in der Zeitung steht, Clara. Ich habe nie etwas mit einer Frau getan, was sie nicht wollte … worum sie nicht *gebettelt* hätte.«

Sie fährt herum und will etwas sagen, doch die Worte kommen nicht über ihre Lippen. Ich verwirre sie, aber was sie nicht weiß, ist, dass sie die gleiche Wirkung auf mich hat. Alles, woran ich denken kann, ist ihr Mund. Ich möchte über ihre Wange streicheln, meine Hand um ihre Taille legen.

Sie atmet tief ein. »Gefällt dir das? Wenn Frauen dich anbetteln?«

Ich lache, um das Knurren zu überspielen, das mir zu entfahren droht, als sie *anbetteln* sagt. Fuck, ich will, dass sie fleht und bettelt. »Es gefällt mir, Frauen dazu zu bringen, um mehr zu betteln. Es gefällt mir, sie zum Stöhnen und zum Schreien zu bringen. Mir gefällt, wenn sie meinen Namen rufen. Und mir würde sehr gefallen, dich zum Betteln zu bringen.«

»Ich bin nicht unbedingt der Typ, der bettelt«, sagt sie schwach.

»Es steckt aber in dir«, beharre ich. »Ich sehe es in deinen Augen. Das Verlangen danach, dominiert und genommen zu werden. Du wirst es genießen, wenn ich dich ficke.«

»Ja, bitte.« Ihre Stimme ist so leise, dass ich mich frage, ob ich mir die Worte nur eingebildet habe.

Ich streiche mit den Fingern über ihr Schlüsselbein und wünschte, es wären meine Lippen. Ich werde nicht zufrieden sein, bevor ich nicht jeden Zentimeter ihrer Haut gekostet habe. Ich lege den Arm um sie und ziehe sie an mich, bis sie die Verheißung meines Schwanzes an ihrem weichen Bauch spürt. Ich weiß, ihr wird es gefallen, wenn ich sie ficke. Ich weiß, sie wird nicht genug bekommen können.

Aber ich auch nicht. Und das ist ein Problem. »Du solltest jetzt gehen.«

Als ich sie loslasse, schwankt sie. »Ja, das sollte ich.«

Clara mustert mich einen Moment lang, als wäre ich ein kompliziertes Puzzle. Ich möchte ihre Hände nehmen und ihr all meine Teile zeigen. Ich möchte, dass sie mich wieder zusammensetzt. Ich möchte der Mann sein, den sie zu sehen hofft.

Aber das ist unmöglich. »Du wolltest wissen, ob ich dir wehtun werde, Clara. Alles andere wäre eine Lüge. Ich will dir die Kleider vom Leib reißen und dich gegen diese Wand drücken, bis du um meinen Schwanz bettelst. Und wenn ich ihn dir endlich gebe, wirst du darum betteln, dass ich nie wieder aufhöre.«

Entgegen meiner Absichten gehe ich auf sie zu. Ich versuche, ihr eine Wahl zu lassen, aber ich weiß selbst nicht, welche das sein soll. Ich warne sie und fordere sie auf, zu gehen. Zugleich bitte ich sie aber auch, zu bleiben. Offensichtlich weiß ich selbst nicht, was ich will. Oder?

Ich möchte nicht, dass Clara durch diese Tür hinausgeht. Ich fahre mir mit der Hand durchs Haar. Ich möchte nicht, dass sie geht, doch sie in mein Leben zu ziehen, wäre unfair, denn ich kann ihr nicht das geben, was sie braucht. »Aber wenn ich das tue, wird es dich zerstören.«

»Wir sind hier nicht im Märchen«, erwidert sie, aber ich höre, wie ihre Stimme brüchig wird. »Und ich bin kein hilfloses kleines Mädchen.«

Ich denke nicht nach. Sie soll sehen, wie sehr ich sie will, aber dass ich sie aufgebe, weil … Ich packe sie und ziehe sie an mich. »Den ganzen Tag habe ich nur an deine Lippen gedacht. Ich habe mir vorgestellt, wie du vor mir kniest, wie sich dein hübscher kleiner Mund um meinen Schwanz schließt und du es mir besorgst. Aber wenn ich dich jetzt nähme, würde ich mehr wollen. Einmal wäre nicht genug. Und mehr kann ein Mann wie ich niemals haben.«

»Weil ich nicht zur Aristokratie gehöre?«, fragt sie unsicher.

»Ich schätze, dass du Amerikanerin bist, würde sie viel mehr aufregen, aber wen kümmert das schon?«, sage ich düster. Ich versuche zu lächeln, aber lächeln reicht nicht mehr, um die Situation, die ich geschaffen habe, aufzulockern.

Was habe ich gedacht, wie das hier enden würde? »In meiner Nähe kann nichts Schönes existieren. Verstehst du, was ich sage? Sie werden dich zerstören, und wenn sie es nicht tun, werde ich es irgendwann tun.«

»Vielleicht kann ich ja auch gut auf mich selbst aufpassen.« Sie windet sich in meinem Griff, aber ich halte sie fest. Ich bin nicht bereit, sie loszulassen. Noch nicht.

»Vielleicht«, gebe ich zu. »Aber das Risiko will ich nicht eingehen. Die Verantwortung dafür kann ich nicht übernehmen.«

Ich lasse sie los und hoffe, dass sie geht, bevor ich meine Meinung ändere. Stattdessen streckt sie die Hand vor und packt mein Hemd. Das Knurren, das ich unterdrückt habe, entweicht, als sich unsere Lippen treffen, und ich spüre, wie Clara zittert. Ihr Körper fühlt sich so verdammt gut an. Ich will ihn erforschen und lasse auffordernd meine Zunge in ihren Mund gleiten. Als sie mich gewähren lässt, streiche ich mit den Händen nach unten und hebe sie hoch. Die Zunge in ihrem Mund soll ihr einen Vorgeschmack auf das geben, was noch kommt. Sie hat keine Ahnung, welche Orte ich erforschen werde. Sie ist stark, aber sie hat auch etwas wie eine natürliche Unterwürfigkeit an sich. Ich spüre es daran, wie sie die Beine um meine Taille schlingt und ihren Körper an meinen schmiegt, als könne sie sich in mein Leben einfügen. Ich wünschte, es könnte wahr sein. Wenn es nur so wäre, damit ich sie jetzt nehmen könnte. Clara drängt ihre Hüften gegen mich, sie sehnt sich nach Erlösung. Ihre Bewegungen sind drängend, so natürlich und verletzlich wie sie selbst. Während ich weiter ihren Mund koste, erkenne ich die Wahrheit.

Sie ist zwar keine Jungfrau, aber sie könnte es genauso gut sein. Sie ist noch nie von einem Mann wie mir gefickt worden. Sie hat keine Ahnung, was sie erwartet, und sosehr ich ihr auch zeigen möchte, wie gut es sich anfühlt, dominiert zu werden, vielleicht ist sie noch nicht bereit. Ich greife nach ihrem Pferdeschwanz und ziehe daran, bis sich ihr Mund von meinem löst.

»Das ist deine letzte Chance«, warne ich. Ich spüre, wie sie nachgibt, sie wird mir gehören. Doch dann flackert Schmerz in ihren Augen auf.

»Nein«, flüstert sie.

Ich will sie nicht loslassen. Ich will sie küssen, bis aus ihrem Nein ein Ja wird. Ich hatte es doch deutlich gespürt. Was hat sich verändert? Als ich sie auf dem Boden absetze, bemerke ich, wie ihre Beine zittern.

»Du bist ein kluges Mädchen.« Ich küsse sie auf die Stirn. Eine letzte Kostprobe. »Norris bringt dich nach Hause, und ich sorge dafür, dass die Reporter vor deiner Tür verschwinden.«

»Danke.« Das Bedauern, das ich selbst empfinde, klingt auch aus ihren Worten.

»Leb wohl, Clara Bishop.« Ich verkneife es mir, ihr zu sagen, dass ich nicht will, dass sie geht.

Sie weicht vor mir zurück, als würde sie nicht darauf vertrauen, dass ich ihr nicht folge. Als sie die Tür erreicht, gibt es nur noch eins zu sagen. »Leb wohl.«

Die Tür schließt sich hinter ihr, und ich zwinge mich, hierzubleiben. In diesem Raum. An diesem Ort. Es ist schwieriger, als ich es mir vorgestellt habe. Vielleicht liegt es daran, dass wir uns schon zum zweiten Mal voneinander trennen.

Vielleicht, weil sie dieses Mal Nein gesagt hat. Ich respektiere das. Zumindest möchte ich es respektieren. Fast habe ich mir eingeredet, dass ich sie gehen lassen kann. Ich bin bereits aus der Tür und auf dem Weg die Treppe hinunter, als mir klar wird, dass ich sie will.

Ich kann es nicht erklären – weder mir noch ihr. Aber ich werde es ihr verständlich machen.

Clara Bishop gehört zu mir.

4

Ich dränge mich durch die Menge und bahne mir einen Weg durch das Brimstone. Doch ich bin in diesem Höllenkreis gefangen, entdecke Clara und Norris ein Stück vor mir, erreiche sie aber nicht. Um mich herum werden Handys gezückt, aber mir ist scheißegal, ob man mich erkennt. Ich will nur zu ihr, bevor sie wieder geht.

Und dann treffe ich eine Entscheidung.

Wenn ich es schaffe, werde ich sie nicht wieder gehen lassen. Wenn ich es nicht schaffe, ist das ein Zeichen. Ich spiele ein albernes Spiel mit mir selbst, aber ich bin nun mal ein Spieler. An das Schicksal habe ich nie geglaubt, aber seit ich Clara getroffen habe, ziehe ich seine Existenz in Erwägung.

Norris' grau meliertes Haar ist in dem Gedränge der Clubbesucher nicht schwer auszumachen, schließlich ist er an die zwanzig Jahre älter als alle anderen. Ich kämpfe mich zu ihm durch und stelle fest, dass er allein ist.

»Wo ist sie?«, frage ich, wobei der Lärm meine Worte übertönt. Er hat mich dennoch verstanden und deutet in Richtung Haupteingang.

Sie ist weggelaufen.

Kluges Mädchen. Dummes Mädchen. Ich weiß nicht, was ich davon halten soll. Sie hat auf meine Warnung gehört und gehandelt. Ich wünschte nur, sie wäre nicht ausgerechnet dort rausgerannt, wo ein Schwarm Paparazzi kampiert.

Ohne nachzudenken, folge ich ihr. Ohne mich groß zu entschuldigen, schiebe ich Leute beiseite, dränge mich zwischen Paaren hindurch. Norris holt mich ein und macht den Weg für mich frei.

Als wir die Tür erreichen, ist die Aufmerksamkeit des Türstehers auf die Szene gerichtet, die sich vor ihm auf der Straße abspielt. Ich höre die Reporter, bevor ich sie sehe.

»Miss Bishop! Lächeln, Schätzchen!«

»Miss Bishop, wie lange sind Sie schon mit dem Prinzen liiert?«

»Miss Bishop, ist es wahr, dass der König Ihre Beziehung nicht gutheißt?«

»Haben Sie in Oxford heimlich geheiratet?«

Ich öffne den Mund, um die Aufmerksamkeit der Meute auf mich zu lenken und Clara die Chance zu geben, zu entkommen. Sie haben sie erwischt, und das genügt mir als Ermahnung, dass ich sie da nicht mithineinziehen darf. Clara wurde nicht zu diesem Leben in der Öffentlichkeit verdammt; ich schon. Sie muss diese Bürde nicht tragen. Aber bevor ich auch nur ein Wort sagen kann, stellt sie sich vor die Gruppe.

»Es tut mir leid, Ihnen allen mitteilen zu müssen, dass ich nicht mit Prinz Alexander liiert bin. Jemand hat da einen Fehler gemacht. Ich kenne den Prinzen nicht. Ich bin nicht in ihn verliebt. Und ich bezweifle sehr, dass der König sich auch nur im Geringsten für mich interessiert.«

Als ich sie so sehe, ist es, als würde etwas in mir an seinen rechten Platz fallen, aber ich habe keine Zeit, weiter darüber nachzudenken. Auf ihre Worte hin drängt die Meute nur umso mehr auf sie ein, sie gerät ins Straucheln, hat Angst im Blick. Dann verschwindet sie aus meinem Blickfeld, und Wut brodelt hoch und bricht aus mir heraus. »Es reicht!«

Das Gewusel der Pressemeute verebbt. Die Menschen weichen zurück, und ich sehe sie auf dem Boden liegen, die Hände schützend um ihren Kopf gelegt.

Das ist meine Schuld. Ich habe sie gebeten, herzukommen. Ich bin der Grund, warum ihr Bild in diesen verdammten Klatschblättern gelandet ist. Ich gehe zu ihr, knie mich neben sie und nehme sanft ihre Hände von ihrem schönen Gesicht.

»Alles in Ordnung, Clara?« Ich sage es so leise, dass nur sie es hören kann.

Sie nickt, ihr Blick richtet sich auf die Menge und die Kameras. Für mich existieren sie nicht. Ich kann nur an sie denken. Sie muss hier weg.

Ich nehme ihre Hand und helfe ihr auf, und sofort werden wir wieder mit Fragen bombardiert. Selbst meine Autorität ist zeitlich begrenzt.

»Ist das Ihre Freundin, Alexander?«

»Stimmt es, dass Ihr Vater eine Beziehung mit einem gewöhnlichen Mädchen nicht gutheißt?«

Clara verzieht das Gesicht, und ich verkneife mir eine bissige Bemerkung. Ich werde mich nicht herablassen, mit diesem Abschaum zu sprechen, der sie zu Boden gestoßen hat. Aber wieso erkennen sie nicht die Wahrheit? An dieser Frau ist nichts »gewöhnlich«. Ich lege ihr eine Hand auf den Rücken, sodass es alle deutlich sehen können. Sie kann mich zurückweisen, aber ich lasse nicht zu, dass man sie als meiner nicht würdig darstellt. Vor ein paar Monaten bin ich noch von Staub überzogen durch die Wüste gerobbt. Ich mag mit einem Titel geboren worden sein, aber das macht mich nicht besser als sie. Wenn überhaupt, dann bin ich so viel schlechter als sie.

Norris eilt zum Auto und öffnet die Tür. Als sie einsteigt, begegnen sich seine und meine Blicke, und ich lese die Frage in seinen Augen. Ich muss nicht einmal darüber nachdenken. Ich setze mich neben sie und schließe die Tür, sodass wir vor den Kameras und weiteren Fragen sicher sind. Clara starrt auf ihre Knie, und für einen Moment befürchte ich, dass sie einen Schock erlitten hat. Für Entschuldigungen ist später noch Zeit. Jetzt muss ich wissen, dass es ihr gut geht. Mein Instinkt übernimmt die Führung, und ich lege einen Arm um sie. Ich ziehe sie an mich und atme scharf ein, als sie ihr Gesicht an meiner Schulter vergräbt. Ich möchte glauben, dass ich sie trösten kann, aber ich bin nicht erfahren in so etwas. Stattdessen kümmere ich mich so um sie, wie es mir in diesem Club beigebracht wurde – in meiner Welt. Clara ist nicht meine *Sub*. Noch nicht. Aber im Moment braucht sie Zeit, um das Geschehene zu verarbeiten. Also werde ich zu ihrem Anker und warte darauf, dass sie zu mir zurückkehrt.

Sie fühlt sich zart an in meinen Armen, sie braucht meinen Schutz. Aber eine falsche Bewegung, und ich könnte sie zerstören. Schweigend fahren wir durch London. Meine Zeit mit ihr läuft ab. Ich habe eine Entscheidung zu treffen.

»Clara.« Ihr Name fühlt sich wundervoll auf meinen Lippen an. »Geht es dir gut? Es tut mir leid, dass du das durchmachen musstest. Ich hätte dich nicht küssen dürfen.« Durch den Kuss habe ich alles vermasselt. Und jetzt mache ich es schon wieder – ich halte sie, lasse mich mit ihr sehen. Ich darf es nicht noch komplizierter machen.

Also nehme ich den Arm von ihrer Schulter, fahre mir mit der Hand durchs Haar und überlege, was ich tun soll. Clara setzt sich auf und bringt Abstand zwischen unsere Körper. Ich lasse es zu, aber es gefällt mir nicht. Sie zu berühren, lindert etwas das unstillbare Verlangen, das ich in ihrer Nähe verspüre.

»Mir geht's gut. Die Dinge sind ein bisschen aus dem Ruder gelaufen. Ich fürchte, du hast deutlich mehr Erfahrung mit solchen Situationen als ich«, sagt sie und sieht mir in die Augen.

»Leider kann ich dir nur zustimmen.« Ich halte ihren Blick fest, bis sie unruhig auf dem Sitz hin und her rutscht. »Ich weiß, dass es mir leidtun sollte, dich geküsst zu haben, aber das tut es nicht. Ehrlich gesagt würde ich es gern wieder tun.«

»Ich halte dich nicht davon ab«, flüstert sie.

Ich zwinge mich, den Blick von ihr abzuwenden. Aber ich kann nicht so tun, als wäre sie nicht hier, kann ihren perfekten Körper nicht ignorieren, der sich auf dem Rücksitz an meinen presst. Doch ihre Gegenwart – mein Verlangen – ändert nichts an den Tatsachen. »Du hast Nein gesagt.«

Sie blinzelt, als würde ihr das gerade auch wieder einfallen. »Ich habe es aber nicht gemeint.«

»So unterschiedliche Signale, Miss Bishop. Das ist bei einem Mann wie mir nicht ohne Risiko.«

»Bei einem Mann wie dir? Was soll das heißen?«, fragt sie.

»Ich bin ein Mann, der sich nimmt, was er haben will.« Ich lasse meine Worte auf sie wirken. Aber Clara gibt nicht auf.

»Mich hast du aber nicht genommen.«

Sie widersetzt sich mir. Verdammt, das ist vielleicht noch erotischer als die kleinen Anzeichen von Unterwerfung, die ich beim Küssen spüren konnte.

Eine starke Frau in die Knie zu zwingen und zu wissen, dass man der Einzige ist, der sie zähmen kann, ist mit nichts zu vergleichen.

»Die Umstände, unter denen wir uns begegnet sind, waren ungewöhnlich.« Ich lege eine Hand auf ihr Knie, und bevor ich die Geste rückgängig machen kann, durchläuft ein leichtes Beben ihren Körper. Ich sollte ein Gentleman sein und mich zurückhalten. Stattdessen hoffe ich darauf, ihr noch eine weitere Reaktion zu entlocken.

»Du warst also nicht dort, um jemanden aufzureißen?« Sie tut so, als würde sie meine Hand ignorieren, aber ein rosiger Schimmer schleicht sich auf ihre Wangen. Diesen Schimmer möchte ich auch auf dem Rest ihrer hellen Haut sehen. Es kostet mich Mühe, mich auf das zu konzentrieren, was sie sagt. »Ist der Club etwa nicht dein gewohntes Jagdrevier?«

Ich versuche, ein Lächeln zu unterdrücken. Sie zu treffen war das Letzte, womit ich an dem Tag gerechnet habe. »Im Oxford and Cambridge Club finde ich nur selten anregende Gesellschaft.«

»Warum warst du dann dort?«, fragt sie.

»Mein Freund Jonathan hat mich überredet, zu seiner Abschlussfeier zu kommen.«

»Es fällt mir schwer, mir vorzustellen, dass du dich von irgendjemandem zu irgendetwas überreden lässt.«

»Dann kennst du Jonathan wohl nicht.«

»Moment mal«, sagt sie, »meinst du etwa Jonathan Thompson?«

»Genau der. Kennst du ihn ... gut?« Ich versuche, unbeteiligt zu klingen, aber ich will es dringend wissen.

»Nur flüchtig«, antwortet sie schnell, und ich entspanne mich.

»Jonathan behauptet, er hätte jedes Mädchen aus seinem Jahrgang flachgelegt«, sage ich. »Es freut mich, dass du höhere Ansprüche hattest.«

Ich bin mir nicht sicher, warum das wichtig ist. Claras Leben vor mir geht mich nichts an. Im Grunde geht mich ihr jetziges Leben auch nichts an. Aber der Gedanke, dass Jonathan sie berührt haben könnte, beunruhigt mich mehr, als ich ihr oder mir eingestehen möchte.

»Und dieses Lob aus dem Mund seines *Freundes*.«

»Manche Menschen sollte man im Auge behalten.« Ich hoffe, sie versteht die Warnung. Ich habe kein Interesse daran, mit ihr über Jonathan zu sprechen – ich will sie lediglich von ihm fernhalten.

Clara richtet ihre Aufmerksamkeit auf die Straßen und die Gebäude, die hinter dem Seitenfenster des Wagens vorbeiziehen. Sind wir in der Nähe ihrer Wohnung? Zählt sie die Minuten, bis sie mich los ist? Ich könnte es ihr nicht verübeln, aber sie bleibt dicht bei mir, sodass sich unsere Körper berühren.

»Wohin fahren wir?« Sie schaut auf ein bestimmtes Gebäude, und ich begreife, dass sie offenbar dort wohnt: ein einfaches Backsteingebäude in East London.

Es ist nicht die übliche Wahl für ein Mädchen mit einem Treuhandfonds. Andererseits stand in der Akte, die Norris mir über sie gebracht hat, dass sie bei einer Non-Profit-Organisation arbeitet. Nichts an dieser Frau passt zu ihrem Bankkonto.

»Die Reporter sind uns auf den Fersen. Norris hängt sie ab, dann bringe ich dich nach Hause.« Ohne nachzudenken, wandert meine Hand von ihrem Knie hinauf zu ihrem Oberschenkel.

Ich kann den Wunsch, sie zu berühren, nicht unterdrücken. Ich möchte sie trösten, sie küssen. Sie zieht mich in ihr helles Licht, als wäre ich eine selbstmordgefährdete Motte. Ich bin kein Geschöpf, das für sie bestimmt ist. Ich gehöre in die Dunkelheit, aber obwohl ich das weiß, weiche ich nicht vor ihr zurück.

»Clara«, murmle ich. Ich weiß, dass ich ihr das Folgende sagen muss. Ich habe eine Verpflichtung ihr gegenüber.

»Hm?«

»Ich werde dafür sorgen, dass du in Sicherheit bist, ganz egal, was als Nächstes geschieht. Es ist wichtig, dass du das weißt.« Ich meine es ernst. Ein Teil von mir hofft, dass sie auf mein Angebot eingeht. Ich tue mein Bestes, um zu ignorieren, was der Rest von mir will.

Sie schließt die Augen. »Wieso?«

»Weil du der einzige Mensch bist, der sich gewünscht hat, ich wäre nie fortgegangen.« Ich versuche, lässig zu klingen. Ich weiß nicht, warum mir das so viel bedeutet.

»Ich bin froh, dass du zurückgekommen bist«, sagt sie leise und blickt zu mir hoch.

Die Grenze, die ich versucht hatte, zwischen uns zu ziehen, löst sich bei ihren Worten auf. Ich will nicht darüber nachdenken, warum, aber ich kann es nicht leugnen.

»Ich will dich.« Die Grenze ist überschritten, ich habe mich entschieden. Ich weiß, dass sie mich auch will. Claras Körper gehört mir seit dem Moment, in dem wir uns zum ersten Mal berührt haben. Ich fürchte nur, das wird mir jetzt nicht mehr genügen. »Aber nicht heute Abend.«

Sie sieht mich vorwurfsvoll an, doch das schürt nur mein Verlangen. »Ist das deine Masche? Ein Mädchen erst heißmachen, bis sie vor dir auf die Knie fällt?«

Wir wissen beide, dass ich sie jetzt nehmen könnte.

»Willst du, dass ich darum bettle? Brauchst du das?«, fragt sie.

Ich streiche mit meinen Fingern über den rauen Stoff ihrer Jeans, um sie noch ungeduldiger zu machen. »Brauchen? Nein. Wollen?« Ich schlucke. Ich weiß genau, was ich von ihr will. »Ja. Ich will dich betteln hören. Um meinen Schwanz. Darum, dass ich dich ficke. Und genau das wirst du tun, Süße. Aber. Nicht. Heute. Abend.«

»Warum nicht?« Die Frage hat etwas Verzweifeltes an sich.

»Weil das gesamte Gebäude bis morgen früh unter Beobachtung steht, außerdem interessiert schneller Sex mich nicht, Clara. Ich will dich erkunden. Ich will dir die Kleider vom Leib reißen und dich zum Bett tragen. Ich werde dich ficken, bis es wehtut. Und du wirst darum betteln, dass ich es tue.« Ich halte inne und stelle mir vor, wie sie mit gespreizten Beinen unter mir liegt. Das Bild bestärkt mich nur. »Und dafür brauche ich mehr als ein paar Stunden.«

Sie starrt mich an, dann streicht sie sich mit der Zunge über die Lippen, als könne sie mein Versprechen schmecken.

»Ich bekomme immer, was ich will.« Im Geiste warne ich sie, das ja nicht infrage zu stellen.

»Wann?«

»Morgen.« Ich kann keinen Moment länger warten.

»Und die Reporter?«, fragt sie verzweifelt.

»Darum kümmere ich mich.« Das ist das Mindeste, was ich tun kann. Ich habe ein Spiel gewonnen, von dem ich nicht wusste, dass ich mich darauf eingelassen hatte. Clara Bishop hat zugestimmt, mich wiederzusehen. In Wahrheit willigt sie in mehr als nur in das ein. Uns ist beiden klar, worauf das hinausläuft. Ich suche in ihrem Gesicht nach Zweifeln und finde keine. Sie will es genauso sehr wie ich. Die Erkenntnis macht mich noch härter, als ich ohnehin schon bin – ein Kunststück, das ich nicht für möglich gehalten hätte. »Norris holt dich um elf Uhr ab.«

Schüchtern blinzelnd betrachtet sie ihr Wohnhaus und beißt sich in die Unterlippe, als läge ihr etwas auf der Zunge, das sie aber nicht aussprechen will. Ich möchte ihr all ihre Geheimnisse entlocken.

»Dann bis morgen Abend«, murmelt sie.

»Oh, nein. Morgen früh.« Ich nehme ihr Gesicht in meine Hände, damit es bloß kein Missverständnis gibt. »Ich habe doch gesagt, ich brauche Zeit, Süße.«

Es ist ein Versprechen und zugleich eine Warnung. Ich werde sie langsam nehmen, ich will jeden Zentimeter von ihr erobern. Welche Energie auch immer zwischen uns Funken schlägt, ich kann sie nicht beherrschen. Aber ich muss diese Frau nicht nur vögeln, ich muss sie schmecken, sie berühren. Am liebsten gleich, doch wenn ich mich zurückhalte, ist es morgen noch köstlicher.

Meine Lippen streifen ihre, und sie öffnet sie mit einem leisen Seufzen. Ich kann dem Angebot kaum widerstehen. Wenn ich jetzt anfange, kann ich nicht mehr aufhören. »Bis dann.«

Norris hilft ihr aus dem Wagen und eilt mit ihr ins Haus, bevor noch die Meute der Reporter uns einholt. Ich möchte ihr folgen und sie persönlich sicher zur Tür bringen. Am liebsten würde ich sie dort einschließen, um sie vor der Aufmerksamkeit der Öffentlichkeit zu schützen, die ich auf ihr Leben gelenkt habe.

Während ich noch mit mir ringe, weiß ich im Grunde, dass sie am sichersten wäre, wenn ich mich von ihr fernhielte. Jetzt, wo sie nicht mehr neben mir ist, frage ich mich, ob ich das könnte.

Ich weiß drei Dinge:

Ich sollte die Verabredung sofort rückgängig machen.

Ich werde sie nicht ewig vor der Presse oder vor meiner Familie schützen können.

Ich habe keine Kontrolle über die Gefühle, die mich zu dieser Frau hinziehen.

Der letzte Punkt ist stärker als die beiden anderen, und ich kann nur hoffen, dass meine Besessenheit nach einer Nacht mir ihr nachlässt.

Wortlos setzt sich Norris wieder hinters Steuer, und wir fahren schweigend weiter. Nach ein paar Minuten räuspert er sich. »Nach Hause?«

»Sieht so aus«, sage ich bedauernd, während ich mit den Gedanken noch bei Clara bin. »Ich muss mir eine eigene Wohnung suchen.«

»Vielleicht solltest du mit deinem Vater sprechen«, rät mir Norris und mustert mich im Rückspiegel.

»Ich will nichts von ihm. Ich besorge mir eine Wohnung.«

Norris sagt nichts mehr, aber dass er eine klare Meinung zu dem Ganzen hat, ist nicht zu übersehen.

»Nun spuck's schon aus«, befehle ich. »Was willst du sagen?«

»Glaubst du, dass das so einfach wird?«

»Mit der Wohnung?«, frage ich zurück.

»Unter anderem.« Er wählt seine Worte mit Bedacht, er weiß, wie schnell meine Familie gereizt reagiert. Und ich bin da keine Ausnahme.

»Wenn wir von Clara sprechen, sollten wir ihren Namen benutzen«, sage ich. »Hältst du das für eine schlechte Idee?«

»Ich denke, eine Frau wie sie verdient mehr als eine Hotelsuite.«

Das weiß ich bereits. »Ich kann sie nicht woanders treffen. Dadurch würde ich sie zu sehr der Öffentlichkeit ausliefern.«

»Alexander, das ist doch längst der Fall.« Er biegt in eine Seitenstraße ab. Während ich beobachte, wie das beleuchtete London hinter dem Fenster vorbeifliegt, denke ich über seine Worte nach.

»Ein Grund mehr, es diskret zu handhaben.« Ich weiß, dass Norris recht hat. Clara verdient mehr, als ein Mann wie ich ihr geben kann. »Kannst du dafür sorgen?«

»Natürlich«, antwortet er knapp. Meine Entscheidung gefällt ihm nicht.

Ich bin ein egoistischer Mensch, ich werde sie verletzen. Ich werde sie nicht beschützen können, weil ich selbst für Clara eine größere Gefahr darstelle als jeder Reporter oder jede Schlagzeile in einem Boulevardblatt. Sie ist keine Frau, die einen Mann wie mich fickt, weil sie es so aufregend findet. Nicht die Art von Frau, mit der ein Mann wie ich zum Spaß ins Bett steigt. Ich werde mir so viel mehr als nur ihren Körper nehmen – und das Schlimmste ist, dass es mir egal ist, ob ich sie verletze. Nicht, wenn es bedeutet, dass ich sie haben kann, und wenn auch nur für einen Tag.

5

Ich gehe auf Nummer sicher und buche meine Lieblingssuite in meinem Lieblingshotel. Dann lasse ich mir einen frischen Anzug liefern. Auf keinen Fall will ich in den Palast und in das künstliche Leben zurückkehren, das man mir aufzwingt. Ich finde leicht in den Schlaf. Morgen wird Clara mir nicht mehr nur in meinen Träumen erscheinen, sie wird in meinen Armen liegen.

Als Norris am nächsten Morgen anruft, um mir mitzuteilen, dass er unterwegs ist, gehe ich nach unten, um sie zu empfangen, ehe ich es mir wieder ausreden kann. Denn sosehr ich auch mit ihr ins Bett möchte, ich weiß, dass es ein Fehler ist. Trotz all meiner Vorsichtsmaßnahmen könnten wir erwischt werden. Die Fahrstuhltüren gleiten auseinander, geben den Blick auf sie frei und zerstreuen meine Zweifel. Sie trägt ein langes blaues Kleid, das zu viel von ihrem Körper bedeckt, sich jedoch um ihre perfekten Kurven schmiegt. Sie ist ein wandelnder feuchter Traum, und ich frage mich, was ich wohl unter ihrem sittsamen Äußeren finden werde, hinter dem sie sich seit unserer ersten Begegnung versteckt. Als ich sie berührt habe, habe ich ihre unmittelbare Reaktion gespürt. Sie hat sich meinem Kuss ganz natürlich unterworfen.

Und dann hat sie Nein gesagt.

Clara Bishop ist ein Rätsel, das ich lösen möchte, und sei es nur, um sie zu befreien.

Mit meinem Mund.

Mit meinen Händen.

Mit meinem Schwanz.

Ich weiß, dass sie es auch will, denn sie sieht mich mit großen, unschuldigen Augen an und fordert mich auf, ihr eine Welt zu zeigen, die sie noch nicht kennt.

»Clara.« Ich halte ihr die Hand hin. Sie ist nicht der Typ, der mit einem Mann schläft, den sie kaum kennt. Vielleicht ist das der Grund, warum ich sie so gerne ficken möchte. Ich muss mich beherrschen, mir nicht ständig die Lippen zu lecken, und als sie meine Hand nimmt, möchte ich sie in den Aufzug zerren und mich über sie hermachen.

Stattdessen folgt sie mir mit einem Vertrauen in die Kabine, das ich nicht verdiene. In dem Moment, in dem sich die Türen hinter ihr schließen – in dem Moment, in dem ich sie endlich für mich allein habe –, wirbelt sie herum wie ein wildes Tier, das in eine Falle getappt ist.

»Stimmt etwas nicht?« Habe ich die Situation falsch eingeschätzt? Eben noch schien sie so bereitwillig, schien sie sich so sicher zu sein wie ich. Jetzt starrt sie auf die Türen, als hätte sie einen schrecklichen Fehler begangen.

»Ich hätte mich bei Norris bedanken müssen. Das war sehr unhöflich von mir.«

Ihr Entsetzen entlockt mir ein Lächeln. Es ist das Letzte, womit ich gerechnet habe, und es beweist, dass sie so anständig ist, wie ich es mir vorgestellt habe. Aber Clara ist anders als die falschen Freunde, die ich mein ganzes Leben lang gekannt habe. Sie scheint sich ehrlich über sich zu ärgern.

Norris ist mir mehr ein Freund als die meisten, die sich damit in der Öffentlichkeit brüsten. Dass sie ihn sieht, sich an seinen Namen erinnert, bedeutet mir viel. Trotzdem werde ich nicht zulassen, dass sie sich deshalb Gedanken macht, nicht wenn wir endlich allein sind.

»Ich bin sicher, sein Gehalt entschädigt ihn für jede Unhöflichkeit deinerseits.«

»Trotzdem war es nicht nett.« Sie runzelt die Stirn, dann fasst sie einen Entschluss. »Bitte sag ihm, dass es mir leidtut und ich mich gefreut habe, von ihm chauffiert zu werden.«

Ich nehme mir vor, genau das zu tun. Aus irgendeinem Grund möchte ich, dass Norris sie mag. Wahrscheinlich, weil er sie herumfahren wird. Ich glaube nicht, dass ich nach einem Tag mit Clara bereits die Finger von ihr lassen kann.

Ihr Stirnrunzeln weicht jener ungekünstelten Verletzlichkeit, die mich an dem Tag im Club zu ihr hingezogen hat. Sie denkt zu viel nach, wie im Brimstone, als sie Nein gesagt hat. »Ich dachte, du wärst vielleicht doch noch zur Vernunft gekommen und hättest einen Rückzieher gemacht.«

Das wollte ich eigentlich nicht sagen. Irgendwie muss ich sie immer wieder warnen, aber wie beim letzten Mal lässt sie sich davon keineswegs abschrecken. Der Duft von Rosen liegt in der Luft. »Warum? Bist *du* etwa zur Vernunft gekommen?«

»Ich bin nicht in Gefahr.« Ich gehe einen Schritt auf sie zu und will ihren Geruch tiefer einatmen, aber sie ist diejenige, die scharf einatmet.

»Vielleicht bin ich ja ein Wolf im Schafspelz.«

Und sie soll ein Unschuldslamm sein. Ich möchte jede Facette von ihr kennenlernen, alles, was sie vor der Welt verbirgt.

»Wo sind wir hier überhaupt?«, fragt sie und sieht sich im Aufzug um. Was für eine charmant naive Frage.

Was glaubt sie denn, wo wir sind? Ich dachte, ich hätte keinen Hehl aus meinen Absichten gemacht, sie zu ficken, bis sie nicht mehr stehen kann. Oder vielleicht weiß sie, wo wir sind, klammert sich aber an ihren Anstand, den ich ihr in den nächsten Stunden austreiben muss.

»Im Westminster Royal«, sage ich.

»Schickes Hotel.« Sie klingt beeindruckt, was mich erfreut. Einerseits, weil mir die Suite sehr gut gefällt, aber vor allem, weil ich ihr den Slip herunterreißen möchte.

»Die Privatsphäre der Gäste wird hier respektiert. Etwas, das ich sehr schätze.«

»Checkst du unter falschem Namen hier ein und verschwindest dann bei Nacht und Nebel wieder?« Sie klingt, als würde sie ein Lachen unterdrücken, und so lache ich stattdessen.

»Ganz so verstohlen läuft es nicht ab. Der Großteil der Angestellten kennt mich als Mr. X.«

»Und ich bin für heute Mrs. X?« Sie schlägt sich eine Hand vor den Mund, und ihre Augen weiten sich, als ihr klar wird, was sie gesagt hat.

Meine Antwort kommt für sie genauso unerwartet wie für mich selbst.

»Das klingt gut.« Viel zu gut, und ich weiß nicht genau, warum. Ich betrachte sie, als ließe sich die Antwort in ihrem Gesicht finden. Stattdessen sehe ich ihre Nervosität, gepaart mit Verlangen, und aus irgendeinem Grund muss ich sie beruhigen, weshalb ich das Letzte sage, was ich sagen sollte. »Mrs. X klingt herrlich unartig.«

Sie befeuchtet ihre Lippen, und ich denke an eine der vielen Fantasien, in denen ich mir ausgemalt habe, was sie mit diesem perfekten Mund anstellen könnte.

»Ist das in Ordnung für dich? Dieses Arrangement, meine ich«, sage ich, ehe sie auf falsche Gedanken kommt, und ignoriere, dass ich anscheinend selbst auf falsche Gedanken komme.

Das hier kann nur auf eine Weise enden.

Mit einer Reihe von überwältigenden Orgasmen im Laufe von ein paar Tagen, einer Woche, vielleicht auch mehr. Aber egal, welche Grenzen wir überschreiten, es gibt eine Grenze, die wir beide respektieren werden.

»Ich hatte nicht erwartet …«

»Dass wir uns in einem Hotel treffen?« Ich möchte ihr erklären, dass es das Beste ist. Es ist schwieriger, sich an ein Bett zu binden, das man nur vorübergehend nutzt. Die Anonymität eines Hotels verhindert, dass die Dinge kompliziert werden. Deshalb bin ich gestern Abend nicht mit zu ihr nach Hause gegangen. Deshalb habe ich sie nicht bis zur Tür begleitet. Wir sind nur aus einem Grund hier. Ein Hotel ist eine stete Erinnerung daran, was das zwischen uns ist.

Es schützt uns auch vor den Paparazzi, die immer noch ihre Wohnung belagern. Das ist meine Bürde, mit der ich sie nicht belasten will.

»Ja.« Sie sieht mir nicht in die Augen.

Ich weiß nicht, ob ich sie verärgert oder verängstigt habe oder ob sie nur nervös ist, aber ich muss sie beruhigen. Ich lege eine Hand um ihr Kinn, zwinge sie, mich anzusehen, und verliere mich fast in dem grauen Meer ihrer Augen. »Ich wollte sicher sein, dass niemand hiervon erfährt.«

Clara reißt sich von mir los und wendet sich den Türen zu, als hoffte sie, dass sie sich öffnen. Was denn? Was habe ich gesagt?

»Was ist?« Ich drücke mich näher an sie heran, weil ich Angst habe, dass der Aufzug sein Ziel erreicht und ich sie endgültig verliere. »Warum wirkst du, als hätte ich dich in die Enge getrieben?«

»Selbst ich habe so etwas wie Selbstachtung.« Sie starrt mich wütend an, und ich versuche, meinen Blick auf ihrem Gesicht zu halten, auch wenn sich ihre Nippel unter ihrem Kleid abzeichnen. Ist sie erregt, weil sie wütend ist?

Denn das ist … verdammt heiß. Mein Schwanz bemerkt es ebenfalls, und ich verlagere mein Gewicht, um ihm Platz in meiner Hose zu verschaffen. »Wenn es dir peinlich ist, mit mir gesehen zu werden, solltest du mich jetzt besser gleich aussteigen lassen.«

»Das kann ich nicht.« Plötzlich bin ich froh, dass ich mich für das Hotel mit dem Privataufzug entschieden habe.

Sie verschränkt die Arme, um den Beweis ihrer Erregung zu verdecken. »Versuch, mich aufzuhalten.«

»Der Aufzug bedient ausschließlich die Präsidentensuite. Vorher kann ich dich nicht aussteigen lassen, aber …« Ich drücke den roten Knopf, auf den sie eben noch gestarrt hat, und stelle sie auf die Probe. Der Aufzug kommt ruckartig zum Stillstand, und sie fällt gegen mich. »Ich glaube, du hast mich missverstanden, und ich habe kein Interesse daran, mit einer Frau zu schlafen, die mich für einen Lügner hält.«

»Dann erklär es mir.«

»Mit Vergnügen.« Wenn ich sie den Rest des Nachmittags in diesem Aufzug überzeugen muss, wird sie feststellen, dass ich darin ziemlich gut bin. »Ich hatte den Eindruck, du willst die Paparazzi loswerden.«

Ich warte und lasse die Worte wirken. Clara zuckt mit den schmalen Schultern und weigert sich, zuzugeben, dass das gestern sehr wohl ihr Wunsch war. Jetzt weiß ich noch etwas: Mein Mädchen ist stur.

»Ich wollte deinen Wunsch nach Privatsphäre respektieren«, setze ich hinzu. »Schließlich hast du inzwischen längst über mich recherchiert.«

Sie nickt. Bei unserer ersten Begegnung wusste Clara vielleicht nicht, wer ich bin, aber das ist jetzt nicht mehr der Fall. Ich bezweifle nicht, dass wir beide unsere Nachforschungen angestellt haben. Aber während meine Informationen auf Tatsachen beruhen, dürften ihre Quellen weniger seriös sein.

»Die Reporter würden alles tun für ein Foto von mir in Begleitung einer Frau, und wenn sie eins haben, gibt es sofort wilde Spekulationen über die Art unserer Beziehung. Alte Freundinnen werden plötzlich zu neuen Flammen und Kellnerinnen zu wilden Affären.«

»Also hast du nicht mit all den Frauen geschlafen?«, fragt sie.

Ich verkneife mir ein Lächeln. Es gibt keinen Grund zu lügen. »Nicht mit allen.«

»Wie schön.«

»Ich glaube, du hast gesagt, dass du keine hilflose Jungfrau bist.« Sie will sich mir entziehen, aber das lasse ich nicht zu. Ich drücke sie mit dem Rücken gegen die Wand und schließe sie in die Arme. Ich werde sie nicht zwingen, etwas gegen ihren Willen zu tun, aber sie muss mir zuhören. »Ich nehme an, wir können offen über unser Sexleben sprechen.«

»Können wir.«

»Gut, ich will nämlich, dass du offen zu mir bist, Clara. Ich will dich so oder so, aber es wird für dich schöner, wenn du mich nicht für einen Dreckskerl hältst.«

Ihr Lächeln wirkt ein wenig widerwillig, aber nichtsdestotrotz strahlend.

»Ein Lächeln. Wie schön. Ich bin gespannt, ob ich es wiedersehe, nachdem du gekommen bist und mich noch in dir hast.« Sie soll sich daran erinnern, warum wir hier sind. Warum sie mitgegangen ist.

»Also sind wir uns einig?«

»Darüber, aus unserem Sexleben kein Geheimnis zu machen?«, fragt sie.

Wir können das genauso gut gleich klären. »Ich muss sicher sein können, dass die Frauen, mit denen ich schlafe, diskret sind. Dass sie ihren gesunden Menschenverstand gebrauchen.«

Sie verdreht die Augen, und ich weiß, dass ich wahrscheinlich lächerlich klinge. »Ich war nur mit einem einzigen Mann zusammen«, sagt sie. »Mit meinem Freund von der Uni. Und ich nehme die Pille.«

Ich hatte also recht mit ihrer sexuellen Vergangenheit. Meine ist ein bisschen schillernder.

»Was ist mit dir?«, drängt sie.

»Es war mehr als eine.« Wie viele, brauche ich ihr nicht zu sagen. Das würde ihr nicht gefallen. »Ich war immer vorsichtig, und ich kann dir versichern, dass ich absolut sauber bin.«

Wieder runzelt sie die Stirn, was süß ist, aber ich bevorzuge doch das Lächeln. »Und weshalb ist das wichtig?«, fragt sie.

»Ich hatte das Gefühl, ich sollte es zur Sprache bringen, bevor ich dich ficke, zumal ich fürchte, dass ich nicht mehr warten kann, bis wir in der Suite sind.« Ich kann meine Hände nicht eine Minute länger von ihr lassen, drücke sie an die verspiegelte Wand des Aufzugs und zeige ihr, worauf sie sich eingelassen hat. Ich schiebe die Träger ihres Kleides von ihren Schultern. Etwas Archaisches nimmt Besitz von mir, und als ich die zarte Spitze sehe, die ihre vollen Brüste umschließt, löst sich ein Knurren aus meiner Kehle. »Deine Brüste sind noch schöner, als ich sie mir vorgestellt habe.«

Sie sinkt gegen die Wand, aber natürlich wagt sie die Frage: »Sollen wir es ernsthaft hier im Aufzug tun?«

Ich streiche mit meinem Zeigefinger über ihre Lippen und denke an all die Dinge, die ich in diesem Aufzug gern mit ihr anstellen würde. »Ach, Süße, ich weiß, was du befürchtest. Du hast Angst, dass ich nach einem Quickie im Aufzug mit dir fertig bin.«

»Ich will nur nicht, dass du dich mit mir langweilst, bevor wir es überhaupt ins Bett geschafft haben.« Ihre Stimme ist leise.

»Das wird nicht passieren.« Nun streiche ich über ihr Schlüsselbein. Ich will sie küssen – ihre Haut schmecken. Jeden Zentimeter von ihr. Daran muss sie offensichtlich erinnert werden. »Dein Körper ist dafür geschaffen, gefickt zu werden, Clara. Hat dir das schon mal jemand gesagt?«

Sie schafft es gerade noch, den Kopf zu schütteln.

»So ist es aber«, sage ich. Die Männer an der Universität Oxford müssen verdammt dumm sein. Sie hätten sich vor dieser Frau verneigen sollen, anstatt ihre Nasen in Bücher zu stecken. »Ich finde ihn unglaublich inspirierend. Im Moment bin ich nicht mal sicher, ob es genügend Plätze in der Suite gibt, an denen ich dich nehmen kann. Aber wenn du dich dann besser fühlst …« Ich schiebe ihren Rock nach oben, bis er sich um ihre Hüften bauscht. Dann lasse ich einen Finger in den Bund ihres Slips gleiten und ziehe ihn immer weiter nach unten, bis ich mein Ziel erreiche, »… können wir auch warten, bis wir oben sind.«

Sie schließt die Augen, als ich ihre Klitoris umkreise. »Wir sollten …«

Dass sie den Satz nicht zu Ende bringt, betrachte ich als Kompliment.

»Vielleicht kann ich noch eine bessere Lösung anbieten.« Ich finde es wundervoll, ihren leisen Lustlauten zu lauschen, aber es gibt etwas, das ich noch lieber tun möchte. »Ich will deine Muschi kosten, Clara. Seit gestern kann ich an nichts anderes denken. Wirst du mich das tun lassen?«

Sie stöhnt zustimmend, und ich warte nicht, bis sie ihre Meinung wieder ändert. Ich muss sie schmecken, muss ihren Geschmack auf meiner Zunge haben. Meine Finger schließen sich um den Bund ihres Tangas, und der zarte Stoff gibt mühelos nach. Ich hoffe, dass sie sich mir ebenso leicht fügen wird.

Ich gehe auf die Knie und streiche mit den Händen über ihre Schenkel. »Weiter«, befehle ich und stöhne leise, als sie meiner Aufforderung Folge leistet und die Beine spreizt. »So ist es schön.«

Meine Hände wandern nach oben, und ich spreize sie auf, damit ich sie studieren kann. Ihre Haut ist seidig und so weich wie die zarten rosa Blütenblätter einer Rosenknospe. Ich schiebe einen Finger in sie hinein, dann noch einen und genieße das feuchte Gefühl ihrer Erregung, das ich dort fühle.

»Bist du immer so feucht?« Fuck, hoffentlich.

Ich blicke zu ihr nach oben, und sie schüttelt den Kopf. »Liegt es an mir?« Bilde ich mir da zu viel ein? Hoffentlich nicht, denn wie gern würde ich das immer wieder für sie tun.

Sie nickt, aber das ist nicht genug. Ich will hören, dass sie es ausspricht. Dass sie etwas von sich preisgibt.

»Sag es, Clara.«

»Ja.«

»Ja, was? Was tue ich mit dir?«

»Du machst mich feucht.« Sie stöhnt, und mir entgleitet fast die Kontrolle. Doch ich werde sie nicht hier nehmen. Dafür ist später noch Zeit. Ich will ihr den letzten Rest ihrer Scham nehmen, aber eins nach dem anderen.

»Braves Mädchen«, murmle ich. Sie hat eine Belohnung verdient, und ich muss sie schmecken. Ich beuge mich vor und nehme den Rosenduft auf ihrer zarten Haut wahr, als ich mit meiner Zunge über die pralle rosa Knospe fahre. Sie stützt sich mit den Händen an der Wand ab, während ich sie langsam und entschlossen lecke. In diesem Moment gehört sie mir.

Daran muss ich sie allerdings erinnern. Ihr Atem beschleunigt sich bereits, und sie drängt mir ihre Hüften entgegen. »Erst wenn ich es sage, Süße.«

Ihr Wimmern bringt mich um den Verstand. Ich habe mich zurückgehalten, aber ich will mir ein weiteres Stöhnen, einen weiteren kleinen Schrei, ein weiteres »Ja, bitte« verdienen. Ich will Clara Bishops Lust besitzen.

»Komm«, befehle ich, bevor ich sie wieder mit meinem

Mund nehme. Ihr Geschmack fließt auf meine Zunge, während der Orgasmus sie durchströmt. Ich halte für einen Sekundenbruchteil inne, bevor ich weitermache. Sie entspannt sich, und jetzt wird sich mein Schwanz der Situation schmerzhaft bewusst. Aber obwohl Nachbeben sie erschüttern, lutsche und knabbere ich weiter an ihrer Klitoris, als wäre sie mein ganz persönliches Festmahl.

Sie kommt zweimal. Es fühlt sich wie eine Herausforderung an, sie erneut zum Höhepunkt zu bringen, insbesondere nur mit Lippen und Zunge, und ich entlocke ihr den dritten Orgasmus, und da sie sich zu wehren beginnt, ist es ihr stärkster.

»Jetzt bist du bereit, von mir gefickt zu werden.« Und Gott, wie sehr will ich sie ficken.

»Ja«, flüstert sie.

Es gibt keinen Zweifel. Kein Zögern. Sie hat sich mir hingegeben, und ich kann mir ein zufriedenes Lächeln nicht verkneifen.

6

Ich steige aus dem Aufzug, streife mein Sakko von den Schultern und werfe es aufs Sofa. Eigentlich ist es traurig, wie wohl ich mich hier fühle, aber das unpersönliche Hotel ist einer der wenigen Orte, an denen ich mich entspannen kann, ohne einem dienernden Angestellten über den Weg zu laufen. Auch wenn die Räume gegen meine Privatgemächer winzig wirken, ist genügend Platz, um sich auszubreiten. Und sie haben einen unschlagbaren Vorteil gegenüber Buckingham: Clara ist hier. Ich habe überlegt, sie über die Schwelle zu tragen, aber die Geste erschien mir zu romantisch. Meine Gefühle für Clara sind schon verworren genug.

Ihre Wangen sind leicht gerötet, als sie mit großen Augen aus dem Fenster schaut. Ich habe mir schon so lange nicht mehr die Zeit genommen, die Aussicht auf London zu betrachten, dass ich mir nicht vorstellen kann, was ihre Aufmerksamkeit erregt. Vielleicht liegt es an dem verträumten, entrückten Ausdruck in ihren Augen, aber ich bin fast neidisch. Ich habe in dieser Stadt nie etwas anderes als eine Plage sehen können – das ist der Preis, den ich dafür zahle, eines Tages die Macht zu übernehmen. Als ich sie beobachte, möchte ich die Stadt mit ihren Augen sehen können.

Ich trete hinter sie und blicke über ihre Schulter, bin aber abgelenkt von ihrem weichen Körper, der sich gegen meinen drängt. »Genießt du den Ausblick?«

»Ja. Und du?«

»Sehr. Aber die Stadt ist auch nicht übel.« Und das stimmt. Von hier aus gesehen pulsiert sie vor Leben und spiegelt meine Gefühle wider. *The London Eye* soll sich weiter drehen, und die Touristen sollen ihre Fotos schießen. Ich gönne mir einen Nachmittag fernab der Welt.

Ich suche mit den Lippen ihren Hals und möchte sie wieder schmecken. Ich streife mit den Zähnen über ihre Haut, und schließlich kann ich nicht länger widerstehen und beiße vorsichtig in ihre Schulter. Sie schmiegt sich an mich, und ich registriere, wie sie auf den Hauch von Schmerz reagiert. Clara Bishop teilt meine sexuellen Vorlieben noch nicht, aber sie lässt immer wieder erkennen, dass sie Gefallen an ihnen finden könnte. Der Gedanke reicht aus, mein Begehren erneut zu entfachen. Die ganze Stadt wird eines Tages mir gehören, aber ich will nur diese Frau. Ich ziehe ihren Rock hoch, raffe den Stoff an ihrem Bauch zusammen, schiebe sie näher an die Scheibe heran und präsentiere der Welt dort unten ihre nackte Muschi. Sie zittert, als begreife sie, was ich tue – ich zeige sie wie eine Trophäe. Nicht, dass ich jemals jemandem erlauben würde, sie so zu sehen. Bis auf Weiteres gehört sie mir.

»Ich werde dich vor diesem Fenster ficken«, verspreche ich ihr und streichele über ihre Spalte, bis ich spüre, wie sie erneut feucht wird. »Ich werde der ganzen Stadt zeigen, dass ich mir nehme, was ich haben will.«

Clara unterdrückt ein Keuchen und spreizt die Beine etwas weiter, damit ich sie besser streicheln kann.

»Du wirst über einer der geschäftigsten Straßen Londons kommen.« Ich spiele lange mit ihrer Klitoris, errege sie immer weiter und lasse dann nach. Sie soll kommen, aber später, viel zu sehr genieße ich die kleinen Laute, die sie von sich gibt.

»Bitte«, wimmert sie und drückt sich gegen meine Hand. Sie kreist einladend die Hüften, und ich muss mich zwingen, ihre Bitte noch nicht zu erfüllen. Clara mag keine Jungfrau mehr sein, aber sie war noch nie mit einem Mann wie mir zusammen. Ich kann spüren, wie eng sie ist – Grund genug, es trotz der großen Versuchung langsam anzugehen.

»Bald«, flüstere ich. »Aber jetzt noch nicht. Ich muss sehen, wie weit ich dich bringen kann. Wie viel deine wunderschöne Pussy ertragen kann.«

Sie drängt ihren Hintern gegen meine Lenden, und dann sagt sie das Einzige, dem ich nicht widerstehen kann. »Ich kann alles ertragen, was du mir gibst.«

Ich hebe sie auf meine Arme, trete die Schlafzimmertür auf und lasse sie aufs Bett fallen.

Sie hat viel zu viel an. Ich will, dass sie nackt vor mir liegt, ich will jeden Zentimeter ihrer Haut lecken. Ich will den Preis sehen, den ich gewonnen habe.

»Zieh dich aus!«, fordere ich.

Vermutlich ist Clara der Typ, der nur nachts vögelt und dabei am liebsten das Licht ausschaltet, denn sie zögert, bevor sie meinem Befehl Folge leistet. Dann stemmt sie sich hoch und zieht sich das Kleid über den Kopf. Das Bild von Clara, die nur im zarten Spitzen-BH vor mir kniet, werde ich nie mehr vergessen, es hat sich in mein Gehirn eingebrannt.

»Fast wünschte ich, ich hätte das Höschen nicht zerrissen.«

Ich will nicht etwa, dass sie mehr anhat, sondern möchte es erneut zerreißen. »Ich muss dir wohl ein neues besorgen, damit ich dich in dieser niedlichen Spitze ficken kann. Zieh dich ganz aus.«

Sie beißt sich auf die Unterlippe, und ich kann nicht länger warten.

»Mach die Beine auf.«

Clara gehorcht und sieht zu, wie ich mich ebenfalls ausziehe. Ich habe erlebt, wie stur sie sein kann, und vermute, dass sie nicht immer so folgsam ist. Vielleicht würde es mich auf Dauer ermüden, wenn sie sich mir außerhalb des Schlafzimmers widersetzte, aber der Gedanke, dass sie es tun würde … gefällt mir mehr, als ich zugeben möchte. Denn das bedeutet, dass sie mir bewusst die Kontrolle überlässt – ganz gleich, was sie vorher gesagt hat. Und das gibt mir Hoffnung, dass sie mir genau das geben kann, was ich brauche.

Verwirrung steht in ihren Augen, als ich mein T-Shirt nicht ausziehe. Später werde ich ihr sagen, dass das die Bedingung ist. Erklärungen bin ich ihr nicht schuldig, aber ich werde ihre Enttäuschung auf andere Weise wettmachen. Als ich meinen Gürtel löse, überlege ich, was sie täte, wenn ich ihn um ihre schlanken Handgelenke schlingen würde. Oder wenn ich sie umdrehen würde und …

Clara sieht mich an, als könnte sie meine Gedanken lesen, und ich spüre, dass sie ein wenig Angst hat.

Eins nach dem anderen.

Ich lasse den Gürtel auf den Boden fallen und lenke sie mit dem ab, was ich ihr jetzt zu bieten habe. Ich schiebe meine Boxershorts bis zu den Knöcheln hinunter und warte auf ihre Reaktion.

Besorgnis. Das ist die Unerfahrene in ihr.

Aufregung. Das ist die Frau in ihr.

Pure Lust. Das ist einfach Clara.

Mit jeder Pore ihres Körpers strahlt sie Lust aus. Unfassbar, dass sie so unschuldig und zugleich so lüstern sein kann.

Ich streiche mit der Hand über meinen Schaft und überlege, wie ich sie zuerst nehmen soll. Ich kann mir alle möglichen Arten vorstellen, sie zu ficken, aber ich bin immer noch ein Gentleman: Ihre Bedürfnisse stehen an erster Stelle. »Ich bin mir nicht sicher, ob deine enge, kleine Muschi mich überhaupt aufnehmen kann. Am besten probieren wir etwas … Traditionelles.«

Sie kichert und scheint von ihrer Reaktion ebenso überrascht zu sein wie ich.

»Lachst du mich etwa aus?« Ich grinse. »Reiß dich zusammen, sonst muss ich dich übers Knie legen.« Ein weiterer Test, auf den sie mit wachsender Angst reagiert, also setze ich wieder ein Lächeln auf und verdränge das Verlangen, ihr den Hintern zu versohlen.

Ich könnte den ganzen Nachmittag darüber sinnieren, wie weit sie mich gehen lässt, aber ich bin des Wartens müde, schnappe mir ein Kondom vom Nachttisch und streife es über. Dann lasse ich mich auf sie sinken. Ich bin fast so weit, als ihre Hand unter den Saum meines Unterhemdes gleitet. Ich reagiere unmittelbar, packe ihr Handgelenk und zerquetsche sie fast, weil ich dabei das Gleichgewicht verliere. »Nein.«

Kurz herrscht betretenes Schweigen, dann versucht sie, mich von sich hinunterzuschieben. Das kann ich ihr kaum verübeln, aber ich möchte, dass sie versteht, dass es nicht anders geht.

»Hör auf, Clara.«

Sie nimmt die Aufforderung wörtlich, erstarrt unter mir und sieht wütend zu mir hoch.

»Das hier kann genauso gut aufhören. Vorher will ich dir noch etwas sagen, und dann kannst du dich entscheiden. Wenn du dann aufhören willst, war's das.«

»War's das?«, fragt sie halb ungläubig, halb wütend.

»Beim Sex gibt es bei mir nur eine einzige Regel.«

»Nur eine?«, fragt sie höhnisch.

Ich bringe sie mit einem Blick zum Schweigen. »Ich ziehe mein T-Shirt nicht aus, und bevor du fragst – ich erkläre auch nicht, warum.«

»Das ist deine einzige Regel?« Ihre Wut weicht Ungläubigkeit.

»Ich mag es nicht, wenn Frauen mich hier berühren«, fahre ich fort. »Das ist meine einzige Regel.«

»Du willst vor den Augen von ganz London Sex mit mir haben, aber ich darf deinen Bauch nicht anfassen? Das scheint kein fairer Deal zu sein.« Diese Reaktion war zu erwarten.

»Ich verspreche dir, dass du heute Nachmittag anders denken wirst«, sage ich. »Und ich bin sicher, dass du auch keine Zweifel mehr an meiner Großzügigkeit haben wirst. Aber es steht dir frei, Nein sagen und zu gehen. Ich würde es verstehen.«

»Ich vermute, andere haben Nein gesagt?«

»Du weißt, wie das mit Vermutungen so ist, Clara.«

In der Tat hat mich noch nie eine Frau abgewiesen. Ich habe jedoch nicht das Gefühl, dass es mich bei ihr voranbringt, wenn ich auf diesem Punkt herumreite.

Stattdessen überliste ich sie. Ich lasse meine Hand nach

unten gleiten und reibe mit meinem Daumen über ihre Klitoris, bis sie die Augen schließt. »Vielleicht könnte ich dich ja überzeugen?«

Ihr Atem beschleunigt sich, und mit jedem Keuchen wächst meine Zuversicht.

»Du brauchst mir den Grund nicht zu verraten«, haucht sie. »Sag mir nur eins – ziehst du es nur beim Wegwerf-Sex nicht aus?«

Ich verstehe ihre Frage nicht und grüble vergeblich darüber nach. Dass ich dabei aufgehört habe, sie zu streicheln, merke ich erst, als sie zu mir hochschaut.

»Wegwerf-Sex?«, wiederhole ich. Ich ahne, worauf sie hinauswill, aber ich begreife nicht, warum sie so wenig von sich hält.

»Sex mit Mädchen wie mir.« Ihre Stimme klingt unnatürlich hoch. »Mädchen, die du nur einmal nimmst und dann vergisst.«

»Das Wort gefällt mir nicht. Ich hatte schon unverbindlichen Sex, Clara, aber dabei war beiden Seiten immer klar, worum es ging.«

»Wir haben das nicht geklärt«, sagt sie und wirkt etwas unsicher. »Ich hatte noch nie eine Affäre und weiß im Grunde nicht, wie so was geht. Normalerweise bin ich eher jemand für eine feste Beziehung, deshalb musst du es mir erklären. Behältst du dein T-Shirt an, weil dir das so etwas wie Distanz ermöglicht?«

Ich unterdrücke ein verzweifeltes Stöhnen. Jetzt ergibt alles einen Sinn, und wie immer habe ich es vermasselt. »Ich dachte, ich hätte meine Absichten klargemacht. Für mich hatte es nicht den Anschein, dass das hier nur eine Affäre ist.«

Claras Augen weiten sich wie bei einem erschrockenen Reh, und mir kommt der Gedanke, dass ich vielleicht derjenige bin, der hier etwas falsch verstanden hat. Warum mit einem Prinzen knutschen, wenn man einen vögeln kann? Warum ein bisschen Spaß haben, wenn man ausnahmsweise ausflippen und etwas tun kann, was man sonst nicht tun würde? Denn so etwas macht sie normalerweise nicht. Das hat sie deutlich gesagt, und ich habe es ignoriert.

»Willst du denn eine Affäre?«, zwinge ich mich zu fragen.

Sie sieht mich einen Moment an. »Ich habe vermutet …«

»Ich bin nicht an Wegwerf-Sex mit dir interessiert. Wie kommst du darauf?«

»Was hätte ich denn sonst denken sollen?«

Ich lasse die Hand los, die ich noch immer halte, und schiebe sie weg. »Ich weiß nicht, was ich mit dir anstellen soll, Clara Bishop. Seit ich dich in diesem schwarzen Kleidchen bei der Party gesehen habe, wollte ich dich ficken. Als du im Brimstone Nein gesagt hast, dachte ich, das wäre es gewesen, aber dann überlegst du es dir plötzlich anders und lässt dich auf ein Date mit mir ein.«

»Das hier ist ein Date?« Sie schüttelt den Kopf, als hätte ich sie mit kaltem Wasser übergossen. Ich kann nur hoffen, dass ihr Körper nicht ähnlich reagiert.

»Ist es das etwa nicht?«

»Ihr Royals seid so was von kaputt.« Sie grinst mich an, und mir fällt eine Last von den Schultern.

»Wem sagst du das?« Mein Lächeln ist nicht wirklich fröhlich. »Was hast du erwartet? Blumen? Kino?«

»Normalerweise erwarte ich ein bisschen mehr Konversation«, erwidert sie nachdenklich.

Ich versuche, das Ganze mit ihren Augen zu sehen. Was würde ein normaler Kerl tun? Sie abholen und zum Essen einladen? Ihr verdammte Blumen mitbringen? Das hat sie verdient, und ich habe mich über sie lustig gemacht. »Vielleicht sollten wir noch mal von vorn anfangen.«

Mein Schwanz ist anderer Meinung, und es kostet mich Mühe, weiterzusprechen. Clara mag diese Dinge verdienen, aber wenn sie sie von mir erwartet, wird sie enttäuscht werden. »Ich mache Frauen nicht den Hof. Das ist sinnlos.«

»Aber das hier ist doch ein Date.« Sie klingt verwirrt.

»Dates haben und den Hof machen sind zwei Paar Schuhe. Wir könnten essen gehen oder aufs Land fahren, oder wir können hierbleiben und ficken. Das ist ein Date für mich. Jemandem den Hof zu machen, hat etwas mit Erwartungen zu tun. Romantik und Langfristigkeit sind mit mir aber nicht möglich. Ich kann dir Lust schenken. Größere Lust, als du je in deinem Leben empfunden hast. Wann immer wir zusammen sind, werde ich dich an deine Grenzen bringen und dich halten, während du sie übertrittst.« Sie windet sich bei meinen Worten, und mir ist klar, dass sie genau das will.

»Du fühlst dich zu mir hingezogen, und ich mich zu dir. Ich möchte dich den ganzen Tag ficken, und dann möchte ich dich wiedersehen und dich wieder ficken. Wie klingt das für dich?«

Sie beißt sich auf die Unterlippe, und ich bewege mich instinktiv, mein Körper übernimmt die Kontrolle über die Situation. Mein Schwanz drückt gegen ihre Pforte, bevor mir klar wird, dass sie nicht zugestimmt hat. Doch dann tut sie es. Sie stimmt zu.

»Gut.«

Das genügt mir, das musste ich hören. Ich küsse sie, bevor sie ihre Meinung ändern kann, suche ihre Zunge mit meiner und dränge mich gegen sie, bis sie die Beine öffnet. Sie keucht, und ich möchte ihre Lust in mich aufnehmen. Lasziv sauge ich an ihrer Zunge und frage mich, wie lange ich es noch hinauszögern kann – wie sehr ich ihr Begehren nach mir noch steigern kann. Sie soll ihre Sorgen vergessen. Ich will ihr zeigen, dass sie mit mir Lust erleben kann, ohne dass meine Familie oder mein Titel sie belasten. Ich lasse meine Eichel um ihre Klitoris kreisen, bis sie ihre Nägel in meine Schultern bohrt. Dann gleite ich in sie hinein – ganz vorsichtig.

»Ich will dich spüren.« Ihre Stimme ist leise, aber ich höre ihre Bitte. Sie bettelt nicht. Noch nicht. Das kommt noch. Ich schiebe mich in sie hinein, und ihre Muschi umschließt mich, während sich ihr Körper gegen meinen drängt. Es fühlt sich besser an, als ich es mir je erträumt habe. So etwas habe ich noch nie erlebt. Fast vergesse ich, mich zu bewegen. Ich drücke sie an mich, will durch mein T-Shirt ihre Brüste spüren, und bringe uns bis fast zum Höhepunkt, ohne dass wir den Blick voneinander lösen.

Sie möchte wegschauen, die Augen schließen, allein sein mit ihrer Lust.

Aber das lasse ich nicht zu. »Sag meinen Namen.«

»Alexander.« Sie keucht und verstärkt den Griff um meine Schultern.

»Noch mal.« Ich packe ihre Hüften und dränge sie fester an mich, reagiere auf jede ihrer Bewegungen mit einem Stoß.

»Alexander.« Sie kommt mit meinem Namen auf den Lippen und sieht mich dabei an, als hätte sie ihr ganzes Leben lang darauf gewartet, dass ihr Verlangen gestillt wird. Noch warte ich, ich will ihr geben, was sie braucht, ohne dabei meine eigene Lust zu befriedigen. Doch als sie kommt, zieht sie sich um meinen Schwanz zusammen und treibt mich ebenfalls zum Höhepunkt. Ich grabe meine Finger in ihre Hüften, komme in ihr und denke schon daran, wie ich sie das nächste Mal nehmen werde.

Ich weiß nicht, wie sie es von anderen Männern kennt. Ich weiß nur, dass dies der Moment ist, in dem die Frau meiner Erfahrung nach ins Bad stolpert, und ich will nicht, dass Clara weggeht. Also schlinge ich meine Arme um sie, ziehe sie aufs Bett und drücke sie an meine Brust. Mit ihr in meinen Armen beruhigt sich mein rasendes Herz. Ich möchte, dass sie den Frieden spürt, den sie mir schenkt, und küsse ihre Stirn. Augenblicklich entspannt sie sich, ihr Atem wird ruhiger, und sie schmiegt sich mit einer Zärtlichkeit an mich, die ich nicht verdiene, mir aber wünsche. Vielleicht werde ich sie immer wollen – sie ficken wollen, sie halten wollen, ihre Stirn küssen wollen.

Aber ein Mann wie ich bekommt keine keuschen Küsse und keine Frau, die immer noch errötet, wenn sie sich auszieht. Männer wie ich bekommen nichts für immer.

7

Ich verliere mich in ihr. Am liebsten würde ich zusehen, wie sie ein weiteres Mal kommt, und es kostet mich große Beherrschung aufzuhören. Clara braucht eine Pause. Ihr Körper mag zwar empfänglich sein, aber sie war noch nie mit einem Mann wie mir zusammen. Ich merke es daran, wie sie bei jedem Stoß die Zähne in die Unterlippe bohrt, wie sich bei jeder Berührung vor Lust ihr Blick verschleiert – sie wusste nicht, dass es sich so gut anfühlen kann. Ich will ihr zeigen, was sie verpasst hat, aber es gibt keinen Grund zur Eile. Meine Selbstbeherrschung schwindet allerdings, als sie aus dem Bett steigt und sich an der Wand dehnt, als hätte sie gerade ein hartes Work-out hinter sich. Dabei biegt sie den Rücken etwas zu sehr durch und stellt ihren perfekten runden Hintern zur Schau. Heftiges Verlangen überkommt mich und äußert sich in einem Knurren. Sie verwandelt mich in einen gottverdammten Höhlenmenschen. Als ich das schelmische Grinsen auf ihrem Gesicht sehe, wird mir klar, dass sie es genießt.

Gerade überlege ich, ob ich mich auf sie stürzen und sie zurück aufs Bett zerren soll, da sagt sie: »Ich werde jetzt duschen gehen. Vielleicht willst du ja mitkommen«, und richtet den Blick auf mein T-Shirt.

Netter Versuch und … »Sehr verführerisch, aber ich bestelle uns derweil was beim Zimmerservice. Irgendwelche speziellen Wünsche?«

»Ich bin nicht wählerisch.« Sie zögert, und ich frage mich, was in ihr vor sich geht. »Andererseits … bestell doch Champagner.«

»Dein Wunsch ist mir Befehl.« Ich springe auf und will zum Telefon gehen, doch sie lässt mich nicht aus den Augen. Ganz offensichtlich gefällt es ihr, dass ich mir nicht die Mühe mache, eine Unterhose anzuziehen. Nicht, dass ich etwas gegen ihre bewundernden Blicke hätte. Ich möchte sie nur erwidern.

Sie sieht nicht wie eine Frau aus, sondern wie eine Göttin mit ihrer strahlenden Haut und dem weichen Haar, das ihr über die Schultern fällt. Das Make-up, das sie so sorgfältig aufgetragen hatte, ist jetzt verwischt, doch das macht sie nur noch erotischer. Sie sieht aus, als wäre sie gut gefickt worden, und das gefällt mir. Wenn ich jeden Nachmittag damit verbringen könnte, mich um ihren sündigen Körper zu kümmern, wäre mein Leben vielleicht lebenswert. Nach Lage der Dinge ist unsere Zeit begrenzt, und ich habe vor, das Beste daraus zu machen. Als ich ihr die Hand hinstrecke, zögert sie, ehe sie zugreift. Dabei will ich sie nur küssen, ihren Körper an meinem spüren. Ich küsse sie, und irgendwie fällt es mir dadurch leichter, den Drang zu ignorieren, sie wieder zu nehmen. Das ergibt keinen Sinn. Normalerweise ist mein Schwanz nicht so gut erzogen. Stattdessen bekomme ich von ihrem Kuss Herzrasen. Erstaunt rücke ich von ihr ab, meide ihren Blick und gebe ihr stattdessen einen Klaps auf den nackten Hintern.

»Wie wär's, wenn du in meiner Gegenwart immer so angezogen wärst?«

»Aber ich bin nackt.« Sie klingt fast dankbar für die Ablenkung, und ich frage mich, ob sie mein Herz auch spürt.

Ich schlüpfe in die mir vertraute Rolle, spiele den Part, der uns jetzt ablenkt von allzu tiefen Gefühlen.

Den Playboy-Prinzen.

Den bösen Jungen.

Ich werde dem Bild gerecht, das man von mir hat. Dem ich nicht entkommen kann.

»Genau«, sage ich. Es würde mir wirklich nichts ausmachen, wenn sie die ganze Zeit ganz nackt wäre.

»In dir schlummert ein richtiger Teufel, was?« Sie lacht, und jetzt nimmt auch mein Schwanz wieder Notiz von ihr.

»Ich werde dir gleich zeigen, was für einer.« Erneut strecke ich die Hand nach ihr aus. Wenn sie wegläuft, verschafft uns das eine Pause. Landen wir im Bett, ficke ich sie, bis ich zu benommen bin, um noch etwas zu empfinden. Es ist eine Win-win-Situation.

Sie weicht mir aus und zieht sich in Richtung Bad zurück. »Du hast mir Champagner und etwas zu essen versprochen.«

Es ist richtig, dass sie etwas Abstand zwischen uns bringt, aber auch ein bisschen schade. Clara ist klug. Sie spielt keine Psychospielchen oder versucht, mich in sie verliebt zu machen.

»Champagner und etwas zu essen.« Ich konzentriere mich auf die anstehende Aufgabe, aber ich kann nicht anders, als ein letztes Mal ihren Anblick zu genießen. »Aber dann werde ich dich nehmen.«

»Versprochen?« Die Frage klingt hoffnungsvoll, leise, unsicher. Die Antwort darauf soll sie sofort haben. Kein langes Herumgerede.

»Ich verspreche dir, dass du den Rest des Nachmittags meinen Namen schreien wirst.« Ich sage ihr, was sie hören will, und sofort stolpert sie wieder über ihre eigenen Füße. Ich fange sie auf und habe sie in meinen Armen, genau dort, wo ich sie haben will. »Du stellst meine Entschlossenheit wirklich auf die Probe, Süße.«

Sie schaut zu mir hoch und blinzelt, als würde sie meine Worte verarbeiten. Oder es zumindest versuchen. Das macht sie nur noch verführerischer. Als ich in ihre großen grauen Augen blicke, bin ich vorübergehend verloren, schließlich atme ich tief durch und fasse mich.

»Wenn du so vor mir stehst, mit offenem Haar und dir auf die Unterlippe beißt … Ich gebe dir zehn Sekunden zu verschwinden, sonst zerre ich dich ins Bett zurück.«

Ihr Quieken ist köstlich, und als sich die Badezimmertür hinter ihr schließt, überlege ich, ihr zu folgen. Ich würde mein T-Shirt ausziehen und sie gegen die geflieste Wand heben, sie unter der Dusche lieben und mir diese ganzen Gefühle wegvögeln, die übermächtig zu werden drohen. Wenn sie mich noch ließe, nachdem sie gesehen hätte, wer ich wirklich bin – was sich unter meiner Kleidung verbirgt. Ich habe es einmal der falschen Frau gezeigt – einer stolzen, wütenden, furchtlosen Frau. Und als sich ihre Augen mit Mitleid füllten, wurde ich zu einem Albtraum für sie.

Clara würde mich auch bemitleiden. Das liegt in ihrer Natur.

»Bestell endlich das verdammte Essen«, ermahne ich mich, als ich höre, wie das Wasser im Bad aufgedreht wird.

Sie mit gutem Essen zu versorgen, ist das Mindeste, was ich tun kann. Aber als ich mir die Speisekarte ansehe, wird mir klar, wie wenig ich über Clara Bishop weiß. Was, wenn sie kein Gluten verträgt oder eine Lebensmittelallergie hat? Bei meinem Glück werde ich wahrscheinlich eine schöne Frau mit einer Erdnuss umbringen. Ich könnte ins Bad gehen und sie fragen, aber ich traue mir nicht zu, die Finger von ihr zu lassen, wenn sie nackt und nass vor mir steht. Ein Mann kann sich nur bis zu einem gewissen Grad beherrschen.

Ich löse das Dilemma, indem ich einfach alles bestelle, was auf der Karte steht, und dazu eine gute Flasche Champagner. Man versichert mir, dass es nicht lange dauern wird. In der Küche weiß man zwar, welches Zimmer anruft, aber niemand weiß, wer hier wohnt. Leider muss ich mir für den Zimmerservice etwas anziehen.

Wie sich herausstellt, ist das Warten langweilig – und zu wissen, dass Clara nebenan ist, macht es nicht gerade leichter. Ich möchte mit ihr spielen und jedes kleine Geräusch entdecken, das sie macht.

Vorhin hat sie gegen mich aufbegehrt, und das hat mich nur noch mehr erregt. Ich sage mir, dass ich aufgehört hätte. Schließlich wurde ich zu einem Gentleman erzogen – aber ich kann nicht ignorieren, wie ihr Protest meinen Schwanz gereizt hat, sie zu nehmen. Das ist verdammt krank. Sie hat etwas Besseres verdient. Einen netten Anwalt oder einen Arzt, der in Verbindung zu seinen weiblichen Anteilen steht und nicht daran denkt, sie mit seinem Körper zum Schweigen zu bringen. Ich stelle mir den idealen Mann für sie vor, der sich in meiner Fantasie gerade in einen perversen Psychopathen verwandelt, als das Essen schließlich kommt.

Der Kellner lässt sich kaum anmerken, dass er mich erkennt, als er den Servierwagen hereinrollt. Wahrscheinlich hat er schon Rockstars, Diplomaten und wer weiß wen bedient, aber der Prinz von England zu sein, ist ein unübertroffenes Prestige.

»Sir?«, fragt er, als ob er mit irgendeinem beliebigen Gast sprechen würde, und ich bitte ihn, den Wagen neben dem Sessel abzustellen. Ich ziehe ein paar Scheine aus der Brieftasche und gebe ihm ein Trinkgeld für seine Diskretion.

Clara erscheint im Hotelbademantel, was eine kleine Enttäuschung ist. Obwohl, wenn sie ohne wiedergekommen wäre, hätte sie vielleicht nie etwas zu essen bekommen. Das Haar auf dem Kopf hochgesteckt, sieht sie sogar noch schöner aus. Sie wirkt entspannt – als würde sie sich wohlfühlen.

»Hast du alles bestellt, was auf der Karte steht?«, fragt sie und sieht sich die vielen Gerichte an, die beide Etagen des Wagens einnehmen.

»Ich für meinen Teil habe mächtig Appetit bekommen.« Ich zucke mit den Schultern, als würde ich immer solche Portionen vertilgen. »Aber falls du vor dem Essen noch etwas Appetitanregung brauchst … Ich habe immer noch vor, dich an dem Fenster zu ficken.«

Sie hebt abwehrend die Hand. »Halt. Ich habe einen Bärenhunger, aber vielleicht später?«

Das lässt sich arrangieren. Ich kümmere mich gern auf jede erdenkliche Weise um sie. »Du erstaunst mich immer wieder, Clara Bishop. In der einen Minute läufst du vor mir weg, und in der nächsten …«

»Hast du im Lift mein Höschen in der Hand?«, unterbricht sie mich. »Mal ganz ehrlich, das ist doch sicher nicht das erste Mal, dass eine Frau für dich ihr Höschen fallen gelassen hat.«

»Nein.« Ich kann nicht lügen. »Aber von fallen lassen kann bei dir ja keine Rede sein. Was mich daran erinnert, dass ich dir ein neues kaufen wollte.«

Sie tut so, als sei ihr das egal, aber sie senkt leicht die Lider. Ihr hat gefallen, dass ich es zerrissen habe. Ich werde ihr ein neues kaufen, nur damit ich diese Reaktion noch einmal sehen kann. Das kaputte Exemplar habe ich in meinem Jackett gesichert. Es mag ein geschmackloses Souvenir sein, aber ich brauche ja auch ein Muster. Andererseits wäre es mir vielleicht lieber, wenn diese süße Muschi nackt bliebe. Sie scheint zu erraten, was ich denke, und geht mit neuer Entschlossenheit auf den Servierwagen zu. Ihre Augenbrauen schießen in die Höhe, als sie den ersten Deckel anhebt und die Hamburger entdeckt.

»Ich hoffe, das ist okay.« Ich trete unwillkürlich zu ihr, denn plötzlich bin ich auch ziemlich hungrig. Aber anstatt nach dem Essen zu greifen, greifen meine Hände nach ihren Hüften. Hier gibt es nur eine Sache, die mich sättigen kann. »Du bist doch nicht Veganerin oder so was, und ich habe dich mit der Bestellung tödlich beleidigt?«

Ich will ihr gerade sagen, dass es hier irgendwo auch einen Salat gibt. Hühnchen. Kaviar. Doch ehe ich dazu komme, dreht sich Clara in meinen Armen um.

»Nein«, beruhigt sie mich. »Ich liebe Fleisch.«

Mein Schwanz reagiert begeistert. »Erzähl mir mehr«, necke ich.

»Nach dem Essen.« Sie weicht zurück, und ich lasse sie los. Clara schnappt sich einen Teller, ohne erst die anderen Gerichte zu prüfen. »Ich dachte nicht, dass die Royals so was wie Hamburger essen.«

»Ach ja, normalerweise gibt es bei uns nur Lammkrone mit Minzsauce.« Das soll ein Witz sein, aber es klingt bitter. »Die Abendessen im Kreis der Familie sind schrecklich. Stocksteif. Viel zu viele Gänge. Viel zu viele Gabeln. Und ständig fängt jemand Streit an, meistens ich. Vielleicht schwänze ich deshalb so oft.«

Clara schluckt heftig und mustert mich. Ihre Hand mit dem Hamburger ist in der Luft erstarrt, dann fasst sie sich. »Das kann ich verstehen.«

»Ach ja, deine Eltern haben eine Internetfirma gegründet«, sage ich. »Viel zu tun, vermute ich, und wenig Zeit für gemeinsame Abendessen, stimmt's?«

Sie hebt fragend eine Augenbraue. »Hast du mich überprüft?«

»Es hat mich interessiert. Und wenn ich schon mein Leben lang im Fokus des öffentlichen Interesses stehen muss, kann ich wenigstens den einen oder anderen Vorteil nutzen, den das mit sich bringt.« Ich setze mich neben sie und frage mich, wie sie das aufnehmen wird. Sie kann doch wohl nicht erwartet haben, dass ich sie nicht überprüfe. Was denkt sie, wie ich sie sonst gefunden habe? Sie hatte keinen gläsernen Schuh hinterlassen.

»Im Klartext: Es ist völlig okay, mich auszuspionieren.«

Lachend gehe ich über die Anschuldigung hinweg, weil sie nicht wissen soll, dass sie recht hat. »So ein großes Geheimnis war es nicht. Du hast wahrscheinlich mehr über mich im Internet gefunden als ich über dich in der MI5-Akte.«

»Es gibt eine Akte?«

»Nein. Deshalb habe ich ja nicht viel über dich herausgefunden. Ich wollte nur wissen, wie das hübsche amerikanische Mädchen zu dieser stocklangweiligen Abschlussfeier kommt.«

»Ich bin keine Amerikanerin. Zumindest keine richtige.«

»Genau das ist mir ins Auge gesprungen. Du hast dich für die britische Staatsbürgerschaft entschieden, dabei hättest du eine doppelte bekommen können. Wieso?«

Es folgt eine kurze Pause. »Amerika gibt mir nichts«, sagt sie dann.

»Das klingt, als steckt eine Geschichte dahinter.« Ich will sie hören. Ich will wissen, wie Clara Bishop in Oxford und dann in diesem Club und in meinem Leben gelandet ist.

»Wie ist es mit dir?«, fragt sie, als wüsste sie nicht schon alles über mich. Das ist das Schöne daran, wenn das eigene Leben von den Medien auf der ganzen Welt verfolgt wird – es gibt kaum etwas, das nicht bekannt ist.

»Ich bin ein offenes Buch. Du brauchst nur das neueste Klatschblatt aufzuschlagen, dann weißt du alles über mich, was du wissen musst.«

Sie legt den Kopf schief, dann schüttelt sie ihn und wendet sich wieder ihrem Essen zu. »Das bezweifle ich. Die Presse verwechselt Gerüchte mit Fakten.«

»Das ist wahr.« Ich bin nicht mehr hungrig, stehe auf, lasse meinen Teller stehen und gehe zum Fenster. Sie hat Fragen, das ist verständlich. »Was willst du wissen, Clara?«

»Was willst du mir erzählen?«

Ich setze ein glattes Lächeln auf und drehe mich zum Fenster, um das *London Eye* zu betrachten, das sich dort draußen dreht. Ich kenne die Antwort, die sie hören will, bin jedoch ehrlich. »Gar nichts. Ich werde dir keine deiner Fragen beantworten. Stattdessen reiße ich Witze oder bringe dich mit einem Kuss zum Schweigen.«

Clara verstummt, und ich drehe mich um, um mich zu vergewissern, dass sie nicht schon auf dem Weg zur Tür ist. Das wäre klug – aber nicht, was ich mir wünsche. Wie soll eine Frau reagieren, wenn man ihr sagt, dass man sie anlügen wird? Eine kluge Frau würde weglaufen, und Clara ist klug. Ich habe ihre Noten aus Oxford gesehen. Aber neben Klugheit ist da noch etwas anderes. Etwas, das schwer zu beschreiben ist.

»Du wirst mich mehr mögen, wenn du den Schlagzeilen der Klatschblätter glaubst«, füge ich hinzu, als sie nichts sagt.

»Auch der, dass du letzten Monat im Brimstone eine Orgie gefeiert hast?«, fragt sie.

»Würdest du das nicht mit Freuden glauben?« Ich lächle. »Immerhin würde es bedeuten, dass ich über ein übermenschliches Stehvermögen verfüge.«

Sie grinst, als wollte sie sagen, dass das bereits klar ist. »Ich gebe zu, dass mir die Vorstellung, wie du es mit einer Horde anderer Frauen treibst, nicht gefällt.«

Dieses Geständnis erfordert Selbstvertrauen, und jetzt weiß ich, was sie noch ausmacht: Sie ist mutig.

»Ah, der eifersüchtige Typ, ja?«

»Wie ginge es dir, wenn ich mit einem ganzen Raum voller Männer Sex haben würde?« Sie stellt mich auf die Probe.

Das Bild taucht in meinem Kopf auf, und zu unser beider Überraschung trete ich bei der Vorstellung mit dem Fuß gegen den Fensterrahmen. »Touché, Süße. Teilen ist nicht mein Ding, davor sollte ich dich warnen.«

»Das liegt wohl eher daran, dass du es als Kind nicht oft tun musstest.«

»Mehr, als mir lieb war.« Ich will den Abstand zwischen uns überwinden. Sie soll mich sehen, mich verstehen. »Solange ich dich ficke, wird es kein anderer tun, verstanden?«

Sie sieht eine Sekunde lang zu mir hoch, bevor sie gelassen ihren Teller auf dem Tisch abstellt und dann aufsteht, um mir in die Augen zu schauen. »Ist das ein Befehl?«

»Vorhin hattest du mit meinen Befehlen offensichtlich keine Probleme.« Vielleicht braucht sie eine Erinnerung. Meine Hand schiebt sich zwischen die Falten ihres Bademantels zu ihrem straffen Bauch. »Es gefällt dir, wenn man dir sagt, was du zu tun hast.«

»Im Bett vielleicht«, sagt sie und weicht ein Stück zurück. »Ansonsten lasse ich mich nicht herumkommandieren.«

»Ich würde nicht im Traum daran denken, dich außerhalb des Schlafzimmers herumzukommandieren, Clara.« Was hätte das für einen Sinn? Unsere Beziehung beschränkt sich schließlich aufs Bett. Doch was sie im Schlafzimmer tut, geht mich sehr wohl etwas an. »Aber dich zu bitten, nicht mit anderen Männern zu schlafen, ist doch legitim, oder nicht?«

»Darf ich dann mit anderen Frauen schlafen?«, fragt sie.

»Nein, aber die Vorstellung ist recht reizvoll.«

»Okay, Freundchen. Ich versuche nur, dir zu zeigen, wie irrational du bist.«

»Keineswegs«, sage ich und reiße ihren Bademantel auf. Es wird Zeit, konkret zu werden. »Ich habe eine Menge Dinge mit diesem Körper vor und will mir Zeit für ihn nehmen. Wenn du mit mir zusammen sein willst, erwarte ich Loyalität von dir.«

Dieses Mal versucht sie nicht, sich zu wehren, als ich näher trete und eine Hand zwischen ihre Beine schiebe. Meine Finger streichen über ihre nackte Haut, bis sie wimmert.

»Mit Exklusivität habe ich kein Problem, aber du hast doch gesagt, dass du an einer Beziehung nicht interessiert bist«, sagt sie mit gepresster Stimme.

»Ich werbe nicht um eine Frau und habe kein Interesse an Romantik oder einer Ehe. Ich will dich ficken, Clara. Ich will, dass du kommst und dass deine kleine perfekte Muschi mir ganz allein gehört.« Sie schließt kurz die Augen, als mein Daumen ihre Klitoris berührt. Als sie sie wieder öffnet, funkeln sie voller Entschlossenheit, und ich spüre ihre Hand auf meinem Schwanz.

»Aber dann gehört der hier mir«, sagt sie.

Ich verkneife mir ein Lächeln und drücke ihn in ihre warme, weiche Handfläche. »Er gehört ganz allein dir, Clara.«

Ich küsse sie, um die Diskussion zu beenden, ich will nicht, dass sie weiter darüber nachdenkt. Irgendwann wird sie begreifen, wie wenig ich ihr zu bieten habe. Dann lasse ich sie in ihr Leben zurückkehren, aber für den Moment – wie lange er auch dauern mag – gehört sie mir. Meine Finger gleiten in sie hinein und bewegen sich, bis sie schnell und schwer atmet und die Stirn an meine Schulter lehnt, und während sie mich zum Höhepunkt treibt, bin ich fast überzeugt, dass das genügen könnte.

8

Das Motto der königlichen Familie sollte lauten: Halte deine Freunde nahe bei dir, aber deine Feinde noch näher. Es scheint, als würde ich bei jedem gesellschaftlichen Ereignis jeder Menge hinterhältiger Bekannter begegnen – mein Leben in London ist eine Aneinanderreihung von Pflichtauftritten.

»Du wirkst nicht gerade begeistert, hier zu sein«, sagt Edward leise, dann kniet er sich zu einem kleinen Kind hinunter, das hinter der Absperrung vor dem Theatereingang steht und ihm zuwinkt.

Das ist noch untertrieben. Es gibt einen Ort, an dem ich deutlich lieber wäre, und der befindet sich zwischen Claras Schenkeln.

»Geht irgendjemand gern in die Oper?«, murmle ich ihm zu, während wir den abgenutzten roten Teppich hinuntergehen. Er hat genauso viel durchgemacht wie ich, allerdings Erlebnisse ganz anderer Art.

Edward wirft mir einen Blick zu. »Ich schon.«

»Du hast deine Gründe«, sage ich trocken.

»Meinesgleichen liebt das Theater«, bestätigt er und kneift leicht die Lippen zusammen, als er unseren Vater vor uns erblickt.

Ein weiterer Grund, diesen Abend zu fürchten.

»Ein Wunder, dass er mich überhaupt hingehen lässt«, sagt Edward. »Das ist ja so schwul von mir.«

Die sorgfältig verheimlichte Homosexualität meines Bruders ist kein Geheimnis in der Familie, aber unser Vater hat deutlich gemacht, dass die Öffentlichkeit nie etwas davon erfahren wird. Als wäre er derselben Ansicht, wirft Edward einen verstohlenen Blick über die Schulter zu der schmarotzerhaften Gruppe junger Aristokraten, die immer dabei ist, wenn wir Kultur genießen. Dem Schatten nach zu urteilen, der sein Lächeln kurzzeitig verdunkelt, ist David unter ihnen.

Er hat den Fehler gemacht, sich zu verlieben. Und ich war nicht da, um ihm zu erklären, dass unser Leben sich nicht mit einer glücklichen Beziehung vereinbaren lässt. Er hat unsere Eltern nie zusammen erlebt. Unsere Mutter starb bei seiner Geburt, also hat er keine Erinnerung an die lautstarken Auseinandersetzungen und Ultimaten. Ich kenne das Bild, das mein Vater von seiner Ehe gezeichnet hat, aber ich kenne auch die Wahrheit. Deshalb werde ich nicht denselben Fehler begehen. Liebe – und sei sie noch so stark – kann dieses Leben, das wir zu führen gezwungen sind, nicht überstehen.

»Du hast mir noch nicht erzählt, wie ihr euch kennengelernt habt«, sage ich.

»Willst du das wirklich jetzt besprechen?«, flüstert er und schaut sich nach den Schaulustigen um. Wenn man bedenkt, dass Norris niemanden näher als ein paar Meter an uns heranlässt, sind wir wohl sicher. Niemand kann uns hören.

»Worüber sollen wir sonst reden?« Ich zucke mit den Schultern. »Vielleicht sollten wir uns dieses Gespräch für drinnen aufheben. Ich brauche etwas, das mich während der Aufführung wach hält.«

Edward verdreht die Augen. »Es ist nicht sonderlich interessant.«

»Das ist die Oper auch nicht.«

»David hat sich in St. Andrew's in denselben Kreisen bewegt wie ich. Eine Weile sind wir umeinander herumgeschlichen, bis einer von uns den ersten Schritt gemacht hat.«

»Er hat den ersten Schritt gemacht«, vermute ich.

»Ist das so offensichtlich?« Edward steckt die Hände in die Hosentaschen und gibt sich alle Mühe, so zu tun, als würden wir nicht über sein bestgehütetes Geheimnis sprechen.

Wir haben einiges gemeinsam: das dunkle Haar und die blauen Augen unserer Mutter. Aber nichts an Edward sieht irgendwie nach Dominanz aus.

»Gut gemacht, David«, sage ich mit einem Schmunzeln. Es muss ihn viel Mut gekostet haben, den ersten Schritt zu tun, ohne zu wissen, ob er Edwards Vorlieben richtig einschätzt.

»Sei einfach still«, sagt mein Bruder hastig.

Ich blicke zu unserem Vater und spüre den vertrauten Hass in meiner Brust aufkeimen. »Aber warum? Das ist doch nichts, wofür man sich schämen muss.«

»Die Monarchie ist nicht gerade fortschrittlich. Dad braucht Zeit, um sich an die Idee zu gewöhnen und …«

In dem Moment stolpert eine Frau gegen mich, und ich fange sie instinktiv auf und lege die Arme um sie. Meine Hände gleiten über schwarze Seide, und ich nehme einen Schopf blonder Locken wahr, als sie sich an mich drückt. Bevor ich begreife, was passiert, schlingt sie ihre Arme um meinen Hals.

»Lächele«, fordert sie mich auf.

Ich lächele und posiere für das nächste Foto, das sie – und meinen Vater – besänftigen wird. Dann ziehe ich mich so höflich wie möglich zurück. Am liebsten würde ich sie von mir wegstoßen und die nächste Dusche aufsuchen. Es fühlt sich falsch an, eine andere Frau zu berühren, wo ich doch den größten Teil des heutigen Tages meinen Tagträumen von Clara nachgehangen habe. Aber das hier ist nicht nur irgendeine andere Frau. Es ist Pepper.

Für mich ist sie immer noch die beste Freundin meiner kleinen Schwester, das heißt, sie ist erstens viel zu jung und zweitens tabu. Selbst wenn ich akzeptieren könnte, dass sie jetzt eine Frau ist, wäre ich nicht an ihr interessiert. Vielleicht liegt es daran, dass sie jedes Mal einen Fototermin organisiert, wenn wir uns auch nur im Umkreis von einer Meile voneinander befinden. Vielleicht auch daran, dass sich hinter ihrem Lächeln eine Schlange verbirgt.

Das wäre nicht passiert, wenn du Clara mitgebracht hättest. Wo zum Teufel kam denn dieser Gedanke her? Ich habe ungefähr einen Tag mit dieser Frau verbracht. Das Letzte, was einer von uns braucht oder will, ist, Aufmerksamkeit auf uns zu lenken. Außerdem besteht die reale Chance, dass mein Vater und seine Speichellecker sie in die Enge treiben und in Stücke reißen, allen voran vermutlich Pepper.

Aber gerade weil sie nicht hierher gehört, wünschte ich, ich hätte sie eingeladen. Ich gehöre auch nicht hierher.

Pepper bleibt neben mir stehen und streift weiter meinen Arm, was mir Übelkeit verursacht.

»Ich bin nicht der Royal, für den du dich interessierst«, erinnere ich sie und lächele für die Kameras, die uns immer noch verfolgen.

Sie taumelt einen Schritt zurück, fängt sich aber elegant wieder. Ihre Augen verengen sich zu Schlitzen, bevor sie meine subtile Drohung lächelnd abschüttelt.

»Was sollte das denn?«, fragt Edward, als wir endlich das Foyer erreichen.

»Das willst du nicht wissen«, versichere ich ihm.

»Ich bezweifle, dass viele Männer Pepper abweisen würden.« Er will mehr wissen. Mein Bruder liest die Klatschpresse.

»Du schon«, entgegne ich.

Edward rückt seine Fliege zurecht. Sein Blick ist auf die Tür gerichtet, er wartet darauf, dass sein Freund eintrifft. Sie wollen nicht riskieren, zusammen gesehen zu werden, aber dabei sein soll er trotzdem immer.

»Warum hast du sie nicht eingeladen?«, fragt Edward und sieht mich durchdringend an.

»Sie ist halb Amerikanerin«, erinnere ich ihn. »Die falsche Hälfte.«

»Die falsche Hälfte? Das verstehe ich nicht.«

»Kein Akzent. Selbstsicher. Feministin.« Ich mag nicht viel Zeit mit Clara verbracht haben, aber all das ist offensichtlich. Darum fühle ich mich so sehr zu ihr hingezogen. Es ist auch einer der vielen Gründe, warum eine Beziehung nicht funktionieren würde.

»Du vögelst sie also nur?« Edward zupft an seinem Manschettenknopf, den Blick immer noch auf den Eingang gerichtet.

»Vögelst du *ihn* nur?«, frage ich, als David mit Jonathan und Priscilla hereinkommt.

»Ich weiß nicht, wie das funktionieren soll«, murmelt

Edward. Ich auch nicht. Warum bin ich so abweisend, wenn es um Clara geht?

»Er sieht unglücklich aus«, stelle ich fest. »Vielleicht solltest du ihn retten?«

Edward verzieht bei diesem Vorschlag das Gesicht und wendet sich ab. »Gehen wir in unsere Loge.«

Ich folge ihm, als er den Mann, den er liebt, im Stich lässt. Vermutlich ist das passend. Keiner von uns ist ein edler Ritter. Wir eilen zu niemandes Rettung.

Das gibt es nur im Märchen.

Am nächsten Morgen wache ich mit einem harten und extrem frustrierten Schwanz im Westminster Royal auf. Nach einem Abend mit der Familie brauchte ich Abstand. Das Hotel kommt mir langsam mehr wie mein Zuhause vor als Buckingham.

Aber das Bett fühlt sich leer an.

Ich weiß nicht, was das zwischen Clara und mir ist. Ich weiß nur, dass ich seit über achtundvierzig Stunden nicht mehr in ihr gewesen bin. Mein Schwanz scheint die Stunden zu zählen, die wir getrennt sind.

Mit der Faust fahre ich den Schaft entlang und versuche, den Elan aufzubringen, mich selbst zu befriedigen. Das Problem ist nur, dass mein Schwanz ihre schöne Muschi um sich gespürt hat und kaum weniger an einem jämmerlichen Ersatz interessiert sein könnte. Doch als ich daran denke, wie sie auf meine Berührungen reagiert hat, wie ihr Körper sich mir immer wieder unterworfen hat, werde ich nur noch härter.

Ich greife nach meinem Handy und schreibe ihr mit der

einen Hand eine Nachricht, während ich mich mit der anderen weiter anfasse. Was soll ich sonst heute machen? Zum Glück stehen keine offiziellen Verpflichtungen auf dem Programm. Ich warte nur darauf, zum nächsten Ball, zum nächsten Empfang oder Gedenktag geschleppt zu werden, um mich fotografieren zu lassen. Obwohl mein Vater darauf besteht, mich mit meinen künftigen Aufgaben vertraut zu machen, hält er mich von den wichtigen Terminen fern. Ich bin noch kein König. Von mir wird nur erwartet, dass ich warte und Däumchen drehe, bis mir irgendwann jemand die Krone überreicht. Wenigstens weiß ich, wie ich mir am besten die Zeit vertreiben kann.

Clara antwortet sofort, aber es sind schlechte Nachrichten: *Ich kann nicht. Shoppen und Lunch mit meiner Mutter.*

Kurz stelle ich mir vor, wie ich sie aufspüre und mich zu ihr in die Umkleidekabine schleiche. Das weckt meine Lust, sie im Stehen an einer Wand zu ficken. Sie würde nicht leise sein können – heiße, verzweifelte Laute würden über ihre vollen Lippen kommen. Jeder würde wissen, was wir getan haben. Verdammt, der Gedanke macht mich noch härter. Alle *sollen* es wissen. Ich will, dass sie hören, wie sie darum bettelt. Ich will die schockierten Blicke der anderen Kunden genießen, wenn ich sie beim Rausgehen stützen muss, weil sie ganz weiche Knie von unserem harten Fick hat.

Aber dann würde die Presse wieder vor ihrer Tür auftauchen. Ihr würde der letzte Rest Privatsphäre genommen, der ihr nach unserem desaströsen Treffen im Brimstone geblieben ist. Es wird nach wie vor viel über uns spekuliert, auch wenn ich darauf achte, nicht mit ihr gesehen zu werden. So ist es am besten. Die Medien würden über sie herfallen –

oder über das, was von ihr übrig ist, nachdem mein Vater mit ihr fertig ist.

Das bedeutet jedoch, dass ich einen diskreteren Weg finden muss, um sie zu sehen. Ich rufe Norris an.

»Hast du Miss Bishop im Auge?«

»Ein Mann ist an ihr dran.« Er klingt besorgt, was einer seiner drei Ruhezustände ist. »Sie ist in einer Art Spa. Willst du sie treffen?«

»Nein.« Das hat keinen Sinn. Ich werde sie weglocken müssen. Egal, wer sich im Spa um sie kümmert, ich wette, ich kann ihr ein besseres Angebot machen. »Ich wollte mich nur kurz erkundigen.«

»Sehr gut.« Norris zögert, und ich weiß, dass er noch etwas sagen will. Seit ich aus dem Nahen Osten zurückgekehrt bin, ist die Stimmung zwischen uns irgendwie seltsam. Er weiß, dass mir seine Meinung immer noch wichtig ist. Das heißt jedoch nicht, dass ich immer auf seinen Rat höre.

»Raus mit der Sprache.«

»Dass du dich nach Miss Bishop erkundigst, verrät eine gewisse ...«

»Ich stalke sie nicht«, stelle ich klar.

»Das wollte ich nicht sagen.« Seine Stimme ist so trocken, dass die Verbindung förmlich knistert. »Ich hoffe, du bist vorsichtig.«

»Ich glaube, das bin ich«, blaffe ich ihn an. Was soll das bedeuten? Im Hotel hat uns niemand zusammen gesehen. Bei unseren Nachrichten setze ich niemanden in Kopie. Ich habe sie nicht zu einem Familienessen mitgenommen. »Wir sind diskret.«

»Ich mache mir keine Sorgen darüber, dass die Leute es

herausfinden könnten«, erklärt er. »Ich mache mir Sorgen um dein Herz.«

»Mein Herz?«, wiederhole ich beinahe amüsiert. »Mein Herz ist der einzige Teil von mir, um den du dir keine Sorgen zu machen brauchst.«

Schweigen breitet sich aus, schließlich räuspert er sich. »Wir behalten sie im Auge.«

»Danke.« Ich lege auf und blicke aus dem Fenster. Unter mir führen Millionen von Menschen ein ganz normales Leben – gehen zur Arbeit oder zum Shoppen und treffen sich mit Freunden auf ein Bier. Ich aber muss mich dafür rechtfertigen, dass ich meine Freundin unter vier Augen ficken will.

Freundin. Ich lasse das Wort auf mich wirken. Es fühlt sich nicht so unangenehm an, wie ich dachte. Vor allem, weil es Besitz suggeriert, und ich möchte Clara Bishop besitzen.

Ich schicke ihr eine weitere Nachricht.

Das Fenster in diesem Zimmer schreit danach, dass sich dein nackter Körper dagegenpresst.

Es dauert einen Moment, bis sie antwortet. Als ich ihre Nachricht lese, stöhne ich auf. Offenbar will sie mich ebenfalls scharfmachen.

Ich bin schon nackt.

Ich schicke eine Nachricht hinterher: *Erzähl mir mehr.*

Eigentlich will ich ihr sagen, dass sie sich einen Slip anziehen soll, und wer auch immer seine Hände auf ihr hat, soll sich verpissen. Dieser Körper gehört mir.

Ein paar Minuten lang kommt keine Antwort, und ich stelle mir einen muskulösen Mann vor, der ihre zarte, makellose Haut knetet. Es scheint ratsam, sie daran zu erinnern, dass ich nicht teile.

Solange dich niemand anderes anfasst, Süße. Das ist mein Job, und ich nehme diese Aufgabe sehr ernst.

Ihre Antwort ist enttäuschend kurz.

Verstanden, X.

Ich mag den schmutzigen kleinen Kosenamen, den sie mir gegeben hat. Und sie ist meine Süße, mein Püppchen. Ich darf mit ihr spielen, sie lässt sich von mir anleiten, sich von mir führen.

Ich will sehen, wie weit ich gehen kann, will das Vibrieren in meiner Hand spüren, wenn ich sie fest auf ihren zarten Hintern niedergehen lasse. Ich will diese schlanken Handgelenke fesseln und ihren Mund ficken.

Ich will sie.

Aber ich muss warten, bis dieser blöde Lunch vorbei ist. Ich bestelle den Zimmerservice und gebe den Versuch auf, es mir selbst zu besorgen. Wenn man einmal Champagner gekostet hat, ist es schwer, wieder Wasser zu trinken.

Das Spiel zwischen uns geht den ganzen Tag weiter. Ich stelle mir vor, wie sie einen Blick auf ihr Telefon wirft und versucht, ihr Erröten zu verbergen. Es gelingt ihr nicht. Ich weiß genau, wie rosig ihre Wangen werden, wenn sie meine Nachricht liest. Es ist derselbe Farbton, den ihr schöner Hintern annehmen wird, wenn ich ihr später all die anderen Möglichkeiten zeige, wie ich ihr Lust bereiten kann.

Zieh deinen Slip aus, befehle ich ihr, als sie bei Harrods ist. Sie weiß nicht, dass ich genau weiß, wo sie ist, aber das braucht sie auch nicht zu wissen. Das gehört alles zum Spiel.

Wer sagt, dass ich etwas anhabe?

Ich weiß, dass Clara Bishop einen Slip trägt, aber ich werde trotzdem hart. Sie ist nicht der Typ, der mit einer nackten Muschi durch London spaziert. Das ist einer der Gründe, warum es mir Spaß macht, ihr genau das beizubringen. Denn Clara Bishop ist ein sehr braves Mädchen, und ich werde ihr beibringen, verrucht zu sein.

Ich warte, bis ich weiß, dass sie beim Lunch ist, bevor ich die nächste Flut an Nachrichten loslasse.

Meine Lippen wollen dich berühren. Ich will dich kommen lassen. Ich will hören, wie du meinen Namen schreist, wenn ich dich ficke.

Sie hat genug Zeit mit ihrer Mutter verbracht. Jetzt bin ich dran, und ich werde nicht länger warten. Ich weiß genau, an welchem Tisch sie im Hillgrove's sitzt, und wenn sie nicht bald aufgegessen hat, werde ich vielleicht hingehen und sie eigenhändig hinausbefördern.

Was ich nach der nächsten Nachricht von ihr umso lieber tun würde.

Aber wie soll ich deinen Namen schreien, wenn ich dich im Mund habe?

Fuck. Ich brauche sie. Jetzt.

Das wirst du erst wissen, wenn du es ausprobiert hast.

Ich bin so verdammt hart!

Schaff sofort deinen hübschen Hintern hierher!

Ich werde nicht länger warten. Sie hat dieses Spiel gewonnen, und ihr Preis ist der steinharte Schwanz, auf dem sie den ganzen Nachmittag reiten wird. Es wird Zeit, dass sie sich ihren Gewinn abholt.

Ich muss dich sofort sehen. Der Royal.

Es kommt keine Antwort, aber ich weiß, dass sie unterwegs ist. Ich spüre bereits, dass sie kommt.

9

Als sich der Aufzug öffnet, stürze ich mich ohne nachzudenken auf sie, und meine Hände und Lippen wetteifern darum, wer mehr von ihr bekommt. Ich hebe sie hoch, und sie wehrt sich nicht. Sie ist ganz und gar gefügig und schmiegt sich an mich, als ich ihren Nacken umfasse – als ich sie gegen die Wand drücke. Ich bin kurz davor, sie gleich dort zu nehmen. Es kostet mich meine ganze Beherrschung, es nicht zu tun. Ich glaube nicht, dass sie mich aufhalten würde. Ich glaube nicht, dass *ich* mich aufhalten könnte, und die leise warnende Stimme in meinem Kopf wird von der Lust übertönt, die durch meinen Körper strömt.

Und dann schmecke ich Salz auf meinen Lippen.

Es dauert einen Moment, bis ich merke, dass sie weint, und sofort komme ich mir wie ein Dreckskerl vor. Hat sie schon geweint, als sie ankam? Das ist der Grund, warum ich keine Beziehungen führe. Ich bemerke so etwas nicht.

Oder interessiere mich nicht dafür, sagt eine Stimme in mir. Doch die Stimme lügt.

»Clara.« Ich hebe ihr Kinn an und zwinge sie, mir in die Augen zu sehen. »Was ist los?«

Sie wendet sich ab und drückt sich an mich, als wollte sie befreit werden. Ich verstehe nicht, warum.

»Was ist los?« Irgendetwas stimmt nicht, und ich scheine die Ursache dafür zu sein.

»*Das* ist los, Mr. X.« Sie hält ihr Telefon hoch, und ich sehe einen Zeitungsartikel.

»Ich bin nicht sicher, ob ich richtig verstehe.« Doch natürlich verstehe ich. Das musste unweigerlich passieren, weil ich alles haben will und so tue, als sei das möglich.

»Aber ich bin sicher, dass du ein Arschloch bist!« Endlich hat sie es begriffen. Sie hat länger gebraucht als die meisten. Fast habe ich geglaubt, dass es zwischen uns anders sein könnte – dass sie mich als den sehen könnte, der ich bin.

Nicht, dass ich überhaupt wüsste, wer das ist.

Aber ich habe es vermasselt. Ich gehe zur Bar und nehme eine Flasche Bourbon. »Möchtest du etwas trinken?«

Sie schüttelt den Kopf und strafft die Schultern. Clara ist entschlossen, sich nicht unterkriegen zu lassen. Ich nehme mir einen Drink.

»Die Presse berichtet also, dass man mich gestern Abend mit Pepper gesehen hat«, sage ich.

Das stimmt zwar, aber sie kennt die Umstände nicht. In mir steigt Wut auf, und ich weiß nicht, ob es an Claras Unterstellungen liegt oder an Peppers Geltungssucht.

»Hast du nicht erst kürzlich gesagt, dass die Klatschblätter Gerüchte als Fakten verkaufen?«, fahre ich fort. »Ich sehe das nämlich genauso. Setz dich, Clara.«

Sie verschränkt die Arme vor der Brust, ansonsten rührt sie sich nicht vom Fleck. »Ich stehe lieber.«

Es ist eine reizende Form von Widerstand, und ich stelle mir bereits vor, wie er damit endet, dass ich sie übers Knie lege.

»Wie du willst.« Ich nehme mir einen Stuhl und konzentriere mich auf meinen Drink, weil ich weiß, dass sie das wütend macht. Sie muss darüber hinwegkommen – oder sich so aufregen, dass sie zugibt, was sie wirklich von mir will.

»Du kennst sie also?«, drängt Clara.

»Natürlich kenne ich Pepper. Seit Jahren.« Wenn sie wüsste, wie sehr ich wünschte, das wäre nicht der Fall.

Ihre kalte Distanziertheit lässt etwas nach, als ich ihr die Wahrheit sage. »Dadurch fühle ich mich auch nicht besser.«

»Bist du eifersüchtig?« Das bringt mich zum Lächeln. Mir gefällt der Gedanke, dass Clara Bishop Besitzansprüche auf mich erhebt. Wahrscheinlich, weil sie wild entschlossen ist, so zu tun, als würde sie sich mit unserer Vereinbarung wohlfühlen. Was nicht stimmt, das weiß ich.

Das sollte mich beunruhigen. Stattdessen gefallen mir ihre Besitzansprüche. Eine interessante Entwicklung.

»Wer ist sie?«

»Eine Freundin meiner Schwester.« Sarah erwähnen zu müssen, gefällt mir allerdings weniger. Ich spreche nicht über meine Schwester. Niemals. Um mein Unbehagen zu überspielen, kippe ich den Rest meines Drinks hinunter.

»Das ist alles? Ist sie nicht das Mädchen aus dem Oxford and Cambridge Club?«, fragt sie.

Sie hat sie also erkannt, sich an sie erinnert. Was immer das zwischen Clara und mir ist, ich habe es Pepper zu verdanken. Das kann ich ihr aber nicht sagen, und so gibt Pepper Clara Anlass für dunkle Fantasien. Pepper weiß nicht einmal, dass ich mich mit einer Frau treffe, und trotzdem verdirbt sie es mir.

»Ja«, gebe ich zu. »Und du fragst dich jetzt, ob ich dich benutze, um ihr eins auszuwischen.«

Ihr bleibt der Mund offen stehen, und ich weiß, dass ich ins Schwarze getroffen habe. »Zwischen uns besteht eine Verbindung, Clara. Spürst du es nicht auch? Zuerst dachte ich, es wäre etwas rein Sexuelles.« Ich stelle mein Bourbon-Glas ab und gehe zu ihr. »Die Art, wie dein Körper auf mich reagiert und wie es sich anfühlt, in dir zu sein. Aber es ist mehr als nur das. Ich weiß, dass du es auch spürst.«

Sie schluckt schwer, die Nähe erregt sie genauso wie mich. »Warum sollten wir darüber reden? Du willst doch nichts Festes, schon vergessen?«

»Nein, ich habe es nicht vergessen.« Mist. Punkt für sie. Um ehrlich zu sein, weiß ich nicht einmal, was ich da rede. Was will ich von Clara Bishop? »Ich verstehe es ja genauso wenig. Ich weiß noch nicht einmal, wieso ich mich dir überhaupt erkläre.«

»Weil du Exklusivität haben wolltest. Von mir hast du sie verlangt, aber für dich gilt das offenbar nicht.«

»Glaubst du etwa, ich war mit Pepper im Bett?« Ich trete einen Schritt näher und freue mich, wie sich ihr Körper mir zuzuneigen scheint, obwohl mich ihre Andeutung stinksauer macht. Glaubt sie wirklich, dass ich unsere Abmachung brechen würde?

»Es sieht jedenfalls ganz danach aus …«, schießt sie zurück.

Es fällt ihr schwer zu vertrauen. Dann sind wir schon zwei, und ich kann mir nur einen Weg vorstellen, dieses Problem zu lösen.

»Ich lüge nicht, Clara«, sage ich leise. »Und wenn du mir so etwas unterstellst, lege ich dich übers Knie.«

Ihre Augen weiten sich, und ihr Mund formt ein überraschtes O, während sie etwas zu langsam vor mir zurückweicht, um glaubhaft zu wirken.

»Es würde dir gefallen«, sage ich und gehe auf sie zu, um den Abstand zwischen uns zu schließen. »Ich kann in deinen Augen sehen, dass du dich danach sehnst.«

Clara hebt die Hand, aber es ist eine halbherzige Abwehr. Ich fange ihre Hand auf, führe sie an meine Lippen, küsse sie und genieße, wie sie zittert.

»Ohne deine Erlaubnis würde ich niemals Hand an dich legen, Clara, aber je früher du die Wahrheit akzeptierst, umso besser.«

»Welche Wahrheit?« Ihre Frage klingt gezwungen, sie kennt die Antwort bereits.

»Du willst dich mir unterwerfen. Du willst, dass ich dir sage, was du mit deinem süßen kleinen Mund anstellen sollst. Ich weiß es. Die Art, wie dein Körper auf mich reagiert, verrät es mir. Dein Körper will dominiert werden. *Du* willst dominiert werden. Du bist so unglaublich stark, Clara.« Ich fahre mit der Hand über ihren Bauch und spüre, wie sich ihre Muskeln zusammenziehen. »Aber du musst die Kontrolle abgeben. Du willst es.«

Sie schüttelt den Kopf und sagt mehr zu sich selbst als zu mir: »Nein, das ist nicht wahr.«

»Bei mir bist du sicher.« Ich werde sie beschützen, das muss sie begreifen. Ich ziehe sie an mich und lege die Arme um sie, in der Hoffnung, dass sie die Wahrheit spürt. »Ich werde dich an deine Grenzen bringen, aber niemals darüber hinaus. Ich werde dir mehr Lust schenken, als du je für möglich gehalten hast.«

Sie schluckt, und ich frage mich, ob sie ein Ja oder ein

Nein hinunterschluckt. Ich kann sehen, wie sie mit sich ringt, und alles in mir will sie von diesem Kampf befreien – um ihr die Glückseligkeit zu geben, die sie nur unter meiner Herrschaft erfahren kann.

»Ich bin aber nicht so«, sagt sie mit leiser Stimme.

Ich lasse nicht zu, dass sie sich abwendet, blicke ihr in die Augen und zwinge sie zu begreifen, was ich ihr geben will. »Ich glaube, du verstehst nicht, was ich dir gerade anbiete. *Befreiung*. Deine Lust ist das Einzige, was ich im Sinn habe. Gib dich mir hin, Clara, und ich verspreche dir, dass ich verantwortungsbewusst damit umgehen werde.«

Sie wendet sich ab. »Wovon reden wir hier? Von Fesselspielen und Safewords?«

Ein Bild von Clara, die mit einem roten Seil gefesselt ist, schießt mir durch den Kopf, und ich kann mich gerade noch zurückhalten, sie nicht über meine Schulter zu werfen und ins Schlafzimmer zu tragen.

Ja, ich will Fesselspiele und Safewords. Ich will, dass ihr Hintern von meinen Händen gerötet ist. Ich will zusehen, wie sie an einen Ort gleitet, an dem sie nur noch meine Berührung kennt.

»Das Ganze vollzieht sich in kleinen Schritten, aber, ja, Clara. Ohne Safeword geht es nicht. Ich will, dass du mir vertraust. Darauf vertraust, dass ich dir Lust bereiten werde.«

»Und du wirst mich auch bestrafen?«, fragt sie. »Mir drohen, dass du mich versohlst, wenn ich ungezogen bin?«

»Nur wenn du mir nicht vertraust.« Was nicht lange der Fall sein wird, wenn sie erst einmal nachgibt. »Ohne Vertrauen kannst du mir die Kontrolle nicht überlassen, Clara, und wir bekommen beide nicht, was wir brauchen.«

»Du meinst, was du willst!« Ihre Stimme klingt beinahe hysterisch.

»Brauchst«, sage ich vorsichtig. »Was *du* brauchst.«

»Ich … nein …« Sie schüttelt erschrocken den Kopf.

»Doch.« Wie kann ich sie nur dazu bringen, das zu erkennen? Ich spüre, dass es in ihr ist. Es zieht mich zu ihr hin. Sosehr ich es auch will, sosehr ich mich nach der Unterwerfung ihres Körpers sehne, so sehr sehne ich mich danach, sie freier zu sehen. »Ich werde es dir zeigen.«

Sie weicht zurück. Diesmal schüttelt sie abweisend den Kopf, und Tränen steigen ihr in die Augen. »Ich kann das nicht. Tut mir leid.«

Und jetzt verstehe ich, was sie zurückhält. Es ist nicht Verweigerung oder Ignoranz. Es ist Angst. Und zwar nicht, weil das, was ich ihr vorschlage, ihr fremd ist. Sie hat Angst, weil sie es schon einmal erlebt hat.

»Jemand hat versucht, dich zu brechen«, sage ich traurig.

Jetzt weint sie, und ich möchte ihr die Tränen wegwischen und meinen Vorschlag zurücknehmen. Wenn ich das gewusst hätte …

»Aber ich bin nicht er, Clara. Und was er getan hat, ist nicht dasselbe wie das, was ich mit dir tun will.« Doch wie kann man erklären, dass es einen Unterschied zwischen Unterwerfung und Demütigung gibt – einen Unterschied zwischen die Kontrolle abgeben und die Kontrolle entziehen.

»Du hast mich gewarnt«, sagt sie anklagend. »Du hast gesagt, du würdest mir wehtun!«

»Das ist richtig.« Aber so habe ich das nicht gemeint. Doch selbst wenn ich sie jetzt überzeuge zu bleiben, wenn ich ihr

Vertrauen zurückgewinne, werde ich sie am Ende nicht behalten. Sie hat mehr verdient.

Sie zögert einen Moment und wartet darauf, dass ich ihr einen Grund zum Bleiben gebe. »Ich sollte jetzt gehen.«

»Wahrscheinlich solltest du das«, sage ich, »obwohl ich wünschte, du würdest es nicht tun. Schlaf ein letztes Mal mit mir. Gib mir die Chance, es dir zu zeigen. Lass mich dir Lust schenken.«

Sie weicht bereits zurück, und ich spüre, wie sich ein Schleier zwischen uns senkt. Sie kann nicht sehen, was ich ihr geben kann, und ich kann es ihr nicht zeigen – nicht, solange sie nicht dazu bereit ist. Nicht, solange sie nicht darum bittet.

»Ich kann nicht«, sagt sie.

»Du willst nicht.« Ich kann sie nicht gehen lassen, ohne ihr das ehrlich zu sagen. Ich hasse mich dafür, dass ich nicht einlenke. Dass ich nicht in der Lage bin, zu lügen und ihr zu sagen, dass alles nur ein Scherz war. Dafür, dass ich mehr brauche, als sie mir geben wird.

Dafür, dass ich ihr Angst gemacht habe.

10

Clara Bishop ist keine Frau, über die man sich mit Alkohol hinwegtrösten kann. Trotzdem habe ich es versucht. Das leise Wummern der Musik ist alles, was zu meinem Separee vordringt. Unter mir im Brimstone drängen sich Hunderte von Menschen, amüsieren sich oder vergessen zumindest ihre Sorgen. Glückspilze.

»Lass uns da runter gehen«, schlägt Jonathan vor und lässt den Blick über die Menge schweifen. Ich habe keinen Zweifel, dass er eine potenzielle Eroberung entdeckt hat. Er ist zum Ausgehen gekleidet – ein Hemd, aber mit hochgerollten Ärmeln, um lässig zu wirken. Irgendwelche teuren Schuhe. Mit seinem blonden Haar und den blauen Augen könnte er mehr als nur ein paar Eroberungen mit nach Hause nehmen. Ich hingegen bin unrasiert und in T-Shirt und Jeans. Ich weiß, dass er es krachen lassen will. Was ich nicht weiß, ist, warum ich ihn überhaupt eingeladen habe.

Vielleicht weil nur Alkoholiker allein trinken? Aber ich trinke nicht wirklich. Ich tue vielmehr gar nichts, eine Tatsache, an die mich mein Vater heute Morgen erinnert hat.

»Geh du.« Ich grinse und versuche, locker zu klingen. Es wäre mir wirklich lieber, wenn er ginge.

»Ist es wegen dieses Mädchens?«, fragt Jonathan. »Weißt

du, am besten kommst du über sie hinweg, wenn du eine andere fickst.«

Mein falsches Lächeln wird brüchig, auch wenn er recht hat. »Kein Interesse.«

»Du hast immer gesagt, dass man ein Mädchen manchmal aus seinem Kopf ficken muss«, erinnert mich Jonathan. »Danach fühlst du dich besser.«

»Ich komme nicht mit, verdammt«, knurre ich. »Geh!«

Ich balle die Hände zu Fäusten, um zu verhindern, dass ich handgreiflich werde. Denn ich möchte ihn am liebsten rauswerfen – ihn in die Menge schleudern. Aber warum?

Er hat nichts gesagt, was nicht der Wahrheit entspräche.

Ein dunkler Schatten huscht über sein kantiges Gesicht, dann fasst er sich und setzt eine gleichgültige Miene auf. »Gut.«

Die Tür gleitet auf, und Clubmusik dringt herein. Das erinnert mich an die Nacht, in der sie hier war. Was würde ich sagen, um unsere Beziehung in eine andere Richtung zu lenken?

Nichts.

Es gibt keine Beziehung. Es wird auch keine geben. Sie war klug genug, wegzulaufen, und ich muss Manns genug sein, sie zu lassen.

Ich trete an die Scheibe, starre hinunter auf die Menge. Vielleicht hat Jonathan recht. Vielleicht würde eine Nacht mit einer Fremden mich ablenken. Ich habe noch nie eine Frau an mich herangelassen. Es ist immer andersherum. Ich schlafe mit einer Frau. Es ist gut. Ich ficke sie noch mal. Sie macht sich Hoffnungen. Das ist der Lauf der Dinge. Ich mache ihnen deshalb keine Vorwürfe, aber indem ich mich einer anderen zuwende, sende ich eine klare Botschaft. Wenn eine Frau sieht, dass sie ersetzbar ist, versteht sie es. So habe ich es immer gemacht. Ich bin nicht auf der Suche nach einer verdammten Prinzessin oder dem ewigen Glück. Kein Mann ist das.

Warum kann ich also nicht hinuntergehen und eine andere Frau flachlegen? Warum sitze ich hier oben, trinke Bourbon und frage mich, ob sie auf meine Nachrichten antworten wird?

Wieder wird die Musik lauter, und ich schaue auf, weil ich damit rechne, dass Jonathan zurückkommt, aber es ist nur Norris. Er trägt einen Anzug und sieht fürs Brimstone ein bisschen zu sehr nach James Bond aus.

Er mustert mich gleichmütig, als warte er darauf, dass ich ihn einlade, sich zu mir zu setzen. So ist es, seit ich von der Front zurück bin. Bevor ich wegging, behandelte er mich wie seinen Schützling – er erteilte mir Lektionen und mischte sich ein, wenn er es für nötig hielt. Ich weiß nicht, ob er mich jetzt als erwachsenen Mann betrachtet oder mich aufgegeben hat, als all seine gut gemeinten väterlichen Ratschläge versagten und ich blutend mit meiner sterbenden Schwester im Arm am Straßenrand saß? Ich habe ihn nie danach gefragt.

Ich hebe mein Glas und bedeute ihm, sich ebenfalls eins einzuschenken.

»Trinken wir ihn oder bewundern wir ihn?« Der Bourbon interessiert ihn nicht. Das war mir klar. Nicht seit er Bodyguard und Chauffeur spielt.

»Weder noch.« Ich richte meine Aufmerksamkeit wieder auf die Menge.

»Da unten wirst du sie nicht finden«, sagt Norris leise.

»Wen?« Ich habe diese Unterhaltung jetzt schon satt. Ich bin es leid, dass die Leute so tun, als wüssten sie, was das Beste für mich ist. Ich weiß genau, wo ich Clara Bishop finden kann. Ich weiß, dass sie morgens zur Arbeit bei Peters & Clarkwell geht. Ich weiß, dass sie mit ihrer besten Freundin shoppen war. Dass sie mich nicht sehen will und dass ich sie nicht sehen wollen sollte.

Norris antwortet nicht. Er war dabei, als ich die Berichte von Freunden beim britischen Geheimdienst erhielt. Er weiß, dass ich Clara beobachten lasse, aber er behält seine Meinung für sich, und das macht mich verrückt.

»Ich suche nicht nach ihr«, sage ich und halte den Blick auf die Menge unter mir gerichtet.

»Das musst du auch nicht«, sagt er knapp. »Du weißt genau, wo sie ist. Immer. Wenn ich mir die Bemerkung erlauben darf, das tut euch beiden nicht gut.«

Das weiß ich auch. Sie hat zugegeben, dass sie einmal eine schlechte Beziehung gehabt hat. Ich konnte mich nur mit Mühe davon abhalten, Recherchen zu ihrem Ex anzustellen. Aber über sie bin ich informiert. »Ich stalke sie nicht.«

Norris zieht eine graue Augenbraue hoch. »Nur weil du den MI5 nutzt, ist es noch lange nicht richtig.«

»Ich will nur wissen, dass sie in Sicherheit ist. Dass die Reporter sie in Ruhe lassen.« Ich trete vom Fenster weg, weg von ihm und den Anschuldigungen. Aber ich scheine nicht weit zu kommen.

»Die Presse verhält sich ruhig«, sagt er. »Seit dem Foto in der Oper scheint sie sich mehr für Miss Lockwood zu interessieren.«

»Da bin ich Pepper wohl etwas schuldig«, sage ich leise.

»Sie hat Clara aus der Schusslinie gebracht. Genau das wollte ich. Dass Clara ein normales Leben führen kann. Ich wollte nie, dass jemand das mit uns herausfindet.«

Die Stille zwischen uns ist ohrenbetäubend, aber was er als Nächstes fragt, trifft mich ins Mark. »Warum?«

»Weil sie nicht in meine Welt gehört.« Das ist doch klar. »Es ist besser, sie von dem ganzen Zirkus fernzuhalten.«

»Aber der Zirkus, wie du sagst, ist ein Teil von dir.« Norris beobachtet, wie ich auf- und ablaufe, und folgt mir mit dem Blick, ansonsten rührt er sich nicht.

»Um mich geht es dabei nicht. Sie gehört nicht hierher.« Sie gehört nicht zu all dem Hässlichen, das mich umgibt. Ich kann nur erahnen, was sie davon halten würde. Ich würde den Fehler machen, ihr einen Blick auf meine dunkle Seite zu gewähren, und sie würde weglaufen. »Wenn sie die Wahrheit über meine Familie wüsste, würde sie für immer verschwinden.«

»Ist es nicht genau das, was du willst?«, fragt Norris. »Es ihr zeigen, um sie dadurch zu verlieren.«

Er stellt mich auf die Probe, denn den Gedanken hatte ich auch schon. Um Clara zu verlieren, muss ich sie nur näher an mich heranlassen. Dann wird sie die Wahrheit erkennen und weglaufen.

II

Es war mir immer wichtig, die Kontrolle zu haben, und jetzt scheint es mir wichtiger als je zuvor. Hätte ich mich doch nur gestern Abend im Griff gehabt. Jonathan hatte es zwar nicht geschafft, mich mit einer Frau zusammenzubringen, aber es war ihm gelungen, mich total besoffen zu machen. Das beweisen meine Kopfschmerzen.

Als ich mich umdrehe, entdecke ich ein Glas Orangensaft und ein paar Tabletten. Offenbar sind meine Ausschweifungen nicht unbemerkt geblieben. Ich ignoriere eine Erinnerung, die in meinem Kopf aufblitzt: Ich mit einer Flasche Scotch in einem der vielen Salons des Palastes. Wer weiß, wer mich gesehen hat? Ich nehme die Medizin dankbar an, wahrscheinlich muss ich teuer dafür bezahlen.

Mein Schwanz ist schmerzhaft hart. Ich streiche gedankenverloren darüber. Lust zu masturbieren, habe ich nicht, aber das heißt nicht, dass ich nicht geil bin. Noch nie in meinem Leben wollte ich so sehr ficken.

Das Problem ist, dass es nur eine Person gibt, die ich ficken möchte, und ich habe versprochen, mich von ihr fernzuhalten. Ich habe es in ihrem Interesse getan. Jetzt frage ich mich, ob ich meine eigenen Interessen genug im Blick hatte.

Ich interessiere mich für die Sommersprossen, die ihre

Schultern bedecken und bis hinunter zu ihren Brüsten reichen. Brüste, die ich in den Mund nehmen möchte. Ich erinnere mich, wie sich ihr Körper gewunden hat, wie sie immer wieder gekommen ist.

»Fuck«, stöhne ich, als mein Orgasmus sich in meine Handfläche ergießt. Aber das Vergnügen ist dumpf, wie gefiltert. All das Gute fehlt, und was übrig bleibt, ist schwach und unerwünscht.

Mit vom Schlaf verschwommenem Blick und hämmerndem Schädel frage ich mich, ob ich jemals wieder einen richtigen Orgasmus haben werde. Ich werde sie wohl doch noch einmal ficken müssen, um sie mir aus dem Kopf zu schlagen, um ihrer überdrüssig zu werden.

Aber was, wenn Clara Bishop eine Frau ist, von der man nie genug bekommt? Das ist das Problem. Ich darf nicht noch mehr riskieren. Ich werde ihr das nicht antun. Ich werde keine Unschuldige in die Hölle führen, nur um mich zu amüsieren.

Andererseits halten wir es geheim. Darauf hatten wir uns geeinigt. Wenn niemand weiß, dass ich mich immer noch mit ihr treffe, kann ich es ausreizen – bis ich endlich gesättigt bin.

Ich setze mich auf, entschlossen, sie zu suchen, und fasse mir sofort an den Kopf. Als Erstes brauche ich ein Frühstück. In der Zeit kann ich mir einen Plan ausdenken. Clara muss einsehen, dass sie keine Angst vor mir zu haben braucht. Ich kann für sie ein anderer sein. Ich kann mich mit weniger abfinden, wenn das nötig ist, um sie zu bekommen.

Als ich schließlich in Jeans und T-Shirt meine Räume verlasse, treffe ich auf das Reinigungspersonal, das geduldig darauf wartet, sie zu betreten. Ich schenke ihnen ein entschuldigendes Lächeln und gehe in Richtung Küche. Ich habe mich für einen legeren Look entschieden, da ich davon ausging, dass ich mich so leichter unter die Leute mischen kann.

Edward fängt mich ab, ehe ich am Familienflügel vorbei bin.

»Er tobt«, warnt er mich und drückt mir einen Stapel Boulevardzeitungen in die Hand. »Sind seit einer Stunde draußen.«

»Was habe ich jetzt wieder angestellt?« Bestimmt hat jemand ein Foto von mir gemacht, wie ich betrunken aus dem Club gestolpert bin, und es verkauft.

Ich erstarre, als ich die erste Schlagzeile lese, jeder Muskel ist aufs Äußerste angespannt.

Das Überfliegen des Artikels, wenn man diesen Müll überhaupt als solchen bezeichnen kann, steigert meine Wut ins Unermessliche. Ich habe keine Ahnung, wie sie an diese Informationen gekommen sind. Oder wer dafür verantwortlich ist. Alles, was ich weiß, ist, dass jede persönliche Nachricht, die ich an Clara geschickt habe – jeder schmutzige, verruchte Gedanke, mit dem ich sie in mein Bett gelockt habe – schwarz auf weiß dort steht.

»Vater wird jeden Moment hier sein«, fährt Edward fort. »Ich erwarte …«

»Es ist mir scheißegal, was er denkt«, knurre ich und zerreiße die Zeitungen in zwei Teile. »Ich muss los.«

Ehe er mich aufhalten kann, bin ich weg. Es gibt nur eine Person, der ich eine Erklärung schulde, und ich weiß genau, wo ich sie finde.

Norris spricht nicht mit mir. Vermutlich ist er sauer, seit ich ihm die Adresse genannt habe, zu der ich möchte. Er hat den Bericht über sie gelesen und weiß, wo sie arbeitet. Er weiß, dass sie ihren Job gerade erst angetreten hat.

»Nun lass es schon raus«, belle ich schließlich vom Rücksitz des Rolls nach vorn. Dem Zorn meines Vaters kann ich entkommen. Verdammt, ich genieße ihn sogar ein bisschen. Aber Norris zeigt mir normalerweise nicht die kalte Schulter. Er steht mehr auf klassische Belehrung und Unterweisung.

»Ich weiß nicht, wozu das gut sein soll.« Sein Blick bleibt auf die Straße gerichtet. Seine Stimme verrät keine Emotionen, sein Körper bleibt entspannt. Vermutlich ist das ein Überbleibsel aus seinen Jahren beim Militär und im privaten Sicherheitsdienst. Ich frage nicht nach.

»Aber du findest, dass ich nicht zu ihr fahren sollte.«

»Timing ist eine Kunst, die nur wenige Menschen beherrschen, und unter den wenigen findet sich kein Mann«, sagt er trocken. Norris reißt einen Witz, vielleicht gibt es noch Hoffnung für uns.

»Ich muss mich davon überzeugen, dass es ihr gut geht. Ich habe sie in diesen Schlamassel hineingezogen.«

»Weil du dich nicht von ihr ferngehalten hast. Macht es die Sache besser, wenn du jetzt zu ihr fährst?«

Da hat er nicht ganz unrecht. Ich weigere mich jedoch, das zuzugeben. »Fahr einfach.«

Diesmal sehe ich im Rückspiegel, wie seine Lippen zucken.

Vielleicht ist er ja doch ein Mensch.

Peters & Clarkwell sitzt in einer Etage eines unscheinbaren Bürogebäudes unweit von Westminster.

Ich schiebe die Hände in die Jeans und schlendere zum Aufzug, zufrieden, dass mich niemand zu erkennen scheint. Offenbar haben die Paparazzi noch nicht herausgefunden, wo sie arbeitet. Noch nicht.

Es hat keinen Sinn, so zu tun, als ob sie jetzt noch unbehelligt bleiben würde. Sie werden sie unaufhörlich belagern. Mein Vater wird Antworten verlangen. Ich habe sie nicht sanft in die Hölle geführt, ich habe sie ins Inferno gestürzt und muss sie jetzt beschützen.

Das möchte ich ihr sagen – ich möchte ihr genau erklären, wie alles laufen wird, als sich der Aufzug öffnet und sie vor mir steht. Die Knöchel an ihrer Hand, mit der sie den Riemen ihrer Tasche umklammert, treten weiß hervor. Ihre Wangen sind vor Scham auf reizende Weise gerötet. Am liebsten würde ich sie gegen eine Wand drücken, ihren Rock hochschieben und ihr zeigen, dass ich zu all den Dingen fähig bin, die ich ihr in diesen verdammten Nachrichten versprochen habe.

Als sie mich sieht, zuckt sie kurz, dann streckt sie den Rücken durch und kommt direkt auf mich zu. Das hatte ich nicht erwartet.

Clara Bishop ist stark.

Gut.

Das muss sie auch sein.

Das Summen hinter ihr erinnert mich eher an einen Bienenstock als an ein Büro. Einige recken die Köpfe über den Rand ihrer Arbeitsnischen. Eine Frau hält ihren Becher so schief, dass der Tee auf den Boden tropft. Alle Leute im Büro starren mich an. Mich interessiert nur, dass *sie* mich anstarrt, auch wenn ihr Blick mörderisch ist.

Schade, dass all diese Leute hier sind, denn Clara Bishop ist sexy, wenn sie wütend ist. Ich kann nicht anders, als an den perfekten Körper unter ihrer adretten Businesskleidung zu denken – und daran, was ich mit ihm anstellen möchte.

»Was hast du hier zu suchen?« Immer noch wütend verschränkt sie die Arme, aber als sie näher kommt, merke ich, dass die Wut nicht ihre Augen erreicht. Ich erkenne den gierigen ungezügelten Blick, den sie nicht verbergen kann. Ich habe ihn gesehen, als ich mit ihr im Bett war. Als ich sie scharfgemacht und zum Höhepunkt getrieben habe. Ihr Atem stockt, und ich kann fast hören, wie sie es sagt. Ja, bitte. Sie war so artig gewesen. So eifrig. So nachgiebig. Ich möchte, dass sie diese Worte noch einmal sagt.

»Ich muss mit dir reden.« Ich gebe ihr nicht die Chance, mit mir zu streiten, und bezweifle, dass sie das vor ihren Kollegen tun würde. Stattdessen fasse ich sie sanft am Arm – die Grobheit hebe ich mir für den Moment auf, in dem ich sie nehme – und führe sie zum Aufzug.

Aber sie fügt sich nicht einfach. Ihr Körper ist starr, angespannt, und ich frage mich, ob das an ihrer Wut liegt oder ob es sie stört, dass ich sie schon so lange nicht mehr gefickt habe.

»Hättest du mir nicht einfach eine Nachricht schreiben können?«, fragt sie trocken und klingt alles andere als amüsiert.

Seufzend lasse ich ihren Arm los, und wir betreten den Aufzug. »Ich habe vermutet, dass du es schon gesehen hast.«

Doch ich warte ihre Antwort gar nicht erst ab, ich kann nicht warten. Sofort bin ich bei ihr und drücke ihren Körper gegen die Wand des Aufzugs. Ich muss ihren Körper an meinem spüren. Mit den Händen halte ich ihre Handgelenke über ihrem Kopf fest und dränge die Hüften gegen sie. Ich weiß, dass sie meinen Schwanz im weichen Fleisch ihres Unterleibs spüren kann. Vielleicht gehe ich zu weit. Als ich sie das letzte Mal gesehen habe, hat sie mich abgewiesen, aber ich habe nicht geahnt, wie stark die Verbindung zwischen uns ist. Sicherlich spürt sie es auch. Sie muss es spüren.

»Alexander!« Ihr Schrei klingt halb panisch, halb flehend.

»Warum hast du nicht auf meine Nachrichten reagiert?«, frage ich.

»Die ganze Welt kann auf dieser Klatschseite lesen, was du mit mir machen willst, und du hast keine anderen Sorgen?«, stammelt sie mit großen Augen. Ihr Körper bleibt ruhig, sie widersteht dem Sog der Verbindung zwischen uns. Sie ist zu kontrolliert, aber ich spüre, dass unter ihrem Vorwurf noch etwas anderes lauert: Besorgnis.

Sorge um mich.

Sie hat mich weggestoßen. Und sie ist zu mir gekommen, als ich sie gerufen habe. Sie ist hin- und hergerissen zwischen meinen Warnungen und meinen Verlockungen. Die Wahrheit ist, dass sie zu gut für mich ist – zu nett, zu normal –, und das wissen wir beide. Warum lasse ich sie also nicht einfach gehen? Ich denke an die Nachrichten und die verlogenen Boulevardzeitungen. Es ist lange her, dass ich mich darum geschert habe, was die Klatschpresse schreibt. Aber jetzt kümmert es mich – sie soll nicht schlecht von mir denken. Ich will nicht, dass sie der Presse glaubt.

»Mir ist völlig egal, was der Rest der Welt lesen kann!«, platze ich heraus und weiche zurück, weil ich Angst habe, sie zu erschrecken. »Wieso interessiert dich das, Clara?«

»Mich?« Ihre Hand wandert zu ihrem Herzen – zu dem einen Teil von ihr, den ich mir nie zu nehmen erlauben werde. »Du warst doch derjenige, der sich unbedingt heimlich in einem Scheißhotel mit mir treffen wollte!«

Ich brauche einen Moment, um das zu verarbeiten. Denkt sie, ich hätte sie versteckt, weil ich mich ihrer schäme? Als ob nicht jeder Mann stolz darauf wäre, wenn die Welt wüsste, dass er eine Frau wie sie gehabt hat. »Das habe ich getan, um dich zu schützen. Du hattest Angst vor den Paparazzi.«

»Weil sie behauptet haben, wir hätten eine Beziehung«, sagt sie, »und damals wusste ich ja noch nicht, wer du bist.«

»Wir *haben* eine Beziehung«, sage ich. *Ach ja? Wo kommt das denn her?* Zu meiner Überraschung stelle ich fest, dass mir diese Tatsache sehr wichtig ist – und es ist eine Tatsache für mich. Clara Bishop gehört zu mir. Damals, und auch heute.

Sie öffnet den Mund, doch es kommen keine Worte über ihre perfekten Lippen. Sie blinzelt, als würde sie ihre Gedanken klären. Als sie schließlich spricht, klingt sie verwirrt. »Aber wir haben doch Schluss gemacht.«

»Du warst überfordert mit der Situation, und ich habe dir ein wenig Raum gegeben, um in Ruhe über alles nachzudenken. Hast du ernsthaft geglaubt, ich würde zulassen, dass du es so beendest?«, frage ich. »Ich habe dir doch gesagt, dass ich noch nicht genug von dir habe.«

»Aber du wolltest nicht mit mir gesehen werden«, stammelt sie, während ihr Blick zwischen mir und dem Boden hin und her springt. »Du kannst nicht einfach bestimmen, wann du in einer Beziehung bist oder nicht!«

»Ich wollte dich schützen.« Ich streiche mit dem Zeigefinger über ihre Wange und bewundere ihre weiche Haut.

»Ich wollte dir keine Angst einjagen. Die Paparazzi sollten dir keine Angst machen. Das schaffe ich schon allein.«

Ihr Lachen klingt hohl und wird vom Klingeln der Aufzugtüren übertönt. »Allerdings.«

»Also, was ist jetzt?« Ich ziehe sie aus dem offenen Aufzug in eine Nische, die man vom Flur aus nicht einsehen kann. »War alles bloß ein Missverständnis?«

So einfach kann es nicht sein. Ihre Tränen sagen mir das. »Ich wünschte, es wäre so.«

»Du hast Angst vor mir.« Das ist meine Schuld. Wie sollte sie auch keine Angst haben? Nachdem ich sie gewarnt habe, sie solle weglaufen? Nachdem ich sie trotzdem verfolgt habe? Ich war so hartnäckig wie die verdammten Paparazzi, und meine Motive sind noch weniger edel. »Ich habe versucht, dich zu warnen.«

»Vielleicht verstehe ich es nicht«, sagt sie zu meiner Überraschung.

Ich fasse fest ihre Hüfte, das Bedürfnis, sie zu berühren, beherrscht mich, und ich kann kaum einen klaren Gedanken fassen. Ich muss sie beruhigen und habe keine Ahnung, wie ich das anstellen soll. Wie kann ich ihr beweisen, dass sie bei mir sicher ist? Wie schütze ich ihr Herz vor der Welt – und vor mir selbst?

»Wie hast du dich gefühlt, als ich gesagt habe, dass ich dich vor den Reportern beschützen werde?«, frage ich nach einem Moment.

Sie zögert und überlegt. »Ich denke … Ich habe mich sicher gefühlt.«

»Warum?« Wenn sie so empfunden hat, gibt es noch Hoffnung. Das muss sie doch verstehen.

»Weil ich dir wichtig bin.« Sie sagt es, als wäre es ein Geständnis.

Aber da ist noch etwas anderes. Ich lese Traurigkeit in ihrem Blick und frage mich, was sie erlebt hat. Wer hat sie im Stich gelassen? Sie verraten? In diesem Moment beschließe ich, dass ich es mir nicht erlauben werde, dasselbe zu tun.

»Ja, du bist mir wichtig, Clara.« Ich beuge mich über sie, unsere Münder sind nur Zentimeter voneinander entfernt. Nicht, um sie zu küssen, sondern um sicherzugehen, dass sie mich hört. »Ich wollte dir die Erfahrung ersparen, von der Presse in der Luft zerrissen zu werden.«

»Also lag es nicht daran, dass du nicht mit mir gesehen werden wolltest?«, fragt sie.

Wie konnte ich nur so dumm sein, warum hatte ich das nicht kommen sehen?

»Hast du in letzter Zeit mal in den Spiegel geschaut? Ich kann nur vermuten, dass du es nicht getan hast, also beschreibe ich dir mal, wie du jetzt aussiehst: Clara Bishop hat große graue Augen mit langen Wimpern und eine Stupsnase. Das würde schon reichen, um sie als hübsch zu bezeichnen, aber dieser Schmollmund … Wenn ich ihn nur ansehe, kriege ich einen Ständer. Ihr Haar ist seidig und weich, und ständig fällt ihr eine Locke in die Stirn oder in den Nacken. Ich stelle mir vor, wie es ihr über die Schultern fällt, während sie auf mir kommt.« Ich dränge mich an sie, um ihr zu zeigen, was sie mit mir macht. »Sie bringt mich um den Verstand, und es ist mir ehrlich gesagt scheißegal, ob das jemand weiß.«

»Aber Beziehungen sind doch nicht Ihr Ding, Mr. X«, sagt sie leise.

»Falsch. Romantik ist nicht mein Ding«, korrigiere ich sie sanft. »Aber wenn du mich lässt, werde ich dir Lust bereiten.«

»Dann gibt es also niemanden sonst, Mr. X?« Sie verhöhnt mich mit dem Decknamen, stellt mich auf die Probe.

»Du bist zu förmlich, Süße.« Ich weiß nicht, wie ich ihr versichern soll, dass wir gleichberechtigt sind, dass wir dasselbe wollen.

»Na gut. Dann gibt es also niemanden sonst, X?«

»Ich halte Wort, Clara.« Und das meine ich ernst.

»Aber du willst mich dominieren«, sagt sie ängstlich.

Eines Tages wird sie keine Angst mehr davor haben. Ich werde ihr helfen – werde sie dorthin führen.

Ich streiche mit den Lippen über ihre Wange, und diesmal reagiert sie mit einem lustvollen Beben. »Ich will dir zeigen, dass ich dich beschützen kann, während ich dich in Sphären der Lust führe, wie du sie noch nie erlebt hast.«

»Ich weiß nicht.« Sie klingt unsicher, sie weiß es wirklich nicht.

Ich lasse meinen Kopf auf ihre Schulter sinken und überlege, was ich tun kann. Ich kann sie nicht zwingen zu verstehen, aber ich kann ihr Zeit geben. Ich hebe den Blick, sehe ihr in die Augen und meine es ernst, als ich ihr verspreche: »Du hast gewonnen.«

»So?« Sie klingt überrascht.

»Wir machen es so, wie du willst, Clara. Ich will dich. Ganz egal, zu welchen Bedingungen.«

»Du willigst also ein, dass ich nicht deine Sklavin bin?«, fragt sie langsam.

»Ich erkläre mich bereit, dich nicht zu drängen, Clara. Es sei denn, du willst es ...« Ich lasse den Satz offen. Clara Bishop wird mich bitten, ihren Körper zu dominieren – sie wird mich anflehen. Das ist genauso unvermeidlich, wie dass ich heute herkommen musste. Keiner von uns beiden kann sich dem entziehen. Nicht mehr.

Ihr Körper, der sanft an meinen geschmiegt war, drängt sich jetzt mit kraftvollem Verlangen an mich.

»Bald, Süße.« Ich streiche ihr das Haar hinters Ohr. »Was hast du heute Abend vor?«

»Nichts Besonderes«, antwortet sie schüchtern, und ich weiß, dass ich gewonnen habe.

Ich lächle über ihre Antwort. »Ich muss heute Abend zu einer Veranstaltung. Würdest du mich gern begleiten?«

»Was genau?«

»Ein Ball.« Ich presse meinen Zeigefinger auf ihre Lippen, bevor sie mich abweisen kann. »Und bevor du Nein sagst – es ist für einen guten Zweck. Wir wollen Geld für gefährdete Tierarten sammeln. Außerdem wollte ich eigentlich nicht hingehen.«

Ich weiß, worum ich sie bitte, aber sie muss begreifen, wo wir stehen. Wenn sie denkt, ich wollte sie verstecken, werde ich ihr das Gegenteil beweisen – und zwar auf die deutlichste Weise, die möglich ist. Trotzdem sollte sie wissen, worauf sie sich einlässt, auch wenn man sie darauf unmöglich vollumfänglich vorbereiten kann.

»Danach gäbe es kein Zurück mehr«, warne ich sie. »Wenn du nur den Hauch einer Chance auf Normalität und Privatsphäre haben willst, solltest du Nein sagen. Willst du dagegen eine Beziehung, ist dieser Anlass perfekt, um es der Welt zu zeigen.«

»Was ist mit dir? Was willst du? Normalität?«, fragt sie ernst.

Ich sage ihr die Wahrheit. »Ich weiß nicht mal, was das Wort bedeutet. Wusste es noch nie.«

Sie streichelt meine Wange und versucht, mich zu trösten, und in ihren Augen sehe ich, wie sie mit sich ringt. Vielleicht versteht sie genauer, was auf dem Spiel steht, als ich denke. Vielleicht weiß sie, dass dies ein Fehler ist.

»Ich kann dich vor alldem beschützen. Wenn es dir lieber ist, können wir uns auch weiterhin heimlich treffen«, sage ich. »Ich würde es absolut verstehen, wenn du heute Abend nicht mitkämst, so oder so wirst du heute Abend kommen, das verspreche ich dir.«

Das entlockt ihr ein Grinsen. »Tatsächlich?«

Ich küsse sie.

»Aber sie wissen doch längst von uns«, sagt sie, als wir uns voneinander lösen. »Sie haben die Nachrichten.«

»Am Montagmorgen weiß der Geheimdienst, wer meinen Account gehackt hat, und die Typen sitzen im Knast.«

»Und damit hätten wir gleich die nächste Riesenstory«, sagt sie. »Eine Verhaftung ändert rein gar nichts.«

»Das stimmt, aber das wird diesen Dreckskerlen eine Lehre sein. Und keine Angst, ich habe andere Mittel und Wege, wie ich dich erreichen kann.«

»Ach ja? Mit Brieftauben? Oder Rauchzeichen?«, neckt sie. Eine gut gelaunte Clara ist wie ein Regenbogen an einem bewölkten Tag. Sie ist das Unwetter wert.

Unwillkürlich bin ich beinahe fröhlich und beschwingt. »Das ließe sich machen.«

Sie sieht mir in die Augen, und ich denke, vielleicht kann ich ihr Märchenprinz sein, wenn sie mich darum bittet. »Ich kann nicht so tun, als würdest du mir nichts bedeuten. Diese

Geheimniskrämerei gefällt mir nicht, aber ich lege Wert auf meine Privatsphäre. Kriegen wir das irgendwie hin?«

»Natürlich.« Ich möchte, dass ihr Leben so normal wie möglich ist. Das bin ich ihr schuldig, wenn ich schon so selbstsüchtig bin, sie nicht in Ruhe zu lassen.

»Ich werde dich begleiten«, stimmt sie schließlich zu, aber fast augenblicklich sehe ich, wie sich Zweifel in ihr schönes Gesicht schleichen. Ich küsse sie, bis sie nicht mehr weiß, warum sie sich eigentlich Sorgen gemacht hat. Ich küsse sie, um zu vergessen, dass ich immer noch besorgt bin.

12

Clara,

ich weiß, ich habe dir Angst gemacht. Ich habe kein Recht, dich zu bitten, mit mir zusammen zu sein. Es gibt Risiken– mehr als ich offenbart habe–, aber ich kann dich nicht freigeben. Selbst wenn du versuchen würdest, dich mir zu entziehen, würde ich dich nicht gehen lassen. Ich sehne mich nach deinem Körper, nach der Berührung deiner Haut, nach deinen seidigen Schenkeln an meinen Wangen, nach deinem Geschmack auf meinen Lippen. Auch wenn ich dich vor mir warne, sei dir gewiss, dass du mir gehörst und dass ich beschütze, was mein ist. Auch vor mir selbst.

X

Es ist der vierte Anlauf, ihr einen Brief zu schreiben, und mir läuft die Zeit davon. Als ich sie gebeten habe, mit mir auf die Feier zu gehen, muss ich vorübergehend dem Wahnsinn anheimgefallen sein. Ich habe ihr ein paar wichtige Details vorenthalten.

Das heute Abend ist nicht einfach irgendein Ball. Es ist die Geburtstagsfeier meines Vaters. Ich weiß nicht genau, wem ich damit eine Botschaft senden will: ihr, ihm oder mir selbst. Ich will nicht, dass sie so in den Mittelpunkt der Aufmerksamkeit gerät, aber wenn wir auf den Ball gehen, ist das unvermeidlich.

Was bedeutet, dass es an der Zeit ist, diesen verdammten Brief abzuschicken. Es gibt keine Möglichkeit, sie darauf vorzubereiten. Ich stecke die Karte in einen roten Umschlag und benutze mein persönliches Siegel, um sicherzustellen, dass die Nachricht nur von ihr gelesen wird. Das ist zwar ziemlich altmodisch, aber die Vorstellung, dass die Presse unsere Worte verdreht – oder Details über unser Sexleben erfährt –, ist mir unerträglich. Clara gehört mir. Das habe ich deutlich gemacht. Ich will sie mit niemandem teilen, auch nicht mit der Klatschpresse.

»Kannst du das zu Clara bringen?«, frage ich Norris.

Er zieht eine buschige Augenbraue hoch und nimmt die Karte entgegen. »Ein Liebesbrief?«

»Eine Warnung.« Das ist eine wesentlich treffendere Beschreibung des Inhalts. Ich werfe Clara ins Wasser, wohl wissend, dass es dort Haie gibt. Mehr kann ich nicht tun, um sie zu schützen.

»Wenn ich das sagen darf«, Norris räuspert sich, »du könntest versuchen, das arme Mädchen zu umwerben.«

»Umwerben? Wirst du jetzt sentimental?«

»Ein alter Fuchs kennt die besten Tricks«, rät er mir. »Die Liebe eines Mädchens zu gewinnen, ist die älteste Kunst, aber auch die schwierigste.«

Bei seinen Worten gefriert mein Blut zu Eis, und ich erstarre. »Ich will nicht, dass sie sich in mich verliebt.«

Und das meine ich durch und durch ernst. Wenn Clara

sich in mich verliebte, wäre das der schlimmste Fehler, den sie machen könnte.

Norris antwortet nicht, aber ich sehe den Zweifel in seinen blauen Augen. Ich versuche, die Situation aus seiner Perspektive zu betrachten. Ich bin dieser Frau wiederholt nachgelaufen. Ich habe mein Versprechen gebrochen, mich von ihr fernzuhalten. Ich habe sie eingeladen, meine Familie kennenzulernen.

»Ich bin nicht in sie verliebt«, sage ich.

»Mich musst du nicht überzeugen.« Er klingt amüsiert.

»Aber du hast wahrscheinlich recht«, füge ich an und ignoriere, dass er offensichtlich ein Lachen unterdrückt. »Wenn sie heute Abend meine Familie ertragen muss, hat sie mehr verdient als eine Nachricht. Hast du irgendwelche Vorschläge?«

Das ist Neuland für mich. Bis jetzt habe ich nur selten Einladungen zum Dinner ausgesprochen. Das war nicht nötig, um eine Frau ins Bett zu bekommen, und ich hatte nie das Bedürfnis, es zweimal mit derselben Frau zu tun. Dating erfordert vermutlich etwas mehr Engagement. Obwohl ich bezweifle, dass sie sich über ihre künftigen Orgasmen beschweren wird.

»Blumen, Sir«, sagt er. »Blumen kommen immer gut an.«

»Haben wir Zeit, welche zu besorgen?« Ich könnte in den Garten gehen und selbst welche holen, aber dann wird garantiert das Personal tratschen. Mir wäre es lieber, mein Vater wüsste nicht, dass ich heute Abend ein Date mitbringe. Das Überraschungsmoment ist alles, was ich zu meinen Gunsten nutzen kann. Mit etwas Glück ist er zu schockiert, um unhöflich zu sein.

Allerdings setze ich keine großen Hoffnungen in diese Methode.

»Lass mich machen. Schließlich muss ich sie ihr ja sowieso bringen.« Norris hält die Karte hoch. »Welche Art von Blumen willst du ihr schenken?«

Als ich klein war, hat meine Mutter mir geholfen, Valentinskarten an meine Schulkameraden zu schreiben. Ganz nach meiner Laune suchten wir für jeden Schüler eine passende Karte aus. Sie schaute auf die Liste mit den Namen der Kinder und fragte: »Was fällt dir zu Annie ein, Schatz?« Damals waren meine Antworten entweder selbstgefällig oder dumm oder eine Mischung aus beidem.

Meine Mutter würde Clara mögen. Sie würde mir sagen, was für Blumen ich ihr schenken soll, oder mir bei der Entscheidung helfen. Ich höre fast, wie sie mich jetzt fragt: »Was fällt dir zu Clara ein, mein Schatz?«

Ich denke an die Röte, die Claras Porzellanhaut überzieht, wenn ich etwas Verruchtes zu ihr sage, an die Farbe ihrer Lippen, nachdem ich sie stundenlang geküsst habe, an die Vorstellung, wie sich ihre zarte Haut unter meiner festen Hand röten würde.

»Rote Rosen. Ich will ihr rote Rosen schenken.« Schön und zart wie sie, aber mit Dornen, die so gefährlich sind wie dieses Arrangement.

13

Ihre Wohnung ist anders als erwartet. Clara gehört in einen Turm, sicher geschützt vor der Welt. Stattdessen lebt sie in East London in einer Wohnung aus der Vorkriegszeit mit eher geringem Komfort. Ich kann nicht umhin, den mangelnden Sicherheitsstandard zu bemerken. Hier ist sie viel zu ungeschützt. Zum Glück gibt es einen Hintereingang, und Norris hat eine ruhige Seitenstraße gefunden, von der man direkt dorthin gelangt. Der Mann verdient eine Gehaltserhöhung oder einen Ritterschlag. Ich bezweifle jedoch, dass er eins von beidem annehmen würde.

»Wir sollten jemanden zu ihrem Schutz einsetzen«, sage ich zu Norris. Er ist heute Abend nur Beifahrer, denn wir haben eine Limousine genommen.

»Das wird deinem Vater nicht gefallen«, murmelt er.

»Meinem Vater gefällt nichts, was ich tue«, erinnere ich ihn.

»Ich kümmere mich darum.« Norris öffnet seine Wagentür und steigt aus der Limousine.

Als ich es ihm gleichtue, starrt er mich an.

»Sir?«

»Ich hole sie ab.« Ich greife nach den Blumen. Ich habe den Strauß noch nicht einmal selbst gekauft. »Dies ist ein Date, und so sollte ich auch auftreten.«

Er hält inne und wägt seine Optionen ab. Er kennt mich gut genug, um zu wissen, dass ich mit oder ohne ihn hineingehen werde. »Ich warte hier.«

Einen Leibwächter an der Hintertür zu haben, ist nicht gerade normal, soweit ich weiß, aber mehr Normalität ist für mich nicht drin. Ich nicke, erleichtert, dass mir zumindest zugestanden wird, allein mit ihr zu sprechen, und gehe hinein.

Trotz meines Smokings nehme ich auf der Treppe immer zwei Stufen auf einmal. Ich bin praktisch in formeller Kleidung aufgewachsen, aber jetzt fühle ich mich von ihr eingeschränkt. Ich hatte mich an Tarnkleidung gewöhnt. Jetzt stecke ich in der Uniform eines Prinzen, und ich bin mir nicht sicher, ob sie noch zu mir passt.

An der Tür bleibe ich stehen, fahre mir mit der Hand durchs Haar und zerstrubbele es. Wenigstens fühle ich mich nun mehr wie ich selbst und nicht wie eine glattgebügelte glänzende Version eines Märchenprinzen.

Erst als ich anklopfe, wird mir klar, dass ich so etwas noch nie gemacht habe. Ich habe schon viele Frauen in Bars oder auf Partys aufgerissen. Würde ich heute Abend allein zu dem Ball gehen, könnte ich ein Dutzend potenzielle Begleiterinnen für die Nacht finden. Aber noch nie habe ich an die Tür eines Mädchens geklopft. Ich habe noch nie einer Frau Blumen mitgebracht. Clara Bishop ist mein erstes Date.

Aber nicht sie öffnet die Tür, sondern eine Blondine, doch bevor ich mich vorstellen kann, entdecke ich Clara.

Gekleidet in silberne Seide, die ihren perfekten Körper umspielt und ihre vollen Brüste betont, sieht Clara wie meine Traumfrau aus. Dunkle Locken fallen über ihre cremefarbenen Schultern und bilden zu ihrer hellen Haut einen ebenso auffälligen Kontrast wie das Scharlachrot ihrer Lippen. Sie ist die Antwort auf alle meine Fragen.

Die Blondine tritt zur Seite, um mich hereinzulassen, und sagt: »Freut mich, Sie kennenzulernen, Eure Königliche Hoheit.«

Es kostet mich Mühe, den Blick von Clara in diesem Kleid loszureißen und die unzähligen schmutzigen Ideen zu verdrängen, die mir durch den Kopf schießen. Ich wende mich ab, um mich vorzustellen. Das gehört sich so. Eine weitere seltsame Premiere: das Kennenlernen der Mitbewohnerin. »Alexander genügt. Du musst Belle sein.«

Sie zögert, dann nickt sie. »Freust du dich schon auf heute Abend?«

»Ja«, lüge ich. Mir fällt einiges ein, wie ich den Abend mit Clara lieber verbringen würde. Zu jeder Variante gehört, dass sie dieses Kleid auszieht, was auf einer verdammten Geburtstagsparty nicht möglich ist. »Besser gesagt, auf die Gesellschaft.«

Belle wirkt erfreut über meine Antwort und deutet mit dem Kopf in Richtung Flur. »Bitte entschuldigt mich.«

Wenigstens weiß sie, wann sie stört. Ich gehe auf Clara zu und reiche ihr unbeholfen die Blumen.

»Ich dachte, Romantik ist nicht dein Ding.« Sie ist sichtlich überrascht und atmet vorsichtig den Duft ein.

»Sieh es als Trostpreis an«, sage ich. »Du wirst einen Abend mit meiner Familie verbringen müssen, dafür hast du eine Belohnung verdient.«

Darum geht es doch bei den Blumen gar nicht. Warum zum Teufel kann ich ihr nicht einfach sagen, dass sie schön ist, und ihre Hand nehmen und normal sein? Warum kann ich ihr nicht Rosen mitbringen und ihr Herz im Sturm erobern?

Weil, wie sie ganz richtig sagte, Romantik nicht mein Ding ist. Und jetzt, wo ich ihr zuliebe etwas Romantisches tue, versage ich natürlich auf ganzer Linie. Und was noch schlimmer ist, ich merke, dass ich sie nervös mache. Mit kaum verhohlener Panik in den Augen durchsucht sie die Schränke nach einer Vase. Sie lernt meine Familie kennen – eine weitere Premiere.

Ich kann ihre Unruhe nicht ertragen, trete hinter sie, fasse ihre Hüften und bringe sie dazu, einen Moment innezuhalten. »Lass dich von meiner Familie nicht aus der Ruhe bringen.«

»Leichter gesagt als getan«, flüstert sie. »Ich weiß noch nicht einmal so richtig, was zwischen uns passiert, und soll schon deiner Familie vorgestellt werden.«

»Alles halb so wild. Wenn sie sich wie Arschlöcher verhalten, denk daran, dass das nichts mit dir zu tun hat, sondern nur mit mir allein. Der Rest fügt sich schon.« Ich versuche, lässig zu klingen, aber mein Griff um sie verstärkt sich. Genauso gut könnte ich sie ihnen auf einem Silbertablett präsentieren. Ihnen wird das Wasser im Mund zusammenlaufen, sobald wir eintreffen. Sie kann von Glück reden, wenn sie überlebt.

»Falls du mich beruhigen wolltest, hat das nicht besonders gut funktioniert«, sagt sie.

»Denk nicht so viel nach.« Ich ziehe sie an mich, und ihren Körper zu spüren, beruhigt mich. »Lenk dich damit ab, dir vorzustellen, was ich mit dir in diesem Kleid anstellen werde.« Dafür werde ich mit einem Lächeln belohnt. »Ich habe keine Ahnung, wie ich mich konzentrieren soll«, sage ich, »wenn du so aussiehst.«

»Sie sieht umwerfend aus, nicht wahr?«, unterbricht Belle.

»Ja«, stimme ich abwesend zu.

Belle findet eine Vase und schwenkt sie triumphierend. »Hier. Oh, Moment!«

Sie wirbelt herum und holt etwas aus einer Schublade.

»Entschuldigung!«, sagt sie zu mir und stellt sich kurz zwischen uns. Als sie zurücktritt, steckt eine Rosenblüte in Claras Haar.

»Perfekt.« Ich stelle mir vor, dass das das Einzige ist, was Clara später noch tragen wird.

»Ich muss los. Philip wartet unten.« Belle küsst Clara zum Abschied. »Wir sehen uns später!«

Ich frage mich, wie es ist, Freunde zu haben, denn ich habe normalerweise das Gefühl, von Schlangen umgeben zu sein. Es muss tröstlich sein.

»Gehen wir?« Ich biete ihr meinen Arm. »Wenn wir nicht gleich aufbrechen, lege ich dich noch hier in der Küche flach.«

Sie beißt sich auf die Unterlippe, und ich sehe die Aufregung, die in ihren Augen funkelt. Liegt das daran, dass ich sie zu einem Ball mitnehme, oder daran, dass sie in der Küche flachgelegt werden will?

Ich widerstehe der Versuchung, es herauszufinden. »Lassen Sie uns runtergehen und in den Wagen steigen, sonst verpassen wir noch die Party, Miss Bishop.«

»Bitte, nach Ihnen, X.«

14

Clara ist verwirrt, als ich sie zu dem Hinterausgang führe. Aber die Presse kampiert quasi vor der Vordertür.

Als wir hinaustreten, erwacht etwas Ursprüngliches in mir. Beschützerinstinkt. Ich lege eine Hand auf ihren Rücken und sehe mich aufmerksam um, während ich ihr in die Limousine helfe. Mein ganzer Körper steht unter Spannung und ist auf jede Bedrohung vorbereitet. Als ich die Tür hinter ihr zuklappe, durchströmt mich Erleichterung. Norris beobachtet mich vom Beifahrersitz aus. Er war nicht begeistert davon, dass ich sie abholen und alleine zum Wagen bringen wollte.

»Bist du sauer auf mich?«, frage ich.

Er neigt den Kopf. »Nein, alles okay.«

Ich lasse meine Gedanken zu Clara und ihrem Kleid zurückkehren und zu all den verruchten Dingen, die ich mit ihr anstellen werde.

»Weißt du, was mir heute Abend an London besonders gut gefällt?«, frage ich und rutsche neben sie auf den Sitz.

Sie legt den Kopf schief und sieht mich neugierig an, doch hinter der Neugierde lauert noch etwas anderes.

»Den Verkehr. Noch nie habe ich ihn so zu schätzen gewusst.« Ich rücke näher und lege meine Hände auf ihre Wangen, dann halte ich inne und bewundere sie. Wie ist sie nur in mein Leben gekommen? Warum gerade jetzt? Ich sollte sie nicht so sehr begehren, aber wenn es um Clara Bishop geht, scheine ich meine Gefühle kaum unter Kontrolle zu haben. Zum Beispiel meine Sehnsucht nach ihr, als wir getrennt waren. Oder meine Angst, sie wieder zu verlieren. Wie verzweifelt ich mich danach sehne, sie zu küssen. Ich gebe dem Gefühl nach und führe ihren Mund zu meinem. Clara reagiert und umklammert die Hand, die ich an ihre Wange lege, als sehne sie sich genauso sehr nach der Nähe wie ich. Sie schmiegt sich an mich und lädt mich ein, mich auf meine körperlichen Bedürfnisse zu konzentrieren anstatt auf die Fragen, die dieses Verlangen aufwirft.

»Süße«, sage ich leise, »ich habe die ganze Woche an dich gedacht.«

Ihr Atem wird flach, als ich ihr genau das zeige, woran ich gedacht habe. Ich hebe ihren Rock, meine Hand gleitet an ihren weichen Schenkeln hinauf und drängt ihre Beine auseinander, um nichts als nackte Haut zu entdecken.

Ich stöhne, unfähig, meine Lust zu zügeln. »Das ist nicht fair.«

»Unter diesem Kleid kann man kein Höschen tragen«, sagt sie entschuldigend, aber ihr verschmitztes Lächeln zeigt, dass sie genau weiß, was sie tut.

»Ich persönlich bin der Meinung, dass man unter keinem Kleid ein Höschen tragen kann.« Ich beschließe, ihr zu zeigen, warum, und sinke vor ihr auf die Knie.

»Nein«, sagt sie. Ich füge mich und setze mich brav neben sie, aber nur aus Respekt.

»Dieses Wort höre ich nicht gern, Süße.« Ich hasse es sogar. »Und schon gar nicht aus deinem Mund.«

»Nein, ich will dich.« Ihre Zunge fährt über ihre roten Lippen.

»Du hast mich doch schon.«

»Ich will dich schmecken.«

Das kann ich nicht ablehnen, und das will ich auch gar nicht. Ich lasse mich in den Sitz zurücksinken und schaue zu, wie sie ihren Rock bis zu den Oberschenkeln hochzieht und sich vor mich kniet. Sie lässt sich Zeit, und ich spreche ein Dankgebet zu dem Gott, der für den Stadtverkehr zuständig ist. Eine weiche Hand gleitet mein Bein hinauf, bis sie den Bund meiner Hose erreicht. Sie zieht den Reißverschluss nach unten, um mich in die Hand zu nehmen. Ich stöhne anerkennend auf, als sich ihre zarten Finger um meinen Schwanz legen. Sie streichelt ihn und bringt mein Blut in Wallung, bis ich nur noch von primitiven Gedanken und Gefühlen beherrscht bin. Ich kann mich kaum noch beherrschen. Ich will mich auf sie stürzen und sie ficken. Ich will sie vögeln. Bevor ich die Kontrolle verliere, schließt sich ihr Mund um meinen Schaft und stillt mein Verlangen. Sie gibt mir ihren köstlichen Mund. Ich spreize meine Beine noch weiter, um ihr besseren Zugang zu gewähren – mein Geschenk an sie.

Das Tier in mir übernimmt die Kontrolle, keucht und stöhnt, während sie sich weiter hingebungsvoll meinem Schwanz widmet. Ich könnte kommen, wenn ich ihr nur dabei zusehe, wie sie mich lutscht.

»Du siehst so verdammt scharf aus, mit deinen roten Lippen um meinen Schwanz.« Ich lege eine Hand um ihren Hals, um jede Bewegung zu spüren, während sie langsam auf und ab gleitet, bis ich steinhart bin und beinahe explodiere. »Ich will dich ficken.«

Bevor ich sie festhalten und genau das tun kann, saugt sie noch stärker. Ihre Wangen werden hohl, und sie beschleunigt das Tempo. Sie will, dass ich komme, und ich will sie mit meinem Saft füllen – auf jede erdenkliche Weise.

»Du bist so wunderschön, Clara.« Ich gebe nach und lasse mich gegen den Sitz fallen, während sie mich zum Höhepunkt treibt. »Ich werde kommen.«

Hinterher schaffe ich es, den Blick auf sie zu richten. Sie schluckt nicht nur, sie genießt es. Jede Bewegung ihrer Kehle ist gierig. Sie will mich, und ich muss ihr mehr geben.

Ich hebe sie auf meinen Schoß und küsse sie, als wäre sie mein Sauerstoff. Ich muss sie ficken. Und zwar sofort. Ich werfe sie auf den Sitz und schiebe ihren Rock wieder nach oben, gleite mit einem Finger ihre Scham entlang. »Du bist ganz feucht. Es mir zu besorgen, hat dich feucht gemacht.«

Sie fühlt sich wundervoll an – samtweich und feucht und warm. Ich möchte spüren, wie sie meinen Schwanz umschließt. Noch nie habe ich etwas so Leichtsinniges in Erwägung gezogen. Aber ich vertraue Clara, und ich weiß, dass es für sie genauso ist.

»Ich will in dir sein. Mit nichts zwischen uns. Ist das okay für dich?«

»Ja, bitte«, stöhnt sie. Mehr brauche ich nicht zu hören. Ich lasse mir Zeit und gleite langsam in sie hinein. Jeder Zentimeter ist eine Offenbarung. Sie fühlt sich verdammt perfekt an, so eng und heiß um meinen Schwanz, aber es ist der glückselige Ausdruck auf ihrem Gesicht, der mich fast sofort wieder zum Höhepunkt treibt.

»Noch nicht, Süße.« Ich habe den Wunsch in mir, etwas mit ihr zu tun, von dem ich behauptet habe, dass ich es nicht bräuchte: Ich lasse es langsam angehen und werde dieses Lämmchen mit großer Vorsicht aus seiner sicheren Welt in meine dunkle führen.

Sie wimmert, als wollte sie, dass ich mich schneller bewege.

Ich schiebe eine Hand zwischen uns und streichle ihre Klitoris. »Du musst dir ein Safeword überlegen, Süße. Jetzt wirst du es nicht brauchen, aber womöglich später … zu einem Zeitpunkt, wenn du keinen klaren Gedanken mehr fassen kannst.«

Sie schüttelt den Kopf – eine schöne, eigensinnige Frau.

»Ich versuche, mich zusammenzureißen, Süße, aber ich will, dass du dich sicher fühlst. Überleg dir ein Wort, das dir das Gefühl gibt, sicher zu sein«, erkläre ich.

»Wie wär's mit *Majestät*?«

»Es sollte kein Wort sein, das du vielleicht für andere Zwecke verwenden musst.«

»Du bildest dir doch wohl nicht ein, dass ich dich irgendwann *Eure Majestät* nenne, X.«

Ein unwillkürliches Grinsen umspielt meine Lippen. »Bei dem, was ich mit dir vorhabe, wäre ich mir da an deiner Stelle nicht so sicher.«

Sie scheint hin- und hergerissen zu sein, ob sie mich küssen, schlagen oder einfach ignorieren soll. Schließlich flüstert sie: »Brimstone.«

Interessante Wahl.

»Du könntest auch einfach *Fahr zur Hölle* sagen.« Ich kann nicht anders.

»Ich dachte, ich soll etwas nehmen, das mir in jeder Lage wieder einfällt.«

»Brimstone?«

»Dort habe ich zum ersten Mal Nein zu dir gesagt«, sagt sie leise.

Aaah. Jetzt verstehe ich. Jetzt mag ich das Wort noch weniger. »Du hast auch später noch Nein gesagt.«

»Aber im Brimstone habe ich es nicht so gemeint«, sagt sie.

Das ändert die Lage. Ich belohne ihre Ehrlichkeit, indem ich sie mit meinem Daumen ein wenig stimuliere. »Wie du willst, Clara.«

»Und jetzt fick mich.«

Das braucht sie nicht zweimal zu sagen. Der Instinkt gewinnt die Oberhand, und ich stoße immer wieder in sie hinein. Jeder Teil von mir will sie ficken. Ich sehne mich danach, zu sehen, wie sich ihre Augen weiten, wenn ich sie in Besitz nehme. Sie gehört mir, und ich will den Moment sehen, in dem sie es auch erkennt.

»Sieh mich an«, befehle ich. »Ich will dich sehen, wenn du kommst.«

Sie blickt mir in die Augen, und ich lasse mich gehen und gebe die letzte Kontrolle auf. Sie schließt die Augen, als ich in ihr komme, schreit auf und erbebt in meinen Armen. Als ihr Körper endlich zur Ruhe kommt, legt sie die Arme um meinen Hals und lässt sich schlaff an mich sinken.

»Ich liebe den Gedanken, dass du angefüllt bist mit mir«, flüstere ich in ihr Haar. »Den ganzen Abend werde ich an nichts anderes denken können, als dass ich in dir bin, dass ich dich markiert habe. Dass du mir gehörst.«

Sie blickt mit funkelnden Augen zu mir hoch und küsst mich. Der Ausdruck in ihrem Blick hat sich verändert.

Etwas in mir hat sich verändert.

Werden das alle heute Abend mitbekommen? Oder werden sie nur die atemberaubende Frau an meiner Seite sehen?

»Und ich werde den ganzen Abend an deine heiße nackte Muschi unter diesem Kleid denken. Ich will, dass sie für mich bereit ist, wenn ich sie brauche.«

»Das wird sie.«

Ich könnte ewig so bei ihr verweilen. Sie ist so verletzlich und zart in meinen Armen. Wenn sie kommt, ist sie eine Königin, und ich bin ihr Diener, der ihr Lust bereiten soll. Und jetzt? Ich habe sie geschwächt, kurz bevor sie ihre Kraft am meisten brauchen wird. Widerwillig helfe ich ihr, ihr Kleid zurechtzurücken, und küsse sie. Es ist eine Erinnerung daran, dass wir auf dem Weg zum Ball sind. Auf das, was dort passiert, habe ich keinen Einfluss. Keiner kann die Presse oder meine Familie kontrollieren.

»Hör auf damit, du elender Lustmolch.« Sie gibt mir spielerisch einen Klaps und erinnert mich daran, dass in diesem Moment alles perfekt ist. Besonders sie.

»Ich kann mich nicht beherrschen, ich muss dich die ganze Zeit anfassen.«

»Ich trage keine Unterwäsche«, erinnert sie mich. »Du brauchst dich also gar nicht anzustrengen, um in mein Höschen zu kommen.«

»Wir werden sehen.« Wenn sie nur wüsste. Ich lehne mich zurück und streiche ihr eine lose Haarsträhne aus dem Gesicht. Ihre Wangen sind gerötet. Sie ist so lebendig. Sie ist nicht wie die anderen. Und nicht wie ich.

Clara überprüft ihr Make-up, was unnötig ist. Sie leuchtet von innen heraus. Das ist mein Verdienst.

Ich nehme ihre Hand, verschränke ihre Finger mit meinen und gelobe im Stillen, sie vor den vergifteten Herzen zu schützen, die auf uns warten.

»Bereit?«, frage ich. Sie schaut auf unsere Hände, dann nickt sie.

Als wir eintreffen, gehe ich langsam um das Heck der Limousine herum, öffne ihr die Tür und reiche ihr erneut die Hand. Ich werde sie erst wieder loslassen, wenn es sein muss.

Ich tue mein Bestes, um sie vor den Paparazzi abzuschirmen. Aber das ist zwecklos. Ein Blitzlichtgewitter geht auf uns nieder. Die Menge schreit. Mit großen, erschrockenen Augen nimmt Clara die Szenerie in sich auf. Ich lächle, in der Hoffnung, sie damit zu beruhigen, bevor ich mein Lamm zur Schlachtbank führe.

15

Auf dem Weg durch die Halle begegnen uns Freunde und Familie und die verdammten Paparazzi. Ich halte Claras Hand fest in meiner und schlängele mich an ihnen vorbei, ohne mir die Mühe zu machen, für Fotos stehen zu bleiben. Solche Bilder will ohnehin keiner von uns. Sie werden alles veröffentlichen, was nach Skandal riecht, und nicht irgendein Foto von einem glücklichen Paar.

Warum zum Teufel habe ich Clara mit hergenommen?

Als wir den Ballsaal erreichen, lasse ich den Blick über die Gästeschar gleiten. Es sind die üblichen Verdächtigen – Honoratioren, Cousins und Cousinen fünften Grades, Politiker und Prominente. Sie sind alle hier, um einen Abend lang so zu tun, als sei mein Vater kein Riesenarsch. Ich frage mich, wer das Safarithema ausgewählt und wie viel der Unfug gekostet hat. Dschungelfarn und über unseren Köpfen kreisende Vögel? Das ist mehr als lächerlich.

»Alles in Ordnung?«, murmelt Clara leise.

»Mir geht's gut, Clara«, sage ich und entdecke Norris. »Entschuldige mich bitte einen Moment.«

Mein Ziel ist es, Clara heute Abend auf Abstand von meiner Familie zu halten. Natürlich wird sie sie kennenlernen müssen. Darum komme ich nicht herum, und das war schließlich überhaupt der Grund, warum ich sie hergebracht habe. Ich habe absichtlich eine öffentliche Veranstaltung gewählt, da ist die Gefahr einer Szene geringer.

»Alexander«, begrüßt mich Norris kühl. Er steht lässig auf, aber ich habe keinen Zweifel daran, dass er den Raum nach Sicherheitslücken absucht. Der Mann ist immer in Habtachtstellung.

»Behalte meine Familie im Auge, und ich behalte Clara im Auge«, sage ich.

»Und weißt du, wo sie ist?«, fragt er, jedes Wort so scharf wie eine Messerspitze.

Ich wende den Kopf zur Seite, und als ich merke, dass sie nicht da ist, wird mir flau im Magen. Ich drehe mich um und suche mit Blicken den überfüllten Raum nach ihr ab. Ich habe sie stehen lassen. Jetzt erinnere ich mich. Was mache ich hier eigentlich? Wie kann ich es schon so früh versauen? Ich kann nicht klar denken, wenn sie in meiner Nähe ist – das habe ich schon oft bewiesen –, aber das ist ein neuer Tiefpunkt. »Ich habe ihr gesagt, dass ich gleich wieder da bin«, sage ich aufgebracht.

»Sie ist kein Hund, Alexander. Du kannst nicht erwarten, dass sie sich nicht vom Fleck rührt«, erwidert er leise. Er deutet mit dem Kinn in eine Ecke. »Sie ist bei ihrer Freundin.«

Ich folge seinem Blick und sehe, dass Clara sich lachend mit Belle unterhält und einer anderen Frau, die ich nicht kenne. Clara scheint sie offensichtlich zu kennen. Das angespannte Gefühl in meinem Magen lässt nach. Doch es wird erst ganz verschwinden, wenn sie wieder in meiner Reichweite ist.

»Ich lasse sie nicht mehr aus den Augen«, murmle ich.

»Ist das klug?«

»Ich sollte sie nicht allein lassen.«

»Sie ist nicht allein, und sie ist absolut sicher. Niemand wird ihr hier drinnen ein Haar krümmen.« Das beruhigt mich ein wenig.

Clara ist in Sicherheit – körperlich. Die Wunden, die ihr meine Verwandtschaft zufügen wird, sind eher psychischer Natur. So kommuniziert meine ganze Familie. Stock und Stein brechen mein Gebein, doch Worte bringen keine Pein, aber der alte Kinderreim verkennt, dass Worte sehr wohl schmerzen können.

»Ich will zuerst nach ihr sehen«, sage ich.

Auf halbem Weg zu ihr spricht mich Pepper an. Heute Abend ist sie ohne ihre Mutter unterwegs und spielt nicht die sittsame Dame. Sie ist auf Beutezug, und ich bin versehentlich in ihre Falle getappt.

»Ich habe dich gesucht.« Sie tut so, als würde sie ein unsichtbares Staubkorn von meiner Schulter wischen.

»Ich kann mir nicht vorstellen, warum«, stoße ich hervor.

»Warum verhältst du dich so?« Sie blickt zu mir auf. »Wir sind doch praktisch eine Familie. Ich war die beste Freundin deiner Schwester.«

»Und du fickst meinen Vater«, ergänze ich freundlich und nicke einem alten Schulfreund zu, der in dem Moment an uns vorbeikommt.

Ihr falsches Lächeln wird brüchig. »Sei nicht so vulgär.«

Was ich nicht begreife, ist, warum sie mich nicht in Ruhe lässt. Warum hält sie sich mit mir auf, wenn sie seine Aufmerksamkeit hat? Ohnehin werde ich diesen Witz von einer

Familie nicht weiter fortführen, und sie weder durch Heirat noch auf andere Weise vergrößern.

»Tut mir leid, ich muss mich um meine Begleitung kümmern.« Ich entferne mich, aber sie folgt mir auf den Fersen.

»Stell sie mir vor«, sagt sie hastig.

»Warum?« Ich bleibe abrupt stehen. Das kann nichts Gutes bedeuten.

»Alexander, egal was du denkst, wir sind Freunde. Wir haben so viel zusammen durchgemacht. Wir haben beide Sarah verloren.« Sie blinzelt, und ich könnte schwören, sie ist den Tränen nahe. »Ich will dich nicht auch noch verlieren.«

Das ist ganz sicher ein Trick. Soweit ich weiß, gibt es Pepper in zwei Varianten: als alberne Schmeichlerin und wütende Bitch. Aber irgendwann werden sie und Clara sich ohnehin begegnen, und hier kann ich die Begegnung zumindest kontrollieren. Zu einer anderen Zeit und an einem anderen Ort habe ich dieses Glück vielleicht nicht.

»Na gut, aber benimm dich«, befehle ich.

»Ich möchte nur die Frau kennenlernen, die dein Herz erobert hat.«

Ich werfe ihr einen warnenden Blick zu. »Wenn du so übertreibst wie jetzt, bist du immer leicht zu durchschauen.«

Als wir näher kommen, stößt Clara gerade mit ihrer schwarzhaarigen Freundin an – mit der, die ich nicht kenne. Mit dem Glas an den Lippen hält sie inne. Spürt sie, obwohl sie mit dem Rücken zu mir steht, das starke Band, das uns verbindet? Ich kann ihrer Anziehungskraft nicht widerstehen – das will ich auch gar nicht.

»Clara«, sage ich leise, als ich hinter sie trete. »Wie ich sehe, hast du inzwischen etwas zu trinken bekommen.«

Sie fährt erschrocken herum und spritzt etwas Champagner auf Peppers Kleid. Ich unterdrücke den Drang zu lachen, was mir nur mäßig gelingt.

»Oh Gott, das tut mir ja so leid!« Vor lauter Schreck lässt sie fast das Glas fallen.

Pepper schüttelt den Kopf und setzt ein Lächeln auf, ist aber merklich verärgert. »Ach, halb so wild.«

Ihre Blicke treffen sich, und ich frage mich, was sie sehen. Die beiden könnten nicht unterschiedlicher sein. Pepper ist groß und blond und verbringt so viel Zeit im Fitnessstudio, als würde sie dort arbeiten. Sie weiß, dass sie sexy ist, und stellt diese Seite gern in den Vordergrund. Ständig stimmt sie eine Art Sirenengesang an, und Gott helfe den armen Kerlen, die dieser Verlockung zum Opfer fallen. Clara hingegen, mit ihrem kurvigen Körper und ihrem dunklen Haar, hat keine Ahnung, wie sexy sie ist. Sie weiß, dass sie hübsch ist, aber sie ist nicht gerade selbstbewusst. Sie legt es nicht darauf an, dass sich alle Blicke auf sie richten, wenn sie einen Raum betritt. Vermutlich will sie diese Art von Aufmerksamkeit gar nicht. Aber jeder Mann, der sie erblickt, will sie. Das weiß ich. Ich habe heute Abend beobachtet, wie die Männer sie ansehen.

»Clara, darf ich dir Pepper Lockwood vorstellen, eine alte Freundin der Familie?«, sage ich steif – in der Hoffnung, dass beide die Botschaft verstehen.

Clara lächelt, offensichtlich weiß sie nicht so recht, was sie sagen soll, und bevor ihr etwas einfällt, beugt sich Pepper vor und küsst sie auf die Wange.

»Wie nett, dich kennenzulernen, Clara.«

»Ja, freut mich ebenfalls, und es tut mir so leid.« Clara ist verunsichert, und das kann ich ihr nicht verdenken. Sicherlich spürt sie das Gift in Peppers Begrüßung.

»Ist doch nur ein Kleid«, flüstert Pepper, als wären sie alte Freundinnen. Was sie als Nächstes sagt, entgeht mir.

Clara lacht, und ihr Körper entspannt sich. Was auch immer Pepper gesagt hat, hat ihre Wachsamkeit gesenkt. Ich werfe meiner alten Freundin einen scharfen Blick zu.

Diese scheinheilige Vorstellungsrunde ist jetzt vorbei. Peppers Augen weiten sich, aber sie fasst sich schnell wieder. »Ich gehe dann mal. Ich habe meinen Begleiter irgendwo in der Menge verloren.«

Clara sieht aus, als würde sie das nur zu gut verstehen. Aber sie ist in guten Händen, und niemand wird sie so sehr beschützen wie ihre beste Freundin.

Das ist gut, denn es ist Zeit, dass Pepper und ich uns ein wenig unterhalten. Ich hauche Clara einen Kuss auf die Wange, raune ihr etwas Beruhigendes zu und ziehe Pepper fort.

»Ich habe mich doch benommen«, zischt Pepper, als wir uns in sicherer Entfernung von Clara und ihren Freundinnen befinden.

»Ich wollte nicht testen, wie lange dein gutes Benehmen anhält«, sage ich und lasse ihren Ellbogen los.

Als ich mich gerade umdrehen will, um sie schnellstmöglich loszuwerden, platzt sie heraus: »Wie lange weißt du schon von Albert und mir?«

»Ich bin mir nicht sicher, ob dies der richtige Ort ist, um das zu besprechen«, sage ich mit zusammengebissenen Zähnen.

»Wir können uns gern treffen. Zum Kaffee? Oder zum Dinner?«, schlägt sie vor.

»Ich habe keine Zeit«, gebe ich kühl zurück. Allerdings gibt es einiges, das ich ihr sagen möchte – sagen muss. Jetzt ist die beste Gelegenheit dazu, ohne dass ich wieder mit Fotos in der Klatschpresse lande. »Und wir beide wissen, dass du nur darauf hoffst, wieder auf die Titelseite zu kommen.«

»Die Presse interessiert sich für uns. Dafür kann ich nichts«, sagt sie und blinzelt, als könnte sie kein Wässerchen trüben.

Die Presse interessiert sich für *mich*. Das war schon immer so. Rückblickend ist mir unbegreiflich, wie Pepper zur besten Freundin meiner Schwester avancieren konnte. Hat sie sich schon als Kind nach Aufmerksamkeit gesehnt? Wurde sie darauf getrimmt, sich berühmte Freunde zu suchen? So, wie ich ihre Mutter kenne, wäre das durchaus möglich. Ich weiß eigentlich gar nicht viel über sie. Sie ist wie eine Wärmesuchrakete, die auf die Frequenz meiner Familie abgestimmt wurde. Oder zumindest auf die Frequenz des Geldes.

»Trinken wir etwas«, sage ich und deute in Richtung Bar.

Sie strafft die Schultern, hebt das Kinn an und reckt die Nase in die Luft. Sie denkt, diese Runde geht an sie. Womöglich stimmt das, aber vielleicht finde ich so heraus, worauf sie es eigentlich abgesehen hat.

»Zwei Martinis«, sagt sie zum Barkeeper.

Ich runzle die Stirn. »Einen Martini – und einen Scotch für mich, bitte.«

»Ich dachte, du magst Martinis«, sagt sie, und ich sehe, dass sie diese Information in ihrem Kopf speichert. Wofür? Für weitere Studien?

»Nicht wirklich.« Mehr bekommt sie nicht aus mir heraus. Unsere Getränke kommen mit der Geschwindigkeit, die ich gewohnt bin. Als Erster bedient zu werden, ist einer der wenigen Vorteile, wenn man als verdammter Royal geboren wird.

»Wie hast du von uns erfahren?«, fragt Pepper leise.

Ich bin fast überrascht, dass sie sich um Diskretion bemüht hat. Eine Affäre mit dem König? Der Skandal würde wochenlang für Schlagzeilen sorgen. Das müsste doch eigentlich in ihrem Sinne sein. »Du bist nicht so vorsichtig, wie du denkst. Die Wochenendtrips meines Vaters haben sich in den letzten Monaten verdoppelt.«

»Ich weiß nicht, was das mit mir zu tun hat.«

»Du hast es bereits zugegeben. Es gibt keinen Grund, jetzt auf unschuldig zu machen«, rate ich ihr. Eigentlich habe ich es durch einen Zufall herausgefunden. Ich hatte Norris darauf angesetzt, ein paar schmutzige Fakten über sie auszugraben, weil ich überzeugt war, dass sie hinter der Veröffentlichung des Fotos von Clara und mir steckte. Dabei war er auf mehr gestoßen. Sie muss nicht wissen, woher ich meine Informationen habe – entscheidend ist, dass ich es weiß.

»Niemand darf davon erfahren«, sagt sie schnell und legt beschwörend ihre Hand auf meine. »Wenn Albert herausfindet, dass du es weißt …«

»Was dann?«, frage ich. »Würde er dir den Laufpass geben? Dann werde ich es ihm sagen, denn wenn ich mir euch zusammen vorstelle, könnte ich kotzen.«

»Das darfst du nicht! Du verstehst nicht, was auf dem Spiel steht«, fleht sie.

»Klär mich auf.« Ich stutze. Sie ist tatsächlich … verängstigt.

Pepper hält inne und holt tief Luft. Kurz denke ich, sie sagt mir, was ich wissen will. Aber dafür ist sie zu berechnend. Das war sie schon immer. Was sie auch ängstigt, jetzt hat sie es wieder unter Kontrolle. »Ich weiß auch ein paar Dinge. Das sollten wir nicht vergessen. Es würde mir zutiefst widerstreben, der süßen Clara das Herz zu brechen.«

»Sie ist klug. Sie bezieht ihre Nachrichten nicht aus der Klatschpresse.« Ich stelle meinen Drink ab und stehe auf, Ekel steigt in mir auf. »Du kannst ihr nichts anhaben.«

»Wollen wir wetten?« Ein verruchtes Lächeln zeichnet sich auf ihren roten Lippen ab. Wir starren uns einen Moment lang an. Es ist eine Pattsituation. Wir haben beide gute Karten. Das ist uns klar. Aber wessen Blatt ist stärker? »Ich muss nach Clara sehen.«

»Das ist eine gute Idee.« Peppers Augen funkeln. In ihnen ist keine Spur von Panik mehr zu erkennen. »Du willst doch nicht, dass sie in die falschen Hände gerät.«

Ich habe keine Lust, darauf etwas zu erwidern, und bahne mir einen Weg durch die Menge. Ich muss Clara im Blick haben, ich muss sie berühren. Norris täuscht sich, sie ist hier nicht sicher. Es war töricht von mir, zu glauben, ich könnte diesen Raum überblicken – ein Hinweis darauf, dass ich etwas aus der Übung bin, was das Dasein als Royal angeht. Wie viele Attentate wurden am Hof verübt? Ich bin unachtsam geworden.

Mit jeder Minute, die verstreicht, ohne dass ich sie entdecke, wächst meine Angst. Es sind zu viele Menschen hier. Ich beginne, nach Norris zu suchen. Sicherlich weiß er, wo sie ist. Dann sehe ich es: ein roter Farbtupfer auf ihrem dunklen Haar.

Clara schaut sich im Ballsaal um, bevor sie in die entgegengesetzte Richtung weitergeht. Sie ist wieder allein. Wie konnte Belle sie allein lassen? Wo will sie hin? Ich kämpfe mich zu ihr durch, ignoriere die Rufe meiner Freunde und achte nicht darauf, dass ich die Leute praktisch aus dem Weg schiebe.

Ich sehe sie. Sie ist zum Greifen nah, und nichts wird mich davon abhalten, zu ihr zu gelangen.

16

Sie hält inne, als ich fast bei ihr bin, und tritt hinter eine Säule. Ich gehe ihr nach, ergreife ihre Hand und ziehe sie in die kleine abgeschiedene Nische. Ich muss sie berühren.

Als ich mich an sie drücke, wird mir leichter ums Herz. Clara wehrt sich kurz, doch dann lässt sie sich gegen den Marmorbogen der Nische sinken. Sie braucht die Nähe genauso wie ich. Kein Wunder, nach all den vergifteten Blicken und den selbstgefälligen Vorstellungen von Fremden, die sie über sich ergehen lassen musste. Meine Finger graben sich in die Seide, die mich davon abhält, ihren nackten Körper zu berühren. Allein der Gedanke daran lässt das Blut in meine Lenden schießen und erinnert mich schmerzhaft daran, dass hier zu viel Kleidung im Spiel ist. Aber ein Kuss ist alles, was ich riskieren kann. Wir haben schon genug schlechte Presse bekommen. Ich habe versprochen, sie heute Abend zu beschützen – auch wenn das bedeutet, sie vor mir selbst zu schützen.

Es kostet mich Mühe, mich von ihr zu lösen, aber ich schaffe es, wobei ich den Fehler begehe, mit der Hand über ihren Oberarm zu streichen. Jetzt möchte ich sie wieder berühren. Ich trete noch einen Schritt zurück und richte meine Krawatte. »Das habe ich gebraucht.«

Clara sieht mich durchdringend an, ihre perfekten Lippen sind leicht geöffnet und bringen mich auf alle möglichen verdorbenen Gedanken. Wir müssen aus dieser dunklen Ecke raus, bevor ich ihr noch das Kleid vom Leib reiße. Ich biete ihr meinen Arm. Sie zögert und richtet erst ihren Lippenstift, dann hakt sie sich bei mir ein.

Weiß sie, wie vorsichtig sie sein muss? Ein Haar an falscher Stelle? Etwas verschmierter Lippenstift? Das darf sie nicht riskieren. Nicht, wenn die Aufmerksamkeit des ganzen Saals auf ihr ruht.

»Du siehst wunderschön aus.« Es widerstrebt mir, sie zu beruhigen. Ich möchte sie besinnungslos küssen, bis ihr Haar wild ist und ihre Wangen glühen, und wenn sie aussieht wie eine Frau, die erobert wurde, möchte ich sie zurück in die Menge führen.

Aber der heutige Abend ist ein Test. Für sie. Für mich. Für uns.

Und ich bin entschlossen, ihn zu bestehen.

Wir haben noch keine zwei Schritte zurück in den Ballsaal getan, als Stefan oder Anton oder wie auch immer der neueste alberne Adjutant meines Vaters heißt, auf uns zukommt. Er verbeugt sich vor mir, was völlig unnötig ist, nickt Clara jedoch nur zu.

Ich nehme mir vor, ihn zu feuern.

»Königliche Hoheit«, sagt er. »Ihr Vater wünscht, dass Sie sich zum Toast im Kreise der Familie einfinden.«

»Ich bin hier«, sage ich mit zusammengebissenen Zähnen. »Das sollte genügen.«

»Ich fürchte, er besteht darauf«, sagt er. »Vermutlich ruft er Sie in aller Öffentlichkeit zu sich, wenn Sie nicht …«

»Gut!« Ich gebe auf, reiße die Hände hoch und verliere dabei ungewollt Clara. Sie steht wie erstarrt neben mir und sagt immer noch nichts. Was muss sie von dem Ganzen halten? Von uns?

»Ich bringe die junge Dame an einen der Tische«, sagt Stefan oder wie auch immer er heißt.

»Sie bleibt bei mir.«

»Aber Sir …«

»Sie bleibt bei mir«, sage ich noch einmal. Er wird es auf keinen Fall wagen, meine Anweisung ein zweites Mal zu hinterfragen. Aber für alle Fälle schnappe ich mir Clara und ziehe sie zu meiner Familie, bevor ich ihm noch eine verpasse. Stefan tut nur, was man ihm sagt, ermahne ich mich – dafür sollte ich Verständnis haben.

Aber ich habe kein Verständnis. Alles, was ich fühle, als ich mich meinem Vater nähere, ist Furcht.

17

Die ganze Familie ist da. Warum bekommen Dreckskerle immer so viel Aufmerksamkeit? Ich bin nicht so naiv zu glauben, dass die hier Anwesenden aus Zuneigung gekommen sind. Es ist schwer, meinen Vater zu mögen, ihn zu lieben, ist unmöglich. Der einzige Grund, warum ich ihn ertrage, ist vermutlich unser gemeinsames Blut. Die Pflicht schweißt uns zusammen. Wäre nicht das Geburtsrecht, hätten die tragischen Ereignisse uns längst auseinandergebracht. Er ist nicht verantwortlich für den Verlust meiner Mutter oder meiner Schwester. Ich trage die Schuld an Sarahs Tod. Aber ich werde ihm nie verzeihen, wie er mich danach behandelt hat. Und obwohl mein Bruder ja nichts dafür kann, dass unsere Mutter bei seiner Geburt gestorben ist, ignoriert mein Vater ihn weitgehend.

Es heißt, dass wir uns bis auf die Augen nicht ähnlich sehen. Er ist ein Brite wie aus dem Lehrbuch. Sein helles Haar, einst rotblond, ist jetzt ergraut, sein Gesicht von Falten durchzogen. Er steht da, als gehöre ihm alles, diese Haltung wird uns mit der Muttermilch beigebracht. Vielleicht ist das der Grund, warum wir uns nie verstanden haben. Ich gehöre niemandem, und mir gehört nichts, und das weiß er. Dieses Freiheitliche hab ich von der griechischen Seite meiner Mutter. Deshalb wird der Mann mich wahrscheinlich überleben, er ist entschlossen, den Thron nicht in meine Hände fallen zu lassen. Er sagt, ich sei zu sprunghaft, um König zu sein. Da hat er recht.

Edward steht schon pflichtbewusst an seiner Seite, und Schuldgefühle überkommen mich. Ich kann nur erahnen, wie viele Beleidigungen er in der letzten Stunde schon ertragen hat. Als ich nach England zurückkam, hatte ich erwartet, dass sich das Verhältnis der beiden verändert hätte, aber es ist schlimmer als je zuvor. Edward mag seine schwule Romanze vor der Öffentlichkeit geheim halten, aber vor unserem Vater kann er nichts verbergen. Keiner kann das. Das ist ein Vorteil, wenn man einen Geheimdienst zur Verfügung hat.

Mein Bruder zieht eine Augenbraue hoch und wirft mir einen warnenden Blick zu, als ob ich nicht sowieso damit rechnen würde, dass hier gleich irgendein Alarm losbricht. »Denk dran, es geht nur um mich, Clara«, flüstere ich.

Sie nickt, aber es wirkt nicht überzeugend, sie ist zu sehr damit beschäftigt, die anderen Leute anzustarren. Jetzt wird es gleich hässlich, und die meisten Gemeinheiten werden auf sie abzielen. Das ist die Lieblingsstrategie meiner Familie: Den Nachwuchs schikanieren, bis er zusammenbricht – oder sich als genauso unzerstörbar erweist wie sie selbst. Ich lege meine Hand um ihr Kinn und zwinge sie, mich anzusehen. Ich habe beschlossen, dass Clara ein Teil meines Lebens ist. Alle anderen werden sich mit dieser Realität abfinden müssen – insbesondere sie selbst.

Ihre von dunklen Wimpern umrahmten Augen weiten sich, und sie blickt mich an, als könnte sie alles sehen, was ich zu verbergen versuche. Ich spüre, wie ich mich abschotte, weil ich mich nicht so verletzlich fühlen will.

Das darf ich nicht. Nicht hier. Nicht jetzt.

Einen Moment wirkt sie verwirrt, doch dann erscheint ein leichtes Lächeln auf ihren Lippen, als hätte sie auch diesen Gedanken in meinen Augen gelesen. Es ist, als hätte sie gesehen, dass ich meine Abwehr verstärkt habe. Ist das Lächeln ein gutes Zeichen? Freut sie sich, dass sie mich durchschaut hat? Nein. Es bedeutet etwas anderes. Für einen Moment fühle ich mich an meine Mutter erinnert, und da verstehe ich, was das Lächeln ausdrückt: Sie will mich beruhigen, mir mit einem einfachen Lächeln sagen, dass sie bei mir ist. Für eine Sekunde glaube ich, dass alles gut wird, und beuge mich unwillkürlich vor, um sie sanft zu küssen. Sie ist alles, was ich brauche, ohne dass sie sich darum bemüht hätte. »Braves Mädchen.«

»Alexander«, ruft mein Vater und zerstört mir wie immer den Moment. »Du hast uns lange genug warten lassen.«

»Tut mir leid, Vater.« Ich zwinge die Entschuldigung über meine Lippen. Ich werde nett sein und die Krallen einziehen, bis wir allein sind. Mit einer Hand streiche ich über Claras Arm und versuche, sie wenigstens annähernd so zu beruhigen wie sie mich gerade. »Ich hatte meine Begleiterin verloren.«

»Wie nachlässig von dir.« Er winkt mich von den anderen weg. »Kann ich dich kurz sprechen?«

Ich werfe Edward einen Blick zu, und er nickt kaum merklich. Jetzt ist er für Clara zuständig. Ich kann sie ihm anvertrauen. Doch die Meute kommt bereits aus allen Richtungen auf sie zu, angezogen wie Haie, die Blut im Wasser wittern.

Mein Vater wartet, bis wir außer Hörweite sind, bevor er

beginnt. »Ich kann mich nicht erinnern, dir gesagt zu haben, dass du eine Begleiterin mitbringen sollst.«

»Ich kann mich nicht erinnern, dass mich das interessiert«, sage ich und richte einen Manschettenknopf. Meine Gedanken wandern zu Claras nackter Haut, dem Gefühl ihres warmen Geschlechts um meinen Schwanz. Plötzlich bin ich auf Streit aus. Dann habe ich eine Ausrede zu gehen – Clara zurück zu ihrer Wohnung zu bringen und sie zu ficken, bis jede Erinnerung an heute Abend ausgelöscht ist.

»Du hast einen Ruf zu wahren«, zischt er.

»Clara ist Oxford-Absolventin, arbeitet für eine wohltätige Organisation, und ihre Familie ist mehrere Millionen schwer. Sind deine Ansprüche nicht ein bisschen hoch?«, lästere ich.

»Tu nicht so, als wäre sie keine Schlampe. Ich habe diese Nachrichten gesehen. Ganz gleich, was in ihrer Akte steht, eine Frau, die zu so etwas einlädt, taugt nichts«, sagt er mit rauer, wütender Stimme. »So eine Frau heiratet man nicht, Alexander.«

»Das wäre doch aber sehr schade, oder?«, stoße ich hervor.

»Deine Neigungen sind eine Schande«, sagt er wieder mit leiser Stimme. Meine Dominanz ist ein Thema, das ihn überfordert. Deshalb hat er mich weggeschickt. »Wenn du eine Frau brauchst, um deine perversen Fantasien zu befriedigen, dann von mir aus. Bezahl jemanden. Jemanden, der diskret ist, damit ich nichts davon mitbekomme. Aber bring sie nicht durch die Vordertür.«

»Hältst du auf diese Weise Pepper ruhig?« Ich habe nur darauf gewartet, diese Beleidigung anzubringen, und sie mir für den richtigen Moment aufgespart.

»Ich habe keine Ahnung, wovon du sprichst.« Sein Blick

schweift ab, sein Körper erstarrt. Ich habe ihn in die Enge getrieben.

»Ich spreche davon, dass du die beste Freundin deiner Tochter vögelst.« Ich lasse nicht zu, dass er den Ahnungslosen mimt. Es ist Zeit für eine Abrechnung.

»Ich habe keine Ahnung, wo du das gehört hast …«

»Es hat mir wohl eher jemand bestätigt«, unterbreche ich ihn. »Vielleicht solltest du lieber deinem gehässigen Betthäschen einen Vortrag über Diskretion halten als mir.«

»Du hältst dich wohl für sehr schlau, mein Sohn, aber du hast keine Ahnung, wie unvorbereitet du auf deine Rolle in dieser Familie bist«, warnt er mich. »Dieses Mädchen lenkt dich nur ab. Es ist an der Zeit, dass du deine Pflicht gegenüber deinem Land ernst nimmst.«

»Dem Land oder dir gegenüber?«, schieße ich zurück.

»Ich bin der König. Ich bin das Land.«

»Du bist das Maskottchen für eine aussterbende Spezies. Keiner braucht noch eine Monarchie.« Ich meine es ernst. Jedes Wort. Er kann nicht leugnen, dass wir kaum mehr als Marionetten sind, die für Fototermine und Wohltätigkeitsveranstaltungen posieren.

»Du hast ja keine Ahnung, wie sehr du dich irrst«, sagt er und schüttelt den Kopf. »Du hast keine Ahnung, womit diese Familie zu kämpfen hat.«

»Damit, dass ihr das Geld entzogen werden könnte?«, frage ich kühl.

Er ballt die Faust, und ich frage mich, was passiert, wenn ich es noch weiter treibe. Würde er mich von künftigen Verpflichtungen ausschließen? Oder würde es eine körperliche Auseinandersetzung und einen weiteren Skandal für die elende Klatschpresse geben? »Nimm dein hübsches Mädchen und tanz mit ihr«, rät er mir und schüttelt die Wut mit einem Schulterzucken ab. »Spiel mit deinem Spielzeug. Ich habe keine Zeit für dein kindisches Verhalten.«

»Oh, aber es ist eine Party. Sollten wir uns nicht alle mal ein bisschen locker machen und tanzen?«, sage ich, auch wenn seine Worte wie ein Messer in meinem Rücken stecken.

Meine Großmutter tritt zwischen uns und schirmt ihren Sohn ab, als ob sie spürte, wie kurz wir davor sind, uns zu prügeln. »Du ungehorsamer kleiner Mistkerl.«

»Großmutter«, sage ich trocken. »Schön, dich heute Abend zu sehen.«

»Wie konntest du diese … diese Amerikanerin hierher mitbringen?«

»Du bist ein schrecklicher Snob«, erwidere ich. »Sie ist zur Hälfte Britin.«

»Es gibt keine halben Briten«, entgegnet sie schnaubend.

»Sosehr ich eine gute Geißelung genieße«, dieser Spruch ist an meinen Vater gerichtet, »ich sollte mich jetzt wirklich um meine Begleitung kümmern.«

Großmutter murmelt etwas von »ekelhaft« und »Haltung« und kann sich auch nicht verkneifen zu behaupten, meine Mutter würde sich im Grabe umdrehen. Ich zwinge mich, sie zu ignorieren.

»Gute Nacht, Alexander.« Der Satz meines Vaters hat etwas Endgültiges.

Als ich mich umdrehe, sehe ich Edward, der sich angeregt mit David unterhält. Er sieht hoch, unsere Blicke treffen sich, und er schüttelt hilflos den Kopf. In drei Schritten bin ich bei ihm.

»Wo ist Clara?«, frage ich und suche in der Menge nach einer roten Rose.

»Sie ist gegangen. David hat sie gesehen, wie sie …«

Den Rest seiner Erklärung will ich gar nicht hören. Ein paar Leute versuchen, mich aufzuhalten, als ich mich durch die Menge dränge, aber es gibt nur eine Person, um die ich mich sorge, und die ist draußen in der Dunkelheit – allein und ungeschützt. Ich habe keine Ahnung, wann sie gegangen ist, aber als ich mich in die Nacht hinausschleiche, ist die Treppe leer. Keine Spur von ihr. Dort draußen sind nur ein paar vereinzelte Paparazzi, die auf mich aufmerksam werden und Fotos machen. Vielleicht ist sie gar nicht hierhergegangen. Vielleicht ist sie noch drinnen. Aber ich kann sie nicht spüren. Es ist, als hätte sie den Ball verlassen und wäre nach Hause in ihr sicheres normales Leben geeilt, ohne auch nur einen gläsernen Schuh zurückzulassen.

18

Darum lasse ich mich nicht auf Beziehungen ein: Der erste Grund ist meine erbärmliche Familie. Der zweite sind die verdammten Paparazzi. Der dritte Grund ist, dass eine Freundin zu haben, anscheinend auch bedeutet, ständig in Sorge zu sein. Ein Fotograf wagt es, mir zu nahe zu kommen, und ich knurre, schnappe mir seine Kamera und schleudere sie auf den Bürgersteig. »Besorg dir ein verdammtes Leben!«

»Sie schulden mir zweitausend Pfund.« Er droht mir mit der Faust, während er die Reste seiner Ausrüstung aufhebt. Doch als er meinen Blick sieht, wird er kreidebleich.

»Sie wissen, wohin Sie die Rechnung schicken müssen«, schieße ich zurück. Ich frage mich, wie er sich fühlen würde, wenn jede Sekunde seines Lebens aufgezeichnet und weltweit seziert würde.

Die anderen ziehen sich zurück, aber hören nicht auf zu fotografieren. Morgen wird es Bilder geben – Bilder von mir ohne Clara. Ich kann nur erahnen, was ihnen das für ein Vergnügen bereiten wird, nachdem wir hier zusammen angekommen sind. Die Blutsauger haben sie wahrscheinlich gehen sehen, aber ich werde auf keinen Fall nach ihr fragen. Dass ich ihnen auch noch die Geschichte zu ihren Schnappschüssen liefere, ist das Letzte, was ich gebrauchen kann.

Ich reiße am Kragen meines Hemds, verschaffe mir Luft, was die nächststehenden Paparazzi noch ein paar Schritte zurückweichen lässt. Was für kleingeistige Männer mit was für traurigen Leben. Gerade will ich ihnen genau das sagen, als sich eine feste Hand auf meine Schulter legt.

»Hoheit«, sagt Norris gleichmütig. »Ich habe dich gesucht. Ich habe gefunden, was du suchst.«

Erleichterung durchströmt mich, aber ich werde keine Schwäche zeigen, nicht solange ich fotografiert werde. Ich drehe mich um, entziehe mich seinem Griff und eile zurück in die Halle.

»Wo ist sie?«, frage ich, sobald wir sicher drinnen sind. Ich spreche leise. Ich weiß, dass mein Vater überall Spione postiert hat, die ihm über jeden meiner Schritte Bericht erstatten.

»Einer meiner Männer folgt ihr«, sagt er und fügt »mit Abstand« hinzu, als er meinen wütenden Blick sieht.

»Folgt ihr wohin? Bring mich zu ihr.«

»Sie ist auf dem Weg nach Hause.«

»Nach Hause?«, wiederhole ich. »Wie? Warum hast du dich nicht um sie gekümmert?«

»Miss Bishop ist etwas … überstürzt gegangen.« Norris wirkt verlegen. »Natürlich hatte jemand ein Auge auf sie, ist ihr gefolgt und hat mich informiert.«

»Wie kommt sie dann nach Hause?« Ich verstehe nicht, wie wir hier in aller Ruhe darüber reden können, während Clara irgendwo in der Stadt unterwegs ist. Vielleicht in einem Taxi oder, noch schlimmer, in der U-Bahn.

Norris holt tief Luft. »Sie geht zu Fuß.«

»Zu Fuß!«, platzt es aus mir heraus. Ich bin schon halb an der Tür, als er sich mir in den Weg stellt.

»Viele Londoner gehen zu Fuß nach Hause«, erinnert er mich.

»Es schlafen aber nicht viele Londoner mit dem verdammten Thronfolger.« Allmählich habe ich seine Zen-Gelassenheit satt.

»Sie wird beschützt, aber anscheinend brauchte sie etwas Raum für sich.«

»Bring mich zu ihr«, befehle ich ihm.

»Ich bin mir nicht sicher, ob das eine gute Idee ist …«

»Sofort.«

Auf der Fahrt zu ihr schäume ich vor Wut auf meine Familie, die sie vertrieben hat, und auf Clara, weil sie so leichtsinnig ist. Sie muss doch verstehen, dass ihr Leben nicht mehr ihr gehört.

Und zwar meinetwegen.

Ich bin mir nicht sicher, ob ich das noch rückgängig machen kann. Ich habe sie heute Abend ins Rampenlicht gezerrt. Ich bin der Grund, warum ihr Gesicht immer wieder in Schundmagazinen auftaucht. Man wird sie nicht in Ruhe lassen, ehe ich mich zurückziehe. Das Problem ist, dass das Einzige, woran ich genauso wenig ändern kann wie an dem Medienrummel, meine Gefühle für sie sind.

Gefühle. Fuck. Das war nicht Teil der Vereinbarung.

Was sich ändern muss, ist ihre laxe Haltung in Bezug auf ihre Sicherheit. Ohne jede Vorwarnung taucht vor meinem inneren Auge ein Bild auf, wie sie von der Taille abwärts nackt ist und mit in die Luft gerecktem Hintern über meinen Knien liegt.

Wenigstens meine kleine Fantasie darf ich ausleben. Mir vorstellen, wie es wäre, sie ganz zu dominieren. Sie hat gesagt, dass sie das nicht kann, also ist das alles, was mir bleibt: ein kranker Traum aus meinem verdorbenen Hirn. Leider ist diese Botschaft bei meinem Schwanz irgendwie nicht angekommen. Visionen von der gefesselten hilflosen Clara lenken meine Gedanken von meiner brodelnden Wut ab und pumpen mein Blut direkt in meinen Schwanz.

Als wir ihre Wohnung erreichen, bin ich steinhart und überhitzt und werfe meine Smokingjacke auf den Sitz. Norris öffnet die Fahrertür, aber ich winke ab.

»Ich bleibe über Nacht«, erkläre ich.

»Sir …«, beginnt er.

Ich hebe eine Hand. »Viele Londoner übernachten bei ihren Freundinnen.«

Er hebt eine buschige Augenbraue, während sich sein Mund zu einer schmalen Linie verzieht. Ich weiß nicht, ob er sich über die nicht ganz so subtile Anspielung ärgert oder versucht, nicht zu lachen.

»Ich will etwas Normales tun«, sage ich leise.

»Ich bin mir nicht sicher, ob es vollkommen normal ist, nach einem Ball in einer Limousine zu Miss Bishops Haus zu fahren«, sagt er. Damit ist es klar. Er versucht, nicht zu lachen. »Mach, was du willst.«

Ich habe keinen Zweifel daran, dass er die ganze Nacht um die Ecke parken und das Haus im Blick behalten wird. Aber es hat keinen Sinn, darüber mit ihm zu streiten.

Immer zwei Stufen auf einmal nehmend, sprinte ich die Treppe zu Claras Wohnung hinauf. Ich weiß nicht, ob ich sie küssen oder schütteln will. Auf jeden Fall muss ich sie ficken.

Das Problem ist nur: Sie ist nicht da.

Eine Stunde vergeht – oder vielleicht sind es auch nur ein paar Minuten. Ich weiß es nicht. Es ist mir gelungen, Norris davon zu überzeugen, zurückzufahren und nach ihr zu suchen, aber er ist nur widerwillig gegangen. Er wird sich daran gewöhnen müssen, ihre Sicherheit über meine zu stellen, schließlich ist sie viel wichtiger, zumindest in meinen Augen. Jedes Knarren in dem alten Gebäude, jede Regung eines Mieters in einer Nachbarwohnung macht mich nervös. Als ich schließlich leise Schritte auf der Treppe höre, erstarrt mein gesamter Körper. Das ist sie. Ich weiß es. Ich kann es fühlen. Dennoch durchströmt mich Erleichterung, als ihre Silhouette im Treppenhaus auftaucht, mit hängenden Schultern, die Schuhe in der Hand.

»Clara.« Ihr Name fühlt sich wunderbar auf meinen Lippen an. Sie ist hier. In Sicherheit. Beim Klang meiner Stimme schreckt sie auf und lässt die Schuhe fallen. Eine Sekunde lang starrt sie mich mit einem seltsamen Ausdruck an.

Gerade lange genug, dass meine Erleichterung in Wut umschlägt. Was hat sie sich nur dabei gedacht? Allein durch London zu laufen? Ohne ein Wort zu verschwinden?

Offenbar spürt sie meine Wut, denn sie huscht zur Tür und wendet den Blick von mir ab.

»Wo warst du?«, frage ich. So leicht kommt sie mir nicht davon. Ich drücke sie mit dem Rücken gegen die Tür, bevor sie ihre Schlüssel finden kann. Sie sieht müde aus, aber nicht nur, weil es schon spät ist. In ihren Augen liegt eine Traurigkeit, die mich tief erschüttert. Ein Abend mit meiner Familie. Das war alles, was nötig war, um sie so zu verletzen.

»Spazieren«, sagt sie müde.

Das entschuldigt immer noch nicht, wie dumm sie gewesen ist. Ich streiche mir durchs Haar, um sie nicht zu schütteln. Begreift sie nicht, dass die Dinge jetzt anders sind? »Erst verschwindest du ohne ein Wort, und dann gehst du *zu Fuß* nach Hause?«

»Du hast mich weggestoßen«, sagt sie. »Ich bin nicht weggelaufen, sondern habe entschieden zu gehen.«

Sie fordert mich heraus. Ich kann es ihr nicht verdenken. Das ist eines der Dinge, die mich zu ihr hingezogen haben. Sie wartet nicht ab und lässt sich von irgendjemandem herumstoßen – auch nicht vom König und seinen Höflingen. »Du bist mit mir zum Ball gegangen, ich habe erwartet, dass du ihn auch mit mir gemeinsam verlässt. Ich muss wissen, wo du bist. Das ist keine Bitte, Clara.«

»Ich bin kein Kind mehr, ich kann sehr gut auf mich selbst aufpassen«, blafft sie.

»Das war früher«, sage ich. Wie kann ich sie bitten, sich zu ändern und doch dieselbe zu bleiben? Wie kann ich ihr helfen, zu erkennen, dass sie mehr nachdenken muss als vorher? »Du hast eine Wahl getroffen, Clara, und damit habe ich die Verantwortung übernommen, mich um dich zu kümmern.«

Ihr Blick verrät mir, dass ich mich nicht besonders geschickt ausdrücke. »Ich habe dich nicht darum gebeten!«

»Nein, das hast du nicht. Aber du hast entschieden, dass du in mein Bett kommen willst. Und dass du heute Abend an meiner Seite sein willst.« Begreift sie nicht, was das bedeutet? Ihr Leben gehört nicht mehr ihr. Sie gehört jetzt den Paparazzi, den Menschen und der Welt – und sie alle werden ein Stück von ihr haben wollen.

Sie zuckt zurück und schüttelt den Kopf. »Das stimmt, aber wir sind weder verheiratet noch …«

»Was sage ich der Welt wohl damit, dass ich ein Mädchen zur Geburtstagsfeier meines Vaters mitbringe?«, unterbreche ich sie.

Ihr bleibt der Mund offen stehen. Was ich gesagt habe, überrascht mich selbst genauso wie sie, aber ich tue mein Bestes, um es nicht zu zeigen.

»Aber wir kennen uns doch kaum.«

»Das mag sein«, gebe ich zu, »trotzdem besteht für die Öffentlichkeit eine Verbindung zwischen uns, und nach diesen Textnachrichten, die veröffentlicht wurden, ziehen die Leute ihre Schlüsse.«

»Was für Schlüsse?«, explodiert sie. »Es interessiert mich nicht, was die Leser der Klatschpresse über mich denken!«

Ich überlege, ob ich ihr statt der hässlichen Wahrheit eine schöne Lüge erzählen soll. Wenn ich das tue, habe ich bessere Chancen, sie zu behalten, aber ich kann nicht. Sie muss alles wissen, auch wenn es bedeutet, sie zu verlieren. »Die Typen vom Boulevard sind nicht die Einzigen. Schon bald werden sich auch glaubwürdigere Medien auf dich stürzen. *Mein* Leben findet in der Öffentlichkeit statt, Clara.«

»Warum?«, fragt sie unverblümt. »Warum wolltest du, dass ich dich heute Abend begleite? Du wusstest doch, dass es Spekulationen geben würde. Schließlich hat man dich nicht zum ersten Mal mit heruntergelassenen Hosen erwischt. Warum den Klatsch noch schüren?«

Von meiner Antwort hängt so viel ab. Dies ist meine Chance zu lügen. Ihr zu sagen, dass ich es mir nicht richtig überlegt habe und wir die Sache beenden müssen. Oder ihr zu sagen, dass sie zu viel in diesen Abend hineininterpretiert.

Stattdessen sprudelt die Wahrheit aus mir heraus: »Weil

ich dich beschützen wollte. Ich muss dich beschützen. Ich kann es dir nicht erklären, weil ich es selbst nicht verstehe. Vielleicht ist es ein Zwang.«

Und das ist nicht genug. Ich werde sie nie genug vor diesem Leben schützen können. Ich werde ihr nie genug geben können, um wiedergutzumachen, was man ihr nehmen wird.

»Zwänge sind meistens nicht gesund«, flüstert sie, und die Provokation ist aus ihrer Stimme verschwunden, stattdessen finde ich dort jetzt Trost.

Ich streiche mit einem Finger über ihre zarte Wange, sie ist das reinste Wunder für mich. »Dieser Zwang schon. Auch wenn du mich wegschickst, Clara, werde ich mich der Aufgabe verschreiben, dich zu beschützen.«

Wie kann eine Person einem das Gefühl geben, lebendig zu sein, und einen zugleich so quälen? Wie kann jemand eine Leere füllen, die gar nicht existierte, bevor man denjenigen traf? Wie kann sie die Antwort auf alle Fragen sein, die ich nie gestellt habe?

Clara sieht mir durchdringend in die Augen, als würde sie versuchen, meine Gedanken zu lesen, und bevor ich mich fragen kann, was sie denkt, lege ich meine Lippen auf ihre. Sie erwidert den Kuss mit einer Kraft, die keinen Raum für Fragen lässt. Ich werde zu etwas Archaischem. Ich denke nicht mehr, ich handele, will sie, hebe sie hoch und dränge sie an die Wand. Ich brauche mehr von ihr, also nehme ich es mir. Ich drücke ihren Körper gegen die Backsteinmauer und suche ihre Zunge. Ich schmecke sie, aber das ist nicht genug. Ich setze sie ab, knie mich vor sie und schiebe ihren Rock bis zu den Hüften nach oben.

Dies ist mein Platz: auf Knien zu ihren Füßen, um ihr Lust zu bereiten und sie mir zu verdienen.

»Spreiz die Beine, Süße.« Ich küsse ihre weichen Schenkel und atme bereits ihren Geruch ein. Ich drücke sie an die Wand und sammle mich, bis sie die Finger in meinem Haar verkrallt.

»Ich werde dich mit dem Mund ficken, und ich will hören, wie du kommst. Lass dich gehen«, befehle ich. Zur Antwort höre ich ein flehendes Wimmern. Ich liebe ihre kleinen Lustlaute – die Vorfreude, die aus jedem einzelnen spricht. Aber noch mehr liebe ich die Geräusche, die sie macht, wenn sie kommt. Ich drücke ihre Beine auseinander, will mehr und nehme es mir. Ihr Körper erstarrt, spannt sich an, und ich weiß, dass sie kurz vor dem Höhepunkt steht. Ich schließe meinen Mund um ihre Klitoris und sauge behutsam daran, bis sie pocht.

Clara sagt etwas, aber ich kann sie nicht verstehen. Nur eins ist wichtig. Ich dränge sie fester gegen die Wand und befriedige sie weiter. Liebkose sie. Sauge. Schiebe einen Finger und meine Zunge in sie hinein. Ich habe meine Berufung gefunden – den Grund, warum ich existiere –, und der liegt hier zwischen ihren Beinen.

Ihr Orgasmus ist heftig, überwältigend. Einen Moment lang bin ich ihre ganze Welt.

Als das Beben nachlässt, nehme ich meinen eigenen Körper wieder wahr – oder zumindest meinen schmerzhaft harten Schwanz. Ich muss sie nackt haben. Jetzt. Ich stehe auf, nehme ihre Handtasche und suche die Schlüssel. Clara sackt gegen die Wand, während ich aufschließe, und ich stoße die Tür auf und hebe sie auf meine Arme. Weiter als bis zum Küchentresen kommen wir nicht.

Ich lege sie darauf ab und knöpfe meine Hose auf. »Du bist so verdammt schön.«

»Warte.«

Ich habe sie für den Rest der Nacht, also kann ich auch einen Moment warten. Sie rutscht vom Tresen und greift nach ihrem Reißverschluss. Einen Moment später fällt ihr Kleid auf den Boden und sammelt sich als glänzende Pfütze um ihre Füße. Clara steht nackt vor mir und nagt an ihrer Unterlippe. Ich nehme sie wieder in die Arme, hebe sie hoch und trage sie zur Wand. Sie schlingt die Beine um mich und drängt sich gegen meine Hüften, während sie zugleich meine Hose hinunterschiebt. Vorsichtig steige ich aus den Hosenbeinen und dränge meinen Schwanz gegen ihre nasse Scham.

»Langsam«, ermahne ich sie, während ich an ihre Pforte stoße. »Jetzt, Süße.«

Sie tut, wie ihr geheißen, und lässt sich aufreizend langsam auf meinen Schaft sinken. Sobald ich ganz in ihr bin, drängt sie ihre Hüften gegen mich, als wäre ein Schalter umgelegt worden.

Ich zwinge mich, nicht über ihre Ungeduld zu lachen. »Ich will dir nicht wehtun.«

Sie greift in meine Haare und zieht daran. »Ich dachte, das gefällt dir.«

Ich starre sie an. Habe ich richtig gehört? Das kann nicht sein. Sie hat mir ihre Grenzen deutlich aufgezeigt. Doch ihre Miene drückt etwas anderes aus: eine Einladung, sie zu überschreiten.

Sie hat keine Ahnung, was sie mir da anbietet.

»Sei vorsichtig, Clara.« So gern ich auch das Angebot annehmen würde, das darf ich nicht tun. Ich lege meine Stirn gegen ihre.

Was für eine Fehleinschätzung! Ich brauche weder den Schmerz noch die Kontrolle. Ich kriege das hin. Das hat sie verdient. Ich küsse sie sanft und bewege mich mit geschlossenen Augen behutsam in ihr. »Das hier reicht vollkommen.«

Endlich wage ich einen Blick. Ihre Gesichtszüge sind von Wollust gezeichnet, und ich lächle. *Sie* reicht mir.

Doch Sorge trübt ihren Blick, und ich weiß, was in ihr vorgeht. Was sie sich fragt. Ich hätte sie nie bitten dürfen, sich mir zu unterwerfen. Wird diese Bitte immer zwischen uns stehen?

»Clara«, sage ich mit leiser Stimme, »hör auf zu denken.«

»Ich …«

Ich küsse sie, damit sie aufhört, sich zu martern. »Spür es.«

Ich verändere meine Haltung, dringe tiefer in sie ein und lenke uns beide sehr wirkungsvoll von allen Befürchtungen ab. Auf Claras Gesicht liegt ein entrückter Ausdruck, und ich spüre, wie sie sich um meinen Schwanz zusammenzieht. Ein kehliger Schrei entweicht ihren Lippen. »Alexander!«

Das bringt mich zum Höhepunkt, und ich komme in ihr und genieße wollüstig jeden Stoß. Vielleicht werde ich nie genug von Clara Bishop bekommen, und nichts und niemand wird mich davon abhalten, ihr alles zu geben.

19

Clara lässt sich ermattet an mich sinken, und ich mache keine Anstalten, die Verbindung zwischen unseren Körpern zu lösen. Ihr Verschwinden von der Party hat mich seltsam verstört. Ich will sie nicht loslassen. Sie hat kaum noch Kraft, also will ich sie ins Schlafzimmer tragen. Doch als ich mit ihr auf meinen Armen im Flur stehe, stelle ich fest, dass ich keine Ahnung habe, welches ihr Zimmer ist. Ich bin noch nicht weiter als bis zu ihrer Küche gekommen.

»Rechts«, sagt sie leise.

Ihr Zimmer befindet sich am Ende des Flurs. Das Fenster geht zur Straße hinaus, aber momentan kann ich nur die Umrisse der Bäume erkennen, die von den Straßenlampen angestrahlt werden. An der Wand ein Bücherregal halb voll mit Belletristik, daneben ein paar Kartons. Morgen früh werde ich weiter forschen und mehr über Claras Leben herausfinden. Aber heute Nacht will ich sie einfach nur festhalten.

Als ich sie aufs Bett lege, öffnet sie schläfrig die Augen und beobachtet, wie ich mein Hemd ausziehe und neben sie ins Bett krieche. Es ist kleiner als das Hotelbett, das wir bisher geteilt haben, aber es bietet genug Platz, dass ich meinen Körper an sie schmiegen kann und noch ein kleiner Zwischenraum bleibt, um ihr wunderschönes Gesicht zu betrachten.

Jetzt, wo sie nicht mehr weglaufen kann und entspannt ist, wird es Zeit, über das zu sprechen, was passiert ist. »Der Ball …«

Sanft legt sie mir eine Hand auf den Mund. »Mach dir darüber keine Gedanken. Wir wussten beide, dass sie mich nicht mögen würden.«

»Trotzdem hätten sie nicht so unverschämt sein dürfen.« Sie sollte ihnen nicht so leicht verzeihen. Indem sie ihr Verhalten einfach ignoriert, wird sie bei meiner Familie keine Punkte sammeln. Sie werden es als Beweis dafür nehmen, dass sie sie kleinhalten können. Und wenn sie das können, können sie sie auch dazu bringen, ganz zu verschwinden.

Sie beißt sich auf die Lippe, als überlegte sie, was sie dem entgegensetzen könnte. Stattdessen sagt sie: »Edward war wirklich nett.«

Wenn das nur von Bedeutung wäre. Ich liebe meinen Bruder. Ich wünschte, ich könnte ihr sagen, dass er auf unserer Seite steht, aber er hat seine eigenen Gründe, nicht aufzumucken. Sie muss verstehen, dass er nur bis zu einem gewissen Punkt unser Verbündeter ist. »Das stimmt. Er weiß auch, wie es ist, ein Außenseiter zu sein …«

Ich will sein Vertrauen nicht missbrauchen. Es steht mir nicht zu, seine Geheimnisse zu verraten. Obwohl ich weiß, dass es Clara egal wäre, dass er schwul ist, und sie es niemandem verraten würde. Ich würde ihr gern sagen, dass sie sich mit ihm anfreunden soll. Das wäre schön. Aber ich weiß nicht, ob das gut wäre. Für sie. Für ihn. Für mich.

Nur eins weiß ich sicher, und das ist etwas, womit ich am wenigsten gerechnet habe.

Dies ist der einzige Ort, an dem ich sein möchte: hier, mit

ihr in meinem Arm, ohne mich um die Welt da draußen zu scheren. In diesem Moment würde ich sie über jeden anderen stellen. Ich würde mein ganzes bisheriges Leben aufgeben, um der Mann zu sein, der nachts neben ihr im Bett liegen darf.

Aber wie lange kann ich noch so tun, als sei das möglich? Wie lange dauert es, bis jemand in meiner Familie das Falsche tut und sie erkennt, dass ich den Ärger nicht wert bin? Wie lange noch, bis mein Vater mich aus London und von ihr unter dem Vorwand fortschickt, ich müsse meine Pflicht tun? Wie lange, bis sie begreift, dass ein Prinz kein Glück bringt?

»Ich bin zu Hause und in Sicherheit, und du hast mich müde gevögelt«, sagt sie, als sich das Schweigen zu lange ausdehnt. »Du solltest zur Geburtstagsfeier deines Vaters zurückgehen.«

»Ich will nicht.« Ich will nicht in dieses Leben zurückkehren.

»X, es ist der Geburtstag deines Vaters.«

»Genau, und da sind Hunderte von Leuten, die ihm in den Arsch kriechen. Mich wird er ganz bestimmt nicht vermissen.«

»Ich werde jetzt schlafen.« Sie streckt ihren geschmeidigen Körper in meinen Armen aus und gähnt.

Will sie, dass ich gehe? Ist das der Grund, warum sie mich drängt, auf die Party zurückzukehren? Ich richte mich auf und mustere sie, dann küsse ich ihre Schulter.

»Ich will bleiben. Ich habe noch nicht genug. Es gibt noch einiges, was ich mit diesem Körper vorhabe.«

»Dieser Körper«, sie gähnt wieder, »braucht jetzt Ruhe.

Keine Ahnung, wo du dieses Stehvermögen hernimmst. Eigentlich ist das physisch doch völlig unmöglich.«

Sie hatte einen langen, emotional anstrengenden Tag, und ich bin ein Idiot. Was würde ein Freund tun? Ich erwische sie dabei, wie sie versucht, ein weiteres Gähnen zu unterdrücken. »Wir können auch schlafen«, lenke ich ein.

»Du willst *hier* schlafen?« Mit großen Augen schaut sie mich an.

Vielleicht ist das doch nicht ganz das, was ein Freund tun würde. Vielleicht muss ich ein paar Ratschläge einholen, wenn ich in dieser Beziehungssache nicht alles falsch machen will. »Ist das nicht okay?«

»Klar. Natürlich ist es okay«, sagt sie etwas zu schnell und dreht sich so, dass ich ihr Gesicht nicht sehen kann. Ich drücke sie an mich, atme ihren Duft ein und frage mich, ob sie es ernst meint.

Jedenfalls schickt sie mich nicht weg. Ich nehme, was ich kriegen kann, aber ich werde jemanden fragen müssen, wie man sich in einem solchen Moment verhält. Wenn ich doch nur einen einzigen Menschen mit einer normalen Beziehung kennen würde.

»Alexander«, sagt sie leise. »Als du vorhin gesagt hast, du willst mir nicht wehtun …«

Mit diesem Thema habe ich am allerwenigsten gerechnet, schon gar nicht zweimal in einer Nacht.

»Ich hatte meine Gründe, weshalb ich bisher Nein gesagt habe«, fährt sie fort, »aber …«

»Dazu gibt es nichts mehr zu sagen, Clara. Du bist mir nichts schuldig«, unterbreche ich sie. »Ich brauche das nicht.«

»Was brauchst du dann?« In ihrer Stimme schwingt Verzweiflung mit. Vielleicht bin ich nicht der Einzige, der sich fragt, wie das zwischen uns funktionieren soll.

Irgendwie stimmt mich der Gedanke zuversichtlich. Lieber schlage ich mich mit ihr zusammen da durch, als dass ich es ganz allein versaue.

»Dich«, sage ich ihr und meine es ernst. »Schlaf jetzt, Süße. Alles, was ich brauche, bist du.«

20

Wo bin ich?

Das ist der erste Gedanke, der mir durch den Kopf schießt. Die Frage bleibt unbeantwortet. Es ist heiß, und es riecht nach Benzin.

Schmerz.

Unglaublicher Schmerz.

Ich schaue nach unten und bemerke, dass mein Hemd zerrissen und voller Blut ist, etwas Weißes ragt aus meiner Seite heraus.

Eine Rippe.

»Fuck! Alex!« Jonathans Stimme dringt zu mir herüber. »Alex! Deine Schwester! Verdammt! Deine Schwester!«

Sirenengeheul schrillt durch die Nacht, und ein Blitzlicht flammt auf. Das Licht erhellt die Szene, und ich sehe Sarah: Ihr Haar klebt an ihrer Stirn, ihre Beine sind in einem unnatürlichen Winkel zur Seite gebogen.

»Sarah!« Blut steigt meine Kehle herauf, und ich würge ihren Namen hervor. Ich versuche, mir einen Weg über die glitschige Straße zu bahnen, aber die Dämpfe machen mir das Atmen schwer. Nein, da ist noch etwas anderes. Ein Schmerz, als wollte mein Körper mir den Dienst verweigern und einfach sterben. Ich versuche, den Schmerz zu überwinden. »Sarah!«

Wieder flammt ein Blitzlicht auf. Und noch eins. Überall sind Kameras. Ich kann mich des Eindrucks nicht erwehren, dass wir in einem Austen-Roman sind, als wir uns den schnörkeligen schmiedeeisernen Toren nähern. Einer der Blutsauger beugt sich mit der Kamera in der Hand zu mir, um mir zu helfen, und ich weiche instinktiv zurück.

»Alexander, wach auf!«

Das will ich. Gott, ich will verdammt noch mal aufwachen, aber dieser Albtraum ist real. Es passiert wirklich. Sarah bewegt sich nicht. Ich weiß nicht, ob sie noch atmet.

Plötzlich bin ich ganz allein mit ihr auf einer leeren nächtlichen Straße. Kein Auto. Keine Paparazzi. Nur ich und meine kleine Schwester. Ich hebe ihren Kopf an und überlege, ob ich sie wiederbeleben soll. Etwas Heißes und Klebriges bedeckt meine Hand. Blut.

Das kann doch nicht wahr sein. Ich schließe die Augen. Die Nacht wird zum Tag.

Als ich die Augen wieder öffne, starre ich an eine unbekannte Decke. Ich atme flach und warte darauf, dass der brennende Schmerz in mein waches Bewusstsein vordringt. Doch er bleibt aus. Momente des gestrigen Abends schießen mir durch den Kopf. Der Ball. Ein Streit. Eine rote Rose.

Sie.

Das Bett ist leer. Instinktiv drehe ich mich um, und da steht sie neben dem Bett. Sie starrt mich an und presst eine Hand auf ihren Bauch. »Clara?«

Sie macht keine Anstalten, sich auf mich zuzubewegen, und streicht sich mit einer Hand über den Bauch. Ihr Blick ist wachsam – zu wachsam für jemanden, der bis vor wenigen Momenten noch geschlafen hat.

»Oh Gott«, murmle ich. »Was habe ich getan?«

Ich muss unbedingt zu ihr. Mit der Schnelligkeit, die man mir über Jahre beim Militär antrainiert hat, schwinge ich die Beine aus dem Bett und bin bereits auf dem Weg zu ihr. Aber Clara weicht zurück und sieht mich immer noch mit großen Rehaugen an. Ich bleibe stehen und begreife endlich, was passiert ist. »Ich habe dir wehgetan.«

Sie sagt nichts. Das muss sie auch nicht. Ich wende mich meinen Kleidern zu, die auf dem Boden liegen. Ich habe gewusst, dass das passieren würde. Jahrelang hatte ich mich im Griff, und eine Nacht macht alles zunichte. Warum hatte ich gedacht, dass es anders sein würde? Wie oft hatte mich mein Kumpel Brex in der Kaserne aus einem Albtraum geweckt? Jedes Mal war er bereit gewesen, mit erhobenen Fäusten meine Schläge abzufangen, die mir nicht bewusst waren.

Clara hatte keine Chance. Jetzt auch nicht.

»Es tut mir leid«, sage ich, knöpfe meine Hose zu und ziehe mir die Schuhe an. »Ich habe dich gewarnt. Es tut mir so unendlich leid.«

Als ich die Tür erreiche, hat sie immer noch kein Wort gesagt.

»Wovon hast du geträumt?«, fragt ihre sanfte Stimme hinter mir.

Ich drehe mich zu ihr um und schüttle den Kopf. »Ich werde dir nicht meine Dämonen aufbürden, Clara.«

Endlich bewegt sie sich, aber anstatt weiter zurückzuweichen, kommt sie mit sanftem Blick auf mich zu. In ihren Augen lese ich, dass sie mir vergibt, und ich hasse die Hoffnung, die daraufhin in meiner Brust erwacht.

»Aber du könntest sie mir zeigen«, sagt sie.

»Sie sind zu hässlich für dich. Du bist schön und rein …«

»Ich bin weit davon entfernt, rein zu sein.« Sie lächelt schwach, doch ihr Lächeln verblasst, als sie spürt, dass meine Bedrückung bleibt.

Sie muss verstehen, dass man das nicht einfach weglachen kann. Clara muss wissen, dass ich kein verletztes Tier bin, das man heilen kann. Gott weiß, wie sehr ich versucht habe zu heilen. Sie muss mich als das sehen, was ich bin: ein hoffnungsloser Fall.

Ich lege meine Finger um ihre Kehle. Sie muss begreifen, dass ich gefährlich bin. Ich sehe die Grenzen und überschreite sie trotzdem. Ich kann nicht anders. Vielleicht liegt es an der Familie, in die ich hineingeboren wurde. Vielleicht ist es meine Natur. Wie auch immer, ich bin nicht ihr Held.

Ich bin ein Monster.

»Du bist das Gute, Clara«, sage ich, und ich meine es ernst. Sie ist alles Gute, das ich mir je gewünscht habe, aber nie verdienen werde. »Darum will ich dich vor der Welt beschützen. Vor mir.«

Tränen steigen ihr in die Augen, sie versucht, sie wegzublinzeln.

Ja. Sie versteht es. Ich habe ihr die Wahrheit gezeigt, also könnten wir das Lügen sein lassen. Ich werde nie der Mann sein, den sie braucht. Ich kann sie nur verletzen.

Als sie nun den Mund öffnet, spricht sie leise, aber mit Nachdruck. »Du hast mir einmal gesagt, dass du mich betteln hören willst.«

Ich weiche zurück und atme tief ein. »Nein. So nicht.«

Ich verderbe sie, verseuche sie mit meinem Gift. Ich muss

gehen, bevor sie jemand wird, den sie so sehr hasst, wie ich mich hasse.

»Bitte«, flüstert sie. »Bitte, X.«

Was will sie? Warum verlangt sie immer mehr? Warum kann ich ihr nicht sagen, dass sie abhauen soll, wie ich es bei jeder anderen tun würde?

»Soll ich dir erzählen, dass ich von kreischendem Blech und loderndem Feuer träume? Dass ich mit einem Kissen im Arm aufwache, weil ich glaube, es sei der zerschmetterte Körper meiner Schwester?«, frage ich, in der Hoffnung, sie zu verschrecken. »Dass ich beim Aufwachen der Antwort, was in dieser Nacht passiert ist, niemals auch nur einen Schritt näher bin? Ich kann dir nichts sagen, weil ich nichts weiß!«

Sie starrt mich erschrocken an, und eine vertraute Welle der Scham überkommt mich.

»Hast du mit jemandem darüber geredet …?«, beginnt sie.

»Ich pfeife auf diese verdammten Seelenklempner. Wäre ich nicht gewesen, könnte meine Schwester noch leben. Punkt. Ende der Geschichte.« Das ist aber nicht das Ende der Geschichte. Wenn sie die Wahrheit wüsste, würde ich sie für immer verlieren. Also, warum sage ich es ihr nicht? Das will ich doch schließlich. Ich will Clara von dieser geheimnisvollen Macht befreien, die ich über sie habe.

»Aber es war nicht deine Schuld.« Sie stellt sich zwischen mich und die Tür. »Es war ein Unfall, das wissen doch alle.«

Sie ist stark, schön und hoffnungslos naiv.

»Sei nicht naiv, Clara. Die Leute wissen nur, was man ihnen erzählt«, stoße ich hervor.

Ich sehe, wie der Stachel sie trifft, aber er scheint sie nicht zu verletzen. Sie verschränkt abwehrend die Arme. »Du bist nicht der erste Mensch, der in einen Autounfall verwickelt war.«

»Es war ein bisschen mehr als ein gewöhnlicher Autounfall.« Ein Funken Wahrheit, um die Schuldgefühle zu lindern, die ich empfinde, weil ich ihr weiterhin eine Lüge auftische. Die Lüge, die ich jedem auftische, sogar mir selbst.

Sie hält inne, und ich sehe, wie sich die Rädchen in ihrem Kopf drehen. Ich habe es geschafft. Ich habe sie verängstigt. Jetzt muss ich die Kraft finden, sie loszulassen.

Doch mit dem, was als Nächstes kommt, habe ich nicht gerechnet.

Clara streckt mir ihre Hand hin – eine Rettungsleine, dabei sollte sie mich doch loslassen. »Komm wieder ins Bett.«

Ich kann sie nicht retten. Ich kann sie nur zerstören.

21

Ich sehne mich mit jeder Faser danach, ihrer Aufforderung zu folgen, aber ich kann nicht leugnen, was wir beide wissen. »Du bist in meiner Nähe nicht sicher.«

Claras Blick wird weich. »Ich bin *nur* in deiner Nähe sicher.«

Wie kann sie das glauben? Habe ich sie schon so verkorkst? Sie denkt, sie kann mir vertrauen, dabei weiß sie so vieles nicht über mich. Wie gern würde ich sie zum Bett tragen und in Besitz nehmen. Wenn ich wüsste, dass es dabei bliebe, würde ich es tun. Aber ich kann nicht leugnen, dass ich mich nach mehr sehne als nach ihrem Körper.

»Aber mein Leben ist gefährlich«, beginne ich und weiß nicht, wie ich fortfahren soll. Einen Moment laufe ich auf und ab und überlege, wie ich ihr die Wahrheit sagen kann, ohne meine Geheimnisse zu offenbaren – Geheimnisse, die nicht nur mich, sondern auch die schwächsten Mitglieder meiner Familie schützen. »*Ich* bin gefährlich.«

»Und ich werde nicht kaputtgehen.« Mit entschlossenem Blick kommt sie auf mich zu.

Doch, das wird sie. Sie wird zerbrechen. An mir. An ihnen. Ich ziehe sie an mich und lege eine Hand um ihren schönen Hals. Jetzt könnte ich sie ganz leicht vernichten. Das muss sie doch erkennen. »Du bist so zerbrechlich, Clara. So zart. Wenn mein Leben dich nicht zerstört, dann möglicherweise die Dinge, die ich mit dir tun möchte.«

Sie weigert sich, den Blick abzuwenden. In ihren Augen liegt nur ein Hauch von Angst. »Ich fürchte mich nicht davor, mit dir zusammen zu sein, X, sondern nur, weggestoßen zu werden.«

Worte werden nicht ausreichen. Also läuft es auf eines hinaus: einen Test. Ich frage nicht. Ich nehme es mir. Ich gebe meinem primitiven Bedürfnis nach, presse meinen Mund auf ihren und zwinge ihre Lippen, sich meiner Zunge zu öffnen. Sie kommt mir bei jedem Schritt entgegen, bietet mir mehr von sich und verlangt mehr von mir.

Sie glaubt, sie kann mehr ertragen? Na gut. Das werden wir sehen.

Fest packe ich ihre Handgelenke, zwinge sie hinter ihren Rücken und halte ihren Körper als Geisel. Ihr Körper beugt sich meinem Verlangen. Sie wehrt sich nicht gegen mich, sondern neigt sich mir zu wie eine Knospe, die bei Sonnenaufgang erblüht.

Wie kann sie sagen, dass sie das nicht will, aber sich jedes Mal so natürlich fügen?

Ich hebe sie hoch, trage sie zum Bett und öffne meine Hose, um meinen Schwanz freizulegen. Clara schiebt meine Hose mit den Fersen nach unten, während ich mir die Schuhe abstreife. Ich spreize mit einer Hand ihre Beine und lasse mich auf sie sinken, dann stoße ich ohne Vorwarnung zu und dringe ohne zu zögern in sie ein. Ich höre nicht auf, selbst als sich ihre Fingernägel in meinen Rücken graben. Ich nehme einfach.

Und sie gibt.

Ihr atemloses Keuchen lenkt meine Aufmerksamkeit auf ihre schönen Lippen, ihren schlanken Hals. Ich stütze mich auf den Ellbogen ab, damit ich erneut ihren Hals umschließen kann.

»Du gehörst mir, Clara«, knurre ich und drücke ihr die Kehle zu, sodass sie gezwungen ist, mich anzuschauen – damit sie versteht, was ich sage. »Mir ganz allein. Hast du mich verstanden?«

Sie starrt zu mir hoch, ihre grauen Augen drücken aus, was sie nicht aussprechen kann. Aber sie nickt mit einem schwachen Lächeln, soweit das mein Griff zulässt, und eine einzelne Träne läuft über ihre glatte Wange. Daraufhin ficke ich sie noch fester.

Aber ich bin kein Tier. Ich bin ein Mann – ein Mann, der nimmt, bis sie Nein sagt.

»Ich tue dir weh«, murmle ich. »So, wie du es wolltest, Clara. Soll ich aufhören?«

Ich will, dass sie Ja sagt. Ich will, dass sie es beendet, ehe ich eine Ahnung von ihrem heimlichen Verlangen bekomme. Denn dann würde ich nie genug bekommen.

»Nein.« Es klingt, als sei sie selbst überrascht von ihrer Antwort.

Ich halte nicht inne, um das zu verarbeiten. Ich stoße einfach so hart und kraftvoll in sie hinein, wie ich kann.

Das meint sie nicht so. Das kann nicht sein.

»Es gefällt dir, aber du glaubst, dass es nicht so ist«, presse ich hervor. »Ich will, dass du kommst, Clara.«

»Ich kann nicht«, stöhnt sie, und ihr Körper spannt sich unter mir an. Sie klammert sich an den letzten Rest ihrer Kontrolle.

»Nimm den Schmerz an«, befehle ich. »Lass einfach los.« Oder ich zwinge dich.

Ich lasse von ihrem Hals ab, wende mich ihrer Brust zu und sauge an ihrem Nippel. Sie entspannt sich etwas und ist erregt, also knabbere ich an der empfindlichen Haut. Sie schreit auf, aber ich lasse nicht locker. Ich knete weiter ihre Brust, beiße und sauge – und quäle sie, bis sie sich selbst aus ihrem Käfig befreit.

Sie neigt sich mir entgegen, weint und zittert, ihr Gesicht ist vor Glückseligkeit verzerrt. Und sie gehört ganz mir. Ich fülle sie aus. Ich koste sie. Ich erhebe Anspruch auf sie. Bis ich ihre ganze Welt geworden bin.

Sie kommt, Lust und Schmerz verbinden sich zu einem wunderschönen erstickten Schrei.

Dann bricht sie unter mir zusammen, schlägt die Hände vors Gesicht. Ich kenne das Gefühl, von dem sie jetzt überrollt wird. Ich kenne es gut.

Scham.

Uns wird nicht beigebracht, unsere Dämonen zu akzeptieren. Was passiert, wenn wir aufhören, uns gegen sie zu wehren? Was passiert, wenn wir sie willkommen heißen?

Sind wir danach noch dieselben?

Langsam, immer noch in ihr, schiebe ich meine Arme unter sie und ziehe sie dicht an mich. Ich lege mich auf die Seite, drücke sie an mich und wiege sie in meinen Armen.

Sanft schiebe ich ihre Hände zur Seite, bringe meinen Mund zu ihrem und küsse sie zärtlich. Ich rufe nach ihr. Am Anfang ist es schwer, den Weg aus der Dunkelheit zu finden. Das weiß ich. Diese Schatten können einen verschlingen, man fühlt sich verloren. Seit ich sie getroffen habe, ist sie das Licht, das mich aus dieser Tiefe führt. Jetzt kann ich ihr den Weg nach Hause zeigen.

»Clara?«

Sie blickt mich mit feuchten Wimpern an, und als sich unsere Blicke treffen, fällt die letzte Anspannung von ihr ab. Sie legt die Hände flach auf meine Brust, und ich sehe, wie sie wieder Frieden findet.

Ich bin noch immer in ihr, noch immer hart, meine eigene Lust ist in mir eingeschlossen.

»Deine Lust ist auch meine«, sage ich leise. »Ich werde deinen Körper bis an seine Grenzen bringen, aber ich werde dich nicht brechen. Ich werde dir niemals wehtun.«

»Kann ich dich brechen?« Sie streicht mit der Hand über meine Wange, und ihre Berührung stellt eine ganz andere Frage.

»Ich bin längst zerbrochen.«

»Dann kann ich dich vielleicht heilen«, flüstert sie.

Ihre Hände gleiten nach unten zum Saum meines T-Shirts, und ich zwinge mich, es zuzulassen. Ich sehe ihr in die Augen und erinnere mich daran, dass ich ihr vertraue. Ihre Hand wandert zu meinem Bauch, und mein Schwanz pulsiert bei der ungewohnten Berührung.

Ein Grollen durchbricht die Stille, und ich merke, dass es mein eigenes gebrochenes Stöhnen ist. Sie hält in ihrer Bewegung inne und drückt ihre Hand ganz auf meinen Bauch. Nach einer Sekunde beginnt sie, sie langsam nach oben zu bewegen.

»Nicht«, sage ich scharf.

Sie schließt die Augen und hält die Hand still.

Doch als sie die Augen wieder öffnet, sagt sie etwas, von

dem ich nicht wusste, dass ich es hören musste: »Dieser Körper gehört mir. Du bist mein, Alexander. Alles von dir.«

Und dann wandert ihre Hand zu meinen Narben, die meinen Körper verunstalten, dem Beweis für meinen Egoismus. Ihre Fingerspitzen streichen darüber, sie weiß nicht, wie sie das deuten soll, was sie ertastet. Stattdessen wagt sie sich weiter vor. Sie lässt die Hüften kreisen und erinnert mich daran, wie sehr wir miteinander verbunden sind.

Ich senke mein Gesicht auf ihre Brust und klemme mit meinem Körper ihre Hand unter meinem T-Shirt ein. Meine Hände umklammern ihren Hintern, und sie reibt sich an mir, nimmt und fordert, bis ich mich in sie ergieße. Ich lasse ganz los, fülle sie aus und bedecke ihre Brüste mit meinen salzigen Tränen.

22

Als ich aufwache, ist sie nicht da. Es dauert einen Moment, bis ich weiß, wo ich bin, dann fallen mir die Ereignisse des letzten Abends wieder ein. Die katastrophale Party und mein Scheißvater. Die verdammte Pepper Lockwood, die mit ihren Klauen nach Clara geschlagen hat. Die blinde Panik, als ich gemerkt habe, dass Clara die Party ohne ein Wort verlassen hatte. Ich sehe alles in lebhaften roten und schwarzen Strichen vor mir. Clara an einer Backsteinmauer, der Geschmack von ihr auf meiner Zunge. Mein Schwanz in ihr, als ich ihr gezeigt habe, wo sie hingehört. Feuer und Schreie – und dann sie, die mich zurück ins Licht zieht. Ihre Hände, die über meine Narben streichen.

Meine Hand streicht über den dünnen Stoff meines T-Shirts.

Was hat sie gedacht, als sie das Monster entdeckt hat, das ich darunter bin? Gestern Abend hat sie es kurz gesehen.

»Was zum Teufel machst du nur?«, murmle ich vor mich hin, drehe mich auf die Seite und nehme einen Hauch ihres Parfüms auf dem Laken wahr. Mein Herz klopft heftig gegen meinen Brustkorb, und plötzlich muss ich sie suchen. Sie zurück ins Bett ziehen. Sie in Besitz nehmen. Ihr den Teil von mir zeigen, den sie … lieben kann.

Blödsinn. Diesen Teil gibt es nicht.

Und selbst wenn es so wäre, genügt es nicht, um meinen Vater und seine verkommenen Höflinge aufzuwiegen. Sie hat mehr verdient als dieses Leben – und weit mehr als mich.

Ich gleite aus dem Bett, hebe meine Hose vom Boden auf und ziehe sie an, ohne noch etwas anderes überzuziehen, und gehe zu ihr.

Sobald ich die Zimmertür öffne, höre ich Stimmen. »Soll ich Alexander auch Frühstück machen?«

Es riecht nach Speck und Eiern, und mein Magen knurrt vor Hunger. Offenbar holt mich die letzte Nacht ein.

Es kommt keine Antwort, aber Belle spricht offenbar mit Clara.

Besteck klirrt auf den Tresen, dann ertönt ein rauer männlicher Bariton. »Alexander ist hier?«

Was zum Teufel soll das? Ich bin schon halb den Flur hinunter, die Hände zu Fäusten geballt, als mir einfällt, dass Belle verlobt ist. Ich krame in meinem Gedächtnis und versuche, mich zu erinnern, mit wem.

»Was glaubst du wohl, wer gestern Nacht diesen Lärm gemacht hat?«, fragt Belle.

Ein Grinsen umspielt meine Lippen. Sie weiß genau, wer es war.

»Ein Nachbar«, brummt ihr Verlobter, und ich kann mich des Eindrucks nicht erwehren, dass es ein kleiner Mann ist. Einer, der wahrscheinlich nicht in der Lage ist, einen solchen Lärm zu machen.

»Was mag Alexander denn zum Frühstück?«, fragt Belle, und ich weiß, dass sie mit Clara spricht.

Warum antwortet Clara nicht? Ist sie müde? Traurig? Habe ich ihr Angst gemacht? Hofft sie, dass ich gehe, ohne noch auf einen Toast und ein Gespräch zu bleiben? Ich würde ihr das nicht verübeln. Aber ich bin hungrig und entschlossen zu beweisen, dass ich ein Freund sein kann, auch wenn ich immer wieder Fehler mache.

»Tee. Ohne Milch«, verkünde ich, als ich die kleine Küche betrete. Clara erschrickt und zieht den Kragen ihres cremefarbenen Morgenmantels zusammen. Ich würde sie gern daran erinnern, dass es nichts an ihr gibt, was ich nicht schon gesehen hätte. Die tiefe Röte auf ihren Wangen lässt mich jedoch vermuten, dass sie spontan in Flammen aufgehen könnte, wenn ich sie daran erinnere. Sie sieht aus wie die Verkörperung all meiner erotischen Träume, das Haar fällt in Wellen um ihre Schultern, und ihre Wimperntusche ist ganz leicht verwischt, sodass ihre Augen geheimnisvoll aussehen. Ich muss meine Aufmerksamkeit wieder auf das Thema Essen lenken. »Ansonsten alles. Ich hab einen Bärenhunger. Die letzte Nacht war anstrengend.«

Mein Blick trifft Claras, die Röte auf ihren Wangen vertieft sich, und sie senkt einen Moment den Blick, aber ich sehe, dass sie auch an eine Fortsetzung unseres Liebesspiels nach dem Frühstück denkt.

Sie sieht zu Belle und runzelt die Stirn, als sie sieht, dass ihre Freundin mich anstarrt.

»Ich mach das schon«, sagt Clara und schnappt sich einen Teller, um mir aufzutun.

Es wirkt so wunderbar häuslich, wie sie barfuß durch die Küche geht und mir das Essen bringt. Es weckt etwas Archaisches in mir, am liebsten würde ich sie auf den Tresen setzen und mit meinem Saft füllen. Ich wende mich ab, bevor ich diesen Gedanken noch weiter spinnen kann, und entdecke

Belles Verlobten. Plötzlich fällt mir ein, warum ich mich nicht mehr an ihn erinnern konnte, denn Sir Philip Abernathy ist ungefähr so einprägsam wie eine Scheibe Toast. In der kleinen Wohnung gibt es nicht viele Sitzgelegenheiten, also nehme ich mir den Barhocker neben ihm.

Er macht sich nicht die Mühe, mich zu grüßen, und umgekehrt.

Clara stellt mir den Teller hin, und ich murmle ein Dankeschön, bevor ich mich über das Essen hermache.

Die Frauen halten sich im Hintergrund und beobachten uns, dann wendet sich Belle an Clara. »Was willst du essen, Clara?«

»Oh, gar nichts, danke.« Clara winkt ab, und ich fühle mich überraschenderweise gekränkt. Nach der letzten Nacht muss sie doch hungrig sein. Wenn nicht, könnte ich mich gezwungen sehen, sie über meine Schulter zu werfen und sie zurück ins Bett zu schleppen, bis sie Hunger bekommt.

»Kommt nicht infrage. Los, was willst du haben«, sagt Belle mit einer Ernsthaftigkeit, die mich von meinem Vorhaben ablenkt.

»Dann ein paar Eier und etwas Toast.«

Gierig schaufle ich mein Essen in mich hinein, entschlossen, ihr Appetit zu machen. Aber irgendetwas ist hier seltsam. Ich beobachte Belle und Clara verstohlen und ertappe sie dabei, wie sie dasselbe mit Philip und mir tun. Hier scheint einiges unausgesprochen in der Luft zu hängen, und ich habe keine Ahnung, was.

Das ist ja nichts Neues.

Die beiden tauschen einen Blick aus, und Belle betreibt Small Talk. »Und was habt ihr heute so vor?«

»Ich weiß nicht recht«, sagt Clara.

Belles Miene hellt sich auf. »Dann lass uns shoppen gehen.«

Clara wirft mir einen Blick zu, als ob sie um Erlaubnis bitten würde. Kontrolliere ich sie bereits? Gott weiß, sie könnte Zeit zum Durchatmen gebrauchen. Ich erdrücke sie, und meine Familie verurteilt sie. Sie sollte mit ihrer Freundin shoppen gehen und sich von mir fernhalten. Wenn sie vernünftig ist, hält sie sich auf Dauer fern. »Mein Vater wird garantiert eine Erklärung verlangen, warum ich gestern Abend so früh verschwunden bin. Das kann ein paar Stunden dauern. Geht nur.«

»Tut mir leid«, sagt sie lautlos, aber ich schüttle den Kopf. Wenn sie sich bei mir für das Verhalten meiner Familie entschuldigt, bin ich wirklich ein Monster.

»Dann lass uns shoppen gehen!« Belle klatscht vor Freude in die Hände bei der Aussicht auf die gemeinsame Zeit – und ich spüre einen Stich der Eifersucht. Ich wünschte, in meinem Leben wäre alles so einfach, insbesondere wenn es um Clara geht. »In Notting Hill hat eine neue Boutique aufgemacht.«

»Notting Hill an einem Samstag ist die pure Hölle«, meldet sich Philip schließlich zu Wort, um ihnen ihr Vorhaben zu vermiesen. Er ist ein Idiot.

»Ich muss nur kurz duschen, dann bin ich so weit«, sagt Clara und wendet sich mir zu. »Bist du sicher, dass du nicht mitkommen willst?«

»Das würde ich gern, aber die Pflicht ruft.« Das ist eine ehrliche Antwort, wenn auch eine traurige. Viel lieber würde ich den Tag mit Clara im Bett verbringen.

Philip schnaubt.

Meine Finger schließen sich fester um die Gabel. »Was ist daran so lustig?«

»Du und Pflichtgefühl?«, fragt er.

»Philip!«, platzt Belle heraus.

»Ich habe sieben Jahre lang in Afghanistan und dem Irak gedient«, knurre ich. Die Zeit für Höflichkeiten ist vorbei. Sir Philip sollte sich daran erinnern, wo sein Platz ist – gesellschaftlich und als Mann. »Vermutlich weiß ich mehr über Pflichten als die meisten in diesem Land.«

»Und was ist mit Ehrgefühl?«, drängt er. »Hast du das da auch entwickelt? Oder ist es dafür längst zu spät?«

Ich werde mich nicht dazu herablassen, die dummen Fragen eines Schwächlings zu beantworten. Er kennt mich nicht und glaubt Klatsch und Gerüchten, doch ich fürchte, noch einen Moment länger, und ich breche ihm das verdammte Genick. Ich marschiere in Claras Zimmer, ziehe mich fertig an und schicke Norris eine Nachricht, dass er mich abholen soll. Was um alles in der Welt will Belle von einem Mann wie Philip? Ich frage mich, ob mein erster Eindruck von ihr falsch ist. Sie wirkt nicht wie eine Bitch, die in der Gesellschaft aufsteigen will. Ich fand sie nett, sie passt überhaupt nicht zu ihm.

Er weiß nichts über Pflicht – darüber, wie es ist, gute Männer in den Kampf ziehen und in Kisten nach Hause zurückkehren zu sehen. Über Freundschaft. Er hat noch nie sein Leben für den Ruf der Familie aufs Spiel gesetzt oder für ein schreckliches Geheimnis geradegestanden. Bei seinem unfassbaren Selbstvertrauen kann ich nur vermuten, dass er in seiner Kindheit und Jugend nicht bei jeder Gelegenheit beurteilt und für unzulänglich befunden wurde.

Kurz vor der Tür holt Clara mich ein. »Du brauchst nicht zu gehen.«

»Ich habe einiges zu erledigen«, sage ich, ohne stehen zu bleiben. Ich bin schon fast aus der Tür, als mir einfällt, dass das alles nicht ihre Schuld ist. Wenn ich so gehe, wird sie sich aber schuldig fühlen.

Ich drehe mich um, lege einen Arm um ihre Taille, ziehe sie an mich und küsse sie. Ihr Körper schmiegt sich an meinen und weckt gefährliche Gedanken. Ich weiche zurück und streiche mit einem Finger über ihre Unterlippe.

»Viel Spaß«, murmle ich. Einer von uns sollte sich amüsieren, und wenn ich die Wahl hätte, sollte sie das sein.

Sie nickt. »Den werden wir bestimmt haben. Notting Hill ist mein Lieblingsstadtteil.«

Ich halte inne und speichere diese kleine Information. Ich möchte alle Lieblingsorte, alle Freunde und wichtigen Projekte und Ziele von Clara kennenlernen. »Bis bald, Süße.«

Als ich die Treppe hinuntersteige, geht eine Tür auf, und eine ältere Frau mit ungekämmtem silbernem Haar steckt den Kopf heraus. Sie mustert mich von oben bis unten, verkneift sich ein Grinsen und zieht sich in ihre Wohnung zurück. Es war nicht annähernd so desaströs, wie ich befürchtet hatte: das Übernachten. Aber ich frage mich, wie lange das wohl so bleiben wird. Ich meide den Vordereingang und eine Horde Paparazzi, die davor wartet, auch die Hintertür haben sie entdeckt, und nehme eine geheime Kellertür, die Norris nach einem Blick auf die Baupläne entdeckt hat. Im Moment gibt es genug Spekulationen über Clara und mich, sie hat etwas Ruhe verdient. Draußen erwartet mich Norris. Ein paar Meter weiter befindet sich ein Luftschutzbunker –

zweifellos ein Überbleibsel aus der Zeit des Blitzkriegs und der Grund für die ungenutzte Tür.

»Ich muss Clara davon erzählen«, informiere ich ihn, als er mir die Wagentür aufhält.

»Sir?«

Ich werfe ihm einen warnenden Blick zu, und er seufzt. »Alexander?«

»Von der Tür. Sie sollte sich nicht mit diesen Scheißreportern herumschlagen müssen.«

Norris klappt schweigend die Wagentür zu und geht auf die Fahrerseite. Als er den Gang einlegt, sieht er schließlich über seine Schulter zu mir.

»Ich glaube nicht, dass das eine gute Idee ist«, sagt er.

»Was? Warum nicht? Ich kann sie doch nicht sich selbst überlassen.«

»Vielleicht solltest du dann mit deinem Vater über einen Sicherheitsdienst sprechen«, schlägt er vor und fügt nachdenklich hinzu, »wenn du vorhast, weiter um sie zu werben.«

»Werben? Verdammt noch mal.« Ich unterdrücke ein Lachen. »Wir sind weit über das Werben hinaus, und du weißt, was mein Vater sagen wird. ›Das Königshaus schützt niemanden, der nicht zur königlichen Familie gehört.‹«

»Vielleicht …«

»Vielleicht was?«, frage ich, obwohl ich ahne, was er sagen wird.

»Wie du schon sagst, das Königshaus schützt nur Mitglieder der königlichen Familie.«

»Ich denke, eine Heirat ist etwas verfrüht«, zische ich. »Clara kennt mich doch gar nicht, geschweige denn meine Familie. Sie hat keine Ahnung, worauf sie sich da einlässt.«

Norris manövriert den Wagen durch eine enge Gasse, die einen Block von Claras Haus entfernt ist. Es sind keine Reporter in Sicht. Als wir uns in den Londoner Morgenverkehr einfädeln, beobachtet er mich im Rückspiegel. »Es ist interessant, dass dein erster Impuls ist, Mittel der Krone zu ihrem Schutz einzusetzen, obwohl du weißt, dass die nicht zur Verfügung stehen.«

»Das sollten sie aber. Sie wird von jeder Boulevardzeitung des Landes auseinandergenommen.« Der ganzen Welt, wenn ich ehrlich bin.

»Ja, aber daran wird ein Sicherheitsdienst auch nichts ändern. Wenn du willst, dass man sie in Ruhe lässt, gibt es eine einfache Lösung.«

Ich beuge mich vor und halte mich an den Lehnen der Vordersitze fest. »Die da wäre?«

»Schluss machen«, sagt er kühl.

»Sie werden sie trotzdem verfolgen.«

»Triff dich mit einer anderen Frau. Mit einer, die ins Rampenlicht passt. Miss Lockwood scheint begierig auf die Gelegenheit zu sein.«

Jetzt will er mich provozieren, aber wozu? »Lieber würde ich meinen Schwanz in eine Steckdose stecken«, sage ich grimmig, »aber das weißt du ja.«

»Nun, dann hast du ein Problem.«

Ich verfolge das Gespräch zurück, bis ich wieder am Ausgangspunkt angelangt bin. »Warum sollte sie nicht die Tür benutzen?«

»Sie werden weiter hinter ihr her sein. Je mehr sie sich versteckt, desto aggressiver werden sie. Man kann sie nicht in einen Turm sperren und sie zum Spielen herausholen.« Er seufzt, als ob das alles selbstverständlich sein sollte. »Wenn du sie beschützt wissen willst, musst du dich schon selbst kümmern.«

»Wenn ich ihr Leibwächter wäre, würden wir nicht aus dem Schlafzimmer herauskommen«, entgegne ich knapp. Er hat recht, aber was er vorschlägt, ist trotzdem keine Lösung.

»Du sollst sie nicht selbst beschützen. Aber du musst entscheiden, was du tun kannst, um ihr zu helfen und sie abzuschirmen«, rät er.

Ich verfüge über Ressourcen – eigenes Geld, Besitztümer, Titel, Bankkonten, kümmere mich aber nur selten um irgendetwas davon. In Buckingham ist für alles gesorgt. Es gibt Sekretäre, die sich um die meisten meiner Bedürfnisse kümmern. »Ein Sicherheitsdienst. Ich werde deine Hilfe brauchen … es sei denn, du willst den Job haben.«

»Ich bin gern bereit, bei Bedarf einzuspringen, aber das Problem ist größer, jemand muss dich vor deinem schlimmsten Feind schützen«, sagt er.

»Wer wäre das?«

»Du selbst«, erwidert er, als sei das offensichtlich. »Fürs Erste passe ich auf sie auf, aber du musst sie unbedingt vorbereiten.«

Sind alle Romanzen so kompliziert? Ich fühle mich, als würde ich einen militärischen Angriff planen. »Sie auf was vorbereiten?«

»Ab heute ist sie eine Royal«, sagt er unumwunden.

Ich lache, halb erstaunt, halb verblüfft über seinen Mut. »So sicher bist du dir also bei ihr?«

Norris zieht eine Augenbraue hoch und stellt die eine Frage, die ich mir nicht zu stellen wage. »Du nicht?«

23

Norris' Worte gehen mir nach, als ich mich in den Buckingham-Palast schleiche. Bin ich mir, was Clara angeht, so sicher? Ich weiß, was ich für ein Signal gesendet habe, indem ich sie mit zur offiziellen Geburtstagsfeier meines Vaters genommen habe. Als ich sie gefragt habe, wollte ich sie unbedingt zurückgewinnen. Aber jetzt?

»Darum lässt du dich nicht auf Beziehungen ein«, murmle ich vor mich hin, während ich mich zwinge, einer vorbeikommenden Angestellten ein grimmiges Lächeln zu schenken.

»Schön, dass du da bist«, sagt Edward trocken, als ich unsere gemeinsamen Räumlichkeiten betrete. Hier waren wir eingezogen, als wir volljährig wurden. Damals war unser Vater dagegen, dass wir in Kensington oder Clarence House einzogen. Vermutlich wollte er ein Auge auf uns haben. In Wahrheit macht er sich nie die Mühe, in unsere Räume zu kommen. Und wir haben keine Lust, zu ihm zu gehen. Die meisten unserer Interaktionen finden in seinen Arbeitszimmern statt. Unsere Familie ist ein Geschäft. Wir verkaufen Traditionen, Zeremonien und jahrhundertealte unsinnige Rituale.

Edward sitzt in einem Ohrensessel im Wohnzimmer und trinkt Kaffee. Er lässt den Blick an mir heruntergleiten und mustert meinen zerknitterten Smoking und mein nur halb zugeknöpftes Hemd. Er hingegen ist bereits für den Tag gekleidet, mit einer blauen Tweedhose und einem makellosen Oxfordhemd, dessen Manschetten aufgerollt sind. Die Omega-Uhr an seinem Handgelenk zeigt mir, dass es bereits nach zehn ist.

»Du bist ziemlich plötzlich verschwunden«, sagt er. Das ist seine Art zu fragen, ob ich darüber reden möchte.

»Es gab keinen Grund zu bleiben.« Unser Vater hatte seinen Standpunkt klargemacht. Und ich meinen.

»Es hatte nicht etwa damit zu tun, dass deine Begleitung vor Mitternacht davongelaufen ist?« Er wird keine Ruhe geben. Seit ich nach London zurückgekehrt bin, hat mein Bruder es mehr oder weniger auf sich genommen, als mein Gewissen zu dienen.

»Ich nehme an, unser Vater arbeitet bereits an seiner Standpauke«, sage ich barsch. »Deine brauche ich nicht auch noch.« Ich gehe weiter in Richtung Flur, um zu duschen und mich auf den Shitstorm vorzubereiten, den ich dieses Mal ausgelöst habe.

»Nicht jeder hat es auf dich abgesehen«, ruft Edward. »Früher oder später wirst du jemanden an dich heranlassen müssen.«

Das scheint das Thema des Tages zu sein. Erst Norris. Jetzt mein Bruder. Clara scheint die Einzige zu sein, die nicht unsere Hochzeit plant.

Ich ziehe Jacke und Hose aus und werfe sie aufs Bett, T-Shirt und Unterhose folgen, dann gehe ich ins Bad. Dort bleibe ich stehen und betrachte den Mann, der mir aus dem Spiegel entgegenblickt.

Der Großteil kann sich sehen lassen. Die Jahre in der Armee – das karge Essen, die strenge Ausbildung und das Schleppen schwerer Ausrüstung – haben einen kräftigen Mann aus mir gemacht. Bizeps, Bauchmuskeln, das ausgeprägte V eines Adonisgürtels, der sich zu meinem Schwanz hin verjüngt, meine Beine könnten mich meilenweit durch die Wüste tragen. Aber während sich mein Körper in den Mann verwandelt hat, den ich im Spiegel vor mir sehe, sind die Narben von dem Unfall schlimmer geworden. Das Narbengewebe zieht sich über die ganze Seite und wird von den harten, definierten Muskeln noch betont. Hätte ich mir die Narben im Kampf erworben, könnte ich stolz auf sie sein. Aber sie erinnern mich an das Schlimmste, was ich je getan habe, und daran, dass ich mit einer Lüge das dunkelste Geheimnis meiner Familie schütze. Ich lebe schon so lange damit, dass ich kaum noch daran denke. Darum hasse ich es, wenn andere meine Narben sehen, denn dann werden sie mir wieder bewusst und mit ihnen alles, wofür sie stehen.

Und Clara hatte sie gestern Abend berührt. Sie hatte Anspruch auf sie erhoben. Auf mich.

So sollte das eigentlich nicht laufen, aber dennoch konnte ich es ihr nicht verwehren. Und schlimmer noch: Ich wollte es auch gar nicht. Vielleicht gehen mir deshalb Norris' Mahnung und Edwards beiläufige Bemerkung so nahe.

Ich stelle die Dusche auf die heißeste Stufe, aber selbst das kann die Erinnerung an ihre Berührung auf meiner Haut nicht auslöschen. Ich war so lange in ihr gekommen, dass ich dachte, es würde nie mehr aufhören. Ich stelle mich unter den heißen Wasserstrahl, stütze mich mit den Händen an der Wand ab und warte darauf, dass meine Erektion nachlässt. Doch vor meinem inneren Auge blitzen Bilder von ihr auf. Porzellanhaut und Sommersprossen. Das weiche Haar, das sich über ihrer Muschi kräuselt. Ihre Zähne, die sich in ihre volle Unterlippe bohren. Mit einer Hand greife ich nach unten, fasse meinen Schaft und fahre grob auf und ab – so fest, dass es wehtut. Unnachgiebig. Strafend. Das Wasser brennt auf meiner Haut. Aber ich höre nicht auf. Ich kann nicht. Nicht, solange sie in meinem Kopf ist. Ich muss sie dort herausbekommen. In meinem Kopf läuft in einer Endlosschleife der Film ab, wie ich sie ficke und dem Höhepunkt entgegenstrebe. Als ich an die Stelle komme, an der ich sie gefragt habe, ob ich aufhören soll und sie Nein gesagt hat, sehe ich ihre großen grauen Augen vor mir. Darin liegt ein ängstlicher und zugleich entschlossener Ausdruck – und sehr viel Liebe.

Bei der Erinnerung komme ich. Ich brülle es aus mir heraus, stütze mich gegen die Wand und pumpe es aus mir heraus.

Wie das Wasser prasselt die Wahrheit auf mich ein: Ich werde mich nie mehr von Clara lösen können. Sie ist in mir. Sie ist mein Blut. Sie ist meine Knochen. Sie ist das verdorbene Herz, das in meiner Brust schlägt.

Clara ist mein Fluch und meine Rettung. Ich hasse sie, und ich liebe sie. Das darf sie nie erfahren.

Ich wasche mich ab, nehme mir ein Handtuch und wickle es mir um die Taille, um mir etwas zum Anziehen herauszusuchen. Anschließend muss ich das klären. Vielleicht sollte ich mit Edward reden. Er versteht die Ausweglosigkeit unserer Lage besser als die meisten. Doch als ich mein Schlafzimmer betrete, bleibe ich augenblicklich stehen.

»Das ist beschämend«, sagt mein Vater und wendet seinen Blick von mir ab. Er trägt seinen üblichen Wochenendanzug aus Harris Tweed. Lässiger kriegt der Typ es einfach nicht hin.

Ich mache mir nicht die Mühe, ihn zu fragen, was er nun wieder als beschämend empfindet. Meine Narben? Mein Verhalten? Mir beim Onanieren unter der Dusche zuzuhören? Es spielt kaum eine Rolle. Für ihn ist jeder Atemzug von mir eine Enttäuschung.

Ich gehe weiter zum Kleiderschrank und nehme die erstbesten Klamotten heraus, die ich finde – eine alte Jeans und ein T-Shirt. Nachdem ich angezogen bin, steht er in meinem Zimmer am Fenster, von dem aus man auf den Garten blickt.

»Du bist von meiner Feier verschwunden, ohne dich zu verabschieden«, sagt er, als ob ich eine Erinnerung an den Verlauf des Abends bräuchte.

»Es waren genug Leute da, die sich vor dir verneigt haben. Du hast mich nicht gebraucht.« Ich setze mich aufs Bett und ziehe schwarze Lederschnürschuhe an.

»Als ob du dich jemals vor mir verneigen würdest«, sagt er lachend. »Das solltest du auch nicht.«

Ich zögere, überrascht von seiner Antwort.

»Du wirst eines Tages König sein«, fährt er fort. »Ich werde nicht ewig leben.«

Vermutlich wird er das aus reiner Boshaftigkeit doch tun. Mir die Krone zu überlassen, ist das Letzte, was er will.

»Du brauchst eine geeignete Frau.«

»Das Thema schon wieder?«, sage ich müde. »Wenn man eine Begleitung zu einer Party mitbringt, macht man ihr damit doch wohl kaum einen Heiratsantrag.«

»Du weißt, dass das sehr wohl so ist«, knurrt er. »Es ist mir egal, mit wem du dich triffst oder wen du fickst, solange du es diskret tust. Du bringst keine Mädchen mit nach Hause. Du lädst sie nicht zur Geburtstagsfeier der Familie ein. Oder zu Weihnachten. Oder was auch immer du als Nächstes vorhast.«

Ich übergehe die Anschuldigung und weise ihn lieber auf seine Heuchelei hin. »Die Frau einzuladen, die du fickst, ist gleichbedeutend mit Hochzeitsglocken? Nun, da wird Pepper aber begeistert sein.«

»Pepper gehört zum inneren Kreis«, sagt er abschätzig, »und unsere Beziehung geht dich nichts an.«

Ich verliere die Beherrschung und mache einen bedrohlichen Schritt auf ihn zu. Eine Bewegung. Ein Schlag. Er würde zusammenbrechen. »Und meine geht dich nichts an.«

»Ich bin Witwer. Ich bin König. Niemand erwartet von mir, dass ich noch mal heirate.« Er zupft an seinem Anzug und wirkt kein bisschen beunruhigt. »Die ganze Welt beobachtet hingegen dich. Überleg dir das, bevor du sie in Zukunft einlädst.«

»Mir ist egal, was die Welt denkt«, sage ich, als er bereits auf dem Weg zur Tür ist.

Er öffnet sie, dreht sich um und wirft mir einen amüsierten Blick zu. »Das ist dein Problem. Daher weiß ich, dass sie niemals Königin werden kann. Nun, zumindest ist es einer der Gründe. Du bist viel zu sehr damit beschäftigt, mir etwas zu beweisen – und der Welt. Nicht eine Sekunde hast du daran gedacht, was du ihr antust. Du wirst sie vernichten, sie verletzen. Am Ende wirst du sie verlieren. Wenn dir etwas an ihr liegt, lässt du sie gehen.«

Er geht, schließt die Tür hinter sich und lässt mich mit meinen Dämonen allein.

»Du gehst ihr aus dem Weg«, sagt Edward am nächsten Morgen, als ich mir eine Tasse Tee holen will.

Ich schleiche zurück in mein Zimmer und setze ihn unter meinen Vater auf die Liste der Leute, die ich meide. Clara steht ganz oben. Aber mein Bruder lässt sich nicht so leicht abwimmeln, er folgt mir. Ich gebe auf und lasse mich in meinem Zimmer vor dem Kamin in einen Sessel sinken. Er nimmt den Platz mir gegenüber ein.

»Nur zu«, fahre ich ihn an. »Erzähl mir, warum ich alles vermassle.«

»Ich glaube, das weißt du schon«, sagt er.

»Warum treffe ich dann immer wieder die gleichen beschissenen Entscheidungen?«, frage ich ihn unglücklich. Ich wusste, wo ich Clara hineinziehe, und habe es trotzdem getan. Edward hat recht. Ich gehe ihr aus dem Weg – um ihrer selbst willen.

»Wir machen das, weil wir es nicht besser wissen.« Er seufzt und lächelt schwach. »Wir sind wohl kaum normal aufgewachsen, und was Beziehungen angeht …«

Er hat keine Erinnerungen an unsere Mutter, sie ist bei seiner Geburt gestorben. Meinen Erinnerungen kann man nicht trauen, da ich noch so klein war, als sie starb. Ich erinnere mich an eine fürsorgliche, schöne Frau. Ich weiß noch, wie mein Vater sie angesehen hat.

Und wie traurig sie wirkte.

Sie war in einen Palast eingesperrt und wurde zu besonderen Anlässen am Arm des Königs herausgeholt. Ich habe noch andere Erinnerungen, sie sind flüchtig und widersprüchlich, und ich erwähne sie weder Edward noch sonst jemandem gegenüber, insbesondere nicht meinem Vater.

»Du weißt, dass wir ihnen das nicht antun dürfen«, sage ich distanziert. Eine Erinnerung drängt sich in mein Bewusstsein.

Sie weinte in ihrem Zimmer. Wieder einmal. Ich kletterte auf ihren Schoß, sie drückte mich an sich, und ich streichelte ihre weiche Wange.

»Ich liebe dich, mein Schätzchen«, flüsterte sie mir ins Haar. »Vergiss das nie.«

»Ich hab dich lieb, Mummy.« Meine eigene kleine Stimme ist fremd und ungewohnt. Wie konnte ich jemals so klein sein? So verletzlich?

»Eines Tages wirst du ein Mädchen treffen«, sagte sie, »und es lieben. Sie wird deine Prinzessin sein.«

Ich sah hin zu Sarah, die auf dem Boden mit Bauklötzen spielte, dann schaute ich wieder meine Mutter an und schüttelte zweifelnd den Kopf. »Ich mag keine Mädchen.«

»Doch, eines Tages wirst du sie mögen.« Sie lachte. Mein Herz weitete sich. Ich hörte sie so gern lachen. Es fühlte sich wie eine Belohnung an, besonders an den Tagen, an denen sie geweint hatte.

»Was soll ich nur tun?«, murmelte sie und strich mir eine Strähne aus der Stirn. Sie sprach nicht wirklich mit mir. Das tat sie oft. Seit sie mir gesagt hatte, dass sie noch ein Kind erwartete.

»Wird das Baby ein Junge?«, fragte ich hoffnungsvoll.

»Das weiß ich nicht.« Es folgten noch mehr Tränen.

»Es tut mir leid!«, quiekte ich und wünschte, ich hätte die Frage nicht gestellt. »Ich werde nett zu dem Baby sein, auch wenn es noch ein Mädchen ist!«

»Das weiß ich«, sagte sie leise und umarmte mich fester. »Du bist der große Bruder. Du musst sie beschützen.«

»Das werde ich.« Ich sah zu ihr hoch und atmete ihren Duft ein, der mich an Spaziergänge im Garten erinnerte.

»Und eines Tages, wenn du das Mädchen triffst, beschütze auch sie.«

Ich nickte und legte meinen Kopf an ihre Schulter. Ich würde meine Schwester und das Baby beschützen, und wenn ich alt genug war, würde ich auch Mummy beschützen.

Ich würde mich um sie kümmern, damit sie nicht weinte.

»Warum bist du traurig?«, fragte ich. Wenn ich ihr helfen wollte, musste ich das wissen.

»Es ist manchmal einsam hier. Trotz der vielen Leute, alle sind ständig in Eile.« Sie schüttelte den Kopf, als ich ihr einen fragenden Blick zuwarf. Das ergab keinen Sinn. »Manchmal wünschte ich, ich könnte dich in ein anderes Leben entführen, wo du einfach Alexander sein könntest.«

»Ich bin doch einfach Alexander«, sagte ich ernst, aber jetzt wusste ich, was sie gemeint hatte. Eines Tages, wenn ich alt genug war, würde ich sie irgendwohin bringen, wo sie glücklich sein konnte. Vielleicht würde ich sogar Sarah und das Baby mitbringen.

»Natürlich bist du das, Süßer.« Sie küsste mich auf die Stirn, und ich krabbelte von ihrem Schoß, um irgendetwas zu tun, das ich längst vergessen habe.

Die Erinnerung verblasst, bis mir nur noch ihre Worte bleiben.

»Ich glaube, David weiß das«, sagt Edward bedrückt. »Er reagiert nicht auf meine Anrufe. Immerhin bist du in eine Frau verliebt.«

»Ich glaube nicht, dass er viel darauf gibt«, überlege ich, in Gedanken immer noch bei den Worten meiner Mutter.

»Ich habe David eingeladen, mit der üblichen Gruppe aufs Land zu fahren«, sagte Edward. »Er kommt mit, aber nicht, um mit mir zusammen zu sein.«

»Du musst ihm ermöglichen, mit dir zusammen zu sein«, erwidere ich und trinke den letzten Schluck meines Tees aus.

Edward hebt eine Augenbraue. »Du solltest deinen eigenen Rat befolgen. Vielleicht solltest du Clara aufs Land einladen.«

»Eine Feuerprobe? Wunderbar.« Ich kann mir nicht vorstellen, ihr noch einen Moment mit unserem Vater zuzumuten. »Sie würden sie unglücklich machen.«

Edward steht auf. »Dann sei derjenige, der sie glücklich macht.«

Ich ahme seinen Gesichtsausdruck nach. »Du solltest deinen eigenen Rat befolgen.«

Er hebt resigniert die Hände. »Wir wissen beide, dass es leichter ist, Ratschläge zu erteilen, als sie zu befolgen.«

»Und was machen wir jetzt?«, frage ich. Wir sollten die beiden verlassen. Das ist die einzige Möglichkeit, wenn wir sie schützen wollen.

»Gegenseitig den Rat des anderen befolgen«, schlägt er vor. »Ruf sie an. Geh zu ihr. Irgendwas. Schließ sie nicht aus.«

»Sei mit David zusammen«, sage ich.

»Vielleicht könntest du mir für den Anfang eine etwas einfachere Aufgabe geben«, bemerkt er trocken.

»Sag es ihm. Sprich mit ihm. Oder lass ihn gehen.«

Das ist der Rat, den wir beide befolgen sollten. Und wir sind beide zu selbstsüchtig, um ihn anzunehmen.

Edward geht, und ich setze mich an meinen Schreibtisch, ziehe einen Umschlag aus der Schublade und schreibe einen Brief an Clara. Ich weiß zwar noch nicht, wie es mit uns weitergehen soll, aber sie hat mehr von mir verdient – das habe ich ihr versprochen.

Süße,

ich hoffe, deine Arbeitswoche wird nicht so dramatisch. Ich bin mit Familienangelegenheiten beschäftigt, aber wir sehen uns bald wieder.

X

Sie wollte das ganze Wochenende mit ihrer Freundin verbringen. Diese Nachricht wird sie morgen bei der Arbeit bekommen, und das verschafft mir … Zeit? Ich falte das Papier zusammen und stecke es in den zartrosa Umschlag, bevor ich etwas Wachs schmelze und ihn mit meinem persönlichen Siegel versehe.

Dann hebe ich ihn an meine Lippen und küsse ihn, weil ich weiß, dass er bald bei ihr sein wird.

Die einzige Person, bei der ich sein möchte.

Die letzte Person, bei der ich sein sollte.

24

Am nächsten Morgen weiß ich immer noch nicht, was ich tun soll, als ich zu einer Besprechung gerufen werde.

»Alexander.« Mein Vater erhebt sich hinter seinem Schreibtisch und deutet auf einen mir unbekannten Mann. »Ich möchte dir meinen … Geschäftspartner vorstellen.«

Ich strecke die Hand aus, und der Mann mustert mich aus scharfsinnigen grünen Augen. Er ist in meinem Alter, vielleicht etwas älter. Sein Haar ist eine Mischung aus dunkelblond und rot. Sein Anzug ist teuer, ebenso wie die Omega-Uhr an seinem Arm. All das sagt mir, dass er reich ist, darüber hinaus kann man aus seinem Aussehen wenig über ihn schließen.

»Smith Price«, sagt er, ohne noch mehr zu verraten. Der Mann ist verschlossen wie ein Tresor.

»Mr. Price ist hier, um über einen gemeinsamen Freund zu sprechen.«

»Meinen Freund oder deinen?«, frage ich trocken. Ich kann mir nicht vorstellen, dass wir irgendwelche gemeinsamen Freunde haben. Die einzige Beziehung, die uns in irgendeiner Form verbindet, ist die zu Pepper – und die würde ich wohl kaum als Freundin bezeichnen.

»Meinen.« Mein Vater presst die Lippen zusammen.

»Eigentlich haben *wir* eine gemeinsame Bekannte.« Price zupft einen Faden von seinem Ärmel, betrachtet ihn verärgert und schnippt ihn auf den Boden.

Ich verkneife mir ein Lächeln. Ich kann nur erahnen, welchen Ärger diese Geste bei meinem Vater ausgelöst hat, aber er sagt nichts. Ich kann nicht umhin, mich zu fragen, wer dieser Smith Price ist, dass mein Vater sich das gefallen lässt. »Ach ja?«

»Georgia Kincaid«, lässt er die Bombe platzen.

»Die habe ich seit Jahren nicht mehr gesehen«, erwidere ich kühl. Mein Vater zeigt keine Anzeichen, dass er sich an den Namen erinnert. Würde er sich erinnern, würde ich wohl kaum noch an diesem Gespräch teilnehmen. Vermutlich wäre Mr. Price dann auch schon auf dem Weg nach draußen.

Die Nachricht ist an mich gerichtet.

»Und dein Freund?«, frage ich meinen Vater, ohne Price aus den Augen zu lassen.

»Erinnerst du dich an Hammond?«, fragt er und verzieht das Gesicht.

Ich sollte nicht überrascht sein. Mein Blick wandert zu meinem Vater, aber er sieht mich nicht an. Es ist Jahre her, dass er mich überrascht hatte – ich mit der Peitsche in der Hand, sie blutig, grün und blau geschlagen und glückselig zu meinen Füßen –, doch das hat er mir nicht verziehen.

»Ich bin überrascht, dass du ihn zu deinen Freunden zählst«, sage ich schlicht.

»Du weißt, was man über Freunde und Feinde sagt«, entgegnet mein Vater.

»Worum geht es hier? Und was hat das mit mir zu tun?«, frage ich, der Scharade allmählich überdrüssig. »Zu Hammond habe ich auch seit Jahren keinen Kontakt mehr. Ich gehöre nicht zu seiner Szene.«

Ein Lächeln huscht über Smiths Lippen, als ob er meine Lüge bemerkt hätte, aber er sagt nichts. Er lehnt sich in seinem Sessel zurück, den Arm über die Lehne gelegt, und sagt: »Sie haben ein Problem.«

»Ach ja?«, frage ich.

»Ja«, bestätigt er, und jede Spur von Arroganz ist aus seinem Gesicht gewichen. »Sie werden Hilfe brauchen.«

»Von Ihnen?« Vermutlich. Ich weiß nicht, wie er hier hereingekommen ist oder wie er es geschafft hat, die Aufmerksamkeit meines Vaters zu bekommen. »Das bezweifle ich.«

»Ich denke, du solltest ihm zuhören«, sagt mein Vater kalt. »Es gibt einiges, das du wissen musst – es geht um unvorstellbare Gefahren. Nicht nur für dich, sondern …«

Er wird vom Klingeln meines Telefons unterbrochen. Ich will es gerade ausschalten, als ich sehe, dass es Norris ist. Ich blicke zu meinem Vater und Mr. Price. »Tut mir leid, das ist dringend.«

»Das ist sie, stimmt's?«, fragt mein Vater. »Deine Familie ist wichtiger als irgendein Flittchen, das du vögelst!«

Ich ignoriere ihn und nicke Price zu. »Tut mir leid, dass ich das hier vorzeitig abbrechen muss.«

»Ich verstehe. Ich bringe Ihren Vater auf den neuesten Stand.« Er erhebt sich mit mir, sodass wir uns von Angesicht zu Angesicht gegenüberstehen, und reicht mir eine Visitenkarte. »Wenn Sie mich brauchen, melden Sie sich.«

Ich widerstehe dem Drang zu lachen. Ich habe keine Ahnung, was hier vor sich geht, und es interessiert mich auch nicht. Mein Vater leidet unter der Wahnvorstellung, dass es bei allem um Leben und Tod geht. Die Macht ist ihm zu Kopf gestiegen. Immer noch kopfschüttelnd erreiche ich den Flur und rufe Norris zurück.

»Tut mir leid, ich war in einer Besprechung«, sage ich. »Geht es ihr gut?«

Norris hat ihr die Nachricht heute Morgen übergeben, seitdem behält er ihr Büro im Auge. Nachdem wir unsere Beziehung auf der Feier meines Vaters öffentlich gemacht haben, ist mir klar, dass sie heute Morgen wahrscheinlich einigen Paparazzi begegnen wird. Ich will wissen, dass sie in Sicherheit ist.

»Die Klatschpresse hat eine neue Geschichte ausgegraben …«

»Was für eine neue Geschichte?«, frage ich ruhig.

»Ich glaube, das solltest du dir selbst anschauen«, erwidert er leise.

Seine Worte gehen mir unter die Haut. Ich lege auf und öffne meinen Browser. Die Suchergebnisse erscheinen, noch bevor ich ihren Namen zu Ende eingegeben habe, aber diesmal geht es nicht um mich. Sondern um sie. Ich überfliege die Schlagzeilen und habe das Gefühl, den Boden unter den Füßen zu verlieren, als ich sehe, was ich getan habe. Ich habe sie nicht beschützt. Das kann ich nicht.

Und jetzt geht es los.

25

Norris ist nicht zufrieden mit mir. Als ich in Stepney Green die U-Bahn verlasse, ziehe ich mir die Basecap tiefer ins Gesicht. In der Bahn hat mich niemand erkannt, was kaum verwunderlich ist. Keiner achtet auf mich. Ich bin nur ein Typ, der die Hände in die Hosentaschen geschoben hat und auf dem Heimweg von der Arbeit ist.

Ich begebe mich zu Claras Wohnung. Laut Norris, der auf sie aufpasst, solange sie bei der Arbeit ist, ist sie noch im Büro. Ich hätte später fahren können, Norris wollte mich begleiten, aber ich war mir nicht sicher, was schlimmer wäre: im Auto zu sitzen und durchzudrehen oder in ihrem Zimmer zu sitzen und durchzudrehen. Am Ende dachte ich, es ist am sichersten für sie, wenn Norris ein Auge auf sie hat, um die Paparazzi in Schach zu halten, die vor dem Gebäude ihr Lager aufgeschlagen haben.

Als ich einen Imbisswagen entdecke, der Kebab verkauft, knurrt mein Magen. Ich zögere und überlege, ob ich mir einen besorgen soll, doch dann legt der Mann hinter dem Tresen neugierig den Kopf schief, und ich will auf keinen Fall Aufmerksamkeit erregen. Die Reporter werden Norris und Clara verfolgen, aber wenn er schlau ist – und das ist er –, wird Norris auf dem Heimweg eine ganze Reihe von ihnen abhängen. Nachdem die Blutsauger von der Klatschpresse sie vor dem Gebäude ihrer Firma belagert haben, wird schon die Ruhe auf der Fahrt erholsam für sie sein.

Als ich Claras Haus erreiche, drücke ich die Klingel und bete, dass Belle zu Hause ist. Sie scheint mir zu sehr mit der Planung ihrer Hochzeit mit diesem unausstehlichen Idioten Philip beschäftigt zu sein, um einen Job zu haben. Sie meldet sich nach dreißig Sekunden mit einem fröhlichen »Hallo?«.

Offensichtlich hat sie die Schlagzeilen noch nicht gesehen.

»Darf ich reinkommen?«, frage ich.

Sie öffnet, ohne zu fragen, warum ich hier bin. Ich sprinte die Treppe zu ihrer Wohnung hinauf. Die Tür steht bereits offen, und Belle und eine ältere Frau betrachten mich mit einer fast vornehmen Überraschung. Sie verhalten sich wie Adelige, die darauf vorbereitet wurden, eines Tages vielleicht ihrem König aufzuwarten.

Belle wirft einen Blick auf die ältere Frau, und ich sehe, wie sie die Beine kreuzt.

»Nicht doch«, sage ich, bevor sie einen Knicks machen kann. »Ich bin nur der Freund deiner Mitbewohnerin, der unangemeldet vorbeikommt.«

Sie verzieht die purpurroten Lippen zu einem verwirrten Lächeln. »Dann höre ich wohl auf, nach dem gläsernen Pantoffel zu suchen.«

Sie tritt zur Seite und fordert mich mit einem Nicken auf, einzutreten. Ich folge ihrer Aufforderung und sehe mich um. Die ältere Frau hat die gleichen königlichen Wangenknochen und strahlenden Augen wie Belle. Ihr Haar ist silbern, nicht gefärbt, und sie hat eine kunstvoll zerzauste Kurzhaarfrisur.

Als sie mir die Hand hinstreckt, klingeln an ihrem Handgelenk diverse Armreifen.

»Jane Stuart«, stellt sie sich vor. »Eure Hoheit.«

»Belles Tante.« Ich nehme ihre ausgestreckte Hand. »Alexander, bitte.«

»Möchtest du einen Tee?«, fragt Belle und sieht sich um, als überlegte sie, wie sie mich in ihrem Tag unterbringen könnte.

»Habt ihr Scotch?«

Sie nickt, dann zuckt sie mit den Schultern. »So ein schlechter Tag?«

»Du hast offenbar noch keine Nachrichten gesehen.« Es hat keinen Zweck, es ihr zu verschweigen. Wenn überhaupt, dann hat Belle vielleicht eine Idee, wie man mit dieser verdammten Situation umgehen kann. Ich bin ratlos.

Sie schenkt mir aus einer Karaffe ein Glas ein, dann noch jeweils eins für ihre Tante und sich. »Was ist passiert?«

Ich kenne Belle nicht, aber ich brauche jede Hilfe, die ich bekommen kann. »Vermutlich kann eine einfache Suchanfrage auf Google das schneller erklären als ich.«

Ich nippe an meinem Scotch, während sie auf ihrem Smartphone tippt. Es folgt eine Pause, dann weiten sich ihre Augen, und sie stößt entsetzt ein leises »Oh« aus. Ihre Tante greift nach dem Handy, blickt auf das Display und kippt ihren Drink in einem Zug hinunter.

»Irgendetwas sagt mir, dass das für dich keine Neuigkeit ist«, bemerke ich trocken.

Belle stößt einen Seufzer aus und schaut zwischen ihrer Tante und mir hin und her. »Es steht mir eigentlich nicht zu, dir davon zu erzählen.«

»Das kann ich respektieren.« Ich nicke. Ich würde es lieber von Clara hören. »Aber es stimmt? Sie hat eine Essstörung?«

»Sie hatte eine«, weicht Belle aus.

»Sie hat eine«, korrigiert Jane sie sanft, »aber momentan hat sie es unter Kontrolle.«

Ich verstehe, was unausgesprochen bleibt. Belle will mir keine Angst einjagen. Jane ist klug genug, um zu wissen, dass ein Problem nicht verschwindet, indem man es ignoriert. Ich bohre nicht weiter nach.

»Verdammt«, murmle ich und leere mein Glas. Ich nehme die Cap ab, werfe sie auf den Tisch und streiche mir mit den Fingern durchs Haar.

»Ist das ein Problem?«, fragt Belle abwehrend, die meine Reaktion missversteht. »Denn wenn du nicht Manns genug bist …«

»Ich bin Manns genug«, unterbreche ich sie. »Ich wünschte nur, ich hätte es gewusst. Es wurde nicht erwähnt bei …« Ich unterbreche mich, ehe ich mich verrate.

»Bei den Nachforschungen, die Sie über sie angestellt haben?«, vermutet Jane und mustert mich durchdringend mit ihren blauen Augen.

Es zu leugnen, hat keinen Sinn. Ich nicke.

»Selbst wenn man den gesamten Geheimdienst auf jemanden ansetzt, man kennt eine Person erst, wenn sie einem von sich aus zeigt, wer sie ist.«

»Ich möchte wissen, wer sie ist.« Das Geständnis ist aus meinem Mund, ehe ich es zurücknehmen kann. Vielleicht liegt es am Scotch oder den überraschenden Nachrichten von heute. Vielleicht habe ich mich, wenn es um Clara Bishop geht, einfach nicht im Griff.

Belle antwortet nicht, sondern nagt nachdenklich an ihrer Unterlippe und schaut auf ihre Armbanduhr. »Ich bin mit Philip verabredet«, erklärt sie. »Kommst du klar, wenn du hier auf sie wartest?«

»Ja.« Erleichterung durchströmt mich. Ich muss mit Clara reden … allein. Das Letzte, was ich will, ist, sie heute Abend mit ihren Freunden zu teilen. Das muss Belle verstehen.

»Ich warte in ihrem Zimmer«, sage ich zu Belle, die ihre Sachen zusammensucht, dann wende ich mich an Jane. »Hat mich gefreut, Sie kennenzulernen.«

»Warten Sie, bis sie es Ihnen sagt«, rät sie mir. »Haben Sie Geduld. Es ist nicht leicht, sich so zu öffnen. Das erfordert Mut.«

»Das mach ich«, verspreche ich.

Ich schlendere in Claras Zimmer, und obwohl es leer ist, bin ich sofort von ihr umgeben. Ihr Duft hängt in der Luft, und ein Paar Pumps wartet auf sie. Ihr Geist ist hier überall, ich will sie besitzen und werde mit jeder Sekunde ängstlicher, die sie nicht auftaucht.

Belle steckt den blonden Kopf durch die Tür. »Ich gehe jetzt. Es ist nicht viel im Kühlschrank, aber fühl dich wie zu Hause.«

»Danke«, murmle ich und lasse mich auf einen Sessel am Fenster fallen, von dem aus ich die Straße beobachten kann.

»Normalerweise macht sie gegen sechs Feierabend«, sagt Belle. »Und Alexander?«

Ich drehe mich um und sehe sie an, als sie in den Türrahmen tritt. »Wenn du ihr blöd kommst, ist mir ganz egal, wer du bist. Dann finde ich dich, schneide dir die Eier ab und hänge sie an dem kleinen Zeiger von Big Ben auf.«

Überrascht und beeindruckt zugleich ziehe ich die Augenbrauen hoch. »Verstanden.«

Da ich keinen Zweifel daran habe, dass ich Clara wehtun werde, sollte ich vielleicht meine Sicherheitsstufe erhöhen.

»Sie muss sicher sein, dass sie dir vertrauen kann«, fügt Belle sanft hinzu. »Sorge dafür.«

Ich schlucke. »Das mach ich.«

Belle lässt mich mit meinen Gedanken allein, und ich wende mich ab, um am Fenster Wache zu halten. Ich werde nicht nur dafür sorgen, dass sie sich sicher *fühlt*, ich werde dafür sorgen, dass sie sicher *ist* – und zwar um jeden Preis.

Ich verliere das Zeitgefühl und weiß nicht, wie viele Stunden ich auf sie warte. Norris hat sich in der Nähe des Büros postiert, um sie sicher in ihre Wohnung zu bringen. Dass ich auch noch dort auftauche, kann sie als Allerletztes gebrauchen – nicht bei dem Medienrummel, den das verursachen würde. Als ein vertrauter Bentley vorfährt, durchströmt mich Erleichterung. Bald ist sie hier. Und dann können wir diesen Schlamassel aufklären.

Eine Tür wird geöffnet, aber ich rühre mich nicht vom Fleck. Schritte im Flur, die langsamer werden, je näher sie ihrem Zimmer kommen. Schließlich steht sie im Türrahmen, in einem schlichten blauen Kleid, das ihre Kurven umspielt – Kurven, die mich verrückt machen. Ich stutze und frage mich, ob sie wegen ihrer Kurven verunsichert ist. Wenn ja, dann muss ich das ändern. Einen Moment lang steht sie schweigend in der Tür, das Haar fällt ihr offen um die Schultern, dann geht sie zum Bett. Noch immer schweigend lässt sie sich darauf fallen und schnappt sich ein Kissen.

Ich warte darauf, dass sie sich öffnet.

Was sie nicht tut.

Erst muss sie sicher sein, dass sie mir vertrauen kann, hatte Belle gesagt.

Ich weiß nur einen Weg, wie ich ihr dieses Gefühl geben kann, aber vorher will ich wissen, ob die Presse nur wieder einmal übertrieben hat. Ich werde nicht den Fehler begehen, alles zu glauben, was gedruckt wird.

Es kostet mich Mühe, meine Hände bei mir zu behalten, als ich zu ihr gehe. Sie blinzelt zu mir hoch, und ich sehe, dass die Wimperntusche unter ihren Augen leicht verschmiert ist – sie hat geweint. Ich möchte die Hand ausstrecken und sie wegwischen – all das hier wegwischen. Aber zuerst müssen wir reden.

»Stimmt es?«

Angst huscht über ihr Gesicht, und meine Muskeln spannen sich an. »Ja.«

Das zu hören, bricht mir das Herz. Nicht genug, dass sie damit leben muss. Die gottverdammte Presse muss das auch noch hervorzerren und drucken, um möglichst viele Schmierblätter zu verkaufen. Ich wende mich ab, aus Angst, sie könnte meine Wut sehen und sich in meiner Nähe alles andere als gut aufgehoben fühlen. Aber ich kann meine Wut nicht beherrschen. Sie bricht aus mir heraus, und ich stoße eine Faust gegen die Wand.

So viel zum Thema *Ich habe mich im Griff.* Ich ziehe meine Hand zurück und sehe zu, wie der Putz von der Wand rieselt. Daraufhin springt Clara auf.

»Es tut mir leid«, schreit sie. »Ich bin nicht perfekt. Es tut mir leid, dass du es nicht wusstest. Du musst jetzt gehen.«

Ich fahre herum, sehe, dass ihr Tränen über die Wangen laufen, und merke, dass ich wieder einen Fehler gemacht habe. »Du glaubst, ich wäre wütend auf dich?«

»Ich habe keine Ahnung, wie sie es herausgefunden haben«, regt sie sich auf, als hätte sie mich nicht gehört, und krallt die Finger ineinander. »Ich habe vor der Uni eine Therapie gemacht und war während des ersten Collegejahrs bei einem Psychiater. Vor einem Jahr hatte ich einen Rückfall, aber nichts davon ist an die Öffentlichkeit gelangt.«

»Für dich gibt es jetzt keine Geheimnisse mehr, Clara.« Das habe ich dir genommen, als ich dich genommen habe.

»Das habe ich inzwischen auch schon begriffen. Ich weiß, dass ich dir eine Erklärung schulde, aber …«

»Du schuldest mir gar nichts«, unterbreche ich sie und bemühe mich, sanft zu sprechen. Ich will sie beruhigen und ihr nicht noch mehr Stress verursachen. Ich schließe den Abstand zwischen uns und hebe sanft ihr Kinn an, sodass sie mich aus ihren tränenverschleierten Augen ansieht. »Verstehst du? Du schuldest mir *nichts*.« Sie schüttelt den Kopf, und ich verstehe sie ein wenig besser. Ich weiß, wie es ist, wenn man um jeden Preis die Kontrolle behalten will. Mich beeindruckt, wie sie sich dem Versuch widersetzt, sie niederzumachen, und mir wird nur noch mehr klar, dass ich sie niemals aufgeben werde.

»Aber es ist wichtig, dass du es verstehst«, flüstert sie.

»Wenn du das willst, dann höre ich dir zu. Aber du schuldest mir keine Erklärung. Nichts, was du sagst, wird etwas zwischen uns ändern.«

»Dann geh.« Sie reißt sich von mir los und wendet ihr Gesicht ab, damit ich ihren Schmerz nicht sehen kann.

»Ich will nicht gehen.« Ich trete näher. Ich will ihr den Schmerz nehmen, will ihr zeigen, dass ich sie will – dass ihre Makel sie für mich nur noch schöner machen. »Warum bin ich deiner Meinung nach wohl hier?«

»Ich verstehe dich.« Ihr Blick ist auf den Boden gerichtet. »Du brauchst nicht noch mehr Dramen in deinem Leben. Du brauchst keine Freundin, die sich zwingen muss, ihren Körper anzunehmen und zu lieben, und die sich den Wecker stellen muss, um das Essen nicht zu vergessen. Ich mache dir keinen Vorwurf daraus.«

Verdammt, denkt sie etwa, dass ich eine Plastikpuppe will? Bis sie in mein Leben gestolpert ist, wollte ich überhaupt keine Frau an meiner Seite haben. Ich habe mit allen Mitteln versucht, mich nicht in sie zu verlieben, aber wie sollte das möglich sein? Warum kann sie sich nicht so sehen, wie ich sie sehe?

»Ich verlasse dich nicht«, sage ich. »Perfektion wollte ich nie. Sondern immer nur dich.«

Sie schwankt, und ich fange sie auf. Könnte ich doch nur immer da sein, um sie aufzufangen, dann könnten wir diese verrückte Situation vielleicht zum Guten wenden. Ich führe sie zum Bett und schließe sie in die Arme. Ich kann sie nur davon überzeugen, dass ich bleiben will, indem ich es einfach tue, indem ich bleibe.

»Ich will, dass du es verstehst.« Sie dreht sich zu mir und kuschelt sich an mich, und zum ersten Mal an diesem Tag entspanne ich mich.

Langsam und mit leicht zittriger Stimme beginnt Clara zu erzählen, und ich schließe sie in die Arme.

»Es fing in der Schule an. Meine Mutter wollte unbedingt,

dass ich auf eine exklusive Privatschule in Kalifornien gehe, und mein Vater hat sich wie üblich von ihr überreden lassen. Ich wollte nicht. Ich war vierzehn und wollte bei meinen Freunden bleiben, aber ich hatte keinerlei Mitspracherecht. Das hat den Wechsel vermutlich noch schlimmer gemacht. Es fiel mir schwer, mich einzuleben und neue Kontakte zu knüpfen.« Sie holt tief Luft, bevor sie fortfährt. »Irgendwann hat mich eines der älteren Mädchen unter ihre Fittiche genommen, sie hat mir alles über Jungs und Schminken beigebracht. Keine Ahnung, warum, aber ich dachte, sie sei bei allen beliebt. Wahrscheinlich weil sie immer so fröhlich wirkte. Eines Tages bekam ich mit, wie sie nach dem Mittagessen aufs Klo ging und sich erbrach.«

Ich bin angespannt. Ich hatte mir nicht die Mühe gemacht, die Lügen in den Zeitungen zu lesen, und es ist erschütternd, jetzt die Wahrheit von ihr zu hören.

»Sie wollte, dass ich es auch versuche, und als ich nicht wollte, fing sie an, Hinweise auszustreuen. Das Fett würde unter meinem BH rausquellen. In der Umkleidekabine schlug sie mir auf den nackten Schenkel und lachte, als er wabbelte. Also bin ich schließlich eines Abends nach dem Essen mit ihr auf die Toilette gegangen, um mich zu erbrechen. Es fiel mir schrecklich schwer, und eine ganze Weile sah es so aus, als würde ich es überhaupt nicht hinkriegen. Sie stand daneben und lachte mich aus, bis ich es endlich schaffte. Ich wollte es nie wieder machen. Ich fand es schrecklich, aber sie war meine einzige Freundin.« Sie bringt ein trauriges Lächeln zustande. »Selbst jetzt, nach all den Jahren, komme ich mir noch total blöd vor, wenn ich jemandem davon erzähle.«

Ich zwinge sie, zu mir hochzusehen. »Du bist überhaupt nicht blöd.«

Ich muss ihr das sagen, weil ich schon so oft jemanden gebraucht hätte, der mir sagt, dass meine Dämonen real sind, aber nicht über mich bestimmen.

»Sie hat behauptet, meine Eltern hätten mich weggeschickt, weil sie sich für mich schämten. Und ich habe ihr geglaubt. Und je dünner ich wäre, umso lieber würden mich die Leute mögen. Als ich in den Ferien nach Hause kam, wog ich weniger als fünfzig Kilo. Meine Mom …«, sie holt mit einem Schluchzer Luft, und ich küsse sie auf die Stirn, in der Hoffnung, dass sie sich dadurch aufgehoben fühlt und fortfahren kann. »Als meine Mutter mich sah, fing sie an zu weinen. Sie haben mich von der Schule genommen, und Mom hat mich jeden Tag zur Therapie gefahren. Sie wollte mich nicht in eine Klinik einweisen lassen. Im Sommer darauf sind wir nach England gezogen. Dad dachte, das wäre gut für mich, womit er vielleicht recht hatte.«

»Bestimmt.« Ich möchte ihm eine verdammte Dankeskarte dafür schicken, dass er sie nach London gebracht hat, auf die andere Seite des Ozeans, der einst zwischen uns lag. Dass er sie zu mir gebracht hat. »Weil du jetzt hier bei mir bist, Süße.«

Sie legt eine Hand gegen meine Brust. »Die Therapie hat mir wirklich gutgetan. Ich habe gelernt, dass meine Essstörung eine Bewältigungsstrategie ist, mit der ich auf Stress oder Einsamkeit reagiere. Ich setzte die Therapie bis zum zweiten Studienjahr fort, und dann habe ich Daniel kennengelernt.«

»Der Typ, der versucht hat, dich zu brechen?« Sie hatte ihn

schon einmal erwähnt. Ich habe das Gefühl, dass er mir in nächster Zeit lieber nicht über den Weg laufen sollte.

»Ich hätte ihn durchschauen müssen.«

»Nimm ihn nicht auch noch in Schutz.« Ich hasse Männer, die Frauen so etwas antun. Männer, die manipulieren und die Dinge verdrehen. Männer, die so schwach sind, dass sie andere wie menschliche Schutzschilde benutzen.

»Anfangs lief es ganz gut, aber dann hat sich alles verändert. In der einen Minute tat er so, als wäre ich der wichtigste Mensch in seinem Leben, in der nächsten gab er mir die Schuld an seiner miesen Laune. Er hat kritisiert, wie viel ich esse und dass ich keinen Sport treibe, außerdem konnte er es nicht ertragen, wenn ich bessere Noten hatte als er. An meinem Geburtstag, an dem ich offiziell Zugriff auf meinen Treuhandfonds bekam, kamen wir abends nach der Party nach Hause. Ich sagte, ich sei müde und wollte schlafen gehen.«

Ich wappne mich innerlich, denn ich ahne, was jetzt kommt. Ich lasse sie los und rücke etwas von ihr ab, damit sie nicht in Reichweite ist, wenn mich die Wut packt.

»Aber das passte ihm nicht«, fährt sie fort. »Er warf mir vor, ich würde ihn bevormunden, sei elitär und zu versnobt, um mit ihm ins Bett zu gehen. Das Ganze ist komplett aus dem Ruder gelaufen, und er hat mich beinahe …«

Ich springe vom Bett hoch und laufe im Zimmer auf und ab. »Erzähl weiter«, sage ich so sanft wie möglich.

»Zum Glück ist Belle in dem Moment nach Hause gekommen und hat gedroht, die Polizei zu rufen, als sie gesehen hat, was los war. Eigentlich hätte mir dieser Vorfall zeigen müssen, was er mir antat, aber ich glaubte trotzdem immer noch, ihn zu lieben. Ich weigerte mich, wieder zur

Therapie zu gehen, obwohl Belle mich dazu drängte. Es ging mir ja gut. Alles war unter Kontrolle, aber dann bin ich im Unterricht plötzlich umgekippt. Im Krankenhaus fragten sie mich, wann ich das letzte Mal meine Tage hatte, und ich wusste es nicht.«

Ich bleibe wie angewurzelt stehen. Dass ein anderer Mann sie berührt hat, ist schon schlimm genug. Aber wenn er …

»Ich dachte, ich sei schwanger, und die Vorstellung, ein Baby von Daniel zu bekommen, machte mir solche Angst, dass mir schlecht wurde. Sie mussten mich mit Sauerstoff versorgen und mir eine Magensonde legen.« Unter Tränen zwingt sie sich, fortzufahren: »Nicht die Vorstellung, ein Baby zu bekommen, hat mir solche Angst gemacht, sondern ich fürchtete mich davor, damit für immer an Daniel gebunden zu sein. Als ich begriff, dass er der Vater meines Kindes sein würde, fiel ich in ein tiefes Loch. Das war der absolute Tiefpunkt.«

Clara Bishop hat kein Kind. Das hätte ich bei meinen Recherchen herausgefunden. Es gibt keinen Hinweis darauf, dass sie jemals ein Kind bekommen hat. Das lässt nur eine Möglichkeit offen. »Also hast du es beendet?«

»Das brauchte ich gar nicht«, sagt sie mit einem freudlosen Lachen. »Der Test fiel negativ aus. Ich war nicht schwanger, sondern nur unterernährt. Meine Leber hatte ihre Funktion nahezu eingestellt. Ich stand kurz vor dem Organversagen. Dabei hatte ich gar nicht absichtlich aufgehört zu essen, sondern es einfach bloß nicht mitbekommen. Die Ärzte schlugen mir vor, die Therapie wieder aufzunehmen und mich einer Selbsthilfegruppe anzuschließen. Erst da wurde mir klar, dass ich mich an eine Illusion von Kontrolle geklammert hatte, die in Wahrheit gar nicht existierte. Nicht zu essen, war meine Entscheidung gewesen. Vielleicht wegen der gemeinen Dinge, die Daniel über meinen Körper gesagt hatte. Vielleicht weil ich unbewusst das Bedürfnis gehabt hatte, irgendetwas selbst kontrollieren zu können. In der Gruppe habe ich dann begriffen, dass ich stattdessen ihm die Kontrolle über mich gegeben habe. Das meine ich, wenn ich sage, dass er mich gebrochen hat. Ich habe ihn geliebt, zumindest dachte ich das, und er hat mich um ein Haar umgebracht.«

»Und jetzt?« Ich weiß nicht, warum das wichtig ist. Ich sollte nicht wollen, dass sie mich liebt. Mich sollte nicht interessieren, ob ihr Herz jemals einem anderen gehört hat. Aber Gott, ich will, dass sie Nein sagt.

Ihr Blick ist hart. Sie trifft eine Entscheidung und wählt ihre nächsten Worte mit Bedacht. »Jetzt … Der Abstand hat geholfen, die Dinge ein bisschen klarer zu sehen. Nach dem heutigen Tag habe ich allerdings das Gefühl, als wäre ich wieder ein großes Stück zurückgeworfen worden. Entwicklung hin oder her – ich werde mich wohl damit abfinden müssen, dass meine Vergangenheit zu mir gehört.«

»Deshalb hast du die Flucht ergriffen, als ich mit dem Thema Unterwerfung angefangen habe.«

Sie nickt zögernd, als hätte sie gehofft, ich würde diese beiden Themen nicht miteinander in Verbindung bringen.

»Ich fasse es nicht, dass ich …« Ich bin schon mein Leben lang voller Selbsthass, aber so sehr habe ich mich noch nie verabscheut. Dafür, dass ich etwas brauche, das sie mir nicht geben kann. Dafür, dass ich schwach bin. Dafür, dass ich nicht besser als Männer wie Daniel bin, die mehr verlangen, als ihnen zusteht, mehr nehmen, als sie geben.

»Nein, X«, sagt sie schnell. »Das war nicht der Grund. Sondern die Vorstellung, überhaupt eine Beziehung zu führen.«

»Trotzdem lässt sich nicht abstreiten, dass meine Vorlieben dir nicht guttun.« Und jetzt versucht sie, mich zu beruhigen, dabei sollte ich mich um sie kümmern, nicht umgekehrt.

Sie schüttelt den Kopf. »Im ersten Moment habe ich das auch gedacht. Aber du bist nicht Daniel, und ich bin heute viel stärker als damals.«

»Und dein Körper?« Sind die Narben von dem, was er ihr gesagt und angetan hat, verheilt? »Wie stehst du heute zu deinem Körper?«

»Meistens denke ich gar nicht groß nach, sondern esse, ziehe mich an, gehe laufen oder spazieren. An anderen Tagen wünsche ich mir, so eine Figur wie Pepper zu haben.«

Das denkt sie? Dass ich jemanden wie Pepper will, wenn ich doch sie haben kann? Bevor ich überhaupt begreife, was ich tue, bin ich schon bei ihr. Ich hebe sie auf meine Arme und trage sie ins Bad. Ich muss ihr zeigen, was ich sehe. Wie atemberaubend sie ist. Sie muss verstehen, dass sie alles ist, was ein Mann sich wünschen kann – und alles, was ich brauche.

26

Ich trete die Tür auf, trage sie zum Spiegel und stelle sie auf die Füße. Skeptisch blickt sie zu mir hoch, wehrt sich jedoch nicht gegen meinen plötzlichen Überfall. Ich drehe sie so, dass sie ihr Gesicht sieht, und beuge mich vor, um ihren Hals zu küssen, dann öffne ich den Reißverschluss ihres Kleides und streife es von ihren weichen Schultern. »Ich habe es versäumt, dir zu sagen, wie ich zu deinem Körper stehe. Deine herrliche Muschi bekommt so viel Aufmerksamkeit, aber wenn ich sage, dass dein Körper wie geschaffen dafür ist, gefickt zu werden, meine ich das auch genau so.«

Ich möchte ihr die Kleider vom Leib reißen und muss mich beherrschen, es nicht zu tun, aber ich will nichts überstürzen. Sie muss mir glauben, wenn ich ihr sage, dass sie perfekt ist. Meine Lippen wandern über ihre Schulter zu ihrer Halsbeuge.

»Dieser Körper«, ich küsse sie, »schreit danach, geküsst zu werden. Diese weiche, glatte Haut. Wenn ich mit meinem Schwanz in deiner perfekten kleinen Muschi bin, kann ich einfach nicht anders.«

Ich habe schon viele Frauen gevögelt, aber keine hat mich so angezogen wie sie. Ich kann mich nicht beherrschen, erneut ihre zarte Haut zu küssen, aber ich will mehr von ihr.

Ehe ich es mich versehe, beiße ich sanft in ihre Halsbeuge, und ihr entfährt ein Stöhnen. Als ich merke, dass ihr das gefällt, muss ich lächeln. Das bisschen Schmerz ist Lust gewichen.

Hier geht es nicht um dich, erinnere ich mich und fahre fort, sie so langsam wie möglich auszuziehen. Behutsam schiebe ich einen Träger ihres Kleides nach unten und folge dem Weg mit gierigen Küssen.

»So lang und schlank. Und diese Sommersprossen bringen mich um den Verstand.« Ich beweise es ihr, indem ich innehalte und ihre Sommersprossen küsse. »Wenn du diese Arme um mich schlingst, dich an mir festklammerst, während ich dich ficke – das ist Perfektion.«

Ich ergreife ihre Hand und hebe unsere verschränkten Hände über ihre Schulter, damit ich jeden Knöchel küssen kann. »So tüchtige Hände. Ich möchte, dass sie immer in meinen liegen, es sei denn natürlich, sie bearbeiten gerade meinen Schwanz.«

Sie nickt abwesend und begegnet im Spiegel meinem Blick. Ich frage mich, ob sie schon sieht, wie schön sie ist. Ob sie begreift, wie sehr ich sie will, wie verzweifelt ich sie behalten muss. Aber sie sieht mich an, nicht den prächtigen Körper, den ich zur Schau gestellt habe.

»Sieh dich an, Süße.«

»Ich will aber lieber dich ansehen«, murmelt sie.

»Daraus kann ich dir keinen Vorwurf machen, aber jetzt musst du gut aufpassen. Sieh genau hin, was ich mit meinem Mund mache.« Ich stelle mich zwischen sie und das Waschbecken und knie mich so hin, dass ich ihr nicht die Sicht auf den Spiegel versperre. Ich greife ihre Handgelenke und zwinge ihre Arme hinter ihren Rücken, bis sie sich so weit vorbeugt, dass ich ihre Nippel mit dem Mund umschließen kann. Ich lasse mir Zeit, knabbere und sauge an ihnen. Ich will, dass sie sieht, was ich tue: Wie ihr Körper auf meine Berührungen reagiert, wie ihre Brüste nach meinen Küssen lechzen, wie ihre Muschi vor Nässe tropft, bis eine einzige Berührung sie zum Höhepunkt bringen könnte. »Es klingt wie ein Klischee, wenn ich dir sage, dass deine Titten absolut perfekt sind, aber sie sind es. Voll und weich und wunderschön. Ich kann mich nie entscheiden, ob ich sie küssen oder ficken will.«

Daraufhin entfährt ihr ein leises Wimmern. Clara steckt voller Überraschungen. An dem Tag, an dem wir uns kennenlernten, ist sie so prüde gewesen, so schockiert, als ich sie geküsst habe. Und dann habe ich mit ihr geschlafen und etwas in ihr entfesselt, das uns beide überraschte. Ihr leises Stöhnen regt meine Fantasie an. »Würde dir das gefallen? Soll ich meinen Schwanz zwischen deine Titten schieben?«

Wie zum Teufel kann ich da widerstehen? Ich muss mich daran erinnern, dass ich warten kann. Es geht hier um ihren Körper und darum, ihr zu zeigen, was er mit mir macht. Ich kann jedoch nicht verhindern, dass mir ein Bild ihrer von meinem Saft triefenden Brüste in den Sinn kommt – was meinem Schwanz nicht entgeht.

»Später, Süße.« Das ist mein Ernst. Ich will alles mit ihr machen. Ich will ihr mehr Lust bereiten, als sie sich je vorstellen konnte. Ich will sie wieder und wieder kommen sehen. Ich küsse die andere Brust, nehme ihren Nippel in den Mund und setze meine Erkundung fort. Meine Hand streicht über ihren Bauch und weiter dorthin, wo sie mich eigentlich haben will. Ich spüre, wie sich die Spannung in ihr aufbaut, wie sie die Hüften windet und sich mir einladend etwas weiter öffnet. »Dein Körper macht mich so unglaublich scharf, Süße. Ich denke die ganze Zeit an ihn, stelle mir vor, wie ich dich ficke. Wenn wir getrennt sind, habe ich nur einen Gedanken – wann ich dich wieder berühren darf.«

Ich packe sie grob an den Hüften und stelle mir schon vor, wie gut es sich anfühlen wird, in ihr zu sein. »Und wenn du dich bewegst, kann ich kaum den Blick von dir wenden. Wiegst du deine Hüften absichtlich so sexy, weil du genau weißt, dass ich dich beobachte?«

Sie schüttelt den Kopf. Natürlich sieht sie ihre Schönheit nicht. Man hat ihr beigebracht, ihre Schwächen zu sehen. Ich muss ihr ihre Stärken zeigen.

»Ich muss pausenlos daran denken, wie ich dich bei diesen Hüften nehme und übers Knie lege«, murmle ich und ignoriere ein heftiges Ziehen in meinen Lenden. »Oder wie ich sie festhalte, wenn mein Schwanz deine Muschi fickt. Sie passen so perfekt in meine Hände. Dein Körper ist der Beweis für die Evolution, verdammt.«

Sie schließt die Augen, und ich weiß, dass sie sich meine Worte bildlich vorstellt. Ich aber will, dass sie wirklich sieht, wie ich all diese Dinge mit ihr mache. Dass sie wirklich sieht, wie ich sie ficke. Wie sie aussieht, kurz bevor sie kommt.

»Mach die Augen auf, Clara«, befehle ich ihr und gebe ihr einen Klaps auf den Po. Sie öffnet die Augen, und ich widerstehe dem Drang, ihr den Hintern fester zu versohlen. Würde sie aufschreien? Würde sie um mehr betteln? »Ich werde einen ganzen Tag lang damit zubringen, deinen herrlichen Arsch zu verehren. Eine Schande, dass du mir nicht dabei zusehen kannst, aber ich werde dir genau schildern, was ich damit anstelle, bis ins letzte Detail.«

Ich drücke ihre Schenkel weiter auseinander und schmiege mein Gesicht an ihre süße Muschi. »Es wäre wohl zu viel verlangt, hier drin begraben zu werden, oder?«

Sie kichert, und ich küsse ihr Höschen aus Spitze, was ein weiteres Lachen hervorruft. »Das ist mein voller Ernst, Süße. Genau hier will ich sein. Ich will dich einatmen, mich an deinem Duft berauschen. Ich will deine herrlichen Schenkel an meinem Kopf spüren, wenn ich dich lecke, und ich will, dass du sie für mich spreizt, wenn ich dich ficke.«

»Ja, bitte.« Wieder scheinen ihr die Worte so herausgerutscht zu sein.

Ich widerstehe dem Drang, aufzustehen und sie auf der Stelle auf dem Waschbecken zu ficken. Sie sehnt sich so sehr danach, aber sie verwehrt es sich. Ich muss ihr die Erlaubnis geben, ihr zeigen, dass sie in meinen Armen nicht verschämt und voller Selbstzweifel sein muss.

»Was ich hiervon halte, weißt du.« Wieder streiche ich über ihr saftiges Geschlecht. »Deine Muschi wurde für mich erschaffen. Sie ist so eng, dass sie jeden Tropfen aus mir herauspresst, wenn mein Schwanz in dir ist. Du weißt, dass du eine gierige kleine Muschi hast? Ich will, dass du mir zusiehst. Ich werde dich mit der Zunge ficken, damit du siehst, wie verdammt schön du bist, wenn du kommst.«

Grob fahre ich mit der Zunge über ihren Spitzentanga und schmecke, wie nass sie ist. So nass. So bereit. »Sieh her, Süße.«

Ich will, dass sie sieht, wie ich sie mit meinem Mund erobere. So weit wie möglich schiebe ich ihre Beine auseinander, lasse einen Finger in ihren Slip gleiten und reiße ihn zur Seite. Ich spreize sie mit der Zunge und finde ihre Klitoris. Jetzt beobachte ich sie nicht mehr, sondern genieße einfach nur. Ein Mann ist nicht zurechnungsfähig, wenn sein Mund auf einer perfekten Muschi liegt.

»Ich will deinen Schwanz in mir sehen.« Ihre Bitte ist zaghaft. Sie will mich, sie will Nähe. Sie will mir etwas geben, von dem sie glaubt, dass ich es brauche. Aber hier geht es nicht um mich. Ich ignoriere sie und mache weiter.

Ich nehme sie bei den Hüften und ziehe sie an mich, dann streichle ich ihr Geschlecht, bis ihr Kitzler so prall ist, dass ich ihn zwischen den Lippen einklemmen kann. Und dann sauge ich an ihm. Ihr Körper spannt sich an, und dann fließt ihr Höhepunkt über meine Zunge.

»Hast du genug, Süße?«

Sie schüttelt den Kopf, stolpert und fängt sich am Waschbecken ab. Ich mache mich bereit, sie aufzufangen, falls sie das Gleichgewicht verliert. Aber sie fängt sich, und ich stehe auf, ich kann nicht länger warten. Mein Schwanz ist so hart, dass er fast meine Hose sprengt.

Im Spiegel sehe ich, wie ihre Zunge über ihre Unterlippe streicht.

Fick mich. Ich umfasse meinen Schaft. »Du willst den hier?«

Sie zögert, ihre Antwort klingt erstaunlich schüchtern. »Nein, ich will deinen Körper.«

Ich erstarre, als mir klar wird, worum sie mich bittet. Sie hat die Narben gefühlt, und jetzt will sie sie sehen. Wie konnte es so weit kommen? Berühren ist eine Sache. Sie zu sehen, ist etwas ganz anderes. »Das willst du nicht, Clara.«

»Es gibt nichts an meinem Körper, das du nicht willst, richtig?« Sie hält inne und sieht mich erwartungsvoll an. Ich kann nicht glauben, dass sie diese Karte ausspielt. »Und es gibt nichts an deinem Körper, das ich nicht will.«

Wenn sie nur wüsste. »Clara …«

»Ich habe die Narben gespürt«, sagt sie sanft. »Und ich will dich. Voll und ganz. Dein Körper, alles an ihm, macht mich so unglaublich scharf.«

Das kleine Biest hat mich in der Hand, und das weiß sie. Wie kann ich meinen eigenen Worten widersprechen? Wenn ich ihr beweisen will, dass ich alles von ihr will, darf ich ihr meinen Körper nicht vorenthalten. Trotzdem hat sie keine Ahnung, was sie da von mir verlangt. Sie beobachtet im Spiegel, wie ich meine Hose ausziehe. Ich zögere, als ich nach dem Saum meines schwarzen T-Shirts greife, und Clara lächelt. Langsam ziehe ich es mir über den Kopf und entblöße mich Zentimeter für Zentimeter vor ihr. Ihr Blick wirkt abwesend. Sie wappnet sich, als würde sie sich einem wilden Tier nähern. Sie muss ahnen, dass ich einen Grund habe, meinen Körper zu verbergen.

»Alles, X«, drängt sie.

Ich ziehe mir das Shirt über den Kopf. Wo ist meine Arroganz hin, über die ich normalerweise reichlich verfüge? Mit undurchdringlicher Miene lässt sie den Blick über mich gleiten. Die Narben von meinem Unfall sind brutal und mit der Zeit nicht verblasst. Je älter und muskulöser ich nach den Jahren beim Militär wurde, desto deutlicher traten sie hervor.

Clara sagt immer noch nichts, und ich fasse ihre Hüften, weil ich sicher sein will, dass sie sich nicht umdreht und weggeht. Doch als ihr Blick von meinen Narben zu meinen

Augen hinauf wandert, flüstert sie: »Nimm mich. Und sei nicht sanft.«

Ich bewege meinen Schwanz zu ihrer Pforte und dringe langsam in sie ein. Sie will es hart, aber ich traue mir nicht. Nicht nachdem sie den Käfig geöffnet hat, der mich bislang zurückgehalten hat. Er war aus gutem Grund geschlossen. Ich dringe in sie ein und stoße weiter zu, bis ich tief in ihr bin, dann beuge ich mich nach unten, um ihre Halsbeuge zu küssen, doch stattdessen beiße ich zu, und sie ringt um Atem. Ich verliere die Kontrolle und versuche, sie wiederzuerlangen.

Doch das lässt Clara nicht zu. Sie löst sich aus meinen Händen und beugt sich über das Waschbecken, sodass mein Schwanz tiefer in sie eindringen kann. Stöhnend kreist sie die Hüften, um mich zu ermutigen, und umklammert den Rand des Waschbeckens.

Sie gibt sich mir hin und zeigt mir, was ich ihrer Meinung nach brauche, um zu heilen. Aber dass sie das denkt, ist gefährlich. Ich schließe die Augen, weil ich nicht so tun will, als wäre ich irgendetwas anderes als kaputt, wütend und gefährlich.

»Mach die Augen auf, X«, sagt sie sanft. »Ich will, dass du siehst, was du in mir auslöst. Ich will, dass du siehst, was ich sehe.«

Obwohl ich weiß, sie kann mich nicht heilen, denn manche Narben gehen tiefer, widersetze ich mich nicht. Sie sieht nur die Narben auf meiner Haut und nicht die auf meiner Seele. Ich starre sie an und frage mich, wann sie begreift, wie verkorkst ich bin. Wieder drängt sie sich gegen mich. Sie könnte genauso gut mit einer roten Flagge winken. Sieht sie nicht, wie sie mich provoziert? Sie denkt, sie will hart gefickt werden, aber sie hat keine Ahnung, was sie damit von mir verlangt – oder von sich selbst. Ich muss es ihr zeigen, bevor es zu spät ist. Ich packe sie an den Haaren und reiße ihren Kopf zurück, sodass sie mich wirklich im Spiegel ansehen muss. Sie will mich sehen, also muss sie die Bestie sehen. Sie darf den Blick nicht abwenden, und ich zeige mein wahres Gesicht und stoße so hart in sie hinein, dass es ihr wehtut. Sie keucht, stöhnt und verzieht bei dem plötzlichen Schmerz das Gesicht. Aber anstatt mich anzuflehen, dass ich aufhöre, zieht sie sich fester um mich zusammen.

»Hör nicht auf«, drängt sie atemlos. »Ich will alles. Alles von dir.«

Ich komme mit einem derart heftigen Stoß, dass sie sich am Waschbecken festhalten muss.

Sie hat es genossen.

Ich muss es ihr irgendwie begreiflich machen. Also mache ich weiter, mein Schwanz bleibt hart, während ich mich in ihrer nassen Muschi bewege. Ich ignoriere, wie unfassbar gut es sich anfühlt, sie auszufüllen und zu ficken.

»Alexander«, ruft sie klagend.

»Muss … Muss …« Aber sie muss mein wahres Ich sehen, die wahre Gefahr, die droht, wenn sie mich befreit. Sie hat immer noch Zeit, mich zurück in meinen Käfig zu sperren, denn wenn ich erst einmal frei bin, werde ich sie gefangen nehmen und nie wieder loslassen. Ich werde sie benutzen, sie kontrollieren. Ich werde sie vernichten. Oder meine Welt wird das übernehmen.

Clara schafft es, sich zu befreien, und dreht sich um, sodass mein Schwanz unzufrieden pulsiert. Kaum ist sie weg, erkenne ich meinen Fehler. Ich kann sie nicht für meine Vergangenheit bestrafen. Ich muss sie beschützen, und jetzt habe ich sie zu weit getrieben. Ich muss ihr zeigen, dass ich sanft sein kann, dass ich den gefährlichen Teil von mir wegschließen kann.

»Brimstone«, flüstert sie.

Nein. Nicht jetzt. Ich brauche sie zu sehr. »Ich muss in dir sein.«

Sie schüttelt den Kopf, und ich weiß, was sie mir sagen will. Nicht auf diese Weise. Gemeinsam.

Ich schlinge meine Arme um sie und hebe sie auf den Waschtisch. Die Pause gibt mir Zeit, mich zu sammeln. Ich finde meine Beherrschung wieder, und ich finde sie. Mein Schwanz ist immer noch hart, er will immer noch unbedingt in ihr sein. Ich bewege ihn zärtlich über ihr geschwollenes Geschlecht und beobachte sie, in der Hoffnung, dass sie versteht, dass es hier um etwas anderes geht. Sie starrt mich einen Moment lang an, bevor sie die Hüften bewegt und sich über mich schiebt.

Ich überlasse ihr die Führung. Ich kann mich des Gefühls nicht erwehren, dass ich nach Hause komme, als ich mich mit ihr vereinige. Hier geht es nicht ums Ficken. Es geht um Verbindung. Sie schmiegt sich an mich und sieht mir in die Augen, und ich weiß, dass wir beide spüren, dass sich erneut alles zwischen uns verändert hat. Ich kann nicht mehr ohne sie sein – es gibt keine Zukunft mehr ohne sie und mich. Ich weiß nicht, wie ich das machen soll. Sie muss es mir zeigen.

27

Alles ist so weit ganz normal. Das ist das einzige Wort, das mir einfällt. Nach der letzten Nacht hätte ich gedacht, dass die Stimmung zwischen uns angespannt wäre. Stattdessen beobachte ich im Spiegel, wie Clara sich fertig macht, und frage mich, warum sie sich überhaupt schminkt. Sie hat es nicht nötig. Ihr Blick trifft meinen im Spiegel und gleitet über meinen Körper. Sie zeigt keinerlei Vorbehalte oder Abscheu gegenüber meinen Narben. Wenn überhaupt, dann sieht es so aus, als würde sie an dasselbe denken wie ich.

»Wenn du mich weiter so anstarrst, muss ich dich zurück ins Bett schleppen«, warne ich sie.

»Ja, bitte«, flüstert sie, dann seufzt sie. »Denk nicht mal dran, X. Ich bin sowieso schon viel zu spät dran.«

Als ob sie mich abweisen könnte. »Ich habe dich gewarnt, dass ich ein Mann bin, der sich nimmt, was er haben will.«

Ich beweise es ihr, indem ich sie mir über die Schulter werfe und sie in ihr Zimmer trage.

»Lass mich sofort runter!«, ruft sie und schlägt auf mich ein. »Ich bin spät dran.«

»Hör auf, dich zu wehren, sonst schaffst du es überhaupt nicht mehr.« Mir fällt so einiges ein, wie Clara den Tag besser verbringen könnte als hinter ihrem Schreibtisch. Und ich bin nicht um Ideen verlegen, wie ich dafür sorgen könnte, dass ihr keine andere Wahl bleibt.

Aber vielleicht kann ich sie ja auch überzeugen. Ich werfe sie aufs Bett, lasse mich auf sie sinken und schiebe mich an ihrem Körper nach oben, wobei ich mit den Zähnen ihren Rock hochziehe. Bei ihren Hüften angelangt, lasse ich meine Finger an ihrem Spitzentanga vorbei zu ihrer feuchten Muschi gleiten. »Siehst du, Süße? Du bist immer noch angezogen.«

Sie stöhnt, als mein Daumen ihre pralle Klitoris ertastet und kreisend über sie streicht.

»Nur der BH stört.« Ich will mehr von ihr. Alles. Sie soll nicht gehen – sie soll nicht zur Arbeit. »Deine Titten gehören in meinen Mund, Clara.«

Ihre Hände greifen nach dem Laken, während sie ihren Rücken durchbiegt und ihren Körper anspannt. Sie ist kurz vorm Höhepunkt, aber ich bin noch nicht bereit, sie kommen zu lassen. Ich halte inne und warte. Sie muss lernen, dass Geduld belohnt wird. Außerdem hat sie meine Frage nicht beantwortet. Ich streiche mit meiner Wange über ihre, meine Bartstoppeln kratzen sanft über ihre weiche Haut. »Clara?«

»Ja!«, quietscht sie, und ich belohne sie, indem ich meine Finger in sie schiebe und ihr mit präzisen Stößen den Orgasmus entlocke, während sie ihren Unterleib gegen mich drängt. Anscheinend bin ich nicht der Einzige, der mehr will.

Ich streiche ihr eine Haarsträhne aus dem Gesicht, damit ich den Anblick ihrer rosigen Wangen genießen kann, und beobachte, wie sie langsam zu mir zurückkehrt. Ich werde nie müde werden, sie so zu sehen, strahlend und glückselig von ihrem Höhepunkt. Ich will, dass sie jede Stunde unter mir ist und immer wieder kommt. Zum Essen können wir vielleicht eine Pause machen. Ich beuge mich vor, um sie zu küssen und ihr genau das zu sagen, als es an der Tür klopft.

Wer zum Teufel ist an Norris vorbeigekommen?

Ich küsse sie noch leidenschaftlicher und hoffe, dass sie es nicht gehört hat. Doch es folgt ein weiteres, deutlich lauteres Klopfen, und sie erstarrt. Ich gebe auf. Offensichtlich ist es mir nicht vergönnt, über Stunden glücklich zu sein. Ich reiche ihr die Hand, und sie steht mit wackeligen Beinen auf, richtet ihre Kleidung und sucht nach ihrer Bluse.

Sie geht hinaus in den Flur, und ich wünschte, ich wäre angezogen – ich habe noch nicht einmal meine Jeans an. Darüber müssen wir uns unterhalten. Es ist nicht mehr sicher, so an die Tür zu gehen. Man wird versuchen, an sie heranzukommen, nachdem jetzt bekannt ist, dass sie mit mir liiert ist. Gerade ziehe ich mir das Hemd über den Kopf, als ich laute Stimmen höre. Sie sind durch die Wände gedämpft, aber ich verstehe genug, um zu begreifen, dass keine Gefahr droht.

Clara hat jedoch einen ziemlich heftigen Streit mit jemandem.

Niemand braucht zu wissen, dass ich hier bin, das macht für sie alles nur komplizierter. Doch ich kann mich nicht beherrschen und stapfe in Richtung Flur. Als ich gerade zu ihr gehen will, höre ich eine ältere Frauenstimme sagen: »Das sagtest du bereits. Seit wann triffst du dich wieder mit Alexander? Versuch gar nicht erst, es abzustreiten! Das Foto von dir mit ihm auf dem Ball ist überall im Internet. Wir können dafür sorgen, dass dir geholfen wird.«

»Ich glaube nicht, dass das nötig ist, Mom.«

Ich trete einen Schritt zurück, damit man mich nicht entdeckt, und überlege, ob ich sie mit ihrer Mutter allein lassen und mich im Hintergrund halten oder mich vorstellen soll.

Sie entscheidet für mich. Ich höre, wie sie ihrer Mutter lautstark erklärt: »Ich muss mich jetzt fertig machen. In nicht mal einer Stunde muss ich im Büro sein.«

Ihre Mutter ignoriert sie und fährt ungerührt fort. »Ich habe Lola gleich heute Morgen angerufen, und sie meinte, wir könnten vielleicht …«

»Du hast Lola angerufen?«

Ich krame in meinem Kopf in der Akte von Clara Bishop, kann mich aber an keine Lola erinnern.

»Ja, sie als PR-Expertin kennt sich mit sozialen Medien gut aus«, sagt ihre Mutter.

»Sie ist einundzwanzig und hat fünfzehnmal das Hauptfach gewechselt, seit sie auf der Uni ist!«

»Aber jetzt hat sie sich für PR entschieden.«

»Ich sag dir was«, ich höre Clara über den Boden stampfen. »Ich brauche das alles nicht. Weder Dads noch Lolas Hilfe.«

Es folgt eine Pause, dann Schluchzen. Ihre Mutter weint.

»Du schließt mich aus deinem Leben aus, Clara. Und du weißt ja selbst, wie gefährlich das ist. Weiß er Bescheid? Hast du mit ihm geredet, seit die Geschichte herausgekommen ist?«, schluchzt sie.

Ihre Fragen werfen meine frühere Entscheidung, mich aus der Sache herauszuhalten, über den Haufen. Ich denke nicht nach. Ich weiß nur, dass ich auf keinen Fall will, dass Clara sich bei ihrer Mutter für das entschuldigt, was die Medien ihr angetan haben.

»Ja, er weiß es«, antworte ich auf die Frage ihrer Mutter

und lasse ihr keinen Raum, meine Worte falsch zu interpretieren. Claras Blick fällt auf mich, sie schließt einen Moment die Augen, und ich weiß, dass sie sich auf die Folgen meines Auftretens und meiner Äußerung gefasst macht. Aber ich lasse sie das nicht allein durchstehen, ich kann erstaunlich gut mit Eltern umgehen. »Sie müssen Claras Mutter sein. Es freut mich, Ihre Bekanntschaft zu machen, Mrs. Bishop.«

Ich strecke die Hand aus, aber ihre Mutter rührt sich nicht vom Fleck. Sie starrt mich nur mit offenem Mund an. Sie sieht gut aus, wenn auch etwas aufgedonnert. Es ist offensichtlich, von wem Clara ihr Aussehen hat.

»Mom«, sagt Clara leise. »Das ist Alexander.«

Sie schaut zwischen uns hin und her, schüttelt den Kopf und wendet sich mir zu. »Ich bin froh, dass sie es Ihnen gesagt hat. Ehrlichkeit ist unerlässlich für eine Beziehung. Das sehen Sie doch bestimmt genauso, Alexander?«

»Selbstverständlich.« Ihr zuliebe zwinge ich ein Lächeln auf mein Gesicht.

»Ich hielte es für das Beste für uns alle, vor allem aber für Clara, wenn wir jemanden engagieren würden, der versucht, Schadensbegrenzung zu betreiben. Ich bin sicher, Sie sind derselben Meinung.« Sie tippt ungeduldig mit den Fingern und wartet darauf, dass ich ihr zustimme. Vermutlich machen sich die meisten Menschen nicht die Mühe, ihr zu widersprechen, aber ich bin anders als die meisten Menschen.

»Leider weiß ich aus persönlicher Erfahrung, dass es höchst schwierig ist, zu kontrollieren, was die Zeitungen schreiben – ganz gleich, ob es nun wahr ist oder nicht«, sage ich.

Vehement schüttelt sie den Kopf. Ich fühle mich an meinen Vater erinnert. »Wir müssen etwas unternehmen.«

»Versprechen kann ich nichts, aber ich werde meinen besten Mann darauf ansetzen. Er soll herausfinden, woher sie das Material haben«, sage ich.

Claras Augen weiten sich vor Entsetzen. »Ich will aber nicht, dass du da hineingezogen wirst.«

»Ich bin der Grund, warum das überhaupt passiert ist. Das ist das Mindeste, was ich tun kann.« Warum muss sie mir widersprechen? Ich weiß nicht, wie ich Clara davon überzeugen kann, dass sie sich an solche Dinge gewöhnen muss – und dass sie es mir überlassen muss, mich darum zu kümmern.

Unvermittelt schließe ich ihre Mutter in die Arme, die sich an mich klammert wie an einen Rettungsring. Kurz bin ich nicht sicher, ob sie mich wieder loslassen wird.

»Danke«, flüstert sie, als Clara mir einen mitfühlenden Blick zuwirft. »Es ist so schön, zu sehen, dass Clara jemanden gefunden hat.« Endlich lässt sie mich los, und ihre Tränen sind wie durch ein Wunder getrocknet, als sie sagt: »Wir würden euch beide gern zum Essen einladen. Haben Sie morgen schon etwas vor?«

»Mom!« Clara sieht aus, als würde sie sie am liebsten rausschmeißen.

»Ich komme gern«, sage ich, bevor Clara sich noch mehr aufregen kann.

»Wie bitte?«, fragt Clara, aber Mrs. Bishop hat sich schon bei mir eingehakt und ist auf dem Weg zur Tür. »Ich kümmere mich um alles.« Sie tätschelt mir beruhigend den Arm. »Sie sind doch nicht allergisch auf irgendwas, oder? Ich rufe Clara an und gebe ihr die Details durch. Harold wird außer sich sein vor Freude«, plappert sie, ohne Luft zu holen.

Clara ist bereits an der Tür und versucht, sie hinauszumanövrieren. Als es ihr endlich gelungen ist, lässt sie sich von innen an die Tür sinken und drückt sich eine Hand auf die Stirn. »Bitte entschuldige.«

»Deine Mutter ist echt eine Nummer für sich.« Zumindest sind ihre Absichten klar zu durchschauen.

»Keine Sorge, ich kann dich da problemlos rausboxen«, sagt Clara schnell.

Ich runzle die Stirn. »Ich habe gar nichts dagegen, mit deinen Eltern essen zu gehen.«

»Bist du sicher?« Sie starrt mich ungläubig an. Ich muss mich als Freund bislang wirklich ziemlich blöd angestellt haben.

»Sieh mich nicht an, als wäre ich irre. Es sei denn natürlich, du willst nicht, dass ich mit deinen Eltern essen gehe.« Steckt das dahinter?

»Nein!«, kreischt sie und erschrickt selbst ein wenig über ihre Aufregung. »Natürlich will ich das, aber ich würde es verstehen, wenn dir nicht wohl dabei wäre.«

»Wird das nicht von einem Freund erwartet?«, frage ich. »Dass man die Eltern seiner Angebeteten kennenlernt und um den Finger wickelt … dass man sich gewissermaßen das Privileg verdient, ihre Tochter zu verführen.«

Clara starrt mich weiter an.

»Stimmt etwas nicht?«, frage ich, lasse die letzten Minuten Revue passieren und suche nach Hinweisen. Ich bin höflich gewesen, ich habe dem Dinner zugestimmt. »Habe ich etwas Falsches gesagt?«

Sie schluckt und schüttelt den Kopf. »Nein. Ich verdiene dich nur nicht, X.«

»Nein, das stimmt. Niemand verdient es, sich mit jemandem wie mir herumschlagen zu müssen.«

Sie legt einen Finger auf meine Lippen, und in ihre grauen Augen schleicht sich ein trauriger Ausdruck. »Sag so etwas nicht.«

»Woher kommst du nur?«, frage ich leise. »Wer hat dich zu meiner Rettung geschickt?«

Clara sieht mich durchdringend an, dann presst sie ihre Lippen auf meine. Ich denke nicht nach, ich reagiere nur, dränge mich gegen sie, hebe ihr Bein hoch und lege es um meinen Oberschenkel. Ich spüre ihre feuchte Hitze an meiner Leiste, und sie erregt die Aufmerksamkeit meines Schwanzes. Es kostet mich mehr als nur ein wenig Überwindung, mich von ihr zu lösen und sie daran zu erinnern, dass wir Termine haben.

»Du musst zur Arbeit«, flüstere ich und kann dem Versuch nicht widerstehen, sie zu verführen, damit sie ihre Meinung ändert. Meine eigenen Pläne für heute können warten. »Es sei denn …«

Sie streicht sich mit der Zunge über die Lippen. »Es sei denn?«

»Du meldest dich krank, und ich zeige dir, was für ein toller Freund ich sein kann.«

Sie atmet tief durch. »Tut mir leid, X, aber ich kann mich nicht schon am dritten Tag krankmelden.«

Zögerlich lasse ich sie los. Ich kann sie schließlich nicht einsperren, ganz gleich wie sehr ich es auch möchte.

»Heute Abend«, sage ich.

»Heute Abend«, wiederholt sie.

Mein Handy klingelt, sobald ich aus der versteckten Tür trete. Dort wartet Norris im Bentley.

Ich gehe ran. »Ja?«

»Ich nehme an, du bist gerade bei ihr«, sagt mein Vater.

»Was willst du?«, frage ich und gehe über seinen abfälligen Ton hinweg. Ich will mir von ihm meine gute Laune nicht verderben lassen.

»Ich gehe davon aus, dass du dieses Wochenende aufs Land kommst. Ich wollte sichergehen, dass du nicht versuchst, einen Rückzieher zu machen.«

»Ich werde da sein«, bestätige ich und steige ins Auto.

»Gut. Du musst aus der Stadt raus«, erklärt er mit Nachdruck.

Und weg von ihr. Ich weiß, was er denkt. »Clara kommt auch mit.«

»Alexander, ich will nicht …«

Lächelnd lege ich auf.

»Nach Hause?«, fragt Norris mich.

»Wo ist das?«, murmle ich. Mein Zuhause liegt nicht vor mir. Es ist hinter mir, bei ihr.

»Wie bitte?«, fragt er.

»Ja«, sage ich laut und starre aus dem Seitenfenster, während wir uns in den morgendlichen Verkehr einfädeln. »Bring mich nach Hause. Ich muss eine Nachricht schreiben.«

28

Ich warte in der Nähe einer U-Bahn-Station auf Clara, unglücklich darüber, dass sie darauf bestanden hat, von der Arbeit zurück die Bahn zu nehmen. Ich wollte ihr einen Wagen schicken, aber sie hat mich daran erinnert, dass es für sie einfacher wäre, der Medienmeute zu entkommen, wenn mein privater Sicherheitsdienst nicht zur Stelle wäre.

Ich habe Norris einen Mann in Zivil schicken lassen, um sie trotzdem zu beschatten, was er auch tut. Und Norris hat das Restaurant, das Clara für heute Abend ausgesucht hat, sichern lassen. Ich konnte ihn nicht davon abbringen. Aber ich habe darauf bestanden, dass ich das Kennenlernen mit ihrer Familie auf jeden Fall allein durchziehe.

Bis jetzt habe ich nur zwei verdeckte Ermittler erspäht, die sich in der Umgebung herumtreiben. Zumindest werden sie sich wohl nicht beim Abendessen neben mich setzen und meine Suppe vorkosten.

Clara kommt in einem Pulk von Menschen an und bahnt sich einen Weg durch die Menge. Sie lässt den Blick über die Menschen vor sich gleiten und nagt an ihrer Unterlippe. Ein paar Leute schauen sie neugierig an, als würden sie sie erkennen, aber niemand hält sie auf.

Ich frage mich, wie lange sie diese bereits jetzt fragile Normalität noch genießen wird. Sie bleibt stehen und lässt die anderen Fahrgäste an sich vorbeiziehen. Ich warte und behalte sie im Auge, bis sie die Einzige ist, die noch vor dem Bahnhof steht. Noch immer trägt sie die helle Bluse und den eng geschnittenen Rock von heute Morgen. Meine Gedanken wandern zu dem Spitzentanga, den sie darunter anhat, und mein Schwanz wird hart.

Ich zwinge mich, den wachsenden Schmerz in meinen Lenden zu ignorieren, und pirsche auf sie zu. Clara dreht den Kopf, als spürte sie meine Gegenwart, und erschrickt dennoch, als sie mich sieht. Ihre Panik legt sich jedoch schnell, und sie lächelt.

»Ich hätte dich fast nicht erkannt«, gibt sie zu.

Ich nehme sie in die Arme und freue mich, als sie sich an mich schmiegt. Sie greift nach dem Schirm meiner Basecap.

»Die Yankees?«, fragt sie mit einer hochgezogenen Augenbraue.

»Ich stehe auf die Yankees«, sage ich bedeutungsvoll und stehle ihr einen flüchtigen Kuss. Die kurze Berührung ihrer Lippen fühlt sich an wie ein elektrischer Schlag. Aber diesmal schießt er nicht in meine Lenden, sondern mitten in meine Brust, als hätte jemand einen Defibrillator daran gehalten.

»Die Yankees? Ach wirklich?« Sie rückt etwas von mir ab und lässt ihre Hand in meine gleiten.

Ich überlasse ihr die Führung. Später am Abend wird sie mir die Führung überlassen. »Ich glaube, die hat mir irgendwer auf meiner letzten Amerikareise geschenkt.«

»Sie steht dir«, sagt sie mit unüberhörbarer Zuneigung. »Du siehst sehr amerikanisch aus.«

»Du bist Amerikanerin, also betrachte ich es als Kompliment«, murmle ich. In Jeans und Turnschuhen falle ich am wenigsten auf. Ich bin sogar so weit gegangen, noch eine Sonnenbrille aufzusetzen. Gerade will ich mich für meine lässige Aufmachung entschuldigen, als sie sich von mir losmacht und zu einem Verkaufsstand stürzt.

Adrenalin schießt durch meine Adern, und mit jedem Schritt, den ich brauche, um sie einzuholen, schlägt mein Herz schneller. Der Ladenbesitzer sagt etwas zu ihr, und ich kann mich gerade noch beherrschen, ihn nicht anzuschnauzen. Clara hält ein Buch hoch und erwidert etwas, bevor sie es lachend zurück auf den Tisch legt.

Sobald ich ihr näher bin als er, entspanne ich mich etwas. Und als sie sich umdreht, um erneut meine Hand zu nehmen, habe ich wieder eine gelassene Miene aufgesetzt.

»Ich liebe Notting Hill, du auch?«, fragt sie mit einem Seufzer. »Hier entdecke ich immer irgendwelche kleinen Schätze.«

Ich nicke und drücke fester ihre Hand. Ich war noch nie in Notting Hill. Das gebe ich Clara gegenüber aber nicht zu. Natürlich bin ich schon hindurchgefahren. Es gibt viele Orte in London, an denen ich noch nicht war. Da ich in der Öffentlichkeit meist von Security umgeben bin, wage ich mich nicht oft hinaus. Doch heute Abend bin ich in diesem belebten Viertel unterwegs. Die Straßen haben etwas wunderbar Gewöhnliches an sich. Die Menschen gehen ihrem Leben nach, sind auf dem Weg nach Hause oder kommen gerade von dort.

Und wie durch ein Wunder schaffe ich es, nicht aufzufallen.

Clara deutet auf ein Antiquitätengeschäft. »Da sollte ich mal reingehen. Ich brauche eine Lampe.«

»Aus dem neunzehnten Jahrhundert?«, necke ich sie.

»Ich mag schöne, alte Dinge«, sagt sie und tut beleidigt. »Antiquitäten haben eine Geschichte.«

»Dann wird dir mein Haus gefallen«, murmle ich abwesend.

Clara stößt schnaubend die Luft aus und zieht mich zu einem anderen Verkaufsstand. Ich kann es ihr nicht verübeln, dass sie meiner Familie nach der katastrophalen Party aus dem Weg gehen will. Das macht die Frage, die ich ihr später stellen will, nicht einfacher.

Wir schlendern durch die Straßen und führen eine unverfängliche Unterhaltung. Als die Dämmerung hereinbricht, finden wir uns vor dem gemütlichen Bistro wieder, in dem wir mit ihren Eltern verabredet sind.

»Du bist so still«, sage ich nach einer Weile des Schweigens.

»Ich bin etwas müde«, sagt sie mit funkelnden Augen.

»Dann sollte ich mich wohl entschuldigen, dass ich dich die halbe Nacht wachgehalten habe«, sage ich, ziehe sie an mich und küsse sie auf den Scheitel. »Bloß, dass es mir gar nicht leidtut.«

Sie lächelt über meine Großspurigkeit. »Tja, und heute Nacht wird es wohl wieder nichts mit Schlafen.«

»Du musst ja einen echt heißen Typen an der Angel haben«, sage ich.

»Den heißesten überhaupt.«

»Kenne ich ihn zufällig?« Meine Handfläche gleitet von ihrem Rücken zu ihrem Hintern.

»Ziemlich gut sogar.« Sie haucht mir einen frechen, kleinen Kuss zu.

»Du musst dich dringend ausruhen.« Ich widerstehe dem Sirenengesang dieser unschuldigen Geste. »Heute Nacht schläfst du allein.«

Sie schluckt. »Aber ich schulde dir sexuelle Gefälligkeiten.«

»Und womit habe ich mir die verdient, Süße?« Womit habe ich sie überhaupt verdient? »Lass mal hören, damit ich fürs nächste Mal Bescheid weiß.«

»Wer weiß, ob es nach dem Abendessen überhaupt noch ein nächstes Mal gibt«, sagt sie resigniert und greift nach der Restauranttür, doch ich fange ihre Hand auf und ziehe sie zu mir zurück.

Ich streiche mit dem Finger über ihr Gesicht, über ihre Lippen und halte dort inne. »Vertrau mir. Im Notfall kann ich ziemlich charmant sein. Vergiss nicht, dass ich ein Prinz bin.«

»Der Märchenprinz höchstpersönlich, was? Ich kann mich nicht erinnern, dass der einen unersättlichen Sextrieb hatte.«

»Dann hat er das falsche Mädchen geküsst«, flüstere ich und beuge mich für einen letzten Kuss vor, bevor wir ihrer Familie begegnen. »Oder ›Glücklich bis ans Ende ihrer Tage‹ ist nur eine Umschreibung für multiple Orgasmen.«

»Die Brüder Grimm können dir nicht das Wasser reichen«, scherzt sie, aber ich spüre Claras Anspannung, darum spiele ich mit und zwinkere ihr zu. »Ich bin gespannt, was du sagst, wenn wir erst in den Sonnenuntergang *reiten*.«

»Benimm dich.« Sie boxt mich leicht gegen die Schulter.

»Ich stehe total drauf, wenn du dich ärgerst. Dann denke ich immer daran, wie ich dir deinen hübschen kleinen Hintern versohle.« Der Satz ist aus meinem Mund, bevor ich es verhindern kann. Ich hatte ihr gesagt, dass ich das nicht tun würde – dass ich es nicht nötig hätte, sie auf diese Weise zu besitzen. Bevor ich ihre Reaktion einschätzen kann, unterbricht uns eine amüsierte Stimme.

»So, so. Könnte ich noch kurz vorbei, ehe er dich auf der Stelle besteigt?«

Clara dreht sich um und verspannt sich leicht in meinen Armen. Als eine Frau mit dunklen Haaren auf uns zukommt und mir die Hand hinstreckt, macht Clara sich von mir los.

Ich schaue von der Frau zu ihr und kann die offensichtliche Ähnlichkeit nicht übersehen.

»Alexander, das ist meine Schwester Lola.« Clara zwingt sich zu einem Lächeln. »Lola, darf ich dir …«

»Oh, das ist nicht nötig.« Lola ergreift nicht meine ihr hingestreckte Hand, sondern mustert mich forschend. »Sehr erfreut. Clara hat mir wirklich *gar nichts* über dich erzählt.«

Ich verkneife mir die Bemerkung, dass mir Clara auch nichts von ihr erzählt hat. Dass sie eine Schwester hat, habe ich bei meinen Nachforschungen herausgefunden. Charlotte Bishop, Lola genannt. Aber trotz ihrer ähnlichen Gesichtszüge hat Claras Schwester etwas Katzenhaftes an sich. Sie sieht nicht nur angriffslustig aus, sondern hat vermutlich auch Krallen.

Bevor sie sie zeigen kann, gehe ich zur Tür. »Ladies first.«

»Oh, ein Gentleman.« Ohne zu zögern, betritt Lola als Erste das Restaurant, wobei sie mich mit ihrem Blick misst. Sie hat eine direkte amerikanische Art an sich, obwohl sie jünger ist als Clara und sich wahrscheinlich an das Leben in den Staaten nicht groß erinnern kann.

»Deine Schwester hat es faustdick hinter den Ohren«, murmle ich, während ich Claras Hand nehme.

»Mhm.« Sie verstärkt den Griff um meine Hand, und mir wird klar, dass ich nicht der Einzige mit einem Familiendrama bin. Als ich Clara ins Gesicht schaue, stelle ich überrascht fest, dass sie nicht nervös ist.

Sie will mich beschützen.

Ich will ihr gerade sagen, dass ich keine Angst habe, die Bishops kennenzulernen, als uns die Restaurantleiterin bedeutet, ihr zu unserem Tisch zu folgen. Also trete ich hinter Clara und lege ihr sanft eine Hand auf den Rücken.

Um fünf vor acht sind wir bei der zweiten Runde Cocktails und haben noch nichts gegessen. Ich weiß, wie spät es ist, weil in dem ganzen verdammten Restaurant Hunderte von Uhren hängen, die alle etwas unterschiedlich gehen. Die Folge ist ein ständiges Ticken, das an meinen Nerven zerrt. Ich beruhige mich, indem ich mit einer Hand über Claras Oberschenkel streiche, und widerstehe dem Drang, ihr etwas zu essen zu bestellen. Ich will nicht übergriffig sein, aber sobald die Uhr schlägt, werde ich wohl dazu gezwungen sein.

»Was hält ihn bloß so lange auf«, sagt Madeline Bishop und schaut auf ihr Telefon, auf dem seit unserer Ankunft weder ein Anruf noch eine Nachricht eingegangen ist.

»Ich habe es nicht eilig«, sage ich.

»Wir sollten langsam bestellen«, sagt Clara, als die Uhren acht schlagen.

»Wir geben ihm noch ein paar Minuten«, sagt ihre Schwester und nippt an ihrem Cocktail. »Erzähl doch mal, wie ihr euch kennengelernt habt.«

Clara wirft ihr einen scharfen Blick zu. »Kauf dir den *Daily Star.*«

»Ich würde es lieber aus erster Hand hören.« Lola lässt sich nicht so einfach abwimmeln.

Ich muss verhindern, dass Clara sie mit der Gabel ersticht, die sie umklammert, darum schalte ich mich ein. »Das war auf einer öden Party. Ich habe mich zu Tode gelangweilt, und dann taucht plötzlich dieses bildschöne Mädchen auf und zeigt mir, wo der Hammer hängt.«

Ich führe ihre Hand an meine Lippen, und unsere Blicke treffen sich. Mir entgeht nicht die Belustigung in ihren Augen über meine Interpretation der Ereignisse.

»Clara!« Madeline klingt völlig entsetzt, aber ich lache nur.

»Nein, ich hatte es verdient.«

»Wieso hast du sie plötzlich geküsst?«, will Lola wissen.

»Oh, das ist eine lange Geschichte«, sage ich mit einem breiten Grinsen, als ich an den Tag zurückdenke, »und da die Klatschblätter es bislang nicht herausbekommen haben, werde ich es auch weiterhin für mich behalten. Aber so viel kann ich verraten: Ich wollte unbedingt mehr über Clara erfahren. Was gar nicht so leicht war – in Oxford schien kein Mensch sie zu kennen.«

Ihre Mutter seufzt, als würde sie diese Tatsache missbilligen. »Leider ist sie nicht besonders gesellig. Ich habe mein Bestes getan, aber sie hat eben nicht mein Naturell.«

»Ich wüsste nicht, in wessen Gesellschaft ich mich wohler fühlen könnte.« Jetzt wende ich mich direkt an Clara. Ich möchte sie vor den kleinen Spitzen beschützen, die ihre Mutter und ihre Schwester abschießen. Sie soll wissen, dass sie perfekt ist, so wie sie ist. »Clara ist hinreißend, und ich möchte sie ganz für mich allein.«

»Wie überaus bescheiden«, bemerkt Lola und nippt an ihrem Drink.

Ich zucke mit den Schultern und habe keine Lust, ihr noch mehr Munition zu liefern. Stattdessen winke ich den Kellner heran.

»Sind Sie so weit?«, fragt er und schaut alle an, nur mich nicht. Beim Eintreten habe ich meine Verkleidung abgelegt. Meine Cap hängt an der Stuhllehne, und meine Sonnenbrille ist in Claras Tasche verstaut.

»Könnten Sie uns schon mal ein paar Appetizer bringen?«, frage ich. »Wir warten zwar noch auf jemanden, aber ich möchte die Damen hier nicht verhungern lassen.«

In Claras Augen leuchtet Dankbarkeit, und ich wünschte, ich hätte das schon früher getan. Es wäre höflich gewesen, noch ein paar Minuten zu warten, aber das wollte ich ihr nicht zumuten. Jetzt wird mir klar, dass sie sich ihrer Mutter nicht widersetzen wollte.

Aber mit mir würde ihre Mutter sich nicht anlegen.

Ich kann nicht anders, als Clara zu küssen, in der Hoffnung, sie so daran zu erinnern, dass ich sie bestmöglich beschütze. Ihre Mutter räuspert sich gereizt, und ich richte mich auf und greife nach meinem Bourbon.

»Ich habe mich ein wenig über Ihre Firma schlaugemacht, Mrs. Bishop«, sage ich.

»*Ehemalige* Firma«, erwidert sie. »Aber lassen Sie uns nicht über Geschäftliches reden.«

»Damit liegt Dad ihr schon dauernd in den Ohren«, fügt Clara hinzu.

»Wohl wahr.« Ihr angespanntes Lächeln verrät die Lüge, bevor sie es selbst tut. »Jedenfalls war das früher so.«

Lola, deren Wangen vom Alkohol auf nüchternen Magen schon leicht gerötet sind, beugt sich vor. »Wie ist das eigentlich so, in einem Palast aufzuwachsen?«

»Darüber gibt es doch sicher jede Menge Bücher?«, frage ich.

»Das stimmt«, sagt sie, »aber ich habe gehört, die Wirklichkeit würde ganz anders aussehen – so gar nicht *märchenhaft*.«

Sie sieht von mir zu Clara, die Schwestern verständigen sich stumm, dann kichert Clara.

»Also, besonders aufregend ist es eigentlich nicht«, fahre ich fort und frage mich, was so lustig ist.

»Wer's glaubt, wird selig!«, ruft Clara. »Bestimmt hast du die ganze Welt gesehen, und ich wette, dass du schon als kleiner Junge an Reitturnieren und Fuchsjagden teilgenommen hast.«

»Ich fürchte, ja«, erwidere ich mit einem Grinsen. »Aber ehrlich gesagt ist das alles stinklangweilig. Abendessen mit Staatsgästen. Reitstunden – alles weit weniger spannend, als die meisten Leute glauben würden. Und das Jagen hat mir noch nie Spaß gemacht.«

»Ich bin Mitglied bei PETA«, sagt Lola. »Es ist unnötig und grausam, Jagd auf unschuldige Tiere zu machen.«

Clara verzieht missbilligend die Lippen und blickt auf Lolas lederne Handtasche, die an der Stuhllehne hängt.

»Die Jagd hat eine lange Tradition in unserer Familie«, sage ich. »Ich persönlich halte aber auch nicht viel davon.« Damit würde ich dieses Wochenende allerdings nicht davonkommen. »Ich war acht Jahre alt, als ich das erste Mal mit meinem Vater auf die Jagd gehen sollte. Ich war unglaublich aufgeregt. Zwar hatte ich Reitstunden gehabt, war aber noch nie bei einer Jagdgesellschaft dabei gewesen.

In der Nacht davor konnte ich nicht schlafen«, fahre ich fort, froh, etwas gefunden zu haben, das sie alle interessiert. »Darum schlich ich mich runter in die Stallungen, um meinen Araber zu striegeln. Ich gehe also zu meinem Pferd, da sehe ich plötzlich einen Käfig – einen Käfig mit einem Fuchs darin. Ich konnte es kaum glauben. Doch dann erinnerte ich mich daran, dass alle Jagden auf unserem Familiensitz begannen. Und damit war auch klar, dass wir diesen Fuchs jagen würden.

Und so tat ich, was jedes achtjährige Kind getan hätte. Ich habe ihn versteckt.«

»Oh Gott!« Lola kichert. »Und wo?«

»Das hatte ich nicht richtig durchdacht«, sage ich und komme mir nach all den Jahren immer noch ein bisschen dumm vor. »Ich habe ihn mit auf mein Zimmer genommen.«

»Da haben Ihre Eltern ja sicher gejubelt«, bemerkt Madeline trocken.

Ihr Zwischenruf wirft mich für einen Moment aus der Bahn. Natürlich kann ich nicht erwarten, dass sie sich daran erinnert, dass meine Mutter bereits gestorben war. »Meine Mutter hätte wahrscheinlich darüber gelacht, aber mein Vater fand es ganz und gar nicht lustig. Zumal ich meine kleine Schwester nicht einkalkuliert hatte. Sie ließ den Fuchs nämlich frei.« Ich weiß noch, wie schlau Sarah diesen Schachzug fand. »Und die Angestellten brauchten zwei Tage, um ihn wieder einzufangen. Am wichtigsten aber war, dass die Jagd abgeblasen wurde!«

»Dann warst du also der Held«, sagt Clara.

»Das ist eine Frage der Perspektive.« Ich lasse mich auf meinem Stuhl zurücksinken, froh, dass die kleine Anekdote aus meiner Kindheit sie amüsiert. »Irgendwie bezweifle ich, dass unsere Angestellten das so sahen.«

Ich kann nicht anders, als in ihr Lachen einzustimmen. Als ich mich ihr zuwende, ertappe ich Clara dabei, wie sie mich voller Zuneigung ansieht. Mit einem derart gefühlvollen Ausdruck in den Augen hat mich schon lange, bevor ich den Fuchs gerettet habe, niemand mehr angesehen.

»Tut mir leid, tut mir wirklich leid.«

Ich erhebe mich, um Harold Bishop kennenzulernen. Wir schütteln uns die Hände, und sein Griff ist genauso fest wie meiner. Erstaunlicherweise wirkt er etwas verlegen.

Vielleicht überlässt er es für gewöhnlich seiner Frau, sich um das Liebesleben seiner Tochter zu kümmern.

»Ich bitte nochmals um Entschuldigung«, sagt er und setzt sich neben Madeline. »Habt ihr etwa mit dem Essen auf mich gewartet? Das wäre doch nicht nötig gewesen.«

»Ich habe mehrmals versucht, dich zu erreichen«, sagt sie kalt.

»Im Büro war die Hölle los«, wiederholt er.

Clara steht deutlich ins Gesicht geschrieben, dass ihr Vater lügt.

Aber warum?

Als wir nach Hause fahren, ist Clara still. Ich frage mich, ob sie an ihre Eltern denkt und an die Spannungen, die während des Essens zwischen ihnen zu spüren waren. Anscheinend bin ich nicht der Einzige, der mit Familienproblemen zu kämpfen hat. Ich schiebe eine Hand zwischen ihre Beine und drücke ihren Schenkel, um ihre Aufmerksamkeit auf mich zu lenken. »Clara?«

»Sorry, X.« Sie schüttelt sich und klettert auf meinen Schoß.

»Dich beschäftigt doch irgendetwas.« Ich habe keine Ahnung, ob sie darüber reden will. In letzter Zeit scheint jeder Moment, den wir miteinander verbringen, von der Realität belastet zu sein. Ein Teil von mir vermisst die Leichtigkeit vom Anfang, als ich mein Leben beiseiteschieben und mich ganz darauf konzentrieren konnte, in ihr zu sein. Aber ich darf nicht zurückblicken. Das Seltsame ist, dass ich das auch gar nicht will.

Sie seufzt. »Ich habe über meine Eltern nachgedacht. Dir ist sicher auch aufgefallen, dass sie kaum miteinander gesprochen haben.«

»Und das ist sonst nicht so?« Ich frage mich, ob ich zu neugierig bin.

»Meine Mutter ist manchmal ein bisschen anstrengend. Aber dass sie meinen Dad derart zurückweist, habe ich noch nie erlebt.«

Sie zuckt mit den Achseln, und als sie die Arme um meinen Hals legt, verändert sich ihr Gesichtsausdruck. Sie beugt sich zu mir vor und zeigt mir, dass sie nicht mehr reden möchte. Sie will abgelenkt werden, und diesen Wunsch erfülle ich ihr nur zu gern. Ich fahre mit einem Finger an dem runden Ausschnitt ihres Dekolletés entlang. Die Geste ist zwar alles andere als unschuldig, dennoch überrascht mich ihre Reaktion. Clara drängt sich an mich, und ich lege eine Hand um ihren Nacken und ziehe gierig ihren Mund auf meine Lippen. Während des Essens hatte ich mich gut benommen. Jetzt habe ich mir das Dessert verdient.

»Ich schulde dir noch sexuelle Gefälligkeiten«, murmelt sie und greift mit ihrer Hand nach meiner Gürtelschnalle.

Ich kann mir schon ihre weichen Hände auf meinem Schwanz vorstellen, aber erst muss ich noch etwas mit ihr besprechen. Ich umschließe ihr Gesicht mit meinen Händen und hoffe, dass sie einwilligt. »Fahr übers Wochenende mit mir aufs Land.«

Ihre Augenbrauen schießen nach oben, aber sie schenkt mir ein zufriedenes Lächeln. »Und da fragst du noch?«

»Das war keine Frage«, sage ich, denn ich weiß, dass sie über den Rest nicht begeistert sein wird. »Ich habe schon angekündigt, dass du mich begleitest.«

Sie stutzt und konzentriert sich auf das zentrale Wort. »Wem?«

»Meiner Familie.« Es führt kein Weg daran vorbei.

»Was? Ich soll ein ganzes Wochenende mit deiner Familie verbringen?«

»Keine Angst, es kommen auch ein paar Freunde. Edward hat Bekannte eingeladen.« Ich glaube, sie mag meinen Bruder – oder sie wird ihn mögen, wenn sie ihn kennenlernt. Ich weiß, dass er nett zu ihr sein wird. Mit seiner Hilfe wird das Wochenende vielleicht nicht zu einer Katastrophe.

»X …«, beginnt sie.

»Lass uns gar nicht lange herumreden«, unterbreche ich sie. »Ich erwarte, dass du mitkommst.«

»Aber du willst doch bestimmt auch mal mit deinen Verwandten allein sein?« Ihre Stimme ist unglaublich leise, weil sie weiß, wie lächerlich die Frage ist.

Ohne sie an meiner Seite würde ich die Hälfte meiner Verwandtschaft in der ersten Nacht in ihren Betten ermorden.

Außerdem soll meine Familie verstehen, dass Clara jetzt zu meinem Leben gehört. »Der einzige Mensch, mit dem ich allein sein möchte, bist du. Du kannst nicht drei Tage von mir getrennt sein. Jemand muss sich um dich kümmern.«

»Ich kann mich sehr gut allein um mich kümmern.« Sie schluckt, und ich bereue meine Worte. Ich möchte nicht, dass sie denkt, ich hielte sie für zerbrechlich, aber ich würde mir auf jeden Fall Sorgen um sie machen, wenn sie sich in London allein mit den Paparazzi herumschlagen müsste – oder mit ihrer Mutter.

»Du kannst dich allein anziehen.« Ich muss mit schmutzigen Tricks spielen. »Du kannst allein essen und trinken und schlafen. Aber damit hast du längst nicht alles, was du brauchst.«

Ich drücke meine Erektion gegen ihren Hintern, um sie heißzumachen.

»Gutes Argument«, sagt sie atemlos.

»Ach ja?« Jetzt hab ich sie. Ich weiß es. Aber es kann nicht schaden, ihr einen kleinen Vorgeschmack auf das zu geben, was sie erwartet, wenn sie mitkommt.

»Mmhmm.« Sie reibt sich an meinem Schwanz. »Du schuldest mir etwas.«

»Ich dachte, du wärst *mir* gewisse Gefälligkeiten schuldig.« Ich grinse.

»Als ich das gesagt habe, wusste ich ja noch nicht, dass ich ein ganzes Wochenende im Kreis deiner Familie verbringen muss. Lass uns darauf einigen, dass wir quitt sind, X, sonst kannst du noch monatelang Abbitte tun.«

»Ach, Süße.« Ich schiebe meine Hand unter ihren Rock, küsse ihren Hals und ihr Schlüsselbein und erinnere sie daran, dass ich sie belohnen werde. »Du weißt gar nicht, wie gern ich in deiner Schuld stehe.«

Meine Finger finden das dünne Gummiband ihres Tangas und zerreißen es, dann werfe ich den Slip auf den Sitz. Clara sieht aus, als könnte sie kommen, sobald der Wind dreht.

»Vorsicht mit dem Höschen. Du weißt, dass die Ressourcen auf unserem Planeten zu Ende gehen«, sagt sie in frechem Ton, der mich erneut davon träumen lässt, sie übers Knie zu legen.

Später. Jetzt muss ich in ihr sein und uns beide daran erinnern, dass, ganz gleich was kommt, eine Sache immer Sinn ergibt. Ich werfe sie auf den Rücken, und ihre Schenkel öffnen sich. »Über dein Höschen würde ich gern mehr erfahren. *Später.*«

»Aber …« Ich bringe sie mit einem Kuss und einem schnellen Hüftstoß zum Schweigen.

Clara keucht an meinen Lippen, und ihr Körper zieht sich um meinen Schwanz zusammen, als sie kommt. Sie lässt den Kopf nach hinten sinken, während sie meine Schulterblätter umklammert und sich an mir festhält. So gern ich zusehe, wenn sie kommt, ich bin noch nicht befriedigt.

Wobei ich nicht leugnen kann, dass ich die enge Hitze genieße, die meinen Schaft umschließt. Ich stoße in sie hinein und bewege meine Hüften, um ihre zarte Klitoris zu stimulieren.

»Oh fuck«, stöhnt sie und keucht. »Ich kann nicht …«

»Doch, das kannst du, Süße«, locke ich sie, während ich sie dem nächsten Orgasmus entgegentreibe. »Für mich. Betrachte es als Befehl.«

Warme Nässe umfließt meinen Schwanz. Sie liebt es,

dominiert zu werden, gesagt zu bekommen, was sie tun soll, befreit zu werden. Eines Tages wird sie das erkennen. Eines Tages wird sie mir genug vertrauen, um mir völlig die Kontrolle zu überlassen – wenn ich mir dieses Vertrauen verdient habe. Nicht vorher. Im Moment bin ich mehr als glücklich, die subtilen Geschenke ihres Körpers zu genießen. Ich stoße in sie hinein, bereite ihr einen weiteren rauschhaften Moment und lasse mich mitreißen.

»Du hast gewonnen«, sagt sie, als ich sie in meine Arme nehme. »Ich komme mit aufs Land.«

Mit dem Zeigefinger hebe ich ihr Kinn an und küsse sie auf die Nasenspitze. »Natürlich kommst du mit.«

Sie hatte nie eine Wahl.

29

Ich habe meinen verdammten Verstand verloren.

Ich bin so beunruhigt, dass ich auf der Fahrt nach Norfolk kaum mit Clara spreche. Ich kann sie nicht genauer briefen, weil ich keine Lust hatte, mir die Gästeliste anzusehen, die mir mein Büro geschickt hat. Es ist allerdings nicht schwer zu erraten, wer dort sein wird. Die üblichen Speichellecker kommen immer zur Jagd. Für die Aristokratie gibt es nichts Schöneres, als ein hilfloses Tier zu jagen und zu ermorden.

Ich muss nur dafür sorgen, dass sie sich auf den Fuchs konzentrieren und nicht auf die Frau an meiner Seite.

Sobald wir die Einfahrt passiert haben, steige ich aus und gehe um den Wagen herum, um Clara herauszuhelfen. Sie sollte möglichst immer bei mir sein. Dann kommen wir irgendwie durch das Wochenende. Ein paar Diener bringen bereits unsere Taschen hinein. Unschlüssig steht sie da, als wäre sie sich nicht sicher, ob sie ihre Hilfe anbieten soll.

»Sie bringen das Gepäck auf dein Zimmer«, erkläre ich.

»*Mein* Zimmer?«, wiederholt sie. »Ich dachte, ich wäre mit dir hier.«

Ich hebe ihre Finger an meine Lippen und küsse sie. »Die erste Regel an einem Wochenende auf dem Land lautet: Der Anstand muss gewahrt werden.«

»Wir schlafen also in getrennten Zimmern? Schickt man uns eine Anstandsdame?«, fragt sie trocken.

»Du wirst sehen, in meiner Familie geht es nur um den schönen Schein, Süße. Getrennte Schlafzimmer sind Pflicht, aber letztlich werden die Leute nur angeregt, sich neue aufregende Orte zum Ficken zu suchen«, sage ich mit gesenkter Stimme, während wir die Freitreppe hinaufsteigen.

»Ach ja?«

»Ich werde es dir beweisen«, sage ich rau. Sie in dunkle Ecken zu ziehen, ist so ziemlich der einzige Aspekt dieses Wochenendes, auf den ich mich freue.

Manfred, der Chefbutler von Norfolk, empfängt uns an der Tür. »Alle sind im Salon, Hoheit. Ihr Gepäck wird gerade auf Ihre Zimmer gebracht. Vielleicht möchten Sie sich noch etwas frisch machen, bevor Sie sich zu den anderen Gästen gesellen?«

»Bitte«, sage ich.

»Ich werde Charles bitten, Miss Bishop auf ihr Zimmer zu bringen«, sagt er.

»Ist das notwendig?«

»Ihr Vater hat darum veranlasst, dass sie im Südflügel untergebracht wird«, erklärt er mir steif.

Und mein Zimmer liegt im Norden. »Natürlich.« Ich zwinge mich, ruhig zu bleiben. Schließlich ist es ziemlich egal, wo sie untergebracht ist. Niemand schert sich darum, wer nach Einbruch der Dunkelheit zu wem ins Bett springt, aber ich lasse sie nur ungern allein gehen.

»Schon okay«, sagt sie, drückt meine Hand und lässt sie dann los. »Treffen wir uns wieder hier?«

Ich nicke, und ein junger Diener erscheint, um sie zu begleiten.

»Benötigen Sie weitere Hilfe? Ich kann einen Diener hochschicken?«, bietet Manfred an, als sie sich entfernen und aus unserem Blickfeld verschwinden.

»Ich brauche schon seit Jahren niemanden mehr, der mir beim Anziehen hilft.« Ich schreite in Richtung Familienflügel, als Edward in der Halle erscheint.

»Ich dachte schon, du hättest es dir anders überlegt.« Er schwenkt ein Glas Scotch.

»Das hätte ich tun sollen«, knurre ich und sehe mich um, ob wir allein sind. »Sie haben sie in den verdammten Südflügel gesteckt.«

Edward schnaubt. »Geografie hat dich doch noch nie aufgehalten. Ich weiß noch, wie du versucht hast, dich herauszureden, als Vater dich mit achtzehn dabei erwischt hat, wie du im Morgengrauen über das Gelände geschlichen bist. Ich glaube, du hast gesagt, du wärst joggen gewesen.«

»Ich war beim Training.« Schmunzelnd überlege ich, in wessen Bett ich in jener Nacht gewesen war. Wahrscheinlich bei einer der Freundinnen meiner Schwester. »Sarahs Freundinnen waren immer gut für ein bisschen nächtliche Gymnastik. Aber das hier ist etwas anderes.«

Edward geht neben mir her. »Du hast doch nicht wirklich erwartet, dass sie euch ein gemeinsames Bett vorbereiten? Wozu hat man dreißig Gästezimmer, wenn man sie nicht benutzt?«

»Sie ist kein Gast«, stoße ich hervor. »Sie ist meine Freundin.«

»Das weiß ich«, erwidert er trocken. »Ehrlich gesagt bin ich schockiert, dass du sie überhaupt hergebracht hast. Vater ist außer sich.«

»Ich habe ihm keine Wahl gelassen.« Ich werfe meinem Bruder einen vielsagenden Blick zu.

»Berichte, wie es läuft«, sagt er mit einem Lächeln und nimmt einen Schluck. »Apropos, ich gehe besser zurück. Ich habe den armen David allein mit ihnen gelassen.«

Zumindest spielen alle mit und tun so, als wüssten sie nichts von Edwards heimlicher Romanze. Das bedeutet, dass er und David zwar unglücklich über die Lage sind, aber nicht zur Zielscheibe werden. Ich habe keine Ahnung, wie mein Vater Clara dafür bestrafen wird, dass sie hier ist, aber die anderen werden sich ihr gegenüber vermutlich kaum besser benehmen.

»Edward«, rufe ich, bevor er zu weit weg ist. »Hast du auch ein Auge auf sie?«

»Sie ist dir wirklich wichtig, stimmt's?«, fragt er.

Ich zögere, ich weiß nicht, was ich darauf antworten soll. Wenn einer versteht, wie es ist, jemanden zu lieben, den man nicht haben kann, dann er. Ich begnüge mich mit einem Nicken.

»Mach ich. Man hat mich nicht gebeten, an der Jagd teilzunehmen, also werde ich sie so gut wie möglich abschirmen.«

»Danke.«

Ich schlendere zu meinem Zimmer und finde es genauso vor wie immer. Abgesehen davon, dass es nicht eingestaubt ist, deutet nichts darauf hin, dass in der Zwischenzeit jemand hier war. Es steht kein Gepäck herum. Vermutlich wurde es bereits ausgepackt. Ich gehe zum Kleiderschrank, finde etwas Passendes zum Wechseln und beginne, mich auszuziehen.

Ich habe an diesem Wochenende eine Rolle zu spielen.

Der Anzug ist mein Kostüm, und jeder um mich herum ist entweder ein Verbündeter oder ein Antagonist. Es ist Tradition, jeden Sommer ein Wochenende auf dem Land zu verbringen, jeder freut sich, der Hitze in der Stadt zu entkommen. Aber ich glaube nicht, dass dies eine Auszeit wird. Ich habe Clara direkt in die Hölle geführt. Wer weiß, was für Verbrennungen wir uns zuziehen werden?

30

Ich drücke mich im Flur herum, in der Hoffnung, Clara abzufangen. Als sie endlich auftaucht, raubt mir ihr Anblick den Atem. Sie hat etwas Unaufgeregtes an sich, sie versucht nicht, jemanden zu beeindrucken. Sie ist einfach nur schön. Ihr marineblaues Kleid umschmeichelt ihre Kurven, bringt mich auf schmutzige Gedanken und betont ihre grauen Augen. Es erinnert mich ein wenig an das Kleid, das sie bei unserem ersten Date getragen hat – sie und ich im Fahrstuhl … Zum Glück ist es nicht genau dasselbe Kleid, sonst hätte ich sie schon an die Wand gedrückt. »Süße?«

Sie seufzt, als ich auf sie zukomme.

»Spar dir das für später auf.«

»Was? Darf ich nicht seufzen?«, fragt sie scharf.

»Oh, ich bestehe sogar darauf.« Ich beuge mich zu ihr hinunter und raune ihr ins Ohr: »Ich will, dass du seufzt und keuchst und stöhnst, wenn ich dich *ficke*. Aber ich bin ein egoistischer Mann, und dein Stöhnen gehört nur mir.«

»Jederzeit.« Sie greift mein Revers, und ich bin erstaunt, wie besitzergreifend sie sein kann. Sie spiegelt die Gier, die ich ihr gegenüber zeige, und das gefällt mir sehr.

Ich muss Abstand zwischen uns bringen, sonst trage ich sie gleich in ein Zimmer, verschließe die Tür, und wir kommen das ganze Wochenende nicht aus dem Bett. Denn danach steht mir viel mehr der Sinn, als meine Zeit mit den Deppen zu verschwenden, die sich jedes Jahr Einladungen aufs Land erschleichen. Doch ich bin hier, um ein Zeichen zu setzen. Mein Vater soll sehen, dass Clara an meiner Seite ist, ob es ihm passt oder nicht. »Schluss jetzt – sonst schaffen wir es nie zum nächsten Programmpunkt.«

Ich biete ihr meinen Arm. »Zum Billardzimmer?«

»Ja. Ich fürchte, ich habe mich verlaufen.«

»Ich hätte dich schon gefunden.« Ich würde sie immer finden. In einer Menschenmenge wäre sie immer die Erste, die ich sehe. Es ist, als würde mich ein unsichtbarer Faden an sie binden und stets zu ihr ziehen. Ich kann es nicht erklären.

Ganz sicher kann ich es nicht ignorieren.

Im Billardzimmer sind die üblichen Deppen versammelt. Die einzigen freundlichen Gesichter gehören Edward und David, die so tun, als wären sie allein. Doch als wir eintreten, sehe ich, wie Edwards Blick über David gleitet, als würde er ihn überprüfen. Ich wünschte, er würde sich outen und zugeben, was alle vermuten, aber ich weiß nur zu gut, in welche Lage er David damit bringen würde. Deshalb rücke ich etwas näher an Clara heran, als könnte ich sie vor den Schlangen schützen, von denen wir umgeben sind.

Ich führe sie in den Raum und senke meine Stimme zu einem Flüstern. »Nur eine Stunde. Willst du einen Drink?«

Ein Diener betritt den Raum und schaut sich um, bis sein Blick auf mich fällt. Ich hatte erwartet, dass mein Vater einen größeren Aufstand wegen Claras Anwesenheit machen würde. Der Diener kommt zu mir und flüstert: »Ihr Vater möchte mit Ihnen sprechen, Königliche Hoheit.«

Aber sicher will er das. Ich ergreife Claras Arm, als er hinzufügt: »Alleine.«

Natürlich. »Ich muss kurz weg. Edward kümmert sich so lange um dich.«

Ich gebe Edward ein Zeichen, der daraufhin zu ihr geht. Ich bin jetzt schon dankbar, dass ich vorhin mit ihm gesprochen habe. So muss ich nicht vor ihr erklären, wohin ich gehe, und ich muss auch keine Angst haben, dass sie diesen Schlangen allein ausgesetzt ist.

Nicht nur mein Vater erwartet mich, seine Mutter ist ebenfalls da und sitzt ihm gegenüber vor seinem Schreibtisch. Meine Großmutter Mary sieht aus wie eine Prinzessin, die zu lange in der Sonne gelegen hat. Die Falten um ihren Mund haben einen permanent missbilligenden Ausdruck in ihr Gesicht gegraben. Ihr einst blondes Haar ist jetzt silbern und sorgfältig zu einem Helm aus festen Locken frisiert.

»Großmutter.« Ich gehe zu ihr und küsse sie auf die Wange, dann setze ich mich auf den anderen freien Stuhl. »Du siehst gut aus.«

»Du hast das Mädchen mitgebracht«, antwortet sie verächtlich.

Ich zwinge mich zu einem knappen Lächeln.

»Ich habe Vater gesagt, dass ich Clara eingeladen habe. Wir alle haben Freunde mitgebracht.« Ich sehe ihn nicht an, als ich das sage, aber ich habe Pepper im Billardzimmer gesehen. Dass sie hier ist, ist nicht weiter überraschend, aber angesichts ihrer Anwesenheit steht es ihm wohl kaum zu, mir Vorhaltungen zu machen, weil ich übers Wochenende eine Frau mitgebracht habe.

»Sie ist also nur *eine* Freundin«, sagt Großmutter vorsichtig.

»*Meine* Freundin«, sage ich.

Sie keucht, als ob ich sie geschlagen hätte, und mein Vater knurrt leise etwas vor sich hin.

»Wäre es euch lieber, ich bezeichne sie als Bekannte und gehe *heimlich* mit ihr ins Bett?«, frage ich ihn unverblümt. Unsere Blicke treffen sich, unsere Augen sind das Einzige, was wir gemeinsam haben, und er weiß, dass ich ihn herausfordere. Ich habe keine Ahnung, ob seine Mutter weiß, dass er es mit Pepper treibt, aber ich bezweifle, dass er die Sprache darauf bringen will.

»Du hast Verpflichtungen«, sagt er betont sachlich. »Clara ist sehr hübsch, aber Entscheidungen über deine Zukunft kannst du nicht mit dem Schwanz treffen.«

Ich verschränke die Arme, damit ich mich nicht über den Schreibtisch stürze, um ihn zu erwürgen. »Wir leben im einundzwanzigsten Jahrhundert. Clara kommt aus gutem Hause …«

»Sie ist Amerikanerin«, sagt meine Großmutter.

Nichts geht der Königsfamilie mehr gegen den Strich als die Amerikaner.

»Du solltest dich darauf vorbereiten, in meine Fußstapfen zu treten«, fährt mein Vater fort.

»Wieso? Willst du abdanken?« Eigentlich rechne ich damit, dass er ewig lebt, um zu verhindern, dass ich jemals den Thron besteige. Im Grunde wünsche ich es mir. Ich habe keine Lust, König zu sein.

»Ich verbitte mir diesen Ton«, tadelt Großmutter.

Aber mein Vater sieht aus, als ob er Kopfschmerzen hätte. So hat er fast mein ganzes Leben lang ausgesehen. Dieses verzweifelte Massieren der Schläfen kenne ich aus jedem Gespräch, das wir geführt haben. »Statt dich in deine künftigen Aufgaben einweisen zu lassen, ziehst du es vor, mit dieser dahergelaufenen …«

Das bringt mich endgültig auf die Palme. »Pass auf, was du sagst. Sie bedeutet mir alles.«

Es gibt Grenzen, die wir nicht überschreiten sollten, sonst sind wir zu Entscheidungen gezwungen, die keiner von uns treffen will. Ich kenne meinen Vater gut genug, um zu ahnen, wie weit er gehen würde, um Clara und mich auseinanderzubringen. Nur um schlechte Presse zu vermeiden, hat er mich einst in die Armee gezwungen. Was wird er wohl tun, um ein unerwünschtes Mitglied in seiner kostbaren Blutlinie zu vermeiden?

Bevor er etwas sagen kann, betritt Clara den Raum. Der Ausdruck in ihren Augen ist müde und leer. Edward ist nirgends zu sehen. Wie lange steht sie schon da? Wie viel hat sie gehört? »Ich gehe ins Bett.«

Es klingt wie eine schlichte Aussage, aber es steckt deutlich mehr dahinter. Für wen entscheide ich mich?

»Ich komme mit.« Ich gehe zu ihr und nehme ihre Hand, stelle mich aber leicht vor sie, um sie notfalls zu schützen.

»Das letzte Wort ist noch nicht gesprochen«, sagt mein Vater mit zusammengebissenen Zähnen.

»Die Diskussion ist für mich beendet«, weise ich ihn zurück. Ich habe es satt, auf ihren Snobismus und ihre Machtspiele einzugehen. »Mein Entschluss steht fest, und du wirst mich nicht umstimmen.«

Er hält inne und mustert die Frau neben mir mit abschät zendem, sezierendem Blick. Es ist noch nicht vorbei. Schließlich sagt er schlicht: »Gute Nacht.«

An ihrem Zimmer bleiben wir stehen. Die Hände auf dem Rücken verschränkt, lässt Clara sich gegen die Tür sinken.

»Das ist mein Zimmer«, sagt sie. »Wo bist du untergebracht?«

»Im Nordflügel«, erkläre ich. »In meinem alten Zimmer voller wertvoller Erinnerungen.« Ich gebe mir keine Mühe, meine Bitterkeit zu verbergen. Hierherzukommen ist Folter für mich. Es ist, als würde einem tropfenweise ein Gift eingeflößt. Warum habe ich sie nur hergebracht?

»Dann sehen wir uns wohl morgen früh.«

Ich nicke und bin fest entschlossen zu gehen. Sie hat gesagt, sie sei müde, und nach dem, was sie gehört hat, kann ich es ihr nicht verdenken, dass sie mich wegschickt. »Clara, ich …«

Sie wartet, dass ich weiterspreche, aber ich habe den Satz begonnen, ohne zu wissen, wie ich ihn zu Ende führen will. Stattdessen begnüge ich mich mit einem Kuss. Meine Lippen verweilen auf ihren, und ich wünschte, ich könnte wegwischen, was sie gehört hat.

Aber mit meinem Kuss kann ich sie nicht aus diesem Albtraum wecken, durch einen Kuss von mir ist sie überhaupt erst in diesem Albtraum gelandet.

Als wir uns voneinander lösen, tastet sie nach dem Türknauf.

»Gute Nacht«, sagt sie und tritt in ihr Zimmer.

Sie zieht die Tür hinter sich zu und schließt mich aus. Ich drehe mich um und mache mich auf den Weg zu meinem eigenen Zimmer. Warum habe ich sie hergebracht, wo ich doch wusste, was auf sie zukommen würde? Weil ich nicht allein kommen wollte. Weil ich den Gedanken an ein Wochenende mit diesen Leuten nicht ertragen konnte.

Nein.

Weil ich es nicht ertrage, ohne sie zu sein.

Der Korridor ist dunkel, meine Schritte hallen über den Marmorboden, und die Schatten rücken näher. Ich habe das einzige Licht an diesem verdammten Ort hinter mir gelassen. Ich will diese Welt nicht, ihre Geheimnisse und ihre Schande. Ich will sie.

Mein Körper begreift es noch vor meinem Verstand und bringt mich zurück zu ihrer Tür. Als ich den Arm hebe, um zu klopfen, schwingt die Tür auf, und Clara steht mit einem Ausdruck eiserner Entschlossenheit vor mir.

»Ich will nicht, dass du in den Nordflügel gehst«, platzt es aus ihr heraus, als sie mich sieht.

Ich lege die Hände um ihr Gesicht und presse meine Lippen auf ihre, während ich sie zugleich ins Zimmer zurückstoße und die Tür zuschlage. Clara greift nach dem Revers meines Sakkos und schiebt es mir von den Schultern. Ich löse mich von ihr, trete zurück und knöpfe meine Weste auf. Clara beobachtet mich, und das Feuer aus dem Kamin spiegelt sich in ihren Augen, dann greift sie nach hinten und öffnet langsam ihren Reißverschluss. Ich entledige mich meiner Weste und löse meine Manschettenknöpfe. Clara schaut zu, als wäre sie in Trance, und ich knöpfe mein Hemd auf. Die Geste scheint sie zurückzuholen, und ihr Blick springt nach unten, als sei sie überrascht, dass ich mein Hemd aufknöpfe. Irgendwo in meinem Hinterkopf wird mir klar, dass ich das noch nie gemacht habe: Ich habe mich noch nie vor ihr ausgezogen. Ohne nachzudenken. Ohne zu zögern.

Als ich den letzten Knopf erreiche, lasse ich das Hemd aufklappen und ziehe es aus.

Nichts steht mehr zwischen uns, wir haben alle Hindernisse aus dem Weg geräumt.

Claras Hände gleiten zu ihren Schultern, und sie schiebt ihr Kleid auf den Boden. Weiße Spitze umhüllt ihre Brüste, ihre Nippel drängen sich gegen den durchsichtigen Stoff. Es ist das einzige Kleidungsstück, das sie noch am Körper trägt.

Unfähig, auch nur einen einzigen Moment voneinander getrennt zu sein, stürzen wir aufeinander zu. Ich hebe sie in meine Arme, und sie schlingt besitzergreifend die Beine um mich, während ich sie zum Bett trage. Unsere Zungen treffen sich auf der Suche nach Antworten, die wir nur im anderen finden können. Ich lege sie aufs Bett, richte mich auf und löse meinen Gürtel.

»Sag mir, dass du mir gehörst«, befehle ich, während ich meine Hose nach unten schiebe.

»Für immer«, verspricht sie, während ich zwischen ihre Beine trete und mir nehme, was mir gehört.

31

Clara Bishop wird mich das Leben kosten, denke ich, als ich innehalte, um den Hauch von einem Rock zu mustern, den sie trägt. Er reicht ihr bis zur Mitte des Oberschenkels, doch dann verfängt sich der Wind in ihm und weht ihn gerade so weit nach oben, dass ich einen Blick auf ihren Hintern erhaschen kann, bevor sie ihn rasch wieder nach unten streicht. Ich werde ihr einen in jeder Farbe kaufen. Sie dreht sich um und ertappt mich dabei, wie ich sie anstarre.

Woraufhin sie die Stirn runzelt.

»Na? Willst du doch abhauen?«, frage ich.

Gestern Abend, nachdem wir ein paar Stunden zusammen im Bett gewesen waren, hat sie gefragt, ob wir abreisen könnten. Nichts wäre mir lieber, aber ich weiß jetzt mehr denn je, dass wir das hier durchhalten müssen. Wir können das nur gemeinsam durchstehen. Sie scheint länger über meine Frage nachzudenken, als mir lieb ist, dann schüttelt sie den Kopf.

Zufrieden trete ich zu ihr und fahre mit einem Finger über ihren Rock. »Das hier wird später natürlich ausgezogen.«

»Blas die Jagd ab, und du kannst ihn mir gleich ausziehen«, lockt sie mich.

»Keine Sorge, in zwei, drei Stunden bin ich wieder da.«

Ich zwinge mich, cool zu bleiben. Ich möchte sie genauso wenig hier allein lassen, wie ich mit den anderen gehen möchte.

»Bis dahin haben die mich bei lebendigem Leib gefressen.« Sie zupft an ihrem zu kurzen Rock.

»Soweit ich weiß, gibt es Sandwiches.« Sie kann nicht über meinen Witz lachen. »Aber falls dir jemand zu nahe treten sollte, kann er sich auf etwas gefasst machen.«

Sie überlegt, legt den Kopf schief und lässt ihre dicken braunen Locken über die Schultern fallen.

»Dieses Funkeln in deinen Augen verheißt nichts Gutes, Clara. Was ist los?«

»Nichts.« Sie streicht mit einer Hand über meine Brust, aber das Funkeln bleibt.

»Du wirst es schon schaffen.« Vielleicht ist Clara nicht diejenige, um die man sich Sorgen machen muss. Schließlich hat meine Großmutter ein Herzleiden. »Aber pass auf, dass du nicht wegen Hochverrats angeklagt wirst.«

Jemand packt mich an der Schulter, und als ich mich umdrehe, steht Jonathan neben mir. »Du lässt den Fuchs doch nur wieder entkommen, Alex. Aber du jagst ja sowieso lieber Hasen.«

Clara lächelt angespannt, aber wir beißen uns beide auf die Zunge. Typen wie Jonathan sollte man am besten nicht zu ernst nehmen.

»Sei nicht so vulgär«, sage ich ihm.

»Ist doch nur Spaß. Ich bin sicher, Clara nimmt mir das nicht übel.« Er tut meine Sorge mit einem Lachen ab und geht durch die Tür in Richtung Stallungen.

Ich drehe mich um und erwarte, dass es Clara sehr wohl

übel nimmt, aber ihre Aufmerksamkeit ist auf den letzten Neuankömmling im Speisesaal gerichtet. Ich mache mir nicht die Mühe, Pepper mehr als einen flüchtigen Blick zu schenken.

Stattdessen lege ich meinen Arm um Claras Taille, beuge mich vor und küsse die empfindliche Stelle hinter ihrem Ohr. »Bis nachher, Süße.«

Ich gehe, bevor mich der Drang packt, sie mir über die Schulter zu werfen und zurück ins Bett zu tragen.

An der Tür fängt mich Edward ab. »David kommt mit euch. Pass auf, dass er nicht erschossen wird.«

»Clara bleibt hier«, murmle ich. »Haltet die Geier in Schach.«

In stillem Einvernehmen klopfen wir uns gegenseitig auf die Schultern, dann gehe ich nach draußen. Wenn ich weiß, dass er bei ihr ist, bin ich etwas ruhiger, auch wenn sie ihm das letzte Mal entwischt ist, als ich sie in seine Obhut gegeben habe.

»Ich dachte mir schon, dass du uns warten lassen würdest«, begrüßt mich mein Vater mit eisigem Blick. »Darum habe ich Manfred heute Morgen losgeschickt, um dich zu wecken, aber er sagte, du wärst schon weg gewesen. Ich hatte keine Ahnung, dass der Weg vom Nordflügel so lang ist.«

Ich setze meinen Fuß in einen Steigbügel und schwinge mein Bein über das Pferd. Sobald ich im Sattel sitze, treibe ich den Araber in einen gleichmäßigen Trab, erst dann erwidere ich: »Ich habe nicht im Nordflügel geschlafen.«

»Verdammt noch mal«, knurrt er leise und schließt mit seinem Pferd zu mir auf, »es gibt gewisse Erwartungen, die du erfüllen musst …«

»Scheiß auf deine Erwartungen«, schieße ich zurück und drücke dem Hengst leicht die Fersen in die Flanken, um mein Tempo zu erhöhen.

Mein Vater folgt mir. »Hast du eine Ahnung, was du da tust? Du wirst das Mädchen zerstören, so wie du *sie* zerstört hast …«

Aber ich lehne mich bereits nach vorn, treibe mein Pferd in den Galopp und lasse ihn hinter mir. Ich muss etwas Abstand zwischen meinen Vater und mich bringen, insbesondere wenn ein Jagdgewehr in Reichweite ist.

Als sich die Jagd dem Ende nähert, bin ich müde und ungeduldig. Ich reite im Trab neben Norris her, der vermutlich nur mitgekommen ist, um sicherzugehen, dass ich meinen Vater nicht erschieße.

»Kannst du vorausreiten und ihr sagen, dass wir uns draußen treffen? Ich will ihr das Gelände zeigen.« Es ist halb eine Frage, halb ein Befehl. Meine Geduld wurde zu sehr strapaziert, zu mehr Freundlichkeit bin ich nicht in der Lage.

Er antwortet mit einem verwirrten Lächeln. »Ich sage ihr, dass sie sich umziehen soll.«

Ich denke an ihren dünnen Rock und schüttle den Kopf. »Nein.«

Er zieht eine Augenbraue hoch, behält seine Meinung jedoch für sich, treibt sein Pferd an und reitet vor uns her. Leider schließt daraufhin Jonathan zu mir auf.

»Also erzähl mal, von Mann zu Mann«, beginnt er.

Ich enthalte mich eines Kommentars zu dem Ausdruck »von Mann zu Mann«. Es ist nicht etwa so, dass ich Jonathan nicht mag. Im Prinzip ist er mir egal, und es ist mir unmöglich, ihn ernst zu nehmen – vor allem, wenn er so einen Mist redet.

»Eine Amerikanerin?«

»Sie ist halb britisch«, erwidere ich knapp. Jonathan weiß nicht, dass er sich auf gefährliches Terrain vorwagt, und ich erwäge, ihn zu warnen.

Bevor ich etwas sagen kann, fährt er fort: »Ich meine, ich mache dir keinen Vorwurf. Sie ist echt scharf, und ich wette, dass dein Vater gegen sie ist, macht sie nur noch schärfer.«

»Mein Vater hat keinen Einfluss auf meine Gefühle.« Ich umklammere meine unbenutzte Reitgerte.

»Gefühle?«, wiederholt er. »Du meinst es doch nicht etwa ernst mit diesem Mädchen?«

»Natürlich nicht«, unterbricht mich mein Vater eisig.

»Sag mir Bescheid, wenn ich eine eigene Meinung zu meinem Leben haben darf.« Eine vertraute Wut steigt in mir auf.

»Sobald du deine Rolle akzeptierst«, sagt er.

Oder besser gesagt, die Rolle, die er mir zugedacht hat – in der sie mich alle sehen wollen.

»Entschuldigt mich, ich habe eine Verabredung.« Bevor einer der beiden reagieren kann, treibe ich mein Pferd in einen schnellen Galopp. Ich muss Clara sehen und mich daran erinnern, dass sie sich in uns täuschen. Aber ganz gleich, wie schnell ich reite, ich scheine der Wahrheit, die in ihren Worten steckt, nicht entkommen zu können.

Halb Großbritannien plant bereits unsere Hochzeit. Clara und ich haben eine Vereinbarung. Ja, einige der Bedingungen haben sich geändert. Ja, wir ficken nicht mehr nur, sondern wir sind zusammen. Ja, ich habe ihre Eltern kennengelernt und sie mit aufs Land genommen.

Aber das heißt nicht, dass wir heiraten.

Das tue ich ihr nicht an, denn so ein Ring ist kein Versprechen, sondern eine Fessel. Ich werde ihr nicht die Flügel stutzen. Ich werde sie nicht in einem Käfig gefangen halten.

Als das Haus in Sicht kommt, sehe ich sie über die Veranda kommen. Es ist, als würde mich ein unsichtbares Seil zu ihr ziehen.

Vielleicht will ich sie nicht an dieses Leben binden, aber, mein Gott, ich bin ja längst an sie gebunden. Langsam reite ich auf sie zu, während ich mit dieser Erkenntnis ringe, und einige der anderen holen mich ein.

Als ich näher komme, geht Clara hinunter zum Rasen. Ich lächle, als ich sehe, dass sie immer noch die helle Bluse und den kurzen Rock trägt, aber dass sie sich ein Paar Reitstiefel angezogen hat. Ich schiebe alle Bedenken beiseite und konzentriere mich auf ihre wohlgeformten Beine.

Als ich auf sie zureite, zieht sie eine Augenbraue hoch, und ich merke, dass sie auf die Reitgerte blickt, die ich noch in der Hand halte.

»Vater hat darauf bestanden. Wenn man weiß, was man tut, braucht man natürlich keine.« Ich zucke mit den Schultern.

»Ich hätte vorhin durchaus eine gebrauchen können«, bemerkt sie trocken, und ich muss fast grinsen.

Der Brunch scheint gut gelaufen zu sein.

»Ich ahne, zu welchem Zweck.« Womöglich hat sie recht. Vielleicht sollte ich die Gerte zum Abendessen mitbringen. Ich behalte diesen Gedanken für mich und reiche ihr die Hand. »Komm.«

Ein wissender Ausdruck – halb erleichtert, halb verlangend – legt sich auf ihr Gesicht, aber sie deutet auf ihre Kleidung. »Ich trage einen Rock.«

Erneut weht der Wind den Rock nach oben und gewährt mir einen kurzen Blick auf ihre nackten Schenkel und den Scheitelpunkt dazwischen, bevor sie ihn wieder glatt streicht.

»Das habe ich durchaus bemerkt.« Ich steige ab, bereit, sie falls nötig über den Sattel zu werfen. Ich nehme den Reithelm ab und werfe ihn einem bereitstehenden Diener zu. »Lass uns hier verschwinden. Ich will mit dir allein sein.«

»Wo bringst du mich hin?« Sie nimmt meine Hand, und segensreiche Erleichterung durchströmt mich.

Aber wir stehen immer noch unter Beobachtung. Ich muss sie von diesen neugierigen Blicken wegschaffen. »Du stellst die falsche Frage.«

»Ach ja?« Sie klimpert mit den Wimpern, und die unschuldige Geste schürt meine Gier auf sie.

Zumindest bis ich mit ihr allein bin. »Du solltest fragen, was ich mit dir *anstellen* werde.«

Daraufhin habe ich ihre volle Aufmerksamkeit, und ihr bleibt der Mund offen stehen, was mich auf noch mehr verruchte Gedanken bringt.

»Hast du schon mal den Ausdruck *sattelwund* gehört?«, fahre ich fort. »Wenn wir nicht zusammen wegreiten, fragen sich später garantiert alle, warum du so seltsam gehst.«

Sie blinzelt, als würde sie verarbeiten, was ich meine. Ich beobachte, wie der Groschen fällt. »Der Ritt ist also unser Alibi?«

»Er ist Teil dessen, was ich mit dir vorhabe.« Bevor sie eine weitere Frage stellen kann, ziehe ich sie zu mir und bringe sie mit einem Kuss zum Schweigen. Als ich sie auf den Sattel hebe, wehrt sie sich nicht weiter. Sorgfältig richtet sie sich auf und schiebt den Rock unter ihren prächtigen Hintern – als ob ihr das etwas nützen würde. In Wahrheit will ich, dass sie wund wird. Ich will ihre zarte Haut gerötet und empfindlich sehen, denn dann kann ich ihr Gefühle bereiten, die sie sich nicht einmal in ihren wildesten Fantasien vorstellen kann. Einer der Treiber erscheint, um mir die Ausrüstung abzunehmen. Die Reitgerte behalte ich lieber. Ich bin mir nicht sicher, wie Clara darauf reagieren würde, aber nach allem, was heute passiert ist, ziehe ich ihre Verwendung unwillkürlich in Betracht. Der Gedanke erregt mich. Ich reiche dem wartenden Jagdaufseher mein Gewehr, dann steige ich hinter ihr aufs Pferd, nehme mit einer Hand die Zügel und lege den anderen Arm um ihre Taille. Sie schmiegt sich an mich, und es ist, als ob ein fehlendes Stück an seinem Platz einrastet.

»Alexander!« Die scharfe Stimme meines Vaters durchbricht den Moment. »Entschuldige, aber wir haben Gäste.«

»Clara ist mein Gast«, sage ich, ich habe keine Lust, mich erneut mit ihm zu streiten. »Ich zeige ihr unser Anwesen. Zum Dinner sind wir zurück.«

Er mustert sie missbilligend. »Bei Tisch erwarte ich angemessene Garderobe.«

»Los geht's«, sage ich grimmig und hasse ihn noch mehr dafür, dass er ihr das Gefühl gibt, minderwertig zu sein. Ich kenne es nicht anders von ihm, aber wenn er es mit Clara macht, ist das etwas anderes. Ich muss sie von ihm fortbringen, von alldem hier. Ich treibe das Pferd an, bis alles hinter uns liegt: das Haus, die Erwartungen, die Familie. Ich zügele das Tempo erst, als wir ein Tal erreichen, von dem aus das Anwesen nicht mehr zu sehen ist. Es ist Juni, aber heute Nachmittag liegt noch ein Hauch von Frühling in der Luft. Der Himmel über uns ist grau, wenn auch nichts auf einen bevorstehenden Schauer hindeutet. Andererseits kann es hier draußen jederzeit ohne Vorwarnung ein Gewitter geben.

»Wunderschön«, flüstert Clara, und ich wünschte, ich könnte die Welt mit ihren Augen sehen.

Doch ich sehe sie. Sie ist alles, was ich sehe, und ich stimme ihr zu. »Ja.«

»Jetzt hast du mich ganz für dich allein«, sagt sie und lässt sich in meine Umarmung sinken. »Was willst du mit mir anstellen?«

Ich stoße ein heiseres Lachen aus und küsse die Sommersprossen auf ihrem Hals. »Geduld, Süße.«

Doch anstatt sich zu entspannen, spannt sie ihre Muskeln an. Ich drücke sie fester an mich und überlege, was ich falsch gemacht habe. Ich bin so mit mir beschäftigt, dass ich fast vergessen hätte, dass sie den Morgen in einer Schlangengrube verbracht hat.

»Du bist unglücklich«, stelle ich schließlich fest.

Es folgt eine Pause, dann nickt sie. »Ich gehöre nicht hierher.«

»Ach, Süße.« Dieses Gefühl ist mir nur allzu vertraut. »Ich auch nicht.«

Ich kann dem nicht entkommen, aber wenn ich weniger egoistisch wäre, hätte sie vielleicht noch eine Chance. Aber ich bin egoistisch und will auf keinen Fall, dass sie sich befreit. »Aber im Grunde liegst du falsch. Du gehörst *hierher, zu mir.*«

Clara dreht sich im Sattel zu mir um, sodass sie mich küssen kann. Spürt sie, dass ich genauso zu ihr gehöre wie sie zu mir? Ihrem gierigen Kuss nach zu urteilen, muss sie es spüren.

»Werden wir uns im Heu wälzen?«, fragt sie, als wir uns voneinander lösen.

»Ich habe aufregendere Dinge im Sinn. Und beginnen werde ich mit ...« Ich lasse die Hände von ihrer Taille unter ihren Rock gleiten und halte an der elastischen Spitze ihres Höschens inne. »Du siehst so unglaublich scharf aus in diesem kleinen Röckchen. Mir taten den ganzen Morgen die Eier weh, weil ich dauernd an deine nackten Schenkel denken musste. Hast du eine Vorstellung davon, wie das ist, den ganzen Tag lang eine Erektion vor dem halben Königshaus verbergen zu müssen?«

»Ehrlich gesagt nicht«, sagt sie atemlos.

»Siehst du?« Ich zerreiße ihren Slip, ziehe ihn weg und stecke ihn in meine Tasche. Es fühlt sich an wie eine Trophäe, aber der wahre Preis ist sie. Ich hebe die Rückseite ihres Rocks an und betrachte anerkennend meine Belohnung. »Da bekommt das Wort *sattelfest* eine ganz neue Bedeutung.«

Ihr Körper wird geschmeidig, sie gibt sich mir hin und wartet darauf, dass ich sie nehme. Aber ich bin noch nicht bereit, das hier zu beenden. Ich will sie stimulieren, sie quälen. Jeder Nerv in ihrem Körper soll vor Erregung singen.

Ich drücke meine Ferse in die Flanke des Pferdes und treibe es an. Ihre nackte Haut klatscht gegen das Leder. Bei jedem Hufschlag ist ein leicht feuchtes Schmatzen zu hören. Ich widerstehe dem Drang, anzuhalten und mich in ihrer feuchten Hitze zu vergraben. Als sie beginnt, die Hüften zu bewegen, wird es noch schwieriger, der Versuchung zu widerstehen. Sie zeigt mir, dass ich meine Hand von ihrem Bauch zwischen ihre Beine wandern lassen soll.

Stattdessen reibe ich meinen Schwanz an ihrem Hintern, weil ich weiß, dass sie das noch heißer macht.

Nach einer Weile lässt sie den Kopf nach hinten sinken und sieht mich mit flehendem Blick an. Ich zügele das Tempo und streiche ihr über die Wange. »Ja, Süße?«

Ich möchte hören, wie sie es sagt.

»*Bitte.*«

»Bitte was?« Ich könnte kommen, wenn ich sie betteln höre. »Bitte, halt an. Ich … brauche … dich.« Es kostet sie Überwindung, um etwas zu bitten. Nachdem ich ihre Eltern kennengelernt habe, verstehe ich, warum. Ihr wurde beigebracht, mit dem zufrieden zu sein, was sie hat. Ich möchte, dass sie lernt, um das zu bitten, was sie haben will. Um jedes schmutzige Vergnügen, das sie sich bislang verwehrt hat.

Und dann möchte ich ihr das alles geben.

»Sag es, Clara«, fordere ich sie auf.

»Ich will, dass du mich fickst«, flüstert sie zögernd.

Ich warte einen Moment. »Willst du es, oder brauchst du es?«

Sie schluckt, und ihre Miene verändert sich. Sie gibt nach. Sie unterwirft sich – nicht mir, sondern sich selbst.

»Ich brauche deinen Schwanz. Ich will, dass du mich fickst, bis ich nicht mehr kann. *Bitte!*«

Ich kann ihr nicht alles von mir geben. Mit diesem Fluch will ich sie nicht belasten, aber das, worum sie bittet, kann ich ihr geben – und werde es tun.

32

Ich steige vom Pferd ab, sehe, wie sie ihr Bein über den Sattel schwingt, um mir zu folgen, und fange sie auf, damit sie nicht herunterrutscht. Clara protestiert nicht, als ich ihre Beine spreize und meine Handflächen über ihre nackten Schenkel gleiten lasse. Ihre Muschi ist dunkelrosa, gereizt und erregt von unserem Ritt – wunderschön.

Ich will alles von ihr haben. Ich brauche alles von ihr. Ich setze sie ab, aber nur, damit ich sie in Besitz nehmen kann. Clara scheint die gleiche Idee zu haben, denn sie reißt an meiner Kleidung und schafft es, mir die Jacke auszuziehen, bevor ich ihren Arm packe. Ich presse mit einer Hand ihre Handgelenke zusammen und hebe sie hoch. Nun ist sie unschuldig in meinem Griff gefangen. Ich reiße ihr den Rock herunter, dann die Bluse. Knöpfe fliegen durch die Luft, aber Clara entspannt sich mit jedem rücksichtslosen Akt mehr. Ich schiebe meine Finger in ihren BH und befreie ihre Brüste, ziehe ihn ihr aber nicht ganz aus.

Sofort nehme ich einen Nippel in den Mund und sauge daran. Dann den anderen. Ich mache weiter, bis ihr Atem nur mehr ein flaches Keuchen ist und sie weiche Knie bekommt. Ich fange sie auf, bevor sie zusammenbricht und noch wichtiger, bevor sie kommt. »Noch nicht, Süße.«

Sie stöhnt, wehrt sich aber nicht, also treibe ich es noch weiter. Ich lasse ihre Arme los und befehle: »Zieh den BH aus.«

Clara gehorcht und hält meinen Blick fest, während sie sich von ihrer zerrissenen Bluse befreit. Es folgt der BH. Dann wartet sie, als ob sie das Spiel verstünde, das wir spielen. Ich lasse den Blick über ihre nackte Haut gleiten, als sie in nichts als einem Paar lederner Reitstiefel vor mir steht.

Tausend Ideen ringen in meinem Kopf um Aufmerksamkeit. »Ich überlege, ob ich dich wieder auf dieses Pferd setze und zusehe, wie deine Brüste hüpfen, wenn du durchs Gelände reitest.«

»Ich würde lieber auf was anderem reiten«, sagt sie gereizt.

Ich versuche, mir ein Grinsen zu verkneifen, und scheitere. Es ist wundervoll, wenn sie sich unterwirft, aber ich habe auch nichts gegen ein bisschen Frechheit einzuwenden.

»Macht dich das an?«, fragt sie, als sie mein Grinsen sieht. »Mich hier hinzuhalten, bis ich fast durchdrehe?«

Ich habe sie noch nie so weit getrieben, bevor ich ihr gegeben habe, was sie wollte, und ein Teil von mir sehnt sich danach, ihre Verzweiflung noch länger auszukosten. »Und wie, Süße. Und deshalb wird es auch Zeit, dass ich dich übers Knie lege und dir den zarten Arsch versohle.«

Ein Beben der Lust durchfährt sie, es ist derart intensiv, dass sie zittert. Sie will es auch. Aber sie wird nicht darum bitten.

Doch vielleicht lässt sie es zu.

»Aber …« Mein Blick wandert zum Sattel, wo die verlassene Reitgerte hängt. Ich mache mich auf eine Enttäuschung gefasst, als ich ihre Hand hebe, um sie zu küssen. »Ich muss ganz sicher wissen, dass du mir vertraust.«

»Ich dachte, das hätte ich bereits bewiesen. Ich habe mich noch nie einem Mann so hingegeben wie dir.«

»Davon bin ich ausgegangen.« Ich versuche, locker zu klingen. Wenn sie weiß, wie stark mein Drang ist, sie zu dominieren, fürchte ich, dass sie nachgibt, nur um mir zu gefallen. Ich möchte, dass sie die Dominanz will. Ich will, dass sie sich danach sehnt. »Das heißt aber noch lange nicht, dass du mir auch vertraust.«

»Vertraust du *mir*?«, erwidert sie zu meiner Überraschung.

Einen Moment lang frage ich mich, wie sie das überhaupt fragen kann. Wie kann sie die Wahrheit nicht sehen? »Ich glaube, du bist der einzige Mensch, dem ich je vertraut habe.«

»Ja«, flüstert sie, als ob sie endlich versteht, warum wir hier sind. »Ich vertraue dir.«

Ihr Vertrauen ist der letzte Teil von ihr, den ich noch nicht in Besitz genommen habe. Zumindest konnte ich mir bis jetzt nicht sicher sein. Sie hat mir immer wieder ihren Körper geschenkt. Was wir jetzt anfangen, ist mehr, ist tiefer als das, worum ich gebeten habe oder was sie mir angeboten hat.

Ich weiß dieses Geschenk zu schätzen und werde behutsam damit umgehen. »Weißt du dein Safeword noch?«

Sie nickt und murmelt zum Beweis: »Brimstone.«

Als ich das Wort aus ihrem Mund höre, wird die letzte Fessel gelöst, die den Mann in mir gefangen hält. Ich lasse ihn nur zögernd heraus. Eine Last fällt von mir ab, auch wenn ich mich ermahne, es langsam anzugehen.

»Umdrehen«, befehle ich mit angestrengter Stimme. »Gesicht zum Baum.«

Clara folgt, und ich gehe zu ihr. Ich führe ihre Arme über den Kopf und helfe ihr, sich gegen den Stamm zu stützen.

Zum Glück ist die Rinde nicht allzu rau. Ich lasse meine Hände über sie gleiten und erkunde sie: den weichen flachen Bauch, die vollen Hüften, den runden Hintern. Jeder köstliche Zentimeter von ihr gehört mir.

»Mach die Augen zu«, sage ich mit leiser Stimme.

Sie wartet und wagt nicht, sich zu bewegen, während ich die Reitgerte hole.

Ich genieße ihren Anblick – die cremefarbene, glatte und edle Haut, die im Kontrast zu dem dunklen Baumstamm steht. Der wolkenverhangene Himmel wirft ein gedämpftes Licht auf ihre Gestalt, die darauf wartet, dass ich ihr ganz nach meinen Wünschen dunkle Freuden bereite.

»Spreiz die Beine«, fordere ich, während ich näher trete. »Ich liebe diesen Anblick.«

Ich möchte, dass sie weiß, wie perfekt sie ist. Ich wünschte, ich könnte ihr zeigen, wie ich sie sehe – wie sehr ich sie will. Ich drücke meinen Körper an ihren, damit sie den Beweis dafür an ihrem weichen Hintern spüren kann, und lege meine Hand auf ihre Scham.

Fuck. »Wie feucht du bist. Fass dich selbst an.«

Sie senkt einen Arm, mit dem sie sich am Baum abgestützt hat, und ich führe ihre Hand zu ihrem Geschlecht. Als sie die Nässe ihrer eigenen Erregung spürt, gibt sie ein heiseres Stöhnen von sich. Doch dann schiebt sie suchend einen Finger in ihre Spalte, was ich sogleich unterbinde. »Vergiss es.«

Sie wimmert, und ich frage mich, wie lange sie noch durchhält. Ob ich sie wohl ohne meinen Schwanz, meine Finger oder meinen Mund zum Höhepunkt treiben kann? Ich trete zurück, mache die Probe aufs Exempel und zögere nur einen Moment, bevor ich meinem anderen Ich die Kontrolle überlasse. Ich platziere einen einzelnen, gezielten Hieb, und sie schreit überrascht auf. Ich lasse das Leder über ihr brennendes Fleisch gleiten und warte auf ihren Protest. Doch es kommt keiner. Ich ziehe mich zurück, halte inne und lasse die Peitsche auf ihren Hintern niederschnellen. Eine wütende rote Linie erscheint auf ihrer blassen Haut. Ich schließe die Augen und präge mir den Anblick ein, während ich mit der Hand sanft über ihre Haut reibe. Zwei Peitschenhiebe. Ich will, dass es genug ist.

Das ist es nicht, aber ich warte auf ihre Reaktion.

Eine Ewigkeit vergeht, bevor sie stöhnt: »Mehr.«

Erleichtert schließe ich die Augen, trete näher und drücke einen Kuss auf ihren Hals, um ihr zu zeigen, dass sie in Sicherheit ist. Dann gehe ich wieder einen Schritt zurück, atme tief durch und lasse die Gerte erneut auf sie niederknallen – härter und schneller diesmal.

Als der Schlag auf ihre Haut trifft, taumelt sie einen Moment. Ich könnte besorgt sein, wäre da nicht ihr lustvoller Schrei: »Alexander!«

»Spreiz die Beine, Süße«, stöhne ich. Ich will, dass sie kommt. Ich will sie an einen Ort bringen, von dessen Existenz sie nichts weiß – noch nicht.

Folgsam spreizt sie die Beine für mich, ich schiebe die Gerte dazwischen, reibe mit der Spitze über ihre pralle Knospe und schlage dann fest zu. Ihre Glieder verkrampfen sich. Ein weiterer Schlag, und sie schluchzt: »Ich brauche dich.« Ihr Schrei lässt meine Hand innehalten, bevor sie ein drittes Mal zuschlagen kann. »Ich muss dich in mir haben. Du musst mich ausfüllen.«

»Bist du sicher, Süße?« Es ist nicht ganz das, was ich will, aber ich kann die Sehnsucht in ihrer Stimme nicht ignorieren. Ich spüre sie nicht nur in meinem schmerzhaft steifen Schwanz, sondern auch in meiner eigenen Brust widerhallen. Also öffne ich den Reißverschluss meiner Hose, bevor sie antwortet, denn ich kenne ihre Antwort bereits.

Ich schiebe einen Finger in sie, um zu prüfen, ob sie bereit ist. »Du öffnest dich für mich wie eine Blüte.«

Die Anspannung in ihrem Körper löst sich, sie ist bereit für mich. Ich bringe meinen Schwanz an ihrer Spalte in Stellung und warne sie: »Ich muss dich ficken, Clara. Ich weiß nicht, ob ich rücksichtsvoll sein kann.«

Ihre Antwort ist ein hemmungslos gestöhntes »Tu's nicht«.

Bei ihren Worten stöhne ich auf, packe sie und dringe in sie ein. Sobald ich in ihr bin, verweile ich einen Moment, um das Gefühl zu genießen. Ich streiche ihr das Haar über die Schulter, dränge meinen Körper näher an ihren und beuge mich über sie, um so viel wie möglich von ihr zu erfassen. Und dann lasse ich los. Ich stoße in sie hinein und reiße ihren Kopf an den Haaren zurück, um ihren Mund mit meinem zu erobern. Ich nehme und nehme und nehme. Ich stoße tiefer und fester zu.

Ich unterbreche den Kuss und genieße, wie sie vor Lust und Schmerzen stöhnt, es ist, als ob weder ihr Verstand noch ihr Körper ganz verarbeiten könnten, was ich da tue. Ich lasse ihr Haar los, und sie klammert sich an den Baum, damit ich noch heftiger in sie eindringen kann. Kurz vor dem Höhepunkt zieht sie sich um mich zusammen, und ich gebe meinen letzten Befehl. »Komm für mich.«

Ihre Lust entlädt sich in einem erstickten Schrei. Sie durchzuckt ihren Körper, gewinnt Macht über ihre Glieder und nimmt ihr jedes bisschen Selbstbeherrschung, bis sie ein wimmerndes Etwas ist, das ganz auf meinen Schwanz fixiert ist. Ich genieße jede verdorbene Sekunde, während ich vom Rande meiner eigenen Erlösung aus zusehe. Als ihr Zittern etwas nachlässt, lasse ich mich gehen. Ich stürze in die Tiefen meiner eigenen Dunkelheit und entfessele das Monster in mir, während ich mich in sie ergieße und ihre Unschuld mit meiner Perversion beflecke. »Clara, meine Clara.«

Als ich ihren Namen sage, habe ich nur einen Gedanken: Jetzt gehört sie mir.

Ich genieße es, bis der letzte Tropfen in ihr ist und sich die Fesseln wieder um mich legen.

Was habe ich getan?

33

Ich nehme sie in die Arme und stütze sie, denn ihr Körper ist zu erschöpft, um sich aufrecht zu halten. Dann helfe ich ihr ins Gras, froh, dass der Tag warm und mild ist. Über mir kämpft sich die Sonne durch den grauen Wolkenhimmel, aber meine Stimmung bleibt düster. Ich breite meine Jacke über das Gras und helfe ihr, sich hinzulegen. Sie lächelt mich verträumt an, blinzelt träge und hebt einen Arm, um ihre Augen gegen das Sonnenlicht abzuschirmen.

Ich gehe zum Pferd und überprüfe den Sattel. Ich habe eine Grenze überschritten, doch Clara scheint das nicht zu stören – noch nicht.

Ich habe ihr gesagt, dass sie sich mir nicht unterwerfen muss. Aber letztlich habe ich sie dann doch dazu gedrängt, indem ich die Dominanz ein paarmal wie nebenbei angeboten habe. Doch das hier? Ich habe dem Monster gerade den Schlüssel zum Käfig gegeben, und ich bin mir nicht sicher, ob es sich von mir wieder einsperren lässt.

Ich drehe mich um, und Clara beobachtet mich aus halbgeschlossenen Augen, die sie weiter mit ihrem Arm vor der Sonne schützt. Sie lockt mich mit dem Zeigefinger zu sich.

Seufzend gehe ich zu ihr und stelle fest, dass ich nicht weiß, wie ich mich bei jemandem entschuldigen soll, der nicht weiß, dass ihm unrecht getan wurde. Clara sieht mich liebevoll an. Das habe ich nicht verdient. Ich zwinge mir ein Lächeln ins Gesicht. »Gar nicht schlecht, dein Komm-rüber-Blick«, sage ich und setze mich neben sie ins Gras.

Sie biegt sich mir entgegen und nagt an ihrer Unterlippe, und ich spüre beschämt, wie das Blut in meinen Schwanz strömt.

»Eigentlich war es ein Komm-nimm-mich-Blick«, säuselt sie und drängt ihr Geschlecht gegen die Wölbung in meiner Hose.

»Jetzt sehe ich den Unterschied.« Ich gebe nach, als sie meinen Schwanz befreit. Sie nimmt ihn heraus, ihre Hände sind warm und weich, dann widmet sie sich meinen Eiern mit einer Aufmerksamkeit, die sie nur selten erfahren haben. Es ist eine willkommene Ablenkung von den Gedanken, die mir im Kopf herumschwirren. »Oh Gott, ich liebe es, wenn du das tust.«

Ich muss ihr ein gutes Gefühl geben und sie daran erinnern, dass ich ihr auch ohne einen so hohen Preis Lust bereiten kann. Ich umschließe ihre Brust mit meinen Lippen und beginne zu saugen. Sie schmilzt dahin und stöhnt: »Ich will ihn in den Mund nehmen.«

Der Himmel verdunkelt sich wieder, verabschiedet sich langsam in den Abend und nimmt meine Entschlossenheit, sie mit meiner dunklen Seite zu verschonen, mit sich. Ich dränge mich gegen Clara, begierig, ihren hübschen Mund um meinen Schwanz zu sehen. Aber ich werde dafür sorgen, dass es sich für sie lohnt. »Du machst mich so hart.«

»Wie viel Zeit haben wir?«, murmelt sie.

Nicht mehr viel, sagt eine dunkle Stimme in meinem Hinterkopf, doch ich verdränge sie. »Nicht genug. Ich will dich ficken, wenn die Sonne untergeht, unter den Sternen und dann bei Sonnenaufgang.«

»Oh ja.« Sie leckt sich über die Lippen und verdoppelt damit das Versprechen, mich mit ihrem Mund zu befriedigen.

»Du bist so scharf auf mich, Süße. Hast du eine Ahnung, was das mit mir macht?« Ich setze mich auf die Fersen und greife nach meinem Schwanz. »Du hast so eine gierige Muschi. Ich will nichts anderes tun, als sie ficken. Sie hart ficken. Sie langsam ficken. Mein Schwanz in deiner hübschen kleinen Muschi sollte der Normalzustand sein. Immer. Sie gehört mir, und ich werde mich um sie kümmern, so oft es geht.«

Mit schmalen Augen kriecht Clara auf mich zu. Dann spüre ich, wie ihre heiße Zunge an meinem Schwanz nach oben gleitet. Ich greife in ihr Haar und ziehe sie in eine kniende Position, dann stehe ich auf. Ich halte sie fest, während sie anfängt, mich zu blasen. Sie verschlingt mich. Ich schließe die Augen, als sich ihr Mund um meine Eier schließt. Ich ziehe mich zurück, um sie zu warnen, weil ich mich nicht mehr lange beherrschen kann. »Ich will in deinem Mund sein. Jetzt.«

Bevor ich dazu komme, beugt sie sich vor und nimmt mich so tief in sich auf, dass ich stöhne. Die Botschaft ist klar. Hier geht es um sie, nicht um mich. Sie erhebt Anspruch auf mich. Die berauschende Befriedigung, die jeder Strich ihrer Zunge mit sich bringt, verwirrt mich. Sie hatte ihre Grenzen deutlich abgesteckt, aber anstatt sie zu verteidigen, öffnet sie jedes Mal die Tür, wenn ich gegen eine stoße.

Sie fickt mich mit ihren Händen und ihrem Mund, bis ich mich nicht mehr zurückhalten kann, und zuckt auch nicht zurück, als der erste Tropfen meines Safts in ihre Kehle rinnt. Sie ist gierig, und als ich sie schließlich ansehe, steht ihr so viel Wollust ins Gesicht geschrieben, dass meine Erektion nicht im Geringsten schwindet.

Ich brauche sie jetzt in meinem verdammten Mund. »Ich bin dran.«

Ich lasse mich zu ihr hinuntersinken und werfe sie auf den Rücken. Sie spreizt die Beine, um mich in sich aufzunehmen, aber ich kann nur daran denken, sie zu schmecken. Ich küsse mich über ihren Bauch nach unten und verharre an der weichen Innenseite ihres Schenkels.

»Weißt du, warum ich die Briefe an dich mit einem Wachssiegel verschließe?«

Sie nickt. »Damit sie privat bleiben.«

»Das ist der praktische Grund.« Ich halte inne und fahre mit der Zungenspitze an ihrer Scham entlang. »Übrigens ist es ein altes Familienwappen.«

»Ganz schön offiziell«, flüstert sie so leise, dass es kaum zu hören ist.

»Rote Siegel wurden traditionell für die Korrespondenz mit der Kirche verwendet«, erkläre ich, während meine Finger sie wie ein Geschenk öffnen. Ich weiß nicht, wie ich ihr sonst sagen soll, was sie mir bedeutet. Ich hebe den Blick zu ihren Augen. »Du bist meine Religion, Clara Bishop. Mein Heiligtum, mein Ein und Alles. Ich bete dich an.«

Sie schnappt nach Luft, als ich meinen Mund senke und genau das tue. Ich lasse mir Zeit, selbst als die Sonne verblasst, und die Realität drohend näher rückt. Ich möchte für immer in diesem perfekten Moment verweilen. Sie kommt zu schnell. Ich liebe es, wie sie sich um meinen Finger zusammenzieht, aber ich bin noch nicht bereit, diesen Nachmittag enden zu lassen.

»Du schmeckst so unglaublich gut«, murmle ich und lecke ein letztes Mal über sie. Ihre Schenkel halten meinen Kopf wie in einem Schraubstock gefangen. Ich stoße sie weg, umfasse meinen Schaft und starre auf sie hinab.

Sie liegt vor mir, die Beine einladend gespreizt, das Haar wie ein Heiligenschein um ihren Kopf. Ist dies das letzte Mal, dass ich sie haben werde? Ich verscheuche den Gedanken. Vielleicht muss es nicht enden. Vielleicht hat sie sich verändert. Vielleicht habe ich mich verändert. Vielleicht bin ich zu schwach, um sie aufzugeben.

Es gibt nur einen Weg, meinen Verstand zum Schweigen zu bringen. Ich stoße in sie hinein, und Clara wirft den Kopf zurück. »Ich kann nicht mehr«, sagt sie rau.

Sie zittert unter mir, ihr Körper ist noch ganz wund vom letzten Orgasmus.

»Und ob du kannst«, stoße ich hervor. Ihr Körper ist ganz meiner Meinung und entspannt sich. Ich belohne sie, indem ich mit der Daumenkuppe über ihren Kitzler streiche.

Dann hebe ich ihre Beine an und lehne sie an meinen Oberkörper. Die Position erlaubt es mir, tiefer in sie einzudringen. Sie verdreht ekstatisch die Augen, beißt in ihre Unterlippe und sucht mit den Händen im Gras Halt, während ich zustoße.

»Warte«, befehle ich, als ich den ersten verräterischen Druck um meinen Schaft spüre. »Ich bestimme, wann du kommst.«

Ich ziehe mich zurück, und sie schreit auf und biegt ihren Rücken durch, als hätte ich ihr Herz mitgenommen. Ich streiche mit der Spitze meines Schwanzes an ihrem Geschlecht entlang. »Ich liebe es, zu sehen, wie deine eifrige kleine Muschi sich für mich öffnet.«

Daraufhin stößt sie ein Wimmern aus, aber ich will mehr. »Sag mir, was du willst, Clara.«

Ihr Blick zuckt zu mir. Ihre Antwort ist schlicht. »Dich.«

»Du hast mich.«

Ich denke, dass sie mich vielleicht sogar für immer haben wird, selbst wenn ich sie gehen lasse. Wird es so enden?

»Ich will deinen Schwanz«, sagt sie verzweifelt und reißt mich aus meinen Gedanken.

»Ich wollte nur sichergehen, dass du bereit bist«, sage ich. »Ich will dich feucht und entspannt, damit ich dich hart nehmen kann.« Zumindest dieser Teil ist wahr.

»Bitte, tu's«, flüstert sie. Dieses »Bitte« haut mich um.

Ich weiß nicht, ob ich ihr mehr gebe oder mehr von ihr nehme, als ich wieder in sie eindringe und sie belagere. Unsere Körper werden eins, und ich ergieße mich in sie. Immer noch ineinander verschlungen sinken wir zurück ins Gras.

Das ist alles, was ich will: gestohlene Glücksmomente mit ihr. »Das könnte ich den Rest des Tages tun.«

»Dann tu's«, murmelt sie.

Es kostet mich Mühe, mich von ihr zu lösen. »Ich liebe es, dass du es heute ständig willst. Es ist eine Herausforderung, deine gierige kleine Muschi zu befriedigen.«

»Ich will es nur mit dir.« Ihr Atem stockt, als ich einen Finger in sie eintauche, in den heißen, klebrigen Beweis unserer Vereinigung.

»Ja, Süße. Das weiß ich.« Weil ich egoistisch bin. Weil ich sie nicht aufgeben will. Weil ich es nicht kann. »Warte bis heute Abend. Nach dem Essen.«

Sie schließt die Augen und fragt: »Versprochen?«

Lust ist alles, was ich ihr geben kann. Der Rest würde sie zu viel kosten. »Jedes Wort von mir ist ein Versprechen. Wenn ich sage, dass ich dich ficken werde, ist das ein Versprechen. Wenn ich sage, dass du mich anflehen wirst, ist es ein Versprechen. Wenn ich sage, dass diese wunderschöne Muschi mir gehört, ist es ein Versprechen.«

Und dann, weil ich selbstsüchtig und grausam bin, küsse ich sie und bewege mich zwischen ihre Beine, um es ihr noch einmal zu beweisen.

Auf dem Ritt zurück zum Anwesen sind wir schweigsam. Ich dränge Clara nicht, mir zu erzählen, was sie denkt, und sie fragt mich auch nicht. Ich möchte nur diesen intimen Moment genießen, sie sicher in meinen Armen, weit weg von meiner Welt. Als wir die Stallungen erreichen, überkommt mich heftige Scham. Ich habe Clara meine Jacke um die Schultern gelegt, aber der Zustand, in den ich sie gebracht habe, ist kaum zu verbergen.

Wenigstens war ich sanft mit der Gerte. Sonst würde nicht nur ihre Kleidung die Spuren meiner schmutzigen Taten erkennen lassen. Während uns ein unbeholfener Stallknecht hilft, löse ich die Hand nicht von ihrem Rücken. Er wendet den Blick ab, aber er hat genug gesehen, um zu wissen, was ich mit ihr gemacht habe.

Sie klammert sich an meine Jacke wie an einen Rettungsring, während wir Hand in Hand auf das majestätische Gebäude zugehen. Als wir es erreichen, bleibe ich in der Tür stehen. Eine Auseinandersetzung mit meinem Vater ist das Letzte, was ich jetzt brauche. Die Eingangshalle ist leer, und ich signalisiere ihr, dass die Luft rein ist. Sie macht einen Schritt hinein, und Panik ergreift mich. Es ist, als würde ich hören, wie die Uhr aufgezogen wird. Ich bin nicht bereit für den Countdown. Ich suche ihre Lippen und finde dort die Antworten, an die ich glauben will. Doch alles wird zunichtegemacht, als ihre Fingerspitzen über mein Hemd streifen und auf meiner Narbe verweilen. Ich packe ihr Handgelenk und reiße ihre Hand weg.

»Nein, Clara«, warne ich sie.

Sofort schießen ihr Tränen in die Augen, aber sie setzt ein Lächeln auf und wehrt sich gegen meinen Griff. »Wir sehen uns dann beim Dinner.«

»Clara.« Ich verstärke meinen Griff. »Nicht hier. Nicht an diesem Ort. Ich kann es dir nicht erklären.«

»Du könntest es wenigstens versuchen«, sagt sie gereizt. Bis jetzt war ich besorgt, dass sie über einen unerschöpflichen Vorrat an Geduld verfügen könnte. Aber dem ist nicht so.

»Ich kann nicht. Nicht hier. Das hat nichts mit dir zu tun, Clara.«

Sie seufzt. »Ich dachte, nach diesem Nachmittag …«

»Du musst dich fürs Dinner umziehen, Süße«, unterbreche ich sie.

»Vielleicht sollte ich lieber nach Hause fahren«, sagt sie.

Ich denke, dass sie blufft, also antworte ich. »Nein.«

Sie zieht eine Augenbraue nach oben, und ich weiß, dass das die falsche Reaktion war.

Kann sie nicht sehen, wie kostbar unsere Zeit jetzt ist? Fühlt sie nicht, wie sie verrinnt? »Ich wünsche mir, dass du bleibst«, lenke ich ein. »Aber ich würde es auch verstehen, wenn du gehst. Ich würde ja selbst gehen, wenn ich könnte.«

»Dann geh mit mir.« Aus ihrer Stimme spricht Angst.

»So einfach ist das leider nicht, Clara.« Die Sache muss sich totlaufen. Wenn sie jetzt geht – bevor unsere Zeit um ist, bevor mein Vater seine Drohungen wahr machen konnte, ehe ich alles zwischen uns ruiniert habe –, werde ich sie nicht gehen lassen können. Ich brauche mehr Zeit. »Ich kann alldem hier nicht einfach den Rücken kehren. Nicht mehr. Aber eins sollst du wissen.«

Sie starrt mich an und wartet darauf, was ich zu sagen habe. Ich weiß es selbst erst, als es aus meinem Mund ist. »Wenn du gehst, Clara, werde ich dir folgen.«

Nur meine Familie wohnt im Nordflügel, weshalb ich kurz überrascht bin, als ich David leise aus einem Zimmer schlüpfen sehe – dann merke ich, dass es Edwards Zimmer ist. Er dreht sich um und erschrickt, als er mich bemerkt, dann atmet er tief durch und entspannt sich.

David schiebt die Hände in die Taschen seiner Leinenhose und zieht mit dem Zeh eine Linie über die Fliesen. Vermutlich ist das seine Art, sich unschuldig zu geben. »Ich musste mir etwas leihen …«

Ich winke ab. »Ich weiß Bescheid, schon vergessen?«

»Ich reise ab. Ich bin hergekommen, um mich zu verabschieden, aber er ist nicht da.«

»Soll ich ihm etwas ausrichten?«, frage ich.

»Was soll das bringen?« David zuckt mit den Schultern. »Wenn ich ihm etwas bedeuten würde …«

»Du bedeutest ihm was«, unterbreche ich ihn. »Aber das Ganze ist kompliziert.«

»Ja, ich weiß.« Sein Kiefermuskel zuckt, und mir wird klar, dass er einen weiteren Vortrag fürchtet. Ich frage mich, wie oft er sich welche von Edward anhören muss. »Es ist immer kompliziert.«

»Immer?«

»Nein«, sagt er traurig. »Nicht, wenn wir allein sind – weit weg von alldem hier.« Er deutet auf die Wände, und ich betrachte sie mit seinen Augen. Unbezahlbare Gemälde, die seit Generationen im Besitz meiner Familie sind. Antiquitäten, poliert und glänzend, als hätte man sie erst gestern gekauft. Und draußen: hektarweise Ländereien. Alles wurde uns geschenkt, weil unsere Abstammung ein Lotteriegewinn ist.

»Stimmt das?«, frage ich ehrlich neugierig.

»Ja.« David nickt. »Du hast Glück. Du kannst hier mit ihr sein, in aller Öffentlichkeit.«

»Mit einer Zielscheibe auf unserem Rücken«, füge ich bedrückt hinzu. David mag es nicht gefallen, sich verstecken zu müssen, aber so ist er wenigstens keine offensichtliche Beute.

»Die Royals sind schon immer Zielscheibe gewesen«, erinnert er mich. »Ich glaube, das ist der Grund, warum er mich geheim hält.«

Diesmal bin ich derjenige, der nickt. »Er liebt dich.«

David lacht. Es klingt hohl wie das Echo eines ausgetrockneten Brunnens. »Zumindest sagt er das.«

Er dreht sich um und geht den Flur hinunter. Ich sehe ihm nach und weiß, dass das Wochenende auf dem Lande sein erstes Opfer gefordert hat. Es war dumm von Edward, ihn herzubringen. Und ich hätte Clara nicht mitbringen dürfen.

Vielleicht liegt es in der Familie, dass wir uns selbst im Weg stehen.

34

Nach unserem Ausritt heute Nachmittag – und der nicht allzu subtilen Drohung meines Vaters während der Jagd – möchte ich Clara um mich haben. Ich bin mir nicht sicher, ob sie ihr Outfit für heute Abend erst noch nähen muss, oder warum sie so lange braucht, denn das Dinner hat bereits begonnen, als sie mit Edward an ihrer Seite in der Halle erscheint. Ein seltsames Gefühl ergreift mein Herz, als ich sehe, wie sie Arm in Arm hereinkommen und flüsternd die Köpfe zusammenstecken. Ich möchte, dass sie Freunde sind, aber ich würde Clara lieber nicht teilen. Nicht heute. Nicht nachdem ich weiß, wie weit mein Vater zu gehen bereit ist, um uns auseinanderzubringen. Nicht, nachdem mir klar ist, dass ich sie bald gehen lassen muss, um sie vor dem hier zu retten.

Je näher sie kommen, desto ungeduldiger werde ich. »Ihr seid zu spät.«

»Alex.« Edward wirft Clara einen Blick zu und lässt ihre Hand los, als ob er spürte, dass er sich in meinem Revier befindet. »Ich begleite nur deine Freundin zum Dinner.«

Clara richtet den Blick auf den Boden, und ihre Verlegenheit steht in seltsamem Kontrast zu dem Hauch von einem Kleid, das sie trägt. Ich werfe Edward einen Blick zu, der sagt: Bist du dafür verantwortlich? Er zuckt mit den Schultern, und ein amüsiertes Lächeln umspielt seine Lippen.

»Das übernehme ich.« Ich biete Clara den Arm, frage mich aber, ob sie lieber von meinem Bruder in den Saal geleitet werden möchte. Die beiden scheinen sich gut zu verstehen, und sie braucht jeden Freund, den sie bekommen kann. Clara muss mein Zögern spüren, denn sie rollt mit den Augen. Ich lasse meinen Blick über sie gleiten und betrachte anerkennend das Kleid aus schwarzer Spitze, das mit einem hautfarbenen Stoff unterlegt ist.

»In diesem Licht siehst du aus, als hättest du nichts an«, sage ich.

Ihr Kichern lässt vermuten, dass sie weiß, wie aufreizend das Kleid ist, aber weiß sie auch, wie schwer es sein wird, mit einer steinharten Erektion neben ihr am Tisch zu sitzen?

»Wir kommen zu spät, X«, sagt sie süffisant.

Ich öffne die Tür gerade so weit, dass Licht in den dunklen Korridor fällt und ich sie besser sehen kann. Im Licht ist es noch schlimmer. Und zugleich besser.

»Was hast du denn da an?«

Sie legt die Hand um mein Kinn, und ich stelle fest, dass sie mit ihren hohen Absätzen fast so groß ist wie ich. Ich bewundere ihre langen Beine, die mich geradezu anflehen, sie zu spreizen und Clara auf der Stelle zu ficken.

Wir werden es nie zum Dinner schaffen.

»Extra etwas Heißes, nur für dich.«

Für sie oder für mich? Clara wirkt heute Abend irgendwie anders, ich kann nicht genau sagen, woran es liegt. Sie ist kühn, und ich befürchte, dass dieses Auftreten nur noch mehr Schikane nach sich ziehen wird. Sie muss sich nicht so anstrengen, um jemanden zu beeindrucken, schon gar nicht mich. »Für mich siehst du immer heiß aus.«

Darauf reagiert sie mit einem so leidenschaftlichen Kuss, dass ich meine Sorge für einen Moment vergesse. Ich lasse eine Hand an ihrer Hüfte hinuntergleiten und umfasse ihren Hintern. Woran mich ihre Kleidung nicht im Geringsten hindert, vielmehr wird ihr Hinterteil betont, ist bereit, versohlt zu werden. »Ich habe plötzlich gar keinen Hunger mehr.«

Aber sie hat anderes im Sinn. »Aber ich – *und wie.*«

Trotz dieser Worte taumelt sie, als sie einen Schritt zurück macht, und ich fange sie auf. Unwillkürlich dränge ich mich an sie, damit sie spürt, wie sich mein Schwanz gegen meine Hose drängt. Vielleicht kann ich sie überreden, das Dinner ausfallen zu lassen, wenn sie weiß, was es gibt.

»Aber X«, murmelt sie, »alles kommt von selbst zu dem, der warten kann – schon mal gehört?«

»Scheiß aufs Warten.« Bevor ich den Witz von einem Rock hochheben und sie an die Wand drücken kann, befreit sie sich aus meiner Umarmung und geht schnell zur Tür des Speisesaals.

»Später, X.«

»Clara«, rufe ich ihr nach. Ich muss mich einen Moment sortieren, bevor ich mich dort blicken lassen kann, und sie sollte nicht allein hineingehen. Doch sie ignoriert mich, geht einfach weiter und schreitet, provokant mit den Hüften schwingend, an die Tafel und zu ihrem Platz.

Ich beobachte alles durch den Spalt in der Tür, den sie offen gelassen hat. Das Dinner hat bereits begonnen, und alle halten inne, um sie anzustarren, als sie vorbeigeht. Sie mag ein Gast sein. Sie mag Amerikanerin sein. Sie mag diese Familie ruinieren, wenn man meinen Vater fragt, aber in diesem Moment ist sie eine Königin.

Sie ist ganz offensichtlich allen anderen überlegen.

Ein Diener tritt auf sie zu, und mein Instinkt übernimmt die Kontrolle. Kein Mann, mögen seine Absichten auch noch so edel sein, wird sich ihr nähern, wenn sie so gekleidet ist. Ich stürme durch die Tür, nicke meinem Vater zu und gehe zu ihr. Offenbar melden sich auch Claras Instinkte, denn sie rührt sich nicht. Sie nimmt nicht ihren Platz ein, sondern beobachtet mich – nur mich –, wie ich zu ihr gehe. Ich bedeute dem Diener mit einer knappen Geste, dass er gehen kann, und trete hinter ihren Stuhl. »Clara.«

Sie setzt sich, und ich nehme den Platz neben ihr ein und weiß nicht, ob ich wütend oder erregt sein soll. Wie um alles in der Welt kommt sie auf die Idee, dass es eine gute Idee wäre, ein Machtspiel zu inszenieren? Das Wochenende läuft schon schlimm genug. Ihre Hand wandert unter den Tisch, um mein Knie zu drücken, aber ich schiebe sie weg. Ich glaube nicht, dass mein Schwanz auch nur die kleinste Berührung von ihr irgendwo auf meinem Körper ertragen kann.

»Freut mich, dass du uns die Gnade erweist, dich doch noch hier blicken zu lassen«, sagt mein Vater verächtlich.

Während ich antworte, ruht mein Blick auf Clara. »Seit wann bin ich hier unentbehrlich? Mit Verlaub, ich bin keine Gabel.«

Ich wünschte, sie wäre nicht hier und würde sich nicht so zeigen. Ich wünschte, er könnte sie nicht sehen.

»Solltest du dein Machogehabe genügend ausgelebt haben, würde ich jetzt gern mit dem Essen beginnen.«

»Ich ebenso«, sage ich, wobei ich weiter unverwandt Clara ansehe, und mein Blick etwas anderes sagt: *Ich muss woanders sein – und zwar ganz tief in dir.*

»Clara sieht fabelhaft aus, nicht wahr, Alexander?«, fragt Edward und zwingt mich, den Skandal, der im Raum steht, anzusprechen.

»Ein bisschen overdressed fürs Dinner, meinst du nicht?«, sagt Pepper mit einem Schnauben und erntet eifrige Lacher von ihrer Gefolgschaft. »Oder auch underdressed, je nachdem, wie man es betrachtet.«

»Eifersucht steht dir nicht.« Edward macht sich nicht die Mühe, sie anzuschauen. Er nimmt nur sein Buttermesser in die Hand und grinst. »Du bist ganz grün im Gesicht. Das passt nicht zu deinem Kleid.«

»Auf diesem Gebiet kennst du dich ja bestens aus«, sagt Pepper und wendet sich an Clara. »Das Kleid habe ich bei Tamara's gesehen. Ich hätte nicht gedacht, dass du den Laden kennst. Ich dachte, sie hätte eine exklusivere Kundschaft.«

Aber Clara schießt sofort zurück. »Wenn du dort einkaufst, kann er so wahnsinnig exklusiv ja nicht sein.«

Was ist hier los?

»Ich werde mal mit Tamara sprechen müssen«, sagt Pepper.

»Grüß sie von mir, wenn du sie siehst«, erwidert Clara und tut Peppers Boshaftigkeit mit einem beiläufigen Desinteresse ab, das sie nur noch mehr in den Mittelpunkt der Aufmerksamkeit rückt.

»Aber selbstverständlich.« Doch Pepper gibt nicht klein bei. Sie hat noch rechtzeitig begriffen, wenn sie jemandem nicht gewachsen ist. So ist es vermutlich dazu gekommen, dass sie meinen Vater vögelt. Ganz klar, dass sie ihre Krallen eigentlich in mich schlagen wollte.

Clara wendet sich ihrer Suppe zu, und auch ich gebe mein Bestes, um mich auf den ersten Gang zu konzentrieren. Aber das Einzige, worauf ich Appetit habe, ist sie. Ich muss mich sehr konzentrieren, um meinen Löffel zum Mund zu führen und zu essen.

Nach der Suppe legt Clara ihre Serviette auf den Tisch und flüstert: »Es tut mir leid.«

»Was denn, Süße?«

»Du wirkst irgendwie sauer.«

Ich kann mir ein Schmunzeln nicht verkneifen und sehe ihr in die Augen, um ihr zu versichern, dass ich nicht sauer bin. »Wir müssen noch viel übereinander lernen, Clara. Ich bin nicht sauer, sondern scharf auf dich. Ich glaube, ich kann mich nicht beherrschen, wenn du mich noch einmal berührst. Dann muss ich dir vor versammelter Mannschaft die Klamotten vom Leib reißen.«

Sie blinzelt, ihre Augen weiten sich ein wenig, und da ist wieder meine Clara. Nicht die Königin des Schlosses, sondern die reine Seele, in die ich mich verliebt habe. Sie ist so anders als die anderen.

»Dann mach doch«, murmelt sie.

»Lass es nicht darauf ankommen, Clara.« Ich grinse wieder und frage mich, ob sie mich aufhalten würde, wenn ich sie auf der Tafel ausbreiten und hier und jetzt zum Abendessen verspeisen würde. Das würde sicherlich dem ganzen lächerlichen Geschwätz um uns ein Ende setzen. Clara rutscht auf ihrem Stuhl herum, und ich weiß, dass meine Worte sie feucht gemacht haben. Ich weiß, dass sie sich das Gleiche vorstellt. »Bald, Süße.«

Ich beobachte, wie sie unbehaglich ein paar Bissen von ihrem Salat isst. Warum verschwenden wir hier unsere Zeit mit all diesen Snobs, wenn wir allein sein könnten? David hatte recht. Vielleicht gibt es für uns eine Zukunft abseits von alldem hier. Ich hätte sie dieses Wochenende in London lassen sollen. Sie hierher zu bringen, ist zwar ein Statement, macht aber alles nur noch schlimmer. Ich habe eine Bombe gezündet, von der ich nicht weiß, wie ich sie entschärfen soll.

Als die Kellnerin für den nächsten Gang meinen Teller vor mir abstellt, achte ich nicht darauf, was wir essen. Stattdessen beschließe ich, Clara ein wenig auf Touren zu bringen und mich daran zu erfreuen, wie sie sich windet. »Du solltest lieber aufessen, Clara. Du hast eine lange, anstrengende Nacht vor dir.«

Sie schließt träumerisch die Augen, als Peppers bissige Stimme sie unterbricht: »Ach herrje! Ich hoffe doch, das hat nichts mit deinem Zustand zu tun?«

Gerade will ich eingreifen, als Clara einen Bissen nimmt, ihn betont langsam kaut und Pepper mit einem gefährlich bohrenden Blick anschaut.

Aber so einfach ist Pepper nicht einzuschüchtern.

»Ich war überrascht, als ich von deinem kleinen Problem erfuhr«, sagt Pepper. »Frauen mit Essstörungen sind normalerweise doch ein wenig dünner.«

Jemand aus Peppers Gefolgschaft lacht, dann folgt Stille.

»Vorsicht, Pepper«, warnt Edward sie schließlich. »Das Scheusal in dir hebt sein Schlangenhaupt.«

»Edward«, schaltet sich unser Vater ein.

»Ach, du bist ja gar nicht taub«, wendet sich Edward an ihn. »Du tust bloß so, als würdest du nicht bemerken, was sich vor deiner Nase abspielt.«

»Davon profitierst du schließlich seit geraumer Zeit«, murmelt Pepper und wirft ihm einen bedeutungsvollen Blick zu.

Ich halte es nicht für ratsam, mich einzumischen, denn wenn ich das tue, werden Grenzen überschritten. Das ist es, was Pepper und mein Vater wollen: dass ich sie angreife. Wenn ich das tue, gibt es kein Zurück mehr, und ich bin mir ziemlich sicher, dass ich die Kontrolle verlieren und einen von beiden aus dem Fenster werfen werde. Ich klammere mich an mein Silbermesser wie an einen Anker und ermahne mich gleichzeitig, dass es keine Waffe ist.

Pepper wendet sich mir zu. »Vielleicht solltest du deine sogenannte *Freundin* gelegentlich zu einer Therapie schicken, bevor noch mehr Schmierblätter über ihre Essstörung berichten.«

Das ist der letzte Fehler, den sie in meiner Gegenwart machen wird, aber bevor ich ihr diese Nachricht überbringen kann, antwortet Clara gelassen: »Pepper, wie ich bemerkt habe, hast du weder die Suppe noch den Salat noch die Lammkeule angerührt. Nur dein Weinglas hat es bisher an deine Lippen geschafft. Wenn ich mit dem Essen fertig bin, suche ich dir gern die Adresse meines Arztes heraus.«

»So, jetzt ist aber Schluss …«, hebt mein Vater an.

»Ach, auf einmal? Als Clara verleumdet wurde, hast du nichts gesagt«, grolle ich mit so tiefer Stimme, dass alle verstummen.

»Werd jetzt nicht melodramatisch«, sagt Pepper, als wären das alles nur harmlose Neckereien. Doch sie weiß, dass sie einen Fehler gemacht hat.

»Du bist als Gast unserer Familie an dieser Tafel«, sage ich, »und zwar zum ehrenden Gedenken an meine Schwester Sarah. Ich widerrufe jetzt diese Einladung. Ich möchte, dass du gehst.«

Pepper starrt mich mit offenem Mund an. Auf einmal fangen alle um sie herum an zu reden.

»Das ist hier immer noch mein Haus!«, dröhnt mein Vater und schlägt mit der Faust auf den Tisch.

»Und du wirst doch sicher damit einverstanden sein, eine Schönwetterbekannte auf Wunsch deines Sohnes von dieser Tafel zu entfernen«, sage ich ebenso laut. »Es sei denn, du hättest Pepper *höchstpersönlich* eingeladen.«

Schachmatt. Er weiß, dass er in der Falle sitzt. Wenn er nicht will, dass sein schmutziges Geheimnis vor der gesamten Abendgesellschaft enthüllt wird – viele von ihnen werden die Information eifrig an die Presse verkaufen –, darf er mir nicht widersprechen. Er nickt und stimmt mir zu, dann verlässt er ohne ein weiteres Wort den Raum.

Ich habe keinen Zweifel, dass ich dafür bezahlen werde, dass ich sein kleines Spielzeug früher nach Hause geschickt habe. Jetzt hat er noch mehr Zeit, meine Beziehung zu stören, aber ich konnte Peppers Verhalten nicht länger dulden.

»Pris?« Pepper sieht ihre Freundin an, aber Pris wird nicht mit ihr gehen. Pepper mag in ihrer kleinen Gruppe ein gewisses Ansehen genießen, aber keiner von ihnen ist loyal genug, um seine Stellung in der Familie für sie aufzugeben.

Clara hat derweil aufgehört zu essen. Ich will mit ihr hier raus, aber erst, wenn ich sicher bin, dass sie gegessen hat.

»Iss auf«, fordere ich sie auf.

Sie starrt auf ihren Teller, während der Rest der Tischgesellschaft sich bemüht, so zu tun, als wäre nichts vorgefallen.

»*Mach schon*«, knurre ich.

Sie tut, was ich sage. Ein Bissen nach dem anderen, bis ihr Teller leer ist. Dann steht sie auf und schaut zu uns anderen. »Das Essen war köstlich und sehr erhellend. Bitte entschuldigt mich.«

Bevor ich sie aufhalten kann, rennt sie hinaus.

35

Schließlich finde ich sie auf der hinteren Veranda, wo sie auf die weitläufigen Rasenflächen blickt. Ich öffne die Tür, gehe zu ihr und ziehe sie in meine Arme.

»Alexa…«

Ich lege ihr einen Finger auf die Lippen. »Ich werde mich nicht für sie entschuldigen, Clara. Es wäre schade um die Worte.«

»Ich hätte durchaus ein paar passende Worte übrig.« Ihre Stimme zittert, sie hat etwas von ihrem Selbstvertrauen verloren. Pepper hat es ihr genommen, und mein Vater hat tatenlos danebengesessen. Wenn ich unsere Beziehung fortsetze, wird sie so etwas immer wieder erleben.

»Süße.« Ich lege eine Hand unter ihr Kinn, hebe es an und küsse sie. Ich habe die Macht, sie abzulenken. Sie gibt sich meinen Zärtlichkeiten hin und schmiegt sich an meinen Körper, während meine Zunge gierig in ihren Mund eindringt. Ich will sie. Ich weiß nicht, wie ich sie fortschicken soll. Ich kann es nicht. Ich drücke ihre Hand auf meine Erektion, um zu beweisen, wie machtlos ich in ihrer Gegenwart bin. »Das machst du mit mir.«

Sie greift nach meiner Gürtelschnalle, aber das lasse ich nicht zu. Nicht heute Abend. Ich muss etwas sagen oder tun, das sie veranlasst zu gehen. Nach dem, was mein Vater heute gesagt hat, nach dem heutigen Abendessen weiß ich, was ich zu tun habe. Sie muss mich verlassen. Ich aber werde um einen neuen Auftrag im Nahen Osten bitten oder eine Reise machen. Ich werde einen Weg finden, mich von ihr fernzuhalten.

Das ist das Beste.

Ich muss ihr einfach zeigen, dass sie überfordert ist.

»Nein, Clara. Erst, wenn ich es sage«, verlange ich. Sie hat mir schon öfter erlaubt, dominant zu sein, aber nicht auf diese Weise. »Und jetzt dreh dich um.«

Ich werde sie benutzen. Sie besitzen. Sie demütigen. Ich werde alles tun, was ich ihr versprochen habe, nicht zu tun, und dann sieht sie, wie ich wirklich bin.

Dann wird sie mich nicht lieben.

Ich führe sie zu einer steinernen Brüstung und hebe ihren Rock hoch. Sie starrt auf das Haus vor uns, auf die offenen Fenster, hinter denen ab und an jemand einen Flur entlanggeht. Jeder könnte hinausschauen und uns sehen. Das ist der Punkt.

»Als ich dich auf dem Korridor gesehen habe«, sage ich und beuge mich vor, um zu flüstern, »dachte ich erst, du hättest keinen Rock an.«

Sie lacht, aber sie ist nervös. Wir bewegen uns außerhalb ihrer Komfortzone. »Mir gefällt das Kleid.«

»Oh, mir auch«, sage ich. »Und wie.«

Ich schiebe eine Hand unter ihren Rock und lebe meine Fantasie aus, sie so vor der ganzen Welt in Besitz zu nehmen.

»Es hat mir überhaupt nicht gefallen, beim Dinner neben

dir zu sitzen, so nah an dem«, ich drücke meine Handfläche auf die Hitze zwischen ihren Beinen, »was mir gehört. Ich lasse mich nicht gern auf die Folter spannen.«

»Manche nennen es Vorfreude«, stichelt sie.

»Ja, das ist es, was ich im Sinn hatte, Süße.« Meine Finger bewegen sich unter ihren Tanga und gleiten zwischen ihre feuchte, bereite Scham. »Möchtest du das Höschen für mich ausziehen?«

Ich streichle sie sanft, und sie seufzt. »Habe ich denn eine Wahl?«

»Irgendwo habe ich gehört, dass die Ressourcen auf unserer Erde zu Ende gehen«, erinnere ich sie. »Und dass ich ein paar Höschen aufsparen sollte.«

»Wie vorausschauend von dir.« Sie greift nach ihren Hüften und zieht sich den Slip aus.

»Ich glaube, dir wird gefallen, was ich mit dir vorhabe.« Ich beuge mich vor und hebe das Spitzenhöschen auf. Dann schiebe ich es vor ihr Gesicht. »Die Küche liegt gleich um die Ecke, dort sind Leute, aber ich möchte dein Stöhnen ganz allein genießen.«

Ich erwarte, dass sie zusammenzuckt, als ich ihr den Slip in den Mund schiebe, aber stattdessen wimmert sie. Verdammt, so sollte das nicht ablaufen.

»Ich bin tatsächlich eifersüchtig, Süße«, sage ich und streiche mit meiner freien Hand über ihren Hals. »Ich wette, du kannst jetzt deine süße kleine Muschi schmecken, dabei wollte ich das schon den ganzen Abend. Ich befürchte, das kann ich mir nicht bieten lassen.«

Ich drücke sie so weit auf die Brüstung, dass ihre Füße den Kontakt zum Boden verlieren und ihr Hintern in die

Luft ragt. Wie auf dem Präsentierteller liegt sie vor mir, und ich drücke ihre Beine weiter auseinander und setze sie der Welt um uns herum aus. Sie stöhnt weiter, und ich merke, dass sie es genießt. Ich hatte damit gerechnet, dass sie in der Nähe eines vollen Hauses schüchterner sein würde. Aber sie hat mich schon mehrfach überrascht. Wie weit kann ich sie noch treiben? Ich umfasse leicht ihren Nacken und bewege meine andere Hand nach oben, um ihre Pobacken zu spreizen und den Blick auf ihre rosafarbene Rosette freizulegen. Dann drücke ich leicht mit dem Daumen dagegen.

»Entspann dich, Clara«, befehle ich ihr. »Du gehörst mir, Süße, und ich will dich ganz.«

Trotz meines Befehls spannt sich ihr Körper an. Dennoch schiebe ich meinen Daumen in sie hinein und beginne, mit ihm zu pumpen, während sie sich windet.

»Ich will deinen Arsch ficken, Clara.« Das hätte ich irgendwann getan. »Er gehört mir, und ich werde ihn mir nehmen, wann ich es will.«

Ihr Stöhnen wird lauter, gedämpft durch das Höschen, das sie knebelt, aber es ist klar, dass sie es genießt. So viel dazu, dass ich sie heute zu weit drängen werde.

»Aber nicht jetzt.« Ich muss eine andere Taktik ausprobieren. »Dafür bist du noch nicht bereit, Süße. Doch du kannst mir mein Verlangen nicht vorwerfen, nachdem du mich den ganzen Abend in diesem unglaublichen Kleid verrückt gemacht hast. Sie haben Angst vor dir, verstehst du? Du bist so anders, so selbstbewusst. Du hast sie genauso aus dem Konzept gebracht wie mich.«

Ich fahre fort, ihren Arsch mit meinem Daumen zu ficken, bevor ich zwei weitere Finger in ihre Muschi schiebe. Grob fordere ich ihre Lust ein. Sie schreit auf, als ihr Körper sich immer mehr dem Höhepunkt nähert.

»Mir gefällt dein kleiner Schrei. Es klingt so hilflos, als würdest du darum betteln, dass ich dich rette. Willst du kommen?«, frage ich und kenne die Antwort bereits.

Sie nickt, und ich krümme meinen Finger und massiere den Punkt, der sie verlässlich zum Orgasmus bringt. Sie tränkt meine Hand, als sie darauf kommt.

Ich will noch mehr. Ich ziehe mich zurück, beuge mich vor und sauge ihre Klitoris in meinen Mund, während ihre Schenkel sich gegen die zusätzliche Stimulation wehren. Bevor sie sich losreißen kann, schiebe ich meinen Daumen wieder in ihren Hintern, und sie kommt ein zweites Mal, diesmal noch heftiger.

Ich kann nicht aufhören, auch wenn sich ihre Beine gegen mich stemmen. Selbst als sie darum bettelt. Wie kann ich sie jemals aufgeben? »Ich muss in dir sein.« Ich richte mich auf, ziehe ihr den Slip aus dem Mund und stelle sie zurück auf die Füße. »Bitte mich darum.«

Sie schüttelt den Kopf und taumelt. »Ich … ich kann nicht mehr.«

»Falsche Antwort«, sage ich und öffne den Reißverschluss meiner Hose.

»Es ist zu viel«, stöhnt sie.

»Süße.« Ich weiß, dass sie es machen wird. Sie nimmt alles, was ich ihr gebe. Ich werde sie nie davon überzeugen können, wegzulaufen. Und das bedeutet, dass ich sie dazu zwingen muss, und nichts, was ich ihrem Körper antun könnte, wird sie vertreiben. Ich werde ihr das Herz brechen müssen.

Aber zuerst muss ich sie noch ein einziges Mal haben. Vielleicht genügt es mir irgendwie, wenn ich weiß, dass es das dann war. Ich streiche mit meinem Schwanz an ihrer Muschi entlang. Ihre Beine wollen sich öffnen, aber sie hält sie geschlossen. Sie ringt mit sich.

Ich küsse ihre Schulter. Ich werde nichts erzwingen. Nicht mehr. Nicht, wenn es das letzte Mal sein soll.

»Ich muss dich haben, X«, sagt sie schließlich und klingt irgendwie fremd. »Ich will deine Haut spüren.«

Ich verstehe, was sie meint. Nicht meinen Schwanz oder meinen Mund. Sie will mich – alles von mir. Die Teile von mir, die ich nur ihr gegeben habe. Das ist das Mindeste, was ich tun kann. Aber als ich mein Hemd aufknöpfe, weiß ich, dass ich aus purem Egoismus handele. Ich will es auch. Ich will mit ihr zusammen sein, ohne dass etwas zwischen uns steht.

Abgesehen von der ganzen Welt.

Ich ziehe sie an mich, drücke meinen Körper an ihren und gebe ihr das von mir, was nur sie jemals besitzen wird.

»Ich will deinen Schwanz. Ich will, dass du mich ausfüllst«, keucht sie, und ich dringe unter Stöhnen in sie ein und treffe auf keinen Widerstand in ihrer nassen Hitze.

Ich lasse die Hände über ihren Körper gleiten und will sie spüren. Ich lege eine Hand auf ihre Brust und ziehe sie fest an mich. Für diesen einen Moment gehört sie mir, und ich gehöre ihr, und nichts kann das ändern.

»Ich werde in deiner wunderschönen Muschi kommen.« Ich kann es nicht länger hinauszögern. Ich muss mich in sie ergießen, spüren, wie es ist, sie noch einmal zu markieren. »Oh Gott, du melkst mich ja. Du willst mich in dir haben, nicht wahr? Du willst, dass ich in deiner Muschi komme, weil du weißt, dass sie mir gehört.«

»Ich gehöre dir«, verspricht sie.

»Ich gehöre dir.« Ich werde immer nur ihr gehören. Und diese Erkenntnis treibt mich zum Orgasmus. Ich entlade mich, und sie kommt mit mir.

Als sie seitwärts taumelt, fange ich sie auf und hebe sie auf meine Arme. Ich trage sie zum Haus, fort von dem, was hätte sein können, hin zu dem, was passieren muss.

Ich trage sie hinein, um ihr das Herz zu brechen.

36

Ich beobachte, wie Clara in meinem Schlafzimmer umherwandert. Schließlich bleibt sie stehen und betrachtet ein Foto von mir mit meiner Mutter und Sarah. Ich kann mich nicht daran erinnern, wo und wann es aufgenommen wurde. Die meisten der Erinnerungen in diesem Zimmer fühlen sich an, als gehörten sie zu einem anderen Mann mit einem anderen Leben.

»Sie war wunderschön.« Clara hebt ein Foto von Sarah hoch, auf dem sie auf einem ihrer Pferde sitzt. Das Foto wurde hier auf dem Gelände aufgenommen. Sie muss fünfzehn gewesen sein. War es das letzte Mal, dass sie hier war?

»Sie liebte das Reiten«, sage ich und versuche, mich daran zu erinnern, wann ich sie das letzte Mal reiten gesehen habe.

»Was ist passiert?«, fragt sie leise.

Ich warte schon seit dem Morgen, nachdem wir das erste Mal miteinander geschlafen haben, darauf, dass Clara mich nach dem Unfall fragt. Ich weiß nur zu gut, wie viele Frauen mit einem Prinzen ins Bett steigen, um Einblick in die Familiengeheimnisse zu bekommen. Aber Clara drängt mich nie. Sie wartet ab. Sie macht Angebote. Sie meint es ernst, wenn sie sagt, dass sie mich ganz haben will, deshalb ist sie bereit zu warten, bis ich mich ihr vorbehaltlos öffne.

Ich wünschte, ich könnte es.

»Ich wünschte, ich wüsste es, Clara.« Ich zögere. Warum sollte ich ihr das so kurz vor dem Ende sagen? Ich möchte nicht, dass sie ein solches Bild von mir hat. Aber ein Teil von mir hat das Gefühl, dass sie es wissen muss, als ob es ihr helfen könnte zu verstehen, warum sie nicht in meine Welt gehört. Sie ist zu wertvoll, um sie den Reportern, den Höflingen und meinem eigenen Fleisch und Blut auszuliefern. »Ich kann mich nur bruchstückhaft erinnern. Das ist auch der Grund, warum ich Pepper immer wieder eingeladen habe.«

Sie lächelt, es ist kein strahlendes helles Lächeln, sondern ein kleines unauffälliges. Sie hört zu.

»Ich war in einer Bar, ich hatte getrunken. Plötzlich tauchte meine Schwester auf. Sie war minderjährig, und ich schimpfte, was sie in einer Bar zu suchen hätte.« Ich schüttle den Kopf. Auch nach all den Jahren ist die Erinnerung an jene Nacht nicht klarer geworden. Ich habe es immer und immer wieder in meinem Kopf durchgespielt. Clara legt mir eine Hand auf die Schulter und ermuntert mich so, weiterzureden. »Dann sind wir gegangen. An alles andere kann ich mich kaum erinnern. Und ich will dich damit auch nicht belasten.«

»Vergiss es, X«, murmelt sie. »Keine Geheimnisse, okay?«

Keine Geheimnisse. Sarah ist der Beweis, dass es immer Geheimnisse geben wird. Meine Familie klammert sich an Geheimnisse, besonders an die, die wir vor uns selbst verbergen. Wenn wir nie zugeben, dass wir die Wahrheit kennen, ist es keine Lüge. Auf diese Weise schützen wir uns. Nur so können wir weiterhin unseren Pflichten nachkommen.

Aus irgendeinem Grund kann ich aber nicht aufhören, über diese Nacht zu sprechen. Ich dachte, es könnte Clara als Warnung dienen, aber jetzt treibt mich etwas anderes zu meiner Beichte – etwas, das ich nicht verstehe. »Ich erinnere mich an ihr Blut an meinen Fingern. Sie fühlte sich an wie eine schlaffe Puppe. Die Hitze versengte meine Haut, aber ich konnte sie doch nicht im Stich lassen. Ich war derart in Panik, dass ich nicht mal merkte, wie schwer verletzt ich war. Bei dem Aufprall war ich aufgespießt worden – in mir steckte ein Stück Metall, aber ich hätte sie niemals allein gelassen, und so saßen wir beide in den Flammen wie auf einem Scheiterhaufen.«

Clara schlägt sich eine Hand vor den Mund, und ich höre, wie sie vor Entsetzen schluchzt. »Und Pepper?«

»Sie war aus dem Wagen geschleudert worden und lag mit gebrochenen Knochen auf der Straße«, sage ich. »Wenn sie sich an mehr erinnern kann, hat sie jedenfalls nie ein Wort darüber gesagt.«

»Das muss grauenhaft gewesen sein, X.« Sie streicht mir die Haare aus der Stirn und versucht, mich dazu zu bewegen, ihr in die Augen zu sehen, doch ich halte den Blick gesenkt. »Aber trotzdem war es nicht deine Schuld.«

»Warum siehst du nicht das Ungeheuer in mir?«, frage ich. »So wie alle anderen?«

»Die anderen können dich nicht so sehen wie ich.« Sie holt tief Luft. »Sie lieben dich nicht so, wie …«

»Entschuldige«, unterbreche ich sie. »Ich brauche nur einen Moment.« Ich gehe ins Bad, schließe die Tür hinter mir und lehne mich gegen die Wand. Beinahe hätte sie es gesagt. Ich weiß nicht, ob ich sie gehen lassen könnte, wenn sie es gesagt hätte. Ich habe diese Worte nicht mehr gehört, seit sie gestorben sind. Nicht von jemandem, der mir nahesteht.

Jemandem, der mich kennt. Mädchen rufen es mir auf der Straße zu, aber hinter verschlossenen Türen liebt mich niemand, und ich liebe niemanden. Sarah hat es selten gesagt, und meist nur wie eine Formel. Ich habe diese Worte von niemandem mehr gehört, seit ich ein Kind war.

Clara irrt sich. Ich bin der Grund, warum Sarah in jener Nacht dort war. Sie war mir gefolgt. Sie war in Jonathan verknallt. Ich hätte sie nicht aus der Bar schleppen dürfen. Ich hätte sie tanzen und Spaß haben lassen sollen. Aber ich habe verlangt, dass wir gehen, denn ich wusste, was am nächsten Morgen in den Zeitungen stehen würde. Ich stritt mich bereits mit meinem Vater wegen der Universität. Ich durfte nicht noch mehr Aufmerksamkeit auf mich lenken. Stattdessen erzählten die Zeitungen am Morgen eine ganz andere Geschichte – eine, die mein Leben für immer verändert hat. Eine, die mich auf der Suche nach Erlösung in die Hölle schickte. Die mir zeigte, wie unbedeutend alles im Vergleich ist. Die mich schließlich Clara hat treffen lassen.

Diese Nacht hat nichts Gutes gebracht. Sie vergiftet meine Familie. Mich zu ihr zu führen, war nur ihre letzte Versuchung. Will ich Claras Seele zusammen mit meiner verdammen?

Das darf ich nicht.

Niemals will ich Clara auf blutgetränktem Asphalt in den Armen halten. Niemals soll sie dazu verdammt sein, jede wache Stunde mit Pflichten und Zeremonien und all dem anderen Mist zu verbringen, mit dem sich ein Royal herumschlagen muss. Ich werde ihr niemals die Freiheit nehmen, nur damit ich diesem tristen Leben, in das ich hineingeboren wurde, etwas Freude abringen kann.

Ich werde sie gehen lassen.

Eine tiefe Stimme dringt gedämpft durch die Tür. Mein Vater ist gekommen, um mich zu einer weiteren Runde herauszufordern. Ich widerstehe dem Drang, Clara vor ihm zu retten. Dass er ihr droht, ist der erste Schritt in meinem Plan. Ich muss Clara das Herz brechen. Nur so kann ich sie retten.

Ich warte lange vor der Tür, schließlich öffne ich sie und höre meinen Vater sagen: »Sie sind nichts weiter als sein Spielzeug. Und wenn er genug von Ihnen hat, sucht er sich ein neues. Sie werden niemals zu unserer Familie gehören.«

»Ist Ihnen jemals der Gedanke gekommen, dass ich nicht an einer Heirat interessiert bin?«, fragt sie, und ihre Stimme geht ein wenig nach oben. »Oder an einem Platz in Ihrer Familie?«

Er lacht sie aus, und mir gefriert das Blut in den Adern. »Alle Frauen wollen geheiratet werden, sei es ihnen nun bewusst oder nicht.«

Clara dreht sich um und sieht mich in der Tür stehen. Sie kommt auf mich zu, aber ich kneife die Augen zusammen und lasse der Wut freien Lauf, die stets in mir simmert.

»Ach, du hast deine Taktik geändert«, sage ich zu ihm und ignoriere Clara, so gut es geht.

»Wir wissen doch beide, wie das Ganze ausgeht.« Auch in seinem Blick liegt unverhohlene Wut. »Zugegeben, die Kleine ist ganz hübsch, aber du meinst es doch sowieso nicht ernst mit ihr. Warum also ihren Ruf noch weiter schädigen?«

Ich zwinge mich, sie nicht anzuschauen. Ich darf ihr nicht zeigen, dass mich seine grausamen Sticheleien verletzen. Das würde meinen Plan ruinieren.

»Du weißt, was von dir erwartet wird«, sagt er. »Ich habe

dir seit deiner Rückkehr zu viele Freiheiten gelassen. Jetzt ist es an der Zeit, dass du deinen Platz in dieser Familie einnimmst.«

Und dann mache ich meinen letzten Spielzug – und lasse ihn gewinnen. »Ich weiß.«

Ich bringe es nicht über mich, sie anzusehen, während ich das Spiel opfere, um die Königin zu retten.

»Ich denke, ich lasse euch beide jetzt besser allein«, sagt er, während sein Blick zwischen uns hin und her wandert. »Gute Nacht.«

Er schließt die Tür, und eine Sekunde später fliegt ein Buch quer durch den Raum. Noch immer sehe ich sie nicht an, sondern halte den Blick auf die Tür gerichtet.

Als ich schließlich meinen kalten Blick auf sie richte, sinkt sie zu Boden. Ich tue nichts, um ihr zu Hilfe zu eilen. Ich zwinge mich, starr stehen zu bleiben – und ignoriere, dass mein Herz ebenfalls am Boden liegt. Mit einem letzten Funken Hoffnung in den Augen blinzelt sie zu mir hoch.

Doch ich wende erneut den Blick ab.

Aus dem Augenwinkel nehme ich eine Bewegung wahr, und als ich mich umdrehe, richtet sie sich auf. Sie durchbohrt mich mit ihrem Blick, und ich weiß, dass sie mich so sieht, wie ich wirklich bin: grausam, despotisch und nicht zu retten.

Sie tritt dicht vor mich und zwingt mich so, sie anzusehen.

Ohne mich zu berühren, sagt sie schließlich mit bebender Stimme etwas, womit ich nicht gerechnet habe. Sie sagt: »Ich liebe dich, Alexander.«

Ich schließe die Augen, als die Worte mich erreichen. Hatte ich gedacht, dass ich sie davon abhalten könnte, es auszusprechen? Hatte ich es überhaupt versucht? Mein Herz saugt diese Worte auf und sperrt sie tief in seinem Inneren ein. Es genügt zu wissen, dass sie da sind. Ich darf nicht zulassen, dass sich dadurch etwas ändert. Es ist der Beweis dafür, dass ich das Richtige tue. Das Leben, das sie verdient, kann ich ihr niemals bieten – ich muss sie gehen lassen. Ich beschwöre all den Hass herauf, den ich diesem Gemäuer, der Vergangenheit, meinem Geburtsrecht gegenüber empfinde, und lasse mich davon durchströmen, dann öffne ich die Augen. »Das gehörte nicht zu unserer Abmachung.«

Als sie sich umdreht und wegläuft, halte ich sie nicht auf. Ich laufe ihr nicht hinterher, auch nicht, als ich ihr herzzerreißendes Schluchzen höre. So musste es enden. Ich hatte es von Anfang an gewusst, aber ich war zu egoistisch gewesen. Jetzt muss sie den Preis dafür zahlen. Ich will ihr nicht noch mehr zumuten.

Nach ein paar Augenblicken verlasse ich das Zimmer, gehe über den Flur und klopfe leise an eine Tür.

Edward öffnet einen Spalt, und ich bemerke einen Zettel auf dem Bett.

»Alex, ich habe hier eine Nachricht von David vorgefunden. Ich glaube, ich habe wirklich …« Er unterbricht sich und mustert mich mit schiefgelegtem Kopf. »Was ist passiert?«

»Ich habe ihr das Herz gebrochen.« Ich werde ihn nicht anlügen. Er muss es wissen und verstehen. Für Männer wie uns gibt es kein »Glücklich bis ans Ende ihrer Tage«. Das gibt es nur im Märchen. »Bitte suche sie. Kannst du sie nach Hause bringen?«

»Geht es dir gut?«, fragt er leise.

Aus irgendeinem Grund muss ich lachen. »Das spielt keine Rolle. Es ist vorbei.«

Ich wende mich ab, trete in den dunklen Korridor und verschwinde in der Dunkelheit. Dann beobachte ich, wie Edward ihr hinterhergeht. Als er aus meinem Blickfeld verschwindet, folge ich ihm unbemerkt durch die verwinkelten Flure von Norfolk. Hinter einer Ecke bleibe ich stehen und trete in den Schatten zurück. Ich beobachte, wie Edward sich über sie beugt und ihr etwas zuflüstert.

In der Dunkelheit sehe ich, wie sie den Kopf hebt. »Ich habe mich in ihn verliebt.«

Mehr braucht sie nicht zu sagen. Edward nimmt sie in den Arm und bringt sie weg – fort von mir und dieser Welt. Ich folge ihnen weiter und beobachte, wie er ihr hilft, ihre Sachen zu packen, beobachte, wie er sie noch einmal umarmt und sie in einen Wagen setzt, damit ein Chauffeur sie nach London bringt. Als der Wagen nur noch ein Fleck in der sommerlichen Dämmerung ist, trete ich schließlich aus dem Schatten und gehe zu Edward.

»Warum hast du das getan?«, fragt er, ohne mich anzusehen.

»Du weißt, warum«, erwidere ich barsch. Mehr bekomme ich nicht über die Lippen.

»Du kannst ihr immer noch hinterherfahren«, sagt er und liest meine Gedanken.

»Jetzt, wo ich sie endlich so weit habe?« Ich wende mich ab und gehe zurück zu dem mächtigen Gebäude, wo meine Zukunft wartet – meine Pflicht und meine Strafe.

Bevor ich einen weiteren Schritt machen kann, ruft Edward: »Liebst du sie?«

»Ist das wichtig?«

Ich lasse ihn stehen, kehre in mein Gefängnis zurück und ignoriere die Leere in meiner Brust, während mein Herz zurück nach London will.

Es ist das Beste so.

37

»Da wären wir also wieder.« In Edwards Stimme liegt keine Empörung. Stattdessen gesellt er sich zu mir, lässt sich in den Sessel mir gegenüber fallen und greift nach der Flasche Scotch. Ich hatte mir nicht die Mühe gemacht, mir ein Glas zu nehmen. Das tut er auch nicht. Er trinkt einen großen Schluck und hält mir die Flasche wieder hin.

Ich nehme sie und genehmige mir noch einen Schluck.

»Spricht David immer noch nicht mit dir?«, frage ich. Ich bin mir nicht ganz sicher, woher das Sprichwort »Geteiltes Leid ist halbes Leid« kommt, aber es stimmt nicht ganz. Das Leid hat nichts dagegen, geteilt zu werden, weil es ihm scheißegal ist. Das ist der Punkt.

»Er wird sich schon wieder einkriegen.« Ich beneide ihn um seine Gewissheit. Edward sieht besser aus als ich. Er hat etwas Richtiges an, oder zumindest etwas Frisches. Sein Haar ist gekämmt und sein Gesicht glatt rasiert. Er schiebt seine Hornbrille ein Stück nach oben und mustert mich ebenfalls.

Ich weiß, was er sieht. Mein Hemd und meine Hose waren noch nicht zerknittert, als ich sie gestern angezogen habe. Da war ich noch entschlossen gewesen. Bis ich beim Frühstück einen Stapel Zeitungen vorfand, die über Claras abrupte Abreise vom Land spekulierten.

»Weißt du, wer ihnen die Geschichte verkauft hat?«, fragt Edward und errät, warum ich so außer mir bin.

»Ist das wichtig? Alle meine Freunde sind Schlangen. Ich habe niemanden.«

Edward hält einen Moment inne und greift nach dem Scotch. Er nimmt einen tiefen Schluck. »Du hast mich, Alex.«

Ich blinzle und begreife, dass er denkt, ich hätte ihn mit Pepper und Jonathan und dem Rest der Schleimer in einen Topf geworfen. »Entschuldige. Das weiß ich doch.«

»Ja?«, fragt er.

Ich schlucke und zwinge mich, mich der Wahrheit zu stellen. Während meiner Zeit an der Front hatte ich Freunde, enge Freunde. Jetzt sind sie in alle Himmelsrichtungen verstreut und führen ihr eigenes Leben. Ich kann mir nicht vorstellen, dass ein Mann wie ich jemals wieder eine so innige Familie haben wird, so provisorisch und zusammengewürfelt sie auch sein mag. Bis jetzt habe ich nie darüber nachgedacht, wie allein sich mein Bruder in all den Jahren gefühlt haben muss. Er ist noch ein Kind gewesen, als ich wegging. Ein Teil von mir sieht ihn immer noch als Kind. Aber das ist er nicht mehr. Er ist mein Bruder. Ein Freund. Jemand, mit dem ich anfangen kann, eine neue Familie meiner Wahl zu gründen. »Ja.«

»Dann sind wir also Freunde?«

»Ja«, sage ich.

»Gut.« Er lässt sich in den Sessel zurücksinken und kneift die Augen zusammen wie ein Falke. »Und wie willst du sie zurückgewinnen?«

»Das will ich nicht.« Ich beiße die Zähne zusammen und

frage mich, ob er mich nur manipulieren will. Aber wozu? Clara wird mich nie wieder sehen wollen. Sie hat mir ihr Herz geschenkt, und ich habe es in Stücke gerissen. Ich hatte nicht einmal den Anstand, sie sicher nach Hause zu bringen.

»Warum?«

»Weil ich nicht gut für sie bin«, knurre ich.

»Du bist nicht dein Titel«, sagt er sanft.

»Du klingst wie Mum«, gebe ich müde zurück. Aber sofort tut es mir leid. »Edward, ich bin …«, stammele ich eine Entschuldigung.

»Schon okay. Ich nehme an, das ist ein Kompliment.« Er hat unsere Mutter nie kennengelernt, sie ist bei seiner Geburt gestorben. Damit hatte niemand gerechnet, vor allem nicht unser Vater.

»Ja, das ist ein Kompliment«, sage ich vorsichtig. »Trotzdem habe ich recht. Ich bin nicht gut für Clara.« Edward weiß nichts von der Dunkelheit, die mich verzehrt. Er versteht nicht, dass meine Zuneigung von einem brutalen, alles beherrschenden Bedürfnis, sie zu besitzen, durchdrungen ist.

Wenn ich Mitgefühl erwartet habe, gibt mein Bruder mir das Gegenteil. Er schießt hoch, und seine Stimme zittert, als er schreit: »Was ist deine verdammte Ausrede, Alex?«

»Was hast du?« Überrascht von seinem heftigen Ausbruch hebe ich den Blick. So wütend zu werden, sieht meinem Bruder nicht ähnlich.

»Ich muss jeden Tag mit einem Geheimnis leben. Ich darf mich nicht zu meinem Freund bekennen. Wir schleichen herum und ertragen abfällige Kommentare. Aber ihr seid Mann und Frau. Wie sich das gehört.«

»Danke für die Anatomiestunde.«

»Ich lebe in zwei Welten«, fährt er fort, als hätte ich nichts gesagt. »Aber du«, er zeigt mit einem zitternden Finger auf mich, »du kannst mit ihr die Straße hinuntergehen, mit ihr tanzen, sie küssen, sie heiraten.«

»Ich will sie nicht heiraten«, erwidere ich knapp.

Er stößt ein Lachen aus. »Doch, das willst du, und das weißt du auch. Sie ist die Richtige, und du bist nicht so dumm, das nicht zu sehen.«

»Nicht?« Wut steigt in mir auf, und ich stelle die Flasche ab, bevor ich sie noch nach ihm werfe.

»Man sieht es. Man fühlt es. Jedes Mal, wenn du sie ansiehst. Deshalb führt sich unser Vater seit Wochen wie ein Kleinkind auf. Deshalb verfolgen die Klatschblätter jeden deiner Schritte. Du bist nicht dumm oder blind – du bestrafst dich selbst.« Schwer atmend hält er inne. »Hör endlich auf damit. Du darfst glücklich sein. Sei glücklich. Erlaube dir das.«

»Ich richte mich auf und zucke mit den Schultern. »Wie kommst du darauf, dass ich mich bestrafen will?«

Er zögert eine Sekunde. »Ich weiß alles … über Sarah, und danach …«

»Alles?« Ich hebe eine Augenbraue. »Das bezweifle ich.«

»Du verdienst es nicht, unglücklich zu sein«, sagt er.

»Das Gegenteil ist der Fall. Ich verdiene kein Glück«, erwidere ich, ohne nachzudenken.

Edward wirft die Hände in die Luft und geht in Richtung Flur, der zu seiner Wohnung führt. »Nimm es trotzdem. Einer von uns sollte glücklich sein.«

Ich möchte ihm hinterherschreien und von ihm verlangen, selbst den Rat zu befolgen, den er mir so leichtfertig erteilt.

Stattdessen arbeiten seine Worte in mir, und in mir reift eine Idee heran. Ich habe diese Welt nie gewollt. Sie ist Gift. Sie vergiftet mich, sie sperrt mich ein. Ich habe mir geschworen, nicht zuzulassen, dass Clara dasselbe geschieht.

Aber ich habe nie darüber nachgedacht, dass es einen Ausweg geben könnte. Ich will diese Welt nicht. Ich wollte sie nie, aber ich hatte auch nie einen Grund, mir meine eigene Welt zu schaffen.

Jetzt schon.

38

Ich warte auf den Sonnenaufgang, es kommt mir vor wie die längste Nacht meines Lebens. Ich hätte auf der Nachricht, die ich ihr geschickt habe, vermerken sollen, bis wann sie antworten muss, aber irgendwie wusste ich, wenn ich zu viel fordere, kommt sie gar nicht. Ich warte auf sie, bis der Morgen am Horizont heraufzieht und sein Licht durch die Fenster des Hauses sickert.

Unseres Hauses.

Wenn sie mich denn haben will. Ich wehre mich gegen die Hoffnung, die dieser Gedanke in meiner Brust aufkeimen lässt. Wenn sie kommt, bedeutet das, dass ich eine zweite Chance habe. Dieses Mal werde ich es richtig machen. Ich werde weniger verlangen und sie mehr beschützen. Ich werde sie von meiner Welt fernhalten, damit wir uns unsere eigene aufbauen können. Sie muss nur kommen.

Anstatt auf die Uhr zu schauen, stehe ich auf, schlüpfe in eine Jeans und ziehe mir ein Hemd über, ohne es zuzuknöpfen. Ich sollte mich rasieren, aber nachdem ich kaum geschlafen habe, brauche ich erst dringend einen Tee. Ich stelle den Kessel auf den Herd und schaue aus dem Fenster. Ein karmesinroter Fleck sticht mir ins Auge, und ohne nachzudenken, hole ich ein Messer aus der Schublade und gehe nach draußen.

Das Haus in Notting Hill ist noch schöner als auf den Bildern. Ich hatte es nicht betreten, bevor die Papiere unterschrieben waren, und Norris hatte ein privates Sicherheitsteam organisiert – alles notwendige Maßnahmen, um die Angelegenheit so anonym wie möglich zu halten. Es ist als Geschenk gedacht – oder besser gesagt, als Friedensangebot. Es soll unser privater Zufluchtsort sein, versteckt in einer unauffälligen Ecke ihres Lieblingsviertels.

Als ich die Stufen in den Garten hinuntergehe, staune ich unwillkürlich, wie frei ich mich fühle. Der steinerne Weg unter meinen Füßen ist warm, aber noch nicht von der Sommersonne aufgeheizt, und die Blumen öffnen sich und recken ihre Blüten dem Tageslicht entgegen. Eine warme Morgenbrise trägt ihren Duft zu mir herüber, als wollte sie mich begrüßen. Ich finde die Rose, die ich vom Küchenfenster aus gesehen habe, und schneide sie ab. Sie kommt mir vor wie ein Zeichen, und ich weiß, was ich zu tun habe. Ich nehme die Rose mit, halte inne und stecke sie an den Türgriff. Sie ist eine Botschaft und eine Warnung.

Clara weiß, dass ich es war, der ihr den Schlüssel geschickt hat. Ich hatte mein Siegel benutzt, auch wenn ich nicht mit meinem Namen unterschrieben hatte. Aber falls sie es doch nicht weiß, wird die Rose es ihr sagen. Eine letzte Wahl. Eine letzte Möglichkeit, einen anderen Weg einzuschlagen.

Ich kehre zum Herd zurück, wo das Wasser im Kessel kocht. Als ich gerade die Herdplatte ausstelle, höre ich, wie in der ruhigen Gasse eine Autotür zugeschlagen wird.

Mir bleibt das Herz stehen. Ich wage es, aus dem Fenster zu schauen, und es fängt wieder an zu schlagen. Sie steht am Tor und mustert den Schlüssel, dann das Haus. Ich trete zurück, damit sie nicht sieht, dass ich sie beobachte, und komme mir wie ein Feigling vor. Das Geräusch des sich knarrend öffnenden Tores lässt mich wieder Hoffnung schöpfen. Ich gehe zur Tür und habe die Hand schon am Knauf, ehe mir wieder einfällt, dass ich ihr ja die Wahl lassen wollte.

Ein Herzschlag vergeht. Noch einer. Die Zeit verlangsamt sich, dann bleibt sie ganz stehen. Ich spüre sie auf der anderen Seite der roten Tür. Es erfordert meine ganze Beherrschung zu warten, aber nach einigen quälenden Sekunden halte ich es nicht mehr aus. Ich bin mir unsicher, ob sie noch da ist.

Die Tür klemmt, es ist schwierig, sie zu öffnen, gerade als ob ein Teil von mir das Ganze hier nicht wollte. Doch dann steht sie vor mir, im strahlenden Sonnenschein, die Rose in der Hand. Ihr Kopf schnellt nach oben, sie sieht mich aus ihren grauen Augen an, und sofort füllen sie sich mit Tränen. Ich sauge ihren Anblick in mich auf. Sie ist nicht mehr so kurvig wie beim letzten Mal, als ich sie gesehen habe, und unter ihren Augen liegen bläuliche Schatten. Doch sie ist das schönste Wesen, das ich je gesehen habe.

Ich mustere weiter jeden Zentimeter von ihr: die rosigen Wangen, die Sommersprossen auf ihren nackten Schultern, die weiße Bluse und die Nippel, die sich durch den dünnen Stoff abzeichnen. Mein Blick fällt auf einen einzelnen Blutstropfen, der aus ihrer Fingerspitze quillt. Sie hat sich an der Rose gestochen. Ich greife nach ihrer Hand, führe den Finger an meine Lippen und lecke das Blut ab. Ich schmecke Kupfer und spüre, wie meine Knie nachzugeben drohen, dann küsse ich die Wunde, lege einen Arm um sie und ziehe sie an mich.

Ich beuge mich nach unten und küsse sie, und schon laufen mir die Tränen, die in meinen Augen brennen, über die Wangen. Als unsere Lippen sich treffen, empfinde ich eine seltsame Mischung aus Erleichterung und Angst, Hoffnung und Sehnsucht. Sie rückt von mir ab und blinzelt, und ehe sie weiß, wie ihr geschieht, bin ich vor ihr auf den Knien. Ich ziehe sie zu mir heran, lege meinen Kopf an ihren Bauch und stelle erleichtert fest, dass er sich immer noch angenehm weich anfühlt, auch wenn sie abgenommen hat.

»Du bist dünner geworden.« Es rutscht mir so heraus. Das ist meine Schuld. Ich habe sie den Wölfen zum Fraß vorgeworfen. Ich habe versagt und sie nicht beschützt. Und sie hat den Preis für diese Entscheidungen bezahlt.

Aber jetzt ist sie hier, und das muss doch etwas bedeuten.

»Alles okay«, murmelt sie. »Ich habe nicht viel Appetit, aber sonst ist alles in Ordnung.«

Und jetzt beschwichtigt sie mich auch noch, dabei war ich es, dir *ihr* Leid zugefügt hat.

»Du darfst nicht …«, setze ich mit erstickter Stimme an zu sagen. »Nicht meinetwegen. Versprich es mir, Clara.«

Einen Moment lang herrscht Schweigen, dann tut sie, was ich verlange. »Versprochen.«

Ich verharre dort und halte sie fest, habe Angst, dass sie mir wieder entgleitet. Schließlich bricht sie das Schweigen: »Wo sind wir hier eigentlich?«

Ich stehe auf, verschränke meine Finger mit ihren und führe sie ins Haus. Noch schaffe ich es nicht, etwas zu sagen. Ein Teil von mir will sie im Haus haben, als würde eine alberne Tür genügen, sie bei mir zu behalten. Ich beobachte, wie sie den Wohnbereich in Augenschein nimmt. Er war größtenteils möbliert, aber ich konnte Edward überreden, mir bei der Auswahl der restlichen Einrichtung zu helfen. Ich habe ihm erzählt, meine Wohnung in Buckingham würde mir nicht gefallen. Vermutlich weiß er, dass das nicht stimmt, aber er ist nicht weiter in mich gedrungen. So ist mein Bruder. Claras Blick wandert über das tiefe, mit cremefarbenem Leinen bezogene Sofa, den Kamin aus Marmor und die Gemälde an der Wand. Sie sagt nichts, also antworte ich jetzt auf die Frage, die sie mir an der Tür gestellt hat. »Du stellst die falschen Fragen.«

Ich könnte fast schwören, dass ich rieche, wie sie vor Erregung feucht wird, aber vielleicht ist das nur Wunschdenken.

»Ach, sind wir wieder mal bei den zwanzig Fragen, X?«, entgegnet sie und klingt erschöpft. Zu erschöpft. Vielleicht hat sie letzte Nacht auch nicht geschlafen.

Ich schüttle den Kopf und fahre mir nervös mit der Zunge über die Lippen: »Keine Spielchen, Süße.«

»Warum sind wir hier?«, fragt sie jetzt.

Vielleicht will sie ja doch spielen. Ich gehe einen Schritt auf sie zu und nehme ihren Duft in mich auf: Rosenwasser und Vanille und darunter ein zarter berauschender Moschusduft, der mich zum Scheitelpunkt ihrer Schenkel lockt. Ich widerstehe dem Drang, ihm zu folgen. »Schon besser.«

»Wem gehört das Haus?« Die letzte Frage kommt fast tonlos aus ihrem Mund.

Ich beuge mich vor und flüstere: »Uns.«

Clara drückt sich gegen meine Brust und starrt mich an. »Ich verstehe kein Wort.«

»Das Haus soll uns Normalität ermöglichen«, sage ich mit vorsichtiger Zurückhaltung. »Es soll unsere Zuflucht sein.«

»Wie hast du das angestellt?«

»Es läuft auf Norris' Namen«, erkläre ich, während sie durch den Wohnbereich schreitet. »Natürlich zahle ich es, aber so sind wir ungestört, verstehst du?«

Nach meinem Gespräch mit Edward hatte ich alle Möglichkeiten durchgespielt. Wir brauchen Raum für uns. Wir brauchen Normalität. Wir brauchen etwas, das meine Welt uns nicht geben, meine Macht uns aber leicht nehmen kann.

Doch Clara klingt verunsichert. »Du willst also unsere Beziehung geheim halten.«

»Privatsphäre. Verschwiegenheit«, sage ich achselzuckend. Natürlich will ich das vor der Klatschpresse, meinem Vater und dem ganzen miesen Pack geheim halten. Will sie das etwa nicht? »Hier können wir Alexander und Clara sein. Nichts steht zwischen uns.«

»Außer der Heimlichtuerei.«

Wie kann ich sie zur Einsicht bringen? Ich gehe zu ihr, nehme sie in die Arme und bin sicher, dass sie dort die Antwort findet, die sie braucht. »Nein, nichts steht zwischen uns.«

»Oh, X.« Sie klingt bedrückt. »Alles steht zwischen uns. Fühlst du das denn nicht?«

»Ich will nicht, dass es so ist.« Und auf Dauer wird es auch nicht so sein. Ich brauche nur eine Chance, es ihr zu beweisen.

»Dein Vater erwartet, dass du standesgemäß heiratest. Er hat alles für dich geplant«, sagt sie in einem gemessenen neutralen Ton, aber unter ihren Worten liegt ein Donnergrollen.

»Ich habe keinen Einfluss auf ihn. Aber das heißt noch lange nicht, dass er mich zu irgendetwas zwingen kann.«

»Wusstest du von seinen Plänen?«, fragt sie.

Ich könnte sie anlügen und ihre Sorge mit einem Achselzucken abtun. Damit würde ich jedoch nur ein weiteres Hindernis zwischen uns errichten. Oder ich könnte die Wahrheit sagen und hoffen, dass sie mein Bemühen erkennt, ihr alles zu geben, was ich zu geben habe. »Ja.«

Genügt das, was ich ihr zu geben habe?

Sie zuckt zurück, als hätte ich sie geschlagen. »Die letzten zwei Wochen habe ich mir von morgens bis abends den Kopf zermartert, was ich falsch gemacht habe. Aber es kann ja wohl nicht falsch sein, jemanden zu lieben.«

Dieses Wort auf ihren Lippen ist mir zutiefst unangenehm. Es ist mir unangenehm, wie sehr ich mich danach sehne, es zu hören. Es ist mir zutiefst unangenehm, wie es mein Herz öffnet und mich daran erinnert, dass dort nichts als Leere ist. »Für dich vielleicht nicht. Ich habe mich von dir ferngehalten, weil ich das Gefühl hatte, dass … ich nicht ehrlich mit dir bin.«

Mich zu lieben, kann sie nur verletzen, sie zerstören, all das Licht in ihrem Inneren auslöschen.

»Ach, und das hier hältst du für ehrlich? Warum sind wir überhaupt hier?« Plötzlich wird mir klar, dass sie recht hat. Und auch wieder nicht.

Ich führe sie nicht an der Nase herum, aber das bedeutet nicht, dass ich ihr mehr geben kann als das hier. Ich werde nie von ihr verlangen, die Bürde meines Lebens zu tragen. Sie denkt, dass ich mich vor ihr verstecke, dabei beschütze ich sie. Warum sieht sie das nicht? Warum kann sie uns nicht das bisschen Glück lassen, das wir noch retten können? »Weil ich dich brauche.«

Es klingt harscher als beabsichtigt, weil ich wütend bin. Nicht auf sie, sondern auf mich selbst.

»Aber du liebst mich nicht«, murmelt sie.

Ich will ihr sagen, dass es nicht stimmt, doch die Worte kommen mir nicht über die Lippen. Ich kann ihr nicht sagen, dass ich sie liebe. Und ich kann ihr nicht sagen, dass ich es nicht tue. Ich fahre mir mit der Hand durch die Haare, und Verzweiflung befällt mich. Ich hatte mit einem Streit gerechnet, aber nicht mit so viel Widerstand. »Ich habe dir gesagt, dass Romantik nicht mein Ding ist. Ich stehe nicht auf Langzeitbeziehungen.«

»Könnt Ihr Euch vielleicht mal entscheiden, Eure Königliche Hoheit.« Sie klingt bitter, nachdem sie wochenlang mit ihrer Wut und ihrem Schmerz allein war. »Was ist das hier? Ein lauschiges Plätzchen, an dem mich der königliche Herr in Ruhe vögeln kann? Ein kleines Versteck für dein Betthäschen, damit ich nicht mehr in der Presse auftauche und dein Vater endlich Ruhe gibt?«

Das denkt sie also? »Nein!«

»Dann erkläre es mir«, sagt sie und blickt mich mit großen Augen an. »Bitte. Ich will es verstehen. Wirklich.«

Ich wende den Blick ab.

Ich habe Clara von meiner Vergangenheit erzählt – einem Teil davon. Sie weiß von meiner Mutter. Von meiner Schwester. Wenn sie die ganze Wahrheit wüsste … Ich beiße die Zähne zusammen, entschlossen, sie nicht mit meinen Dämonen zu konfrontieren. Als ich mich zu ihr drehe, weicht sie einen Schritt zurück, und ich finde die einzig möglichen Worte, es ihr zu erklären: »Alle Frauen, die mich je geliebt haben, sind tot.«

»Das tut mir leid, X«, sagt sie leise. »Aber ich bin nicht tot. Ich stehe hier vor dir – und du kannst mich nicht daran hindern, dich zu lieben.«

Für wie lange? Ich verdränge die Frage. Ich muss sie zur Einsicht bringen. Sie muss es verstehen. Ich nehme sie in die Arme und hebe ihr Kinn an, sodass ihr Blick meinen trifft. »Ich will dich nicht zerstören.«

»Das hast du bereits getan«, flüstert sie.

Instinktiv lasse ich die Arme sinken. »Ich habe das alles nicht gewollt.«

Und es stimmt. Das wollte ich nicht. Clara war doch nur ein hübsches Mädchen auf einer langweiligen Party, und dann hat ein Kuss alles verändert.

»Ich weiß das, aber ich bin schon ein großes Mädchen, X«, sagt sie. »Du kannst mich nicht kontrollieren. Du kannst nicht darüber bestimmen, wen ich liebe.«

»Hör auf.« Es ist ein dummer Befehl, den sie genauso wenig befolgen kann wie ich.

»Und deshalb kann ich auch nicht bleiben. Ich kann nicht so tun, als wäre alles in Ordnung. Ich kann nicht so tun, als würde ich dich nicht lieben. Es tut mir leid, X. Ich kann nicht dein Geheimnis sein.«

Sie entschwindet – wie die Sterne verblassen, wenn die Sonne aufgeht –, und es ist unmöglich, sie festzuhalten. Dennoch versuche ich es.

»Nur eine Nacht«, platze ich heraus. »Bleib eine Nacht, und wenn du mich dann immer noch verlassen willst, lasse ich dich gehen.«

Es ist der letzte Trumpf, den ich auf der Hand habe. Dem sie nicht widerstehen kann. Das weiß ich. Die Spannung, die in der Luft liegt, das Verlangen zwischen uns ist so stark, dass es geradezu knistert. Aber hier geht es nicht ums Ficken.

Endlich habe ich die Wahrheit erkannt, aber ich kann sie nicht aussprechen. »Ich will es dir zeigen.«

Sie mustert mich einen Moment lang, und ich widerstehe dem Drang, die Hand auszustrecken. Sie würde zulassen, dass ich sie nehme. Ihr Körper gehört jetzt genauso mir wie ihr. Aber das ist nicht der Weg, ihr zu zeigen, dass ich …

Ich kann es nicht einmal denken.

Schließlich antwortet sie, aber nicht mit Worten. Sie zieht ihre Bluse über den Kopf und wirft sie auf den Boden, gefolgt von Jeans und BH. Sie streift alles ab, das uns trennt, und steht nackt und verletzlich vor mir. »Eine Nacht.«

Ich brauche nur eine.

Ich will sie nehmen. Ich erhebe Anspruch auf sie, trage sie ins Bett und küsse ihren Hals entlang. Gierig verteile ich Küsse auf ihrer Wange. Ihre Handflächen sind heiß auf meiner Brust und gleiten über meine Narben, als könne sie sie heilen – als könne sie *mich* heilen.

Gott, ich will, dass sie das tut. Ich möchte der Mann sein, den sie braucht.

Ich werde dieser Mann sein.

Ich lege Clara aufs Bett, beuge mich behutsam über sie, schiebe mich zwischen ihre Beine und schmecke sie. Aber es gibt nur einen Weg, ihr zu zeigen, dass sie mir gehört. Ich küsse sanft ihre Brust, dann dringe ich in sie ein. Als ich sie so plötzlich ausfülle, biegt sie sich mir entgegen. Ich atme das Geräusch ein, das sie von sich gibt und das wertvoller ist als mein eigenes. In diesem Moment wird mir mein Fehler bewusst.

Clara Bishop gehört mir nicht.

Ich gehöre ihr.

Ich habe ihr etwas genommen. Ich habe ihr so viel genommen. Jetzt muss ich ihr geben, was sie wirklich braucht. Auf irgendeine Weise, die ich noch erforschen muss. Ich lehne mich zurück, ihre Augen blitzen, und ein frustrierter Schrei entweicht ihr, als ich mich aus ihr zurückziehe.

Nur mit Mühe kann ich mir ein Grinsen verkneifen. Ich liebe es, sie verrückt zu machen, aber darum geht es hier nicht. Wenn ich nur diesen Tag und diese Nacht habe, werde ich mich ihr ganz hingeben. Ich werde sie ausfüllen. Ich werde ihr Lust bereiten, aber ich werde ihr auch so viel von mir zeigen, wie ich kann.

Ich hebe sie hoch und nehme sie in die Arme. Sie versteht, lässt sich vorsichtig auf meinen Schoß sinken und sieht mir in die Augen. Beide können wir nicht den Blick abwenden. Ich glaube, wir würden es auch nicht tun, wenn wir es könnten.

Behutsam tastet sie mit einem Finger mein Gesicht ab, zeichnet die Linien und Kurven nach, fährt über meine Lippen. Ich lasse sie alles sehen, was ich verberge – all die Dinge, die ich nicht sagen kann. Sie kreist heftig die Hüften und atmet flach. In ihren Augen lese ich, wovor ich mich fürchte. Und wonach ich mich sehne.

Ich schlucke gegen eine trockene Kehle an: »Sag es, Clara.«

»Alexander.« Sie murmelt meinen Namen wie eine Beschwörung und spricht dann die magischen Worte. »Ich liebe dich.«

Bei ihren Worten ergieße ich mich in sie, und sie kommt auf meinem Schwanz.

»Ich liebe dich.« Eine weitere Welle.

»Ich liebe dich.« Noch eine.

»Ich liebe dich.« Ich sinke zurück und ziehe sie mit mir aufs Bett, unsere Körper noch eng umschlungen. Sie sagt es wieder und wieder, bis die Magie zu einem Flüstern verblasst und schließlich verebbt.

Ein seltsames Gefühl ergreift mich, während ich sie halte. Ich will es in Worte fassen. Ich ritze jeden Buchstaben in die Leere in meinem Herzen und will die Worte über meine Lippen zwingen. Aber stattdessen sage ich etwas anderes.

»Ich werde nie genug von dir bekommen.« Ich sage es stockend und langsam – es sind die falschen Worte. »Ich bin verrückt nach dir, nach deinem Körper, deinem Duft. Ohne dich …« Ich kann mich kaum dazu durchringen, es zu denken, weil ich sie liebe.

Ich werde sie immer lieben.

»Ich … Ich …«

Ich stoße in sie hinein. Einmal. Zweimal. Dreimal. Drücke mit meinem Körper aus, was ich anders nicht sagen kann. Clara schlingt die Arme um mich und klammert sich an meine Schultern, hebt ihren Mund zu meinem und erlöst mich von meinen Mühen. Ihr Geschlecht zieht sich um meinen Schwanz zusammen und nimmt mich erneut in Besitz. Ich komme mit einem Schrei, gebe ihr alles, was ich bin, jedes letzte Stück von mir.

In der Hoffnung, dass es genug ist.

In dem Wissen, dass es das nie sein wird.

Clara liegt in meinen Armen, unsere Haut ist schweißnass. Als ich sie gerade auf die Schulter küsse, knurrt ihr Magen.

»Du musst etwas essen«, murmle ich.

Seufzend dreht sie sich um und kuschelt sich an meinen Hals. »Wir haben schon gegessen.«

»Ich glaube, die Kalorien sind längst verbraucht«, sage ich augenzwinkernd.

Ich zögere, dann lasse ich mich aus dem Bett gleiten. Mehr als einmal habe ich sie überredet, hier nackt auf mich zu warten, während ich in die Küche lief, um uns eine Karaffe Wasser zu holen. Am liebsten würde ich hierbleiben und sie an mich binden, mit meinem Schwanz, mit meinem Mund, mit allem, was nötig ist.

Ich schlüpfe in meine Jeans, wohl wissend, dass die Sicherheitsteams das Grundstück stündlich überprüfen, und gehe zur Tür. Als ich sie erreiche, schiebt Clara die Laken zurück und steht auf. Ich erstarre, eiskalte Angst durchströmt mich. Aber sie geht auf Zehenspitzen zum Schrank und kommt nur mit einem meiner weißen Hemden bekleidet zurück. Ihre eigenen Sachen sind woanders. Im Eingangsbereich? Auf der Treppe? Ich habe den Überblick verloren.

Sie macht sich nicht die Mühe, das Hemd zuzuknöpfen, während sie mit einem Lächeln an mir vorbeigeht. Ich entspanne mich erst, als sie an ihrer zerknitterten Jeans vorbei und die Treppe hinuntergeht. Ich folge ihr und sehe, wie sie das übrig gebliebene Curry vom Abendessen betrachtet.

»Ich muss einkaufen gehen«, sage ich und wünschte, ich könnte ihr mehr bieten. »Oder wir könnten …«

Ihr Kopf erscheint über der Kühlschranktür. Sie hält eine Packung hoch. »Willst du etwas davon?«

Eigentlich kann ich nichts essen, aber ich nicke, weil ich befürchte, dass sie ihre Meinung ändert, wenn ich es nicht tue. Sie reicht mir die Packung Biryani, während ich zwei Gabeln aus der Schublade hole.

»Willst du es aufwärmen? Irgendwo gibt es bestimmt eine Pfanne«, sage ich.

»Schon okay.« Sie nimmt ein paar Bissen und dreht sich um, um den Nachthimmel vor dem Fenster zu betrachten. Mein Hemd bedeckt ihren Hintern nur knapp. Der Saum wellt sich und enthüllt die verlockende Wölbung ihrer wohlgeformten Oberschenkel und die Kurve ihres Pos.

Sie steht mit dem Rücken zu mir, sodass sie nicht sieht, wie ich das Curry auf der Küchentheke abstelle. Ich bewege mich langsam, um sie nicht zu erschrecken, und lege meine Hand sanft auf ihre Hüfte. Clara stößt einen zufriedenen Seufzer aus, als ich meine Arme um sie lege.

»Was siehst du da?«, frage ich leise.

»Die Nacht. Als ich klein war, hatte ich Angst vor der Dunkelheit. Ich habe immer mit Licht geschlafen«, sagt sie und lehnt ihren Kopf an meine Schulter. »Das hat meine Mutter verrückt gemacht. Eines Abends gingen sie essen, und als sie nach Hause kamen, war jedes Licht im Haus an.«

»Das klingt nicht unvernünftig«, sage ich, dankbar für diese kleinen Einblicke in ihr Leben.

»Ich war fünfzehn«, lacht sie. Der Klang dringt in mein Herz ein, und plötzlich fühle ich mich weniger hohl.

»Oh.« Ich küsse ihr Ohr. »Und jetzt? Hast du immer noch Angst vor der Dunkelheit?«

Sie zögert. »Jetzt? Jetzt sehe ich, wie schön sie ist.«

Ich schlucke, als ich begreife, welche Bedeutung sich in ihren Worten verbirgt.

Sie hat keine Angst vor der Nacht oder der Dunkelheit.

Sie ist jetzt eine Frau. Das ist die einfachste Erklärung. Oder vielleicht …

»Wunderschön, aber auch beängstigend«, fügt sie leise hinzu. »Ich frage mich immer noch, ob ich mich da draußen verirren werde.«

»Ich werde dich finden«, verspreche ich ihr und lege meine Hände auf ihre Hüften.

Bevor sie noch etwas sagen kann, bin ich schon auf den Knien und kneife ihr in den Hintern. Die Geste erschreckt sie, also küsse ich die Stelle und bitte sie stumm, sich mir hinzugeben. Sie scheint es zu verstehen, denn sie spreizt die Beine. Mit der Zunge tauche ich zwischen ihre Schenkel und streiche über ihre Scham. Die Schachtel mit dem Essen fällt in die Spüle, und Clara klammert sich an den Tresen und stößt ein lautes Stöhnen aus.

»Ich werde dich immer finden«, schwöre ich, bevor ich ihr Geschlecht mit meinem Mund bedecke. Ich setze meinen Angriff mit langen langsamen Strichen fort und liebkose ihre Klitoris, bis ihre Beine zu zittern beginnen. Sie kommt auf meiner Zunge und überflutet sie mit dem süßen Geschmack ihrer Erregung. Ich lecke sie, bis sich ihre zuckenden Schenkel fest an meinen Kopf pressen.

Ich stehe auf und sehe, dass ihre Augen leuchten. Ich greife das Hemd – mein Hemd – und ziehe sie an mich. Sie wehrt sich nicht, als ich sie hochhebe und die Treppe hinauftrage. Oben angekommen, kann ich keinen Moment länger warten. Ich drücke sie gegen die Wand und küsse sie genüsslich, während ich mich an ihrer Scham reibe. Mit jedem aufreizenden Kreisen verstärkt sich der Druck ihrer Arme um meinen Hals.

»Hose«, keucht sie den Ein-Wort-Befehl heraus.

Ich stütze sie vorsichtig und öffne die Jeans, in die ich geschlüpft bin. Sie schiebt sie mit den Fersen nach unten, und ich steige vorsichtig heraus, während Clara eine Hand von meinem Hals löst. Sie greift nach meinem Schwanz und masturbiert mich, bis ich ihn übernehme und ihn an ihre Spalte führe. Ich dringe in sie ein, aber Clara schiebt ihre Hüften so ungeduldig vor, dass ich fast den Halt verliere. Ich dränge sie gegen die Wand und gleite ganz in sie hinein. Sie erwidert jeden Stoß und nimmt mich tiefer und härter.

»So wird es immer sein«, murmle ich und vergrabe mein Gesicht an ihrem Hals. Ihre Muschi umklammert mich fest, wie um dieses Versprechen zu besiegeln, und ich komme in ihr. Dann trage ich sie ins Bett, um ihr weitere Versprechen zu geben.

Als ich aufwache, merke ich mit Erschrecken, dass das Bett leer ist. Kein Zettel. Warme Laken. Ich lausche, in der Hoffnung, sie im Badezimmer zu hören, aber irgendwie weiß ich, dass sie nicht mehr da ist. Eine Million Erinnerungen schießen mir durch den Kopf, aber nur zwei Worte.

»Eine Nacht.«

Gestern war ich zu dumm gewesen, um sie zu verstehen. Ich war so sehr mit dem beschäftigt, was ich ihr sagen wollte und nicht konnte, dass ich nicht verstanden habe, was sie wirklich gesagt hat.

Lebwohl.

Mit einem Satz bin ich aus dem Bett und greife mir die Jeans, die ich auf der Treppe liegen gelassen habe, als wir nach Mitternacht aus der Küche nach oben gegangen sind.

Ich verdränge die Erinnerung, will das Glück, das ich empfunden habe, nicht mit der Wahrheit beschmutzen, der ich jetzt gegenüberstehe. Ich war dumm genug zu glauben, ihr Lächeln und Lachen, ihr gehauchtes Stöhnen und ihre Küsse bedeuteten mehr als nur Abschied.

Hat sie überhaupt gespürt, was ich ihr zu zeigen versucht habe, oder war sie zu sehr damit beschäftigt, sich zu verabschieden?

Die Küche liegt gegenüber der Treppe, und als ich hinuntergehe, sehe ich einen Block auf dem Tresen liegen – und ihren Schlüssel. Fast breche ich zusammen.

Eine Nacht.

Warum habe ich geglaubt, dass das ausreichen würde?

Mit zitternden Knien trete ich in den Flur. Clara steht angezogen und mit dem Rücken zu mir an der Tür. Die Jeans fällt mir aus der Hand.

»Das war es also?«, frage ich.

Sie wirbelt zu mir herum, und ihre Augen weiten sich, als sie mich dort stehen sieht. Ihr Blick gleitet an mir herunter. Ich bin nackt. Verletzlich. Es ist ein Angebot wie das, das sie mir gestern gemacht hat. Das ich angenommen habe.

Sie zögert, und ich hoffe, dass sie auch mein Angebot annehmen wird. Doch da hebt sie die Hand. »Es tut mir leid.«

Nein.

Nein.

Nein.

Das Wort dröhnt durch meinen Kopf.

»Clara.« Ich sage ihr im Geiste alles, was ich nicht aussprechen kann, und bete, dass sie es hört. »Bitte.«

Sie schließt die Augen, und eine Ewigkeit vergeht, bevor

sie den letzten Schlag ausführt. »Ich kann nicht dein Geheimnis sein.«

Vorbei. Es ist das einzige Wort, das bei mir ankommt, als sie zur Tür hinausgeht. Es ist anders als neulich auf dem Land. Das hier fühlt sich endgültig an, und die Leere droht mich zu überwältigen.

Doch dann fällt mein Blick auf eine einzelne rote Rose, die gestern auf die Treppe gefallen ist und dort immer noch blüht. Ein Omen. Ein Zeichen. Ich schnappe mir die Jeans und ziehe sie an, während ich ihr hinterherlaufe. Es ist noch nicht vorbei. Zwischen uns wird es nie vorbei sein.

Denn selbst in der Dunkelheit kann ich sie sehen. Ich sehe sie – und das wird immer so bleiben.